Elogios para

Bridget Jones y Helen Fielding

Helen Fielding

Bridget Jones: Loca por él

Helen Fielding es la autora de *El diario de Bridget Jones* y *Bridget Jones: al borde de la razón*, y fue parte del equipo de guionistas en las películas del mismo nombre. *Bridget Jones: loca por él* es su quinta novela. Tiene dos hijos, vive en Londres y por temporadas, en Los Ángeles.

También por Helen Fielding

El diario de Bridget Jones

Bridget Jones: Al borde de la razón

Bridget Jones: Loca por él

Helen Fielding

Traducción de María José Díez

Vintage Español
Una división de Random House LLC
Nueva York

PRIMERA EDICIÓN VINTAGE ESPAÑOL, NOVIEMBRE 2013

Copyright de la traducción© 2013 por María José Díez

Todos los derechos reservados. Publicado en los Estados Unidos de Amé
rica por Vintage Español, una división de Random House LLC, Nueva
York, y en Canadá por Random House of Canada Limited, Toronto,
compañías Penguin Random House. Originalmente publicado en inglés
como *Bridget Jones: Mad About the Boy* en los Estados Unidos por Alfred
A. Knopf, una división de Random House LLC, Nueva York. Copyright
© 2013 por Helen Fielding. Esta traducción fue originalmente publicada
en España por Planeta Internacional, Barcelona. Copyright de la presente
edición © 2013 por Editorial Planeta, S. A.

Vintage es una marca registrada y Vintage Español y su colofón son mar
cas de Random House LLC.

Información de catalogación de publicaciones disponible en
la Biblioteca del Congreso de los Estados Unidos.

Vintage ISBN: 978-0-8041-6950-9

Para venta exclusiva en EE.UU., Canadá, Puerto Rico y Filipinas.

www.vintageespanol.com

Impreso en los Estados Unidos de América
10 9 8 7 6 5 4 3 2 1

Para Dash y Romy

PRÓLOGO

Jueves, 18 de abril de 2013

14.30. Talitha acaba de llamar, con esa voz apremiante, de seamos-discretas-pero-tremendamente-dramáticas, que pone siempre.

—Cari, sólo quería comentarte que cumplo sesenta el 24 de mayo. No estoy DICIENDO que vaya a cumplir sesenta, está claro. Y no cuentes nada, porque no se lo voy a decir a todo el mundo. Sólo quería que te reservaras el día.

Me ha entrado el pánico.

—Sería genial —he contestado de manera muy poco convincente.

—Bridget. Tienes que venir sí o sí.

—Bueno, lo que pasa es que...

—¿Qué?

—Que Roxster cumple treinta ese mismo día. —Silencio al otro lado del teléfono—. Claro que lo más probable es que para entonces ya no estemos juntos, pero si lo estamos sería... —He ido perdiendo la voz gradualmente.

—Acabo de poner «sin niños» en las invitaciones.

—¡Para entonces tendrá treinta años! —le he espetado indignada.

—Es broma, cari. Claro que puedes traerte a ese *toy boy* tuyo. Pediré que pongan un castillo inflable. Entro. Mevoycorriendotequieroadiós.

He intentado encender la tele para ver si, en efecto, como tantas otras veces, Talitha me había llamado estando en directo, mientras pasaban las secuencias de una película. Les he dado confusamente a unos cuantos botones, como si fuera un mono con un teléfono móvil. ¿Por qué de un tiempo a esta parte para encender una tele hacen falta tres mandos a distancia con noventa botones? ¿Por qué? Sospecho que han sido diseñados por *frikis* tecnológicos de trece años que compiten entre sí desde habitaciones sórdidas por hacer que el resto del mundo piense que es el único que no sabe para qué sirven los botones y causar de ese modo graves daños psicológicos a escala universal.

Cabreada, he tirado los mandos al sofá, tras lo cual la tele ha cobrado vida caprichosamente y ha mostrado a una Talitha impecable, con una pierna cruzada toda sexy sobre la otra, entrevistando al futbolista del Liverpool de pelo oscuro que sufre ese problema de control de la ira y de los mordiscos. Tenía toda la pinta de querer morder a Talitha, pero por motivos muy distintos a los del campo.

Bien. Que no cunda el pánico: sólo habrá que analizar los pros y los contras de lo de la fiesta de Roxster / Talitha de una manera tranquila y madura:

Pros de llevar a Roxster a la fiesta

* Estaría muy mal no ir a la fiesta de Talitha. Es mi amiga desde que trabajábamos en Sit Up Britain, cuando ella era una locutora de lo más glamurosa y yo una reportera de lo más incompetente.
* Sería muy divertido llevar a Roxster, además de efectista, porque lo de celebrar un trigésimo / sexagésimo cumpleaños acabaría con la condescendiente manía de compadecerse de las mujeres solteras «de cierta edad», como si estuviesen atrapadas de por vida en la circunstancia de estar solas, cuando a los hombres solteros de esa edad los atrapan antes

de que hayan tenido tiempo de presentar los papeles del divorcio. Y Roxster es tan guapo y tan mono que, en cierto modo, desmiente la realidad del proceso de envejecimiento en sí.

Contras de llevar a Roxster a la fiesta

* Roxster es un hombre hecho y derecho, y no cabe duda de que se ofendería si lo trataran como si fuese una especie de chiste o un recurso antienvejecimiento.

* Aún más importante, Roxster podría salir huyendo de mí al verse rodeado de gente mayor en un sexagésimo cumpleaños y llegar a una conclusión absolutamente innecesaria: lo vieja que soy yo, aunque, desde luego, yo soy MUCHO más joven que Talitha. Y, francamente, me niego a pensar en lo vieja que soy. Como dice Oscar Wilde, treinta y cinco es la edad perfecta para una mujer; tanto es así que muchas mujeres han decidido adoptarla para el resto de sus vidas.

* Es probable que Roxster dé su propia fiesta, llena de gente joven apretujada en la terraza haciendo una barbacoa y escuchando música disco de los setenta en plan divertimento *retro* irónico, y puede que en este momento esté pensando en cómo evitar pedirme que acuda a la fiesta, no vaya a ser que sus amigos se enteren de que está saliendo con una mujer lo bastante mayor para ser su madre, literalmente. A decir verdad, técnicamente, con el adelanto de la pubertad debido a las hormonas de la leche de un tiempo a esta parte... podría ser su abuela. Dios mío. ¿Por qué se me ha pasado algo así por la cabeza?

15.10. ¡Ahhhh! Tengo que ir a buscar a Mabel dentro de veinte minutos y las tortitas de arroz no están listas.

¡Ahhh! Teléfono.

—Llamo de parte de Brian Katzenberg.

¡Mi nuevo representante! Un representante de verdad. Pero iba a llegar realmente tarde a recoger a Mabel si me paraba a hablar.

—¿Podría llamar a Brian más tarde? —he preguntado mientras intentaba untar las tortitas de arroz con mantequilla de mentira, pegarlas entre sí y meterlas en una bolsa de plástico con cierre hermético, todo con una sola mano.

—Es por tu guión.

—Es que... estoy... ¡en una reunión!

¿Cómo iba a estar en una reunión y contestar al teléfono para decir que estoy en una reunión? Son los ayudantes los que se supone que han de decir que estás en una reunión, no tú mismo, ya que se supone que no puedes decir nada porque estás en la reunión.

He salido corriendo hacia el colegio, y ahora me muero de ganas de llamar para averiguar por qué me han llamado. Hasta ahora, Brian ha mandado el guión a dos productoras y ambas lo han rechazado. Pero es posible que un pez haya mordido el anzuelo al fin.

He resistido la necesidad imperiosa de llamar a Brian para decirle que mi «reunión» había terminado de repente, creo que es mucho más importante llegar a tiempo a recoger a Mabel; ésa es la madre bondadosa y con las prioridades claras que soy.

16.30. Llegar al colegio ha sido más caótico incluso que de costumbre, como una de esas láminas de *¿Dónde está Wally?* con millones de jubiladas parando el tráfico para que crucen los niños, bebés en cochecitos, repartidores agresivos echando pulsos desde sus furgonetas con madres hipereducadas al volante de monovolúmenes, un hombre en bici con un contrabajo a la espalda, madrazas en bicicleta con cestas de zinc llenas de niños delante. La calle entera estaba paralizada. De pronto una mujer desquiciada ha llegado corriendo y gritando: «¡Atrás, ATRÁS! ¡VAMOS! ¡Nadie está siendo de MUCHA AYUDA!»

Al comprender que se había producido un accidente grave, yo, y todos los demás, hemos dado marcha atrás y nos hemos subido con el coche a la acera y a los jardines para dejar paso a los servicios de emergencia. Cuando la carretera ha quedado libre, he mirado al frente con cautela en busca de la ambulancia / el baño de sangre. Pero no había ningún vehículo sanitario, tan sólo una mujer muy elegante al volante de un Porsche negro que ha pasado con gran estruendo por la calle recién despejada. A su lado, en la parte delantera, viajaba un niño pequeño pulcramente uniformado.

Cuando he llegado a la zona de preescolar, Mabel era la única niña que quedaba en la escalera, a excepción del último rezagado, Thelonius, que estaba a punto de irse con su madre.

Mabel me ha mirado con sus enormes ojos serios.

—*Vamoz* —ha dicho con amabilidad.

—Nos preguntábamos dónde te habrías metido —ha comentado la madre de Thelonius—. ¿Se te había vuelto a olvidar?

—No —he contestado yo—. La calle estaba completamente colapsada.

—¡Mami tiene cincuenta y un *añoz*! —ha soltado de pronto Mabel—. Mami tiene cincuenta y un *añoz*. Ella dice que tiene treinta y cinco, pero en realidad tiene cincuenta y uno.

—Chisss. ¡Jajaja! —he respondido, al ver cómo me miraba la madre de Thelonius—. Será mejor que vayamos a buscar a Billy.

Al final he conseguido meter a Mabel —que seguía chillando «mami tiene cincuenta y un *añoz*»— en el coche, y me he agachado sobre ella con ese tradicional movimiento de torsión que se vuelve cada vez más ortopédico con la edad para abrocharle el cinturón de seguridad palpando con la mano el revoltijo de trastos que había entre el asiento trasero y su sillita.

Cuando he llegado al área de primaria para recoger a Billy, he visto a doña Perfecta Nicolette, la Madre por Antonomasia (casa perfecta, marido perfecto, hijos perfectos; la única imperfección leve es el nombre que le pusieron sus padres, posiblemente antes de que se inventaran los populares chicles para dejar de fumar), rodeada de un grupo de madres de primaria. Nicorette-doña-Perfecta iba perfectamente vestida y perfectamente peinada, y llevaba un bolso perfectamente gigantesco. Me he acercado sigilosa, jadeante, para ver si me enteraba del Último Motivo de Preocupación, pero justo entonces Nicolette ha agitado la melena, enfadada, y casi me saca un ojo con la esquina del enorme bolso.

—Le he preguntado por qué Atticus sigue jugando al fútbol de defensa (por favor, que Atticus llega a casa, literalmente, llorando), y el señor Wallaker va y me suelta: «Porque es una birria. ¿Alguna cosa más?»

He mirado hacia el Motivo de Preocupación / nuevo profesor de Educación Física: esbelto, alto, algo más joven que yo, pelo al rape, con cierto aire a Daniel Craig. Estaba observando con cara de preocupación a un grupo de muchachos revoltosos; luego, de repente, ha soplado un silbato y ha vociferado:

—¡Eh, pandilla! Al vestuario ahora mismo u os amonesto.

—¿Lo veis? —ha continuado Nicolette mientras los chicos formaban una caótica fila para intentar volver al trote al colegio. Han comenzado a chillar «¡uno, dos, uno, dos!», como bosquimanos asustados a los que reclutaran para llevar a cabo un levantamiento popular. Mientras, el señor Wallaker marcaba ridículamente el ritmo con el silbato.

—Pues está como un tren —ha observado Farzia. Farzia es mi madre preferida del colegio, siempre tiene claras cuáles son las prioridades.

—Como un tren, pero casado —le ha espetado Nicolette—. Y con hijos, aunque resulte difícil de creer.

—Pensé que era un amigo del director —ha apuntado otra madre.

—Efectivamente. ¿Estará siquiera capacitado? —ha inquirido Nicolette.

—Mami. —Me he dado la vuelta y he visto a Billy con su pequeño *blazer*, el pelo oscuro alborotado y la camisa por fuera de los pantalones—. No me han cogido en ajedrez.

Los mismos ojos, los mismos ojos oscuros rebosantes de dolor.

—No importa que te cojan o que ganes —he contestado, y le he dado un abrazo furtivo—. Lo que cuenta es la persona.

—Claro que es importante. —¡Ahhh! Era el señor Wallaker—. Tiene que practicar. Tiene que ganárselo. —Cuando se ha dado la vuelta, lo he oído farfullar con claridad—: El sentido del mérito entre las madres de este colegio es increíble.

—¿Practicar? —he preguntado alegremente—. Vaya, y a mí que no se me había ocurrido nunca. Debe de ser usted muy listo, señor Wallaker. —Me ha mirado con sus fríos ojos azules—. ¿Qué tiene que ver esto con el departamento de Educación Física? —he proseguido con dulzura.

—Doy la clase de ajedrez.

—¡Vaya, qué bien! Y ¿utiliza el silbato?

El señor Wallaker se ha quedado desconcertado durante un instante; luego, ha replicado:

—¡Eros! ¡Sal de ese arriate ahora mismo!

—Mami —decía Billy al tiempo que me apretaba la mano—. A los que han elegido les dan dos días libres para ir al torneo de ajedrez.

—Practicaré contigo.

—Pero, mami, si el ajedrez se te da fatal.

—¡No se me da fatal! Soy muy buena. ¡Te gané!

—No.

—¡Sí!

—¡No!

—¡Bueno, te dejé ganar porque eres un niño! —he gritado—. Y, de todas formas, no es justo, porque tú vas a clases de ajedrez.

—Podría unirse a las clases, señora Darcy. —Por DIOS. ¿Qué hacía el señor Wallaker poniendo la oreja todavía?—. El límite de edad es de siete años, pero si consideramos la edad mental, estoy

13

seguro de que no tendrá ningún problema. ¿Le ha dado Billy la otra noticia?

—¡Ah! —ha exclamado Billy, y se le ha iluminado la cara—. ¡Tengo piojos!

—¡Piojos! —Lo he mirado horrorizada y me he llevado la mano al pelo instintivamente.

—Sí, piojos. Los tienen todos. —El señor Wallaker ha bajado la vista, con expresión un tanto risueña—. Soy consciente de que esto desencadenará una crisis nacional entre las mamaseratis del norte de Londres y sus peluqueros, pero lo único que tiene que hacer es pasarle una lendrera. Y pasársela usted misma, claro.

Por Dios. Últimamente Billy se rascaba mucho la cabeza, pero no le había hecho mucho caso, tenía demasiadas cosas de las que ocuparme. He notado un hormigueo en la cabeza y que el cerebro me iba a mil. Si Billy tiene piojos, probablemente Mabel tenga piojos, y yo tenga piojos, lo que significa que... Roxster tiene piojos.

—¿Va todo bien?

—Sí, no, ¡genial! —he replicado—. Muy bien, de maravilla. Bueno, pues adiós, señor Wallaker.

Me he alejado con Billy y Mabel agarrados de la mano, mientras me sonaba un mensaje en el móvil. Me he puesto las gafas deprisa para leerlo. Era de Roxster:

<¿Has llegado muy tarde esta mañana, preciosa mía? ¿Y si me subo al bus esta noche y llevo una empanada de carne?>

¡Ahhhh! Roxster no puede venir a casa cuando hay que pasarle la lendrera a todo el mundo y lavar todos los almohadones. Seguro que no es normal tener que pensar en una excusa para quitarte de encima a tu *toy boy* porque la casa entera está llena de piojos. ¿Por qué me meto siempre en tantos líos?

17.00. Hemos vuelto a nuestra casa adosada con el lío habitual de mochilas, dibujos arrugados, plátanos aplastados y, además, un bolsón con productos antipiojos de la farmacia, y hemos pasado a toda prisa por la sala / despacho (cada vez menos útil si no fuera por el sofá cama y las cajas vacías de John Lewis) para bajar la escalera en dirección al cálido y desordenado sótano / cocina / salón donde pasamos la mayor parte del tiempo. He dejado a Billy haciendo los deberes y a Mabel jugando con sus «Villanian» (conejitos Sylvanian) mientras yo preparo los espaguetis a la boloñesa. Pero ahora no sé qué coño decirle a Roxster de lo de esta noche, ni si contarle lo de los piojos.

17.15. Puede que no se lo cuente.

17.30. Ay, Dios. Acababa de mandarle este mensaje:

<Me encantaría que vinieras, pero tengo que trabajar esta noche, así que será mejor que no.>, cuando Mabel se ha levantado de un salto y ha empezado a cantarle a Billy la canción que menos le gusta:

—«*Forgeddabouder money money money...*»

Entonces ha sonado el teléfono. Me he abalanzado sobre él justo en el momento en que Billy se ponía de pie gritando:

—¡Mabel, deja de cantar a Jessie J!

Y una voz de recepcionista ha ronroneado:

—Llamo de parte de Brian Katzenberg.

—Esto... ¿podría llamarlo dentro de...?

—«*Berbling, berblin*» —cantaba Mabel mientras daba vueltas alrededor de la mesa persiguiendo a Billy.

—A Brian le gustaría hablar con usted ahora.

—¡Nooo! ¿Le importaría...?

—¡Mabel! —vociferaba Billy—. ¡Bastaaaaaaaaaaa!

—¡Chisss! ¡Estoy hablando por TELÉFONO!

—¡Holaaaaaa! —La voz enérgica y alegre de Brian—. Bueno,

tengo buenas noticias. Greenlight Productions quiere suscribir una opción para comprarte el guión.

—¿Cómo? —El corazón me ha dado un salto de alegría—. ¿Eso significa que van a convertirlo en una película?

Brian se ha reído con ganas.

—¡Esto es la industria del cine! Sólo te darán algo de dinero para desarrollarlo y...

—¡Mamiiiii! ¡Mabel tiene un cuchillo!

He tapado el auricular con la mano mientras siseaba:

—¡MABEL! ¡Dame ese cuchillo! ¡Ahora mismo!

—¿Hola? ¿Hola? —repetía Brian—. Laura, creo que hemos perdido a Bridget...

—¡No! ¡Estoy aquí! —he exclamado. Me he abalanzado sobre Mabel, que a su vez se ha precipitado sobre Billy blandiendo el cuchillo.

—Quieren una reunión preliminar el lunes a mediodía.

—El lunes. ¡Genial! —he contestado, al tiempo que forcejeaba con Mabel para quitarle el cuchillo—. Esa reunión preliminar ¿es como una entrevista...?

—¡Mamiiiiiiiiii!

—¡Chisss! —Los he llevado a los dos al sofá y he empezado a pelearme con los mandos a distancia.

—Sólo es que tienen algunas dudas sobre el guión y quieren comentarlas antes de decidirse a seguir adelante.

—Bien, bien. —De pronto me he sentido ofendida e indignada. Así que ya tienen problemas con mi guión. Pero ¿de qué puede tratarse?

—Bueno, no olvides que no querrán...

—Mamiiiiii. ¡Estoy sangrando!

—¿Quieres que llame dentro de un rato?

—No, no pasa nada —he contestado, desesperada, mientras Mabel berreaba:

—¡Llama a la ambulancia!

—¿Decías?

—Que no querrán a un escritor novato que dé problemas. Tendrás que encontrar la manera de plegarte a sus deseos.

—Bien, bien. Que no sea un coñazo, vamos.

—Lo has pillado —ha contestado Brian.

—¡Mi hermano *ze* va a morir! —sollozaba Mabel.

—Eh... ¿va todo...?

—Sí, sí, genial, ¡el lunes a las doce! —he dicho justo cuando la niña gritaba:

—¡He matado a mi hermano!

—Vale —ha replicado Brian, algo nervioso—. Le diré a Laura que te pase los detalles por correo electrónico.

18.00. Una vez que la furia ha amainado, y Billy tenía el minúsculo corte de la rodilla cubierto con una tirita de Superman, y he marcado unos negativos en la Tabla de consecuencias de Mabel, y les he embuchado los espaguetis a la boloñesa, me he dado cuenta de que no paraba de darles vueltas en la cabeza a múltiples asuntos, como le sucede a una persona que se está ahogando, sólo que con un tono más optimista. ¿Qué me iba a poner para ir a la reunión? Y ¿ganaría un Oscar al Mejor Guión Adaptado? ¿No salía Mabel antes los lunes? ¿Cómo iba a ir a buscar a los niños? ¿Qué me pondría para la ceremonia de los Oscar? ¿Debería decirle al equipo de la productora Greenlight que Billy tiene piojos?

20.00. *Piojos encontrados: 9; bichos en sí: 2; liendres: 7 (muy bien).*

Acabo de bañar a los niños y de pasarles la lendrera: la verdad es que ha sido de lo más divertido. Le he encontrado a Billy dos bichos en el pelo y siete liendres detrás de las orejas, dos detrás de una y nada menos que cinco tras la otra. Resulta sumamente satisfactorio ver esos puntitos negros aparecer en la lendrera blanca. Mabel se ha disgustado porque ella no tenía ninguno, pero se ha animado cuando la he dejado que me la pasara a mí y tampoco ha encontrado nada. Billy nos enseñaba la lendrera y canturreaba: «¡Yo tenía siete!» Pero cuando Mabel se ha echado a llorar, le ha puesto cariñosamente tres de las suyas en el pelo, con lo cual hemos tenido que volver a pasarle la lendrera a su hermana.

21.15. Los niños están dormidos. Estoy toda orgullosa por lo de la reunión. ¡Vuelvo a ser una profesional y voy a ir a una reunión! Me pondré el vestido de seda azul marino e iré a la peluquería, a pesar del ataque desdeñoso del puñetero señor Wallaker contra los peluqueros. Y a pesar de la acuciante sensación de que la costumbre de ir a la peluquería, cada vez más extendida entre las mujeres, está haciendo que se conviertan en esos hombres del siglo xviii (¿o xvii?) que sólo se sentían cómodos en público cuando llevaban puesta una peluca empolvada.

21.21. Uy, aunque moralmente está mal ir a la peluquería cuando podría tener liendres de las que aún no se ven porque están al principio de su ciclo de siete días, ¿no?

21.25. Sí. Moralmente está mal. Y quizá Mabel y Billy tampoco deberían ir a jugar a casa de sus amigos.

21.30. Y también creo que debería contarle a Roxster lo de los piojos, porque no es bueno mentir en una relación. Aunque, en este caso, puede que sea mejor mentir que mentar los piojos.

21.35. Al parecer los piojos plantean un número inmanejable de dilemas morales modernos.

21.40. ¡Ahhh! He repasado el armario entero (es decir, la pila de ropa amontonada sobre la bici estática) y los armarios de verdad y no encuentro el vestido de seda azul marino. Ahora no tengo nada que ponerme para ir a la reunión. Nada. ¿Cómo puede ser que tenga tanta ropa en el armario y que el vestido de seda azul marino sea lo único que puedo ponerme para una ocasión importante?

Propósito para el futuro: en lugar de pasarme las tardes metiéndome queso rallado en la boca e intentando no pimplar vino, echaré un vistazo tranquilo a toda la ropa que tengo, daré a los pobres todo lo que no me haya puesto desde hace un año y organizaré todo lo demás en un armario austero de cosas que combinen entre sí de manera que vestirse se convierta en un placer sereno, en lugar de en un revolver histérico. Y después haré veinte minutos de bici estática, porque la bici estática no es un armario, evidentemente, sino una bici estática.

21.45. Aunque puede que no pase nada si me pongo siempre el vestido de seda azul marino, un poco como el Dalái Lama y sus túnicas. Si consigo encontrarlo. Me figuro que el Dalái Lama tendrá varias túnicas —o una tintorería de guardia—, y que no se las deja en el fondo de un armario lleno de ropa de Topshop, Oasis, Asos, Zara, etc. que ha comprado pero que no se pone.

21.46. Ni sobre la bici estática.

21.50. Acabo de subir a ver a los niños. Mabel estaba dormida, con el pelo tapándole la cara, como de costumbre, así que parecía que tuviese la cabeza boca abajo. Y abrazada a Saliva. Saliva es la muñeca de Mabel. Billy y yo pensamos que el nombre es una mezcla de Sabrina, la bruja adolescente, y los conejitos Sylvanian, pero Mabel opina que es perfecto.

He besado a Billy en la pequeña mejilla caliente; estaba acurrucado con Mario, Horsio y Puffles Uno y Dos, y entonces Mabel ha levantado la cabeza y ha soltado: «Qué buen tiempo *eztamoz* teniendo», y se ha echado de nuevo.

Me he quedado mirándolos, acariciándoles las caritas suaves, escuchando sus resoplidos, y de pronto ha llegado el funesto pensamiento: «Ojalá...» Me ha asaltado sin previo aviso, «Ojalá...» Oscuridad, recuerdos, pena que se encabrita, que me engulle como un *tsunami*.

22.00. Acabo de bajar corriendo a la cocina. Peor: todo está en silencio, triste, vacío. «Ojalá...» Basta. No puedo permitírmelo. Pon el hervidor. No te pases al lado oscuro.

22.01. ¡Timbre! ¡Gracias a Dios! Pero ¿quién será a estas horas?

MUCHOS TARADOS

Jueves, 18 de abril de 2013 (continuación)

22.45. Eran Tom y Jude, los dos estaban borrachos como auténticas cubas, y entraron dando traspiés y sin parar de reírse tontamente.

—¿Nos dejas el portátil? Venimos del Dirty Burger y...

—... estaba intentando entrar en PlentyofFish desde el iPhone, pero no somos capaces de bajar una foto de Google, así que...

Jude bajó ruidosamente la escalera hacia la cocina, con sus taconazos y el traje del trabajo. Mientras, Tom —aún moreno, cachas, atractivo y muy gay— me dio un beso exagerado.

—¡Muaa! ¡Bridget! ¡Has perdido TANTO peso!

(Lleva los últimos quince años diciéndome lo mismo cada vez que me ve, incluso cuando estaba embarazada de nueve meses.)

—¡Oye, ¿tienes vino?! —chilló Jude desde la cocina.

Resulta que a Jude —que a estas alturas prácticamente dirige la City, pero que sigue trasladando a su vida afectiva su amor por la montaña rusa del mundo financiero— la vio ayer en una página de contactos de internet el capullo de su ex: Richard *el Despreciable*.

—Y sí —anunció Tom mientras bajábamos a toda prisa para unirnos a ella—, Richard *el Tarado Despreciable*, a pesar de haberse pasado CIEN años jugando con esta mujer fabulosa como un jodido chiflado, como si fuera alérgico al compromiso, y de haberse casado después con ella, y de haberla dejado a los diez meses, ha tenido la CARA DURA de enviarle un mensaje indignante por estar en Plentyof... búscalo, Jude... Búscalo...

Jude toqueteó el teléfono sin tener muy claro lo que hacía.

—No lo encuentro. Mierda, lo ha borrado. ¿Puedes borrar un mensaje tuyo después de...?

—A ver, dámelo, cariño. Bueno, la cosa es que Richard *el Despreciable* le mandó un mensaje insultante y después la BLOQUEÓ, así que... —Tom se echó a reír—. Así que...

—Vamos a inventarnos un perfil en PlentyofFish[1] —acabó Jude.

—PlentyofDicks,[2] más bien —bufó Tom.

—PlentyofFuckwits,[3] mejor dicho. Y después utilizaremos a la chica inventada para torturarlo —aclaró Jude.

Nos apretujamos los tres en el sofá, y Jude y Tom empezaron a pasar fotos de caras de rubias de veinticinco años en las imágenes de Google y a intentar bajarlas a la página de contactos mientras se inventaban respuestas frívolas a las preguntas del perfil. Durante un instante deseé que Shazzer estuviera allí para despotricar desde un punto de vista feminista, y no en Silicon Valley siendo un as del punto com con su inesperado-tras-años-de-feminismo marido punto com.

—¿Qué clase de libros le gustan? —planteó Tom.

—Pon: «¿De verdad te importa?» —apuntó Jude—. A los tíos les encantan las zorras, no lo olvides.

—O: «¿Libros? ¿Qué es eso?» —sugerí, pero luego me acordé—: Un momento, ¿esto no va completamente en contra de las «Reglas del ligoteo»? Número 4: establecer una comunicación auténtica, racional.

---

1. Muchos peces. *(N. de la t.)*
2. Muchos capullos. *(N. de la t.)*
3. Muchos tarados. *(N. de la t.)*

—¡Sí! Está TREMENDAMENTE mal y es malsano —admitió Tom, que a estas alturas ya es un psicólogo veterano—, pero con los tarados no cuenta.

Sentía tal alivio por haber sido rescatada del *tsunami* de la oscuridad para volcarme en la creación de la chica-venganza de PlentyofFish, que casi me olvido de darles la noticia:

—¡Greenlight Productions va a hacer mi película! —solté de repente, entusiasmada.

Ambos me miraron alucinados y el interrogatorio vino seguido de una explosión de júbilo exaltado.

—¡Estás que lo viertes, chica! *Toy boy*, guionista, ¡ahora sí que empieza a marchar todo! —exclamó Jude cuando conseguí convencerlos a ambos de que se marchasen para que yo pudiera irme a dormir.

Cuando Jude salió a la calle dando traspiés, Tom vaciló y me miró con cara de preocupación:

—¿Te encuentras bien?

—Sí —contesté—, eso creo, es sólo que...

—Ten cuidado, amor —me advirtió, de repente sobrio y adoptando su tono profesional—. Vas a estar hasta arriba si empiezas a tener reuniones y plazos de entrega y demás.

—Lo sé, pero dijiste que tenía que empezar a trabajar otra vez, y a escribir, y...

—Sí. Pero también vas a necesitar más ayuda con los niños. Ahora mismo estás como en una burbuja. Y es estupendo cómo le has dado la vuelta a todo, pero en el fondo sigues estando vulnerable y...

—¡Tom! —lo llamó Jude, que iba haciendo eses hacia un taxi que había divisado en la calle principal.

—Ya sabes dónde estamos si nos necesitas —me recordó Tom—. A cualquier hora del día o de la noche.

22.50. Pensando en lo de la «comunicación auténtica, racional», he decidido llamar a Roxster y contarle lo de los piojos.

22.51. Aunque es un poco tarde.

22.52. Además, pasar inesperadamente de los mensajes a las conversaciones telefónicas con Roxster sería demasiado dramático: daría un peso y una importancia poco recomendables a lo de los piojos. Mejor le mando un mensaje:

<¿Roxster?>

Espera muy corta.

<¿Sí, Jonesey?>

<Antes te he dicho que esta noche tenía que trabajar.>

<Sí, Jonesey.>

<El motivo era otro.>

<Lo sé, Jonesey. Mientes fatal, hasta por mensaje. ¿Tienes un lío con un hombre más joven?>

<No, pero es igual de bochornoso. Tiene que ver con tu amor a la naturaleza y los insectos.>

<¿Chinches?>

<Casi...>

<*Grito espontáneo, empieza a rascarse la cabeza como un loco.* No... ¡¡¡Piojos!!!>

<¿Me perdonas etc.?>

Tras una breve pausa, nuevo pitido de mensaje.

<¿Quieres que me pase ahora? Estoy en Camden.>

Impresionada por el alegre valor de Roxster, contesto:

<Sí, pero ¿no te importa lo de los piojos?>

<No. Los he buscado en Google. Son alérgicos a la testosterona.>

EL ARTE DE LA CONCENTRACIÓN

Viernes, 19 de abril de 2013

60 kg; calorías: 3.482 (mal); número de veces que he mirado a ver si Roxster tenía piojos: 3; número de piojos encontrados en Roxster: 0; número de insectos encontrados en la comida de Roxster: 27; número de insectos encontrados en casa: 85, plaga (malo); mensajes a Roxster: 2; mensajes de Roxster: 0; correos electrónicos en cadena de padres del colegio: 36; minutos pasados leyendo el correo electrónico: 62; minutos pasados obsesionándome con Roxster: 360; minutos pasados pensando en prepararme para la reunión con la productora: 20; minutos pasados preparándome para la reunión con la productora: 0.

10.30. Bien. Me voy a poner en serio con la presentación del guión, que es una actualización de la famosa tragedia noruega *Hedda Gabbler*, de Anton Chéjov, sólo que ambientada en Queen's Park. Estudié *Hedda Gabbler* para los exámenes finales de Literatura Inglesa en la Universidad de Bangor, en los que, por desgracia, no saqué muy buena nota. Pero quizá éste sea el momento de resarcirme.

10.32. Tengo que concentrarme como sea.

11.00. Acabo de hacer café y de comerme los restos del desayuno de los niños; luego he estado mirando a las musarañas, recordando cosas de la visita de Roxster de ayer por la noche: se presentó a las 23.15, impresionante con unos vaqueros y un jersey oscuro, los ojos brillantes, risueño, con una empanada de carne de Waitrose, dos botes de alubias y un bizcocho de jengibre.

Mmm... La cara que pone cuando lo tengo encima, la barba de dos días sobre la hermosa mandíbula, la ligera separación entre los incisivos —que sólo se ve desde abajo—, esos fornidos hombros desnudos. Despertar adormilada en mitad de la noche y notar que Roxster me besa suavemente el hombro, el cuello, la mejilla, los labios, sentir su erección en el muslo. Por Dios, es tan guapo y besa tan bien, y es tan bueno... Mmm... mmm... Bien, debo pensar en las cuestiones feministas, prefeministas y antifeministas de... Pero, por Dios. Es tan increíble, me hace sentir tan maravillosamente bien que es como si estuviera en una burbuja de felicidad. Bueno, tengo que ponerme las pilas.

11.15. De pronto he empezado a partirme de risa al recordar la pomposa conversación que mantuvimos mientras lo hacíamos ayer por la noche.

—Madre mía, la tienes tan dura.

—La tengo dura porque me gustas, nena.

—Está tan dura...

—Tú me la pones dura, nena.

Entonces, vete tú a saber por qué, me dejé llevar y le dije con la voz entrecortada:

—Tú sí que me la pones dura.

—¿Qué? —dijo Roxster, y soltó una carcajada. Nos entró un ataque de risa y tuvimos que empezar otra vez desde el principio.

Muy propio de su carácter alegre, Roxster no pareció preocupado por lo de los piojos, aunque acordamos que, para tener sexo responsable, primero nos pasaríamos la lendrera el uno al otro. Roxster estuvo muy divertido, me estudiaba el pelo y fingía encontrar y comerse los piojos mientras de vez en cuando me daba besos en la nuca. Cuando me tocó a mí pasarle la lendrera, sin embargo, no quise llamar la atención sobre mi edad poniéndome las gafas de leer, así que terminé peinándole cuidadosamente la preciosa mata de pelo sin ver nada de nada. Por suerte, Roxster parecía tener demasiadas ganas de acabar cuanto antes y meterse en la habitación como para percatarse de mi ceguera. Y probablemente no tuviera nada, por la testosterona. Claro que seguro que no es normal ser demasiado presumida como para ponerse las gafas de leer antes de pasarle la lendrera a tu ligue.

11.45. Vale. El guión. A ver, *Hedda Gabbler* guarda mucha relación con la mujer moderna, ya que va del peligro que supone intentar vivir dependiendo de los hombres. ¿Por qué no me ha mandado Roxster ningún mensaje aún? Espero que no sea por lo de los bichos.

Roxster y yo hemos podido desayunar juntos hoy, algo que no es habitual, porque Chloe, la niñera, ha ido a llevar a los niños al colegio. Chloe, que trabaja para mí desde justo después de que pasara aquello, es como la versión mejorada de mí misma: más joven, más delgada, más alta, con mejor carácter, mejor cuidando de los niños y con un novio con la edad adecuada llamado Graham. Aun así, creo que es mejor que Roxster no conozca ni a Chloe ni a los niños tan pronto, así que normalmente se queda en la habitación hasta que todos se han ido al colegio.

Al cabo de un rato, Roxster estaba feliz y contento comiéndose su primer tazón de muesli cuando de repente ha escupido en la mesa lo que tenía en la boca. Evidentemente, estoy acostumbrada a ver esta clase de cosas, pero no en Roxster, claro. Entonces me ha enseñado el tazón: en el muesli había bichitos saltando, revoloteando y ahogándose en la leche.

—¿Son piojos? —he preguntado horrorizada.

—No —me ha contestado enigmático—. Gorgojos.

Por desgracia, he reaccionado con otro ataque de risa floja.

—¿Tú sabes lo que es meterse una cucharada de insectos en la boca? —ha dicho—. Podría haberme muerto. Peor aún, podrían haber muerto ellos.

Luego, cuando ha volcado el tazón en el cubo de reciclaje de lo orgánico, ha exclamado:

—¡Hormigas!

Había una pulcra hilera de hormigas que salía de la puerta del sótano y llegaba hasta el cubo de reciclaje de lo orgánico. Cuando ha intentado apartar la cortina para librarse de ellas, una pequeña nube de polillas ha salido revoloteando.

—¡Buahhh! Esto es como las Nueve Plagas de Egipto —ha exclamado.

Y aunque se ha echado a reír y me ha dado un beso muy sexy en el vestíbulo, no ha comentado nada sobre el inminente fin de semana. Me da que algo va mal, aunque sólo sea por la ofensa conjunta a sus tres grandes amores: los insectos, la comida y el reciclaje.

Mediodía. ¡Ahhh! Ya son las doce y no he preparado ninguna de mis ideas.

12.05. Y Roxster sigue sin mandarme un mensaje. ¿Y si se lo mando yo a él? Está claro que, según el manual, el caballero debería escribir primero a la dama cuando ha habido sexo, pero puede que todo el protocolo social se venga abajo cuando hay una plaga de insectos por medio.

12.10. Bien. *Hedda Gabbler*.

12.15. Le acabo de escribir:

<Siento mucho lo de las Nueve Plagas de Egipto y la risa. Haré que fumiguen toda la casa y a sus ocupantes para tu próxima visita. ¿Estás bien?>

12.20. Vale. Estupendo. *Hedda Gabbler*. Roxster no ha contestado.

12.30. Roxster sigue sin contestar. Esto no es propio de él.

Puede que compruebe el correo. A veces Roxster cambia de medio electrónico sólo para fardar.

La bandeja de entrada está saturada no sólo por Ocado, Asos, Snappy Snaps, chalets de veraneo en los Cotswolds, enlaces de vídeos divertidos de YouTube, ofertas de Viagra mexicana, reservar el día para la fiesta de crea-tu-propio-oso de Cosmata, sino también por una avalancha de correos en cadena de los padres por lo de los zapatos desaparecidos de Atticus.

```
De: Nicolette Martinez
Asunto: Zapatos de Atticus


Atticus volvió a casa con un zapato de Luigi,
pero el otro ni es suyo ni tiene ningún nombre
marcado. Agradecería la devolución de los dos
zapatos de Atticus; ambos llevan su nombre cla-
ramente escrito.
```

12.35. He decidido unirme a los correos del grupo por solidaridad y para no pensar en el trabajo.

```
De: Bridget Madredebilly
Asunto: Re: Zapatos de Atticus
```

Sólo para aclararme: ¿Atticus y Luigi volvieron a casa después de natación con un solo zapato cada uno?

12.40. Jeje, he desencadenado toda una serie de correos de respuesta graciosos: bromas sobre niños que llegan a casa sin pantalones, bragas, etc.

```
De: Bridget Madredebilly
Asunto: Oreja de Billy
```

Anoche Billy volvió a casa de jugar al fútbol con una sola oreja. ¿Tiene alguien la otra? Su nombre estaba CLARÍSIMAMENTE escrito y agradecería que me fuera devuelta cuanto antes.

12.45. Jiji.

```
De: Nicolette Martinez
Asunto: Re: Oreja de Billy
```

Por lo visto algunos padres piensan que el hecho de que los niños se preocupen por sus cosas y los padres escriban su nombre en ellas con claridad es para tomárselo a broma. Lo cierto es que es importante para que después sean individuos independientes. Puede que si fueran los zapatos de su hijo los que se hubieran perdido tendrían una opinión distinta.

12.50. No, no, no, no. He ofendido a la Madre por Antonomasia y probablemente haya escandalizado al resto. Voy a mandar un correo pidiéndoles disculpas a todos.

De: Bridget Madredebilly
Asunto: Zapatos de Atticus, orejas de Billy, etc.

Lo siento, Nicorette. Estaba intentando escribir y me aburría, sólo era una broma. Soy lo peor.

12.55. ¡Ahhhh!

De: Nicolette Martinez
Asunto: Bridget Jones

Bridget, es posible que el que hayas escrito mal mi nombre no sea más que un lapsus linguae; creo que todos sabemos que andas a vueltas con tus recaídas en el tabaco. Si ha sido intencionado, resulta ofensivo y grosero. Quizá debamos hablar de todo esto con el coordinador del colegio.

NicoLette

¡Mierda! ¡La he llamado Nicorette! Pero, bueno, no te obsesiones más con esto. Ahora déjalo y concéntrate.

13.47. Esto es ridículo. Estoy COMPLETAMENTE bloqueada.

13.48. Todas las madres me odian y Roxster no ha contestado.

13.52. De bajón, tirada en la mesa de la cocina.

13.53. Mira, nada de pasarse al lado oscuro. Grazina, la mujer de la limpieza, llegará de un momento a otro y no puede verme así. Le dejaré una nota: tenemos una plaga de insectos y me he ido a Starbucks.

14.16. Estoy en Starbucks con un panini de jamón y queso. Bien.

15.16. Grupos enormes de madres pijas con carritos de bebé han tomado por asalto la cafetería y hablan a gritos de sus maridos.

15.17. Hay demasiado ruido. Odio a la gente que habla por teléfono en las cafeterías. Uy, teléfono, ¡puede que sea Roxster!

15.30. Era Jude, que a todas luces estaba en una reunión, y me ha hablado en voz baja y a escondidas:

—Bridget, Richard *el Despreciable* está completamente loco por Isabella.

—¿Quién es Isabella? —susurré yo también.

—La chica que nos inventamos en PlentyofFish. Richard *el Despreciable* está empeñado en quedar con ella mañana.

—Pero esa chica no existe.

—Exactamente. Ella soy yo. Ha quedado en que me verá... la verá, quiero decir, en el Shadow Lounge, y ella va a darle plantón.

—Genial —musité mientras Jude decía con tono autoritario: «Bueno, pues pon una orden condicionada de dos millones de yenes a ciento veinticinco y espera a los beneficios trimestrales.»

A continuación susurró:

—Y, al mismo tiempo, el tío al que conocí en DatingSingle-Doctors, la página de contactos de médicos solteros, va a quedar conmigo, con mi yo real, a dos manzanas de allí, en el Soho Hotel.

—Qué bien —respondí confusa.

—Lo sé. Bueno, tengoquedejarteadiós.

Espero que el tío de la página de médicos no resulte ser una invención de Richard *el Despreciable*.

15.40. Roxster todavía no me ha mandado ningún mensaje. No puedo concentrarme. Me voy a casa.

16.00. Cuando he llegado a casa, me he encontrado con un olor tremendamente acre a señora mayor. Grazina ha seguido diligentemente las instrucciones que le había garabateado y ha tirado toda la comida a la basura. Lo ha lavado, limpiado y rociado todo, y colocado bolas de naftalina en y detrás de todas las entradas o salidas imaginables del suelo, las paredes, las puertas o los muebles. Tardaré todo el fin de semana, y posiblemente el resto de mi vida, en encontrar todas las bolas de naftalina y acabar con ellas.

33

Ninguna polilla podría sobrevivir a esto, y tampoco, y esto es vital, ningún *toy boy*. Pero es probable que eso sea irrelevante, porque SIGO SIN TENER NOTICIAS SUYAS.

16.15. ¡Aaah! Se oyen los golpes, el estruendo y las voces que anuncian que todo el mundo ha llegado a casa. Es viernes por la tarde, es hora de que Chloe se marche y yo aún no tengo ordenadas las ideas.

16.16. ¿Por qué no contesta Roxster? Y eso que el último mensaje que le he mandado era una pregunta. ¿O no? Voy a leer el último mensaje que le he enviado:

<Siento mucho lo de las Nueve Plagas de Egipto y la risa. Haré que fumiguen toda la casa y a sus ocupantes para tu próxima visita. ¿Estás bien?>

Me he quedado hecha polvo. No era sólo una pregunta, un mensaje que acababa con una pregunta, sino la innegablemente presuntuosa presunción de que volvería a ver a Roxster.

18.00. Me he ido a la planta de abajo para intentar que Billy y Mabel no me vean de bajón (por suerte, como es fin de semana, estaban respectivamente embobados con Plantas contra zombis y *Un chihuahua en Beverly Hills 2*) y, de paso, calentar unos espaguetis a la boloñesa (en realidad espaguetis con queso sin espaguetis, porque Grazina había tirado toda la pasta). Por fin, cuando hemos acabado de cenar, no sé por qué meter los platos en el lavavajillas ha hecho que me viniera abajo y he enviado a Roxster un mensaje falsamente alegre diciendo: <¡Ya es fin de semanaaaaa!>

Luego me ha entrado un ataque de angustia tan malo que, para que no se enterasen, he tenido que dejar que Billy siguiera matando plantas con zombis como un poseso y Mabel viendo *Un chihuahua en Beverly Hills 2* por séptima vez. Me he dado cuenta de que era una forma de criarlos irresponsable y relajada, pero he llegado a la conclusión de que no era tan horrible como los daños emocionales que sufrirían si supieran que su madre está de bajón por culpa de alguien cuya edad se acerca más a... ¡Ahhhh! ¿De verdad la edad de Roxster se acerca más a la de Mabel que a la mía? No, pero creo que puede que sí esté más cerca de la de Billy. Por Dios. ¿En qué estoy pensando? No me extraña que ya no me escriba.

21.15. Todavía no me ha escrito. Por fin puedo caer sin reparos en el pozo de la tristeza, la inseguridad, el desvalimiento emocional, etc. Lo que tiene salir con un hombre más joven es que te hace sentir como si hubieras hecho retroceder el tiempo milagrosamente. A veces, cuando estamos sentados en el cuarto de baño y miro al espejo y nos veo, no puedo creerme que sea yo, haciendo esto, con Roxster, a mi edad. Pero, ahora que se ha acabado, he reventado como una burbuja. ¿Estoy utilizando todo este asunto para bloquear la angustia existencial que me provoca envejecer y el miedo a que tal vez me dé un derrame cerebral? ¿Qué sería de Billy y Mabel?

Era peor cuando los niños eran pequeños. Siempre tenía miedo de morirme de repente por la noche, o de caerme por la escalera, porque nadie vendría y ellos se quedarían solos y acabarían comiéndome. Claro que, como señalaba Jude: «Siempre es mejor que morir sola y que te devore un pastor alemán.»

21.30. No debo olvidar lo que dice en *El zen y el arte de amar*: «Cuando viene, nos alegramos; cuando se va, lo dejamos ir.» Además, cuando los estudiantes de zen se sientan en el cojín, traban amistad con la soledad, que no es lo mismo que sentirse solo. La soledad es fugacidad, y el hecho de que la gente a la que queremos entra en nuestra vida y se vuelve a marchar, lo cual no es más que parte de la existencia humana, o puede que eso sea sentirse solo, y la soledad sea... Todavía no me ha contestado.

23.00. No puedo dormir.

23.15. Ay, Mark. Mark. Sé que ya pasé por todo esto del «llamará o no llamará» cuando estábamos saliendo, antes de que nos casáramos. Pero incluso entonces era distinto. Lo conocía muy bien, lo conocía desde que correteaba desnuda por el jardín de la casa de sus padres.

Solía mantener conversaciones conmigo mientras dormía. Ahí era cuando me enteraba de lo que sentía de verdad.

«¿Mark? —Aquella cara morena, atractiva, apoyada en la almohada—. ¿Eres bueno?»

Suspiraba de dormido, con expresión triste, avergonzada, sacudía la cabeza.

«¿Te quiere tu mamá?»

Muy triste, intentando ahora decir que no en sueños. Mark Darcy, el gran y poderoso abogado defensor de los derechos humanos... y por dentro el niñito herido al que metieron en un internado a los siete años.

«¿Te quiero yo?», le preguntaba. Y entonces él sonreía dormido, feliz, orgulloso, asentía, me atraía hacia él y me abrazaba.

Nos conocíamos de arriba abajo, de adelante atrás. Mark era un caballero y yo confiaba ciegamente en él, así que salía al mundo desde aquel lugar seguro. Era como explorar las aterradoras profundidades oceánicas desde la seguridad de nuestro pequeño submarino. Y ahora... todo es terrorífico y ya no volverá a haber seguridad que valga.

23.55. ¿Qué estoy haciendo? ¿Qué estoy haciendo? ¿Por qué me metí en esto? ¿Por qué no me quedé como estaba? Triste, sola, sin trabajo, sin sexo, pero al menos madre y fiel al... fiel al padre de mis hijos.

LA NOCHE OSCURA DEL ALMA

Viernes, 19 de abril de 2013 (continuación)

Cinco años. ¿De verdad han pasado ya cinco años? Al principio sólo era cuestión de aguantar el día. Por suerte, Mabel era demasiado pequeña como para enterarse de nada, pero, ay, los recuerdos de Billy corriendo por la casa y diciendo: «Mi papá ya no está.» Jeremy y Magda en la puerta, un policía tras ellos, sus caras. Correr instintivamente hacia los niños, abrazarlos aterrorizada: «¿Qué pasa, mami? ¿Qué pasa?» Representantes del Gobierno en el salón, alguien que pone las noticias sin querer, el rostro de Mark en la televisión sobre la leyenda:

Mark Darcy, 1956-2008

Después, los recuerdos son borrosos. Amigos, familiares que me rodean como si estuviera en el vientre materno. Los colegas abogados de Mark ocupándose de todo: el testamento, el impuesto de sucesiones, increíble, como una película que fuera a detenerse. Los sueños, aún protagonizados por Mark. Las mañanas, despertarme a las cinco con la mente en blanco durante una décima de segundo gracias a los efectos del sueño, pensar que todo seguía igual y luego acordarme: perforada por el dolor, como si una estaca enorme me clavara a la cama atravesándome el corazón, incapaz de moverme por si agitaba la pena y se extendía, consciente de que media hora después los niños estarían despiertos y yo en pie: pañales, biberones, intentos de fingir que todo va bien, o al menos mantener la compostura hasta que llegara la asistenta y yo pudiese desactivarme y encerrarme a llorar en el cuarto de baño. Y después ponerme algo de rímel y a seguir armándome de valor.

Pero tener hijos implica una cosa: no puedes hacerte pedazos, tienes que continuar. TPA, tirar para adelante. El ejército de psicoterapeutas y consejeros sirvió de ayuda en el caso de Billy y, más adelante, en el de Mabel: «versiones manejables de la verdad», «sinceridad», «hablar», «sin secretos», una «base segura» desde la que abordarlo. Pero para la supuesta «base segura» —o sea, procurad no reíros, yo— fue harina de otro costal.

Lo que más recuerdo de aquellas sesiones es, resumiendo: «¿Puedes sobrevivir?» No había otra elección. Todos aquellos pensamientos que se agolpaban —el último momento que pasamos juntos, el roce del traje de Mark en mi piel, yo en camisón, el que sería sin saberlo nuestro último beso de despedida, intentar revivir su mirada, el sonido del timbre, las caras en la puerta, los pensamientos: «yo nunca...», «ojalá...»—, tenía que bloquearlos. El duelo cuidadosamente orquestado y vigilado por expertos de voz melosa y las sonrisas tristes fueron menos eficaces que intentar cambiar un pañal al mismo tiempo que preparaba un palito de pescado en el microondas. Ya sólo mantener el barco a flote, aunque no fuera del todo recto, suponía, creía yo, el noventa por ciento de la batalla. Mark lo dejó todo arreglado: temas financieros, pólizas de seguros. Salimos del caserón de Holland Park, lleno de recuerdos, y nos mudamos a esta casita de Chalk Farm. Las matrículas escolares, la casa, las facturas, los impuestos: se ocuparon a la perfección de todos los asuntos prácticos. No tenía necesidad de trabajar, sólo dedicarme a Mabel y a Billy —mi Mark en miniatura—, mantener con vida todo lo que me quedaba de él y mantenerme con vida a mí misma. Madre, viuda, poniendo un pie delante del otro. Pero por dentro era un caparazón vacío, destrozado, ya no era yo.

Sin embargo, al cabo de cuatro años mis amigos decidieron que no podía seguir más tiempo así.

PRIMERA PARTE

Virginidad recuperada

HACE UN AÑO...

Estos fragmentos pertenecen a mi diario del año pasado; empiezan hace exactamente un año, cuatro después de la muerte de Mark, y reflejan cómo me metí en el lío en que estoy ahora.

DIARIO DE 2012

Jueves, 19 de abril de 2012

79 kg; unidades de alcohol: 4 (bien); calorías: 2.822 (pero es mejor comer comida de verdad en un club que trozos de queso rancio y palitos de pescado en casa); posibilidad de tener o deseo de volver a tener sexo: 0.

—TIENE que echar un polvo —aseguró Talitha con firmeza entre sorbos de Martini con vodka y alarmantes miradas por Shoreditch House en busca de candidatos.

Era una de nuestras salidas más o menos habituales, a las que Talitha, Tom y Jude insistían en que fuera en un intento de «sacarme de casa», un poco como llevar a abuelita a la playa.

—Estoy de acuerdo —corroboró Tom—. ¿Os he contado que reservé una suite en el Chedi de Chiang Mai por sólo doscientas libras la noche en LateRooms.com? Había una Junior Suite por 179 en Expedia, pero no tenía terraza.

Tom, en su madurez, se ha obsesionado cada vez más con pasar las vacaciones en hoteles *boutique* e intentar que adaptemos nuestro estilo de vida al del blog de Gwyneth Paltrow.

—Tom, cierra el pico —farfulló Jude tras levantar la vista del iPhone y de DatingSingleDoctors—. Esto es serio. Tenemos que hacer algo. Ha recuperado la virginidad.

—Vosotros no lo entendéis —expliqué—. Estamos hablando de algo totalmente imposible. No me apetece estar con otra persona. Y, aunque me apeteciera, que no es así, soy inviable, completamente asexual, y no volveré a gustarle a nadie nunca, nunca jamás.

Me miré la barriga, prominente bajo el top negro. Era verdad: había recuperado la virginidad. El problema del mundo moderno es que estamos expuestos a un bombardeo continuo de imágenes de sexo y sexualidad —la mano en el culo de la valla publicitaria, las parejas besuqueándose en la playa del anuncio de sandalias, las parejas de verdad entrelazadas en el parque, los condones junto a la caja registradora en la farmacia—, todo un maravilloso mundo mágico de sexo del que ya no formas parte y al que no regresarás jamás.

—No pienso luchar contra ello, forma parte de ser viuda y del proceso de convertirse en una viejecita —afirmé con aire melodramático y confiando en que ellos hicieran hincapié de inmediato en que en realidad era Penélope Cruz o Scarlett Johansson.

—Vamos, cari, no seas absurda —repuso Talitha mientras llamaba al camarero para pedir otro cóctel—. Probablemente tengas que adelgazar un poco, y ponerte algo de bótox, y hacerte algo en esos pelos, eso sí, pero...

—¿Bótox? —repetí indignada.

—¡Por Dios! —exclamó Jude de pronto—. Este tío no es médico. También estaba en DanceLoverDating. ¡Es la misma foto!

—Puede que sea médico y que le guste bailar; así cubriría todas las bases, ¿no? —aventuré.

—Jude, cierra el pico —le soltó Tom—. Estás perdida en un

laberinto de presencias cibernéticas nebulosas de las cuales la mayoría no existe. Y se gustan y se dejan de gustar arbitrariamente a voluntad.

—El bótox puede matarte —aseveré inquieta—. Es botulismo. Procede de las vacas.

—¿Y? Mejor morir de bótox que de soledad por estar arrugada como una pasa.

—Por el amor de Dios, cierra el pico, Talitha —la reprendió Tom.

De pronto me sorprendí echando otra vez de menos a Shazzer y deseando que estuviera allí para decir: «A ver si todo el puto mundo cierra la puta boca y deja de decirles a los demás que cierren la puta boca.»

—Eso, cierra el pico, Talitha —convino Jude—. No todo el mundo quiere parecer un bicho raro.

—Cari —repuso Talitha al tiempo que se llevaba la mano a la frente—, yo NO soy un «bicho raro». Duelo aparte, Bridget ha perdido, o digamos extraviado, su yo sexual, y es nuestro deber ayudarla a recuperarlo.

Y, tras sacudir sus exuberantes y brillantes rizos, Talitha se retrepó en su asiento mientras nosotros tres la mirábamos en silencio y bebiéndonos nuestros cócteles con pajita, como si tuviéramos cinco años.

Talitha atacó de nuevo:

—El truco para no aparentar la edad que tienes no es otro que alterar los «indicadores». Hay que obligar al cuerpo a rechazar la acumulación de grasa de la mediana edad, las arrugas son absolutamente innecesarias y una buena mata de pelo saludable, brillante, con movimiento...

—... comprada por una miseria a vírgenes indias reducidas a la pobreza —la interrumpió Tom.

—... con independencia de cómo se obtenga y se fije, es todo lo que se necesita para dar marcha atrás al reloj.

—Talitha —se asombró Jude—, dime, ¿de verdad acabo de oírte pronunciar las palabras «mediana» y «edad»?

—Da lo mismo, no puedo —afirmé.

—Mira, todo esto me da mucha pena —objetó Talitha—. Las mujeres de nuestra edad...

—De tu edad —la corrigió Jude.

—... son las únicas culpables de colgarse el sambenito de inviables a fuerza de repetir una y otra vez que llevan cuatro años sin ligar con nadie. Hay que asesinar con brutalidad y enterrar a la «Disappearing Woman» de Germaine Greer.[4] Una necesita, por su propio bien y por el de las que son como ella, crearse un halo de seguridad y atractivo misteriosos, reinventarse como...

—Como Gwyneth Paltrow —dijo Tom alegremente.

—Gwyneth Paltrow no tiene «nuestra edad» y está casada —objetó Jude.

—Que no, que de verdad no puedo tirarme a nadie —insistí—. No sería justo para los niños. Hay demasiadas cosas que hacer, y los hombres necesitan mucho mantenimiento.

Talitha me estudió con cara de pena, se fijó en mis habituales pantalones negros, holgados y flojos de cintura, y en el top largo que cubría las ruinas de lo que un día fue mi figura. Y ella sabe de lo que habla, está claro, porque ha estado casada tres veces y, desde que la conocí, nunca la he visto sin un hombre absolutamente loco por ella guardado en la reserva.

—Una mujer tiene sus necesidades —refunfuñó con dramatismo—. ¿Qué bien les hace una madre a sus pobres hijos si tiene la autoestima por los suelos y está frustrada desde el punto de vista sexual? Si no echas un polvo pronto, te cerrarás literalmente. Y, lo que es aún más importante, te marchitarás. Y acabarás siendo una amargada.

4. Escritora y locutora feminista australiana, famosa por la honestidad con que habla de todos los temas relacionados con la sexualidad de la mujer. (N. de la t.)

—Da lo mismo —aseguré.

—¿Qué?

—No sería justo para Mark.

Se hizo el silencio un momento. Fue como si alguien hubiese arrojado contra el espíritu de la animada velada un enorme pescado chorreante de agua.

Después, no obstante, Tom me siguió haciendo eses hasta el aseo de señoras y se apoyó contra la pared para no caerse mientras yo toqueteaba el grifo de diseño intentando abrirlo.

—Bridget —me llamó cuando empecé a tantear por debajo del lavabo en busca de algún pedal.

Levanté la mirada.

—¿Qué?

Tom se había puesto de nuevo en modo profesional.

—Mark querría que encontraras a alguien. No le gustaría que te quedases estancada...

—No me he estancado —aseveré, y me erguí con cierta dificultad.

—Tienes que trabajar —me aconsejó—. Necesitas una vida. Y a alguien que esté contigo y te quiera.

—Ya tengo una vida —repuse con aspereza—. Y no necesito un hombre, tengo a los niños.

—Bueno, aunque sólo sea por eso, necesitas a alguien que te enseñe a abrir los grifos. —Acercó la mano al instrumento cuadrado y giró la base, tras lo cual empezó a salir agua—. Échale un vistazo a Goop —añadió. De pronto había vuelto a ser el Tom divertido, frívolo—. Lee lo que dice Gwyneth sobre el sexo y educar a los hijos a la francesa.

23.15. Acabo de darle las buenas noches a Chloe intentando disimular la cogorza que llevo.

47

—Lo siento, se me ha hecho un poco tarde —he farfullado avergonzada.

—¿Cinco minutos? —me ha contestado con la nariz arrugada, comprensiva—. Me alegro de que te hayas divertido un poco.

23.45. Ya estoy en la cama. Detalle revelador: en lugar de mi acostumbrado pijama de perros, a juego con el de los niños, llevo puesto el único camisón vagamente sexual en el que aún quepo. De pronto me siento esperanzada. Puede que Talitha tenga razón. Si me marchito y acabo siendo una amargada, ¿de qué les servirá a los niños? Serán unos ególatras, unos exigentes, unos tiranos. Y yo una vieja tonta, chillona, negativa y amorrada al jerez que irá por ahí gruñendo: «¿POR QUÉ NO HACÉIS ALGO POR MÍÍÍÍÍÍÍ?»

23.50. Puede que haya estado avanzando por un túnel largo y oscuro a cuyo final hay una luz. Tal vez haya alguien que pueda quererme. No hay motivo para que no pueda traer a un hombre aquí. Podría poner una aldabilla en la puerta de la habitación para que los niños no entren y nos pillen, crear un mundo adulto, sensual de... ¡Ahhhh! Un grito de Mabel.

23.52. He ido corriendo a la habitación de los niños y me he encontrado a una personita toda despeluchada en la litera de abajo, sentada. Luego se ha tumbado deprisa, como si tuviera un resorte, que es lo que hace siempre, porque se supone que no puede despertarse en mitad de la noche. Después Mabel ha vuelto a incorporarse, se ha mirado el pijama, empapado de diarrea, ha abierto la boca y ha vomitado.

23.53. He llevado a Mabel en brazos al cuarto de baño y le he quitado el pijama intentando que no me dieran arcadas.

23.54. He lavado y secado a Mabel, la he dejado sentada en el suelo y he ido a buscar un pijama limpio. He quitado las sábanas e intentado encontrar unas limpias.

Medianoche. Lloros en el cuarto de los niños. Aún con las sábanas manchadas de diarrea en la mano, me he desviado hacia la habitación y a medio camino he oído lloros rivales procedentes del cuarto de baño. Me he planteado darme al vino. Me he recordado a mí misma que soy una madre responsable, no una putilla en un pub.

00.01. Me he echado a temblar, histérica, entre la habitación de los niños y el cuarto de baño. El llanto del baño iba en aumento. He entrado pensando que Mabel se habría comido una maquinilla Bic, un bote de veneno o algo parecido, pero me la he encontrado haciendo caca en el suelo con expresión culpable y espantada.

Me he sentido abrumada por mi amor hacia ella. La he cogido. Ahora no hay diarrea y vomitona sólo en las sábanas, en la alfombrilla del cuarto de baño, en Mabel, etc., sino también en el camisón vagamente sexual.

00.07. He ido al cuarto de los niños aún con Mabel en brazos, además de con todas las cosas manchadas de diarrea, y me he topado con Billy fuera de la cama, con el pelo todo húmedo y despeinado y mirándome como si yo fuera Dios y tuviera todas las respuestas. Me ha sostenido la mirada mientras vomitaba como la niña de *El*

49

exorcista, sólo que ha mantenido la cabeza en su sitio en lugar de que le diera vueltas y más vueltas.

00.08. La diarrea ha irrumpido en el pijama de Billy. Su expresión de desconcierto me ha llenado de amor por él. He terminado fundiéndome en un «abrazo de grupo» al estilo californiano y rebosante de diarrea / vómito con Billy, Mabel, las sábanas, la alfombrilla del cuarto de baño, los pijamas y el camisón vagamente sexual.

00.10. Ojalá Mark estuviera aquí. He tenido un *flashback* repentino de él, vestido con su batín abogadesco por la noche, un breve vislumbre de vello del pecho, los súbitos ramalazos de humor ante tamaño caos infantil, poniéndose en plan militar para organizarnos a todos como si aquello fuese una especie de conflicto fronterizo y después, al caer en lo absurdo de la situación, acabar los dos riéndonos.

Se está perdiendo todos los pequeños momentos, he pensado. Se está perdiendo ver crecer a sus propios hijos. Incluso esto habría sido divertido, en lugar de confuso y aterrador. Uno de nosotros podría haberse quedado con ellos mientras el otro se ocupaba de las sábanas. Después habríamos podido meternos otra vez en las literas y reírnos de todo y... ¿Cómo iba a disfrutar otro de ellos y quererlos como lo habría hecho él, incluso cuando se hacen caca por todas partes y...?

00.15. «¡Mami!» Billy me ha devuelto a la realidad de golpe. La situación era complicada, sin lugar a dudas: los dos niños embadurnados de caca y vómito, asustados y con arcadas. Lo ideal sería separarlos de los tejidos / fluidos, meterlos en una bañera con agua caliente y buscar sábanas. Pero ¿y si la caca y los vómitos continuaban? Entonces ¿qué? El agua podría acabar siendo tóxica, y posiblemente transmitirles el cólera, como una alcantarilla abierta en un campo de refugiados.

00.16. He encontrado una solución provisional: poner en el suelo del cuarto de baño las piezas de plástico del Playmat, con almohadas, toallas, etc. tiradas alrededor.

00.20. He decidido bajar a la lavadora (es decir, a la nevera a por vino).

00.24. He cerrado la puerta y he bajado corriendo.

00.27. Después de aclararme las ideas con un trago de vino, me he dado cuenta de que lavar las sábanas, etc., es irrelevante. Lo único esencial, está claro, es mantener a los niños con vida hasta por la mañana, a ser posible evitando que me dé un ataque de nervios.

00.45. He notado que el vino, aunque fortalece la cabeza, tiene el efecto contrario en el estómago.

00.50. He vomitado.

02.00. Billy y Mabel están dormidos en el suelo del cuarto de baño, encima y debajo de unas toallas, y limpios hasta cierto punto. He decidido echarme a dormir a su lado con el camisón vagamente sexual lleno de caca y vomitona.

02.05. Estoy experimentando una grata sensación de triunfo, como el general que ha evitado por los pelos la masacre, el baño de sangre, etc., urdiendo una solución pacífica: incluso empiezo a escuchar la música de *Gladiator* y a verme en el papel de Russell Crowe, parcialmente oculto por la leyenda: «Nacerá un héroe.»

Al mismo tiempo, sin embargo, no puedo evitar sentir que intentar planear un encuentro erótico cuando pasa esta clase de cosas quizá no sea una idea especialmente buena.

UN NUEVO COMIENZO. UN NUEVO YO

Viernes, 20 de abril de 2012

78 kg; minutos reservados para meditar: 20; minutos pasados meditando: 0.

14.00. Bien. He tomado una decisión: voy a cambiar por completo. Me voy a volcar de nuevo en el zen / la new age / los libros de autoayuda y el yoga, etc. Empezaré por dentro, no por fuera, a meditar con regularidad y a perder peso. Lo tengo todo listo —una vela y una esterilla de yoga en el cuarto de baño—, y voy a meditar en silencio y a aquietar la mente antes de llevar los niños al médico. Debo recordar reservar tiempo para a) coger algo de picar y b) encontrar las llaves del coche, que las he perdido.

Las otras cosas que voy a hacer son las siguientes:

Voy a:
* Perder 13 kilos.
* Unirme a Twitter, Facebook, Instagram y WhatsApp en lugar de sentirme vieja y *out* porque todo el mundo salvo yo tiene Twitter, Facebook, Instagram y WhatsApp.
* Dejar de tener miedo a encender el televisor. Sencillamente encontraré y leeré los manuales de instrucciones de la tele y del mando a distancia y los botones del decodificador del

cable con DVD para que la televisión sea una fuente de entretenimiento y placer, y no un bajón.

* Hacer limpiezas vitales con regularidad despojando la casa de todo lo superfluo, sobre todo en el armario de debajo de la escalera. Así habrá un sitio para cada cosa y cada cosa estará en su sitio, a la manera de un zendo budista / la casa de Martha Stewart.

* Teniendo en mente todo lo anterior, pedirle a mi madre que deje de mandarme bolsos sin estrenar, «estolas», «soperas» de Wedgwood, etc., recordándole que los días del racionamiento terminaron hace algún tiempo y que hoy en día lo que escasea es el espacio, más que las posesiones (al menos en el mundo urbano occidental).

* Empezar mi adaptación de *Hedda Gabbler* para volver a tener una vida profesional adulta.

* Escribir de verdad dicho guión en lugar de pasarme la mitad del día con la intención de buscar algo y luego deambulando distraídamente de habitación en habitación dándoles vueltas en la cabeza a los correos electrónicos sin contestar, los mensajes, las facturas, las quedadas de niños, las fiestas de *karts*, las piernas sin depilar, las citas médicas, las reuniones de padres, los horarios de la niñera, el ruido raro de la nevera, el armario de debajo de la escalera y la razón por la que la tele se niega a funcionar, para después terminar sentándome otra vez y dándome cuenta de que se me ha olvidado lo que buscaba.

* No ponerme las tres cosas de siempre continuamente, sino revisar el armario y pensar en *looks* modernos basados en los que llevan las famosas en los aeropuertos.

* Organizar el armario de debajo de la escalera.

* Averiguar por qué la nevera hace ese ruido.

* Abrir el correo electrónico sólo una hora al día en vez de pasarme todo el día en un inútil bucle cibernético de correos, noticias, calendario, Google y webs de compras y via-

jes mientras mando mensajes con el móvil y al final no respondo a ninguno de los correos.

* No añadir Twitter, Facebook, WhatsApp o lo que sea al bucle cibernético.
* Encargarme de todos los correos electrónicos de inmediato para que se conviertan en un medio de comunicación eficaz en vez de en una terrorífica e inexplorada bandeja de entrada llena de sentimientos de culpa y bombas sin detonar que vampirizan mi tiempo.
* Cuidar a los niños mejor que Chloe, la niñera.
* Establecer una rutina regular con los niños para que todo el mundo sepa dónde está y qué se supone que tiene que estar haciendo, en particular yo.
* Leer libros de autoayuda sobre cómo educar a los hijos, incluidos *Uno, dos, tres: una paternidad fácil y mejor* y *Los niños franceses no tiran la comida*, con el objetivo de cuidar a los niños mejor que Chloe.
* Ser más agradable con Talitha, Jude, Tom y Magda por lo buenos que son conmigo.
* Ir a pilates una vez a la semana, a zumba dos veces a la semana, al gimnasio tres veces a la semana y a yoga cuatro veces a la semana.

No voy a:
* Beber tanta cola light antes de yoga como para que la clase entera se convierta en un ejercicio de intentar no tirarme pedos.
* Volver a llegar tarde al colegio.
* Enseñarle el dedo corazón a la gente cuando vaya conduciendo al colegio.
* Cabrearme cuando el lavavajillas, la secadora y el microondas piten como intentando llamar la atención sólo para de-

cirte que han terminado, ni a malgastar el tiempo imitando toda mosqueada al lavavajillas, bailoteando a su alrededor y diciendo: «Anda, porfa, mírame, soy un lavavajillas, he lavado los platos.»

* Cabrearme con mi madre, Una o Nicolette doña Perfecta.
* Llamar Nicorette a Nicolette.
* Mascar más de diez chicles de Nicorette al día.
* Esconder las botellas de vino vacías para que Chloe no las vea.
* Comer queso rallado directamente de la nevera y tirándolo todo por el suelo.
* Chillar o a gruñir a los niños, sino que voy a hablarles con tranquilidad, sin alterarme, en plan buzón de voz, en todo momento.
* Beber más de una lata de Red Bull y una lata de cola light al día.
* Beber más de dos capuchinos con cafeína al día. O tres.
* Comer más de tres Big Macs o paninis de jamón y queso de Starbucks a la semana.
* Seguir diciendo «Una... dos...» para advertir a los niños antes de haber decidido lo que haré cuando llegue a tres.
* Quedarme en la cama por la mañana teniendo pensamientos morbosos o eróticos, sino que me levantaré del tirón a las seis en punto y me pondré de punta en blanco como Stella McCartney, Claudia Schiffer y demás.
* Ponerme hecha una histérica cuando las cosas salgan mal, sino que adoptaré una actitud de aceptación y serenidad, como un gran árbol en mitad de la tormenta.

Pero ¿cómo voy a aceptar lo que sucedió...? A ver, no debo... ¡Ahhh! Es hora de ir al médico y no he preparado lo de picar, no he escrito, no he meditado y no he dado con el paradero de las PUÑETERAS LLAVES DEL COCHE. ¡MIERDA!

VIRGEN EN LAS REDES SOCIALES

Sábado, 21 de abril de 2012

78 kg; minutos pasados en la bici estática: 0; minutos pasados organizando el armario: 0; minutos pasados aprendiendo a utilizar los mandos a distancia: 0; propósitos cumplidos: 0.

21.15. Los niños están dormidos y la casa está a oscuras y en silencio. Ay, Dios, ESTOY TAN SOLA. El resto de Londres ha salido y se está riendo a carcajadas con sus amigos en los restaurantes, y después van a darse al sexo.

21.25. A ver, no pasa absolutamente nada por estar sola en casa los sábados por la noche. Me pondré a organizar el armario de debajo de la escalera y después haré un poco de bici estática.

21.30. Me he acercado al armario. Quizá no.

21.32. Me he acercado a la nevera. Puede que me tome una copa de vino y una bolsa de queso rallado.

21.35. Esto está mejor. ¡Voy a abrirme una cuenta de Twitter! Con la llegada de las redes sociales, ya nadie volverá a sentirse jamás aislado y solo.

21.45. Me he metido en la página de Twitter, pero no entiendo nada. No son más que incomprensibles sartas de conversaciones a medias con @esto y @lo otro. ¿Cómo se supone que sabe la gente lo que está pasando?

Domingo, 22 de abril de 2012

21.15. Vale. Ya tengo Twitter. Necesito un nombre. Algo que suene juvenil: ¿Bridgeteslomas?

21.46. Quizá no.

22.15. ¡JoneseyBJ!

22.16. Pero ¿por qué tiene que ser @JoneseyBJ? ¿A santo de qué viene la arroba?

Lunes, 23 de abril de 2012

79 kg (por Dios); seguidores en Twitter: 0.

21.15. No sé cómo se sube la foto. Sólo hay un espacio vacío con un gráfico en forma de huevo. ¡Es genial! Puede ser una foto mía de antes de ser concebida.

21.45. Bien. Ahora a esperar a tener seguidores.

21.47. Sin seguidores.

21.50. Será mejor que no espere a tener seguidores: el que espera, desespera.

22.00. Me pregunto si tendré ya algún seguidor.

22.02. Sin seguidores.

22.12. Sigo sin tener seguidores. Vaya. El sentido de Twitter es que se supone que hablas con gente, pero no hay nadie con quien hablar.

22.15. Seguidores: 0. Noto una inquietante sensación de vergüenza y miedo: puede que todos estén tuiteando unos con otros y pasando de mí porque no soy popular.

22.16. Puede que incluso estén tuiteando unos con otros sobre lo poco popular que soy, a mis espaldas.

22.30. Genial. No sólo estoy aislada y sola, sino que además ahora es evidente que no soy popular.

Martes, 24 de abril de 2012

79 kg; calorías: 4.827; número de minutos pasados enredando como una posesa con chismes tecnológicos: 127; número de chismes tecnológicos de los que he conseguido que hagan algo de lo que se suponía que debían hacer: 0; número de minutos pasados haciendo algo de provecho aparte de comer 4.827 calorías y enredar con chismes tecnológicos: 0; número de seguidores en Twitter: 0:

7.06. Me acabo de acordar de que tengo Twitter. Me siento orgullosa como un pavo real. Formo parte de una gran revolución social y juvenil. Lo que pasó ayer es que no le di el tiempo suficiente. Puede que a lo largo de la noche hayan aparecido miles de seguidores. ¡Millones! Me habré extendido como un virus. ¡¡Me muero de ganas de ver cuántos seguidores han aparecido!!

07.10. Ah.

07.11. Sigo sin seguidores.

Miércoles, 25 de abril de 2012

80 kg; número de veces que he mirado a ver si tenía seguidores en Twitter: 87; seguidores en Twitter: 0; calorías: 4.832 (mal, pero la culpa la tiene la falta de seguidores en Twitter).

21.15. Sigo sin seguidores. Me he comido todas estas cosas:

* 2 cruasanes de chocolate.
* 7 quesitos de Mini Babybel (pero uno estaba ya a medio comer).

* Media bolsa de *mozzarella* rallada.
* 2 colas light.
* 1,5 salchichas que quedaron del desayuno de los niños.
* ½ hamburguesa de queso de McDonald's que había en la nevera.
* 3 nubes Tunnock's cubiertas de chocolate.
* 1 tableta de Cadbury's Dairy Milk (grande).

Martes, 1 de mayo de 2012

23.45. Me acaban de meter en la lista blanca de Twitter por entrar 150 veces en una hora para ver si tenía seguidores.

Miércoles, 2 de mayo de 2012

78 kg; seguidores en Twitter: 0.

21.15. No voy a volver a usar Twitter ni a comprobar más si tengo seguidores. Puede que me pase a Facebook.

21.20. Acabo de llamar a Jude para preguntarle cómo se abre un perfil en Facebook. «Ten cuidado —me ha advertido—, es una buena forma de mantenerse en contacto, pero acabarás viendo un montón de fotos de tus ex abrazados a sus nuevas novias, y después descubrirás que te han bloqueado.»

Bah. No es muy probable que a mí me pase algo así. Voy a probar con Facebook.

21.30. Puede que espere un poco antes de probar con Facebook.

Jude acaba de llamarme, muerta de risa. «En serio, no te hagas el perfil de Facebook aún. Me ha llegado ahora mismo un aviso de que Tom está "mirando perfiles de contactos". Debe de haber marcado la opción sin darse cuenta. Se está enterando todo el mundo, incluidos sus padres y antiguos profesores de Psicología.»

EL DIAFRAGMA FLÁCIDO

Miércoles, 9 de mayo de 2012

79 kg; seguidores en Twitter: 0.

09.30. ¡Ayuda! Me he quedado sin espalda. A ver, no es que haya desaparecido en el sentido de que tenga los hombros pegados al culo, pero me metí en Twitter para ver si tenía seguidores y cerré el portátil de golpe, sacudí la cabeza en plan despectivo y diciendo «Bah», y se me contrajo toda la parte superior izquierda de la espalda. Es como si nunca me hubiera dado cuenta de que la tenía, y ahora es un auténtico suplicio. ¿Qué voy a hacer?

11.00. Acabo de volver de la osteópata. Me ha dicho que no es culpa de Twitter, sino de los años pasados cogiendo niños en brazos, y que debería intentar agacharme doblando las piernas en lugar de la espalda, es decir, acuclillándome como las mujeres de las tribus africanas. A mí eso me parece un poco ortopédico, pero no es que quiera insultar la elegancia de las mujeres de las tribus africanas, que sin duda son muy elegantes.

Me ha preguntado si tenía otros síntomas y le he dicho: «Acidez.» Ha empezado a palparme por la zona del estómago y ha exclamado: «¡Madre mía! Es el diafragma más flácido que he tocado en mi vida.»

Por lo visto, debido a mi edad, toda mi zona media se niega a volver a su estado anterior y tengo los intestinos flotando por ahí a sus anchas. No me extraña que me cuelguen sobre el pantalón del chándal negro como si fueran gachas.

—¿Qué puedo hacer?

—Tendrá que empezar a trabajar ese estómago —ha dictaminado la médica—. Y tendrá que perder algo de grasa. En el hospital St. Catherine tienen un nuevo consultorio excelente para casos de obesidad.

—¿UN CONSULTORIO DE OBESIDAAAAAAAD? —he repetido indignada, y me he levantado de un salto de la camilla para vestirme de nuevo—. Puede que tenga algo de grasa de los embarazos, pero no soy obesa.

—No, no —se ha apresurado a negar—. No es obesa. Es sólo que resulta muy eficaz si quiere perder peso en condiciones. Cuesta mucho cuando se tienen niños pequeños.

—Lo sé —he refunfuñado—. Lo de saber lo que se supone que tienes que comer está muy bien, pero si estás rodeada de restos de palitos de pescado y patatas fritas todos los días a las cinco de la tarde, y te los comes, y encima cenas después...

—Exacto, lo que hace el consultorio es dar sustitutos de comidas para que no haya dudas —me ha explicado la osteópata—. Sencillamente no tienes que meterte nada más en la boca.

No sé muy bien qué dirían Tom, Jude y Talitha de ese último comentario, ejem.

Me he marchado cabreada, y después he sentido la necesidad acuciante de volver a entrar y decirle: «¿Le importaría seguirme en Twitter?»

21.15. He llegado a casa y me he puesto a mirarme en el espejo. Estoy horrorizada. Empiezo a parecer una garza. Sigo teniendo las mismas piernas y los mismos brazos, pero toda la parte superior de mi cuerpo es como la de un pájaro grande con un enorme michelín en el centro. Cuando estoy vestida, invita a ser servida en Navidad con jalea de arándanos y salsa de carne, y cuando estoy desnuda, es como si hubiera estado toda la noche cocinándose en una cazuela dentro de una caja de heno en Escocia y se le fuera a servir a una familia numerosa para el desayuno de Año Nuevo. Talitha tiene razón. El secreto reside en modificar la acumulación automática de la grasa de la (atención, locución anticuada e inaceptable) mediana edad.

Jueves, 10 de mayo de 2012

78 kg; seguidores en Twitter: 0.

10.00. Acabo de hablar con el consultorio de obesidad. ¡Ha sido alentador que tuvieran sus dudas sobre si estoy lo bastante obesa como para que me acepten! Por primera vez en la vida me he sorprendido mintiendo sobre mi peso diciendo que es más de lo que en realidad es.

10.10. Voy a transformar mi cuerpo completamente, hasta convertirlo en algo delgado y musculado, con una tensa franja de músculo en el centro para sujetarme los intestinos.

10.15. Me meto en la boca los restos del desayuno de los niños por acto reflejo.

Jueves, 17 de mayo de 2012

79 kg; seguidores en Twitter: 0.

09.45. A punto de salir para el consultorio de obesidad. Me da la sensación de que nunca había estado más de capa caída. Seré como una de esas personas que salen en las noticias sobre medicina con cara de estar avergonzadas de sí mismas, de esas a las que tienen que tomarles la tensión vestidas con una bata de hospital mientras un reportero arreglado y modernillo habla delante de ellas, con tono grave y preocupado, sobre «la epidemia de la obesidad».

22.00. El consultorio de obesidad ha sido FANTÁSTICO. Tras superar el bochorno inicial de tener que repetirle al recepcionista «¿El consultorio de obesidad?» en voz cada vez más alta, al final llegué allí y vi a un hombre tan enorme que tenía que llevar la grasa en el carrito que iba empujando. Al parecer, una mujer ligerísimamente menos enorme intentaba ligárselo preguntándole con voz seductora: «¿Eras obeso de pequeño?»

La gente me miraba con la clase de admiración que no sentía desde que tenía veintidós años e iba por ahí con una camisa psicodélica anudada para dejar al descubierto mi barriga plana. Comprendí que debían de pensar que era una de las historias de éxito del consultorio, que me aproximaba al final del «programa». Experimenté una insólita y vertiginosa sensación de confianza en mí misma. Me di cuenta de que estaba mal y era una falta de respeto hacia los demás pacientes.

Además, el mero hecho de ver la grasa como un añadido independiente del cuerpo cargado en un carrito me ha hecho considerarla algo real. Me doy cuenta de que en el pasado la veía como un acto aleatorio de la naturaleza, absolutamente irracional, en lugar de como un producto directo de lo que uno se lleva a la boca.

«Nombre», me pidió el recepcionista, que, cosa preocupante, estaba muy gordo. A estas alturas, los que trabajan en el consultorio deberían haber hecho algo con éste, digo yo.

Todo fue médico y complejo: análisis de sangre, electros e historiales. Una vez superado el embarazoso momento en que intentaron apuntarme en el formulario como «madre de edad avanzada», todo fue a las mil maravillas. Por lo visto lo de pesarse no es importante. Lo que importa es perder tallas de ropa. Y la gente que está muy, muy gorda —por ejemplo, con más de veinte o cuarenta kilos de sobrepeso— puede perder mucho, ¡como más de cinco kilos de grasa en una semana! Y eso sí que es grasa de verdad. Pero si sólo intentas perder un diez, un quince por ciento del peso corporal, todo lo que supere el kilo no es grasa, sino (enigmáticamente) otras cosas.

¿Sabes?, otro factor que resulta fundamental no es el peso, sino el porcentaje de grasa con relación al músculo. Si sigues una dieta de choque y no haces pesas, lo que acabas perdiendo es músculo, que es más pesado que la grasa. Así que, ya ves, pesas menos, pero estás más gorda. O algo así. En cualquier caso, la conclusión es: se supone que tengo que ir al gimnasio.

Mi dieta consistirá exclusivamente en natillas proteínicas de chocolate, y barritas proteínicas de chocolate, y una pequeña ración de proteínas y verduras por la noche, así que no debo llevarme a la boca nada que no sean esas cosas. (Aparte de penes, ¿por qué se me pasó por la cabeza algo así? No estaría mal que se diera la casualidad, aunque, después del día de hoy, de pronto tengo la impresión de que podría existir una posibilidad.)

¡LAVADO DE CARA!

Jueves, 24 de mayo de 2012

81 kg (ay); kilos perdidos: 0; seguidores en Twitter: 0; número de barritas proteínicas de chocolate consumidas: 28; natillas proteínicas de chocolate consumidas: 37; número de comidas sustituidas por barritas o natillas proteínicas de chocolate: 0; número medio de calorías al día ingeridas mezclando la comida normal con los productos proteínicos: 4.798.

He ido al consultorio de obesidad para que me hicieran el control de peso de la primera semana.

—Bridget —ha dicho la enfermera—, se supone que tiene que sustituir las comidas por los productos proteínicos, no tomar las dos cosas.

He mirado el gráfico enfurruñada y le he espetado:

—¿Le importaría seguirme en Twitter?

—No tengo Twitter —me ha contestado—. Y la próxima semana olvídese de Twitter y limítese a comer los productos. Nada más. ¿Entendido?

21.15. Los niños están dormidos. Ay, Dios, estoy tan sola. Sin seguidores en Twitter, gorda, muerta de hambre y harta de engullir productos antiobesidad. Odio esta hora del día, cuando los niños están dormidos. Debería ser un rato relajante y divertido en lugar de simplemente solitario. Vale. No voy a regodearme en ello. A lo largo de los tres próximos meses voy a:

* Perder 34 kg.
* Conseguir 75 seguidores en Twitter.
* Escribir 75 páginas del guión.
* Aprender a manejar el televisor.
* Echarme una amiga con niños de la misma edad y que viva cerca para que toda la tarde sea divertida en lugar de un caos seguido de un festival de engullir queso rallado.

¡Sí! Eso es lo que necesito. No es natural que los niños estén aislados en sus respectivas casas con uno o dos adultos que centran demasiada atención en su felicidad, que temen dejarlos jugar en la calle por miedo a los pederastas. Seguro que cuando nosotros éramos pequeños también había pederastas, pero el miedo hacia ellos que han provocado los medios de comunicación ha cambiado la forma de educar a los hijos. Necesito otros padres con quienes hablar espontáneamente y beber vino mientras los niños juegan. Sería como tener una numerosa familia italiana que cena bajo un árbol. Ya lo dice el proverbio africano: la educación de los hijos es cosa de todo el pueblo.

También lo es preparar a una estrella para la alfombra roja.

De hecho, he visto a una mujer agradable enfrente que parece tener hijos... aunque puede que «agradable» no sea la palabra adecuada. Es tremendamente bohemia, y tiene una salvaje mata de pelo negro que corona con cosas que tendrían más razón de ser en un vivero o una pajarería que en una cabeza. Todo eso podría conferirle un aspecto raro de no ser por su belleza, igualmente bohemia, morena y extravagante. La he visto acompañada de otra gente que iba y venía: niños, adolescentes (¿Niñeras? ¿Niñeros? ¿Amantes?), un hombre atractivo de rasgos duros que podría ser

69

su marido o un artista que hubiera ido a visitarla y, en ocasiones, un niño pequeño. Tal vez tenga hijos de la misma edad que los míos.

Me siento más animada. Mañana será un día mejor.

Jueves, 31 de mayo de 2012

79 kg.

¡Síííí! ¡He perdido 2 kilos en una semana! He vuelto al peso que tenía cuando empecé la dieta. Aunque la enfermera me ha dicho que la pérdida en realidad no es de grasa, sino de «otras cosas». También dice que tengo que empezar a montar en bici, por ejemplo, en lugar de tener el culo todo el día pegado al sofá.

Jueves, 7 de junio de 2012

77,5 kg.

10.00. Me he unido al programa de alquiler de bicicletas de nuestro excéntrico (es decir, sensato) alcalde, Boris Johnson: ¡me he comprado la llave de las Bicis de Boris y hasta he cogido una Bici de Boris! De pronto me siento parte del Londres moderno que se mueve en bici: todo un mundo de jóvenes alegres que renuncian a los coches, están delgados y tienen conciencia ecológica. Voy a ir en bici al consultorio de obesidad.

10.30. Acabo de volver, traumatizada por el paseo en bici. Absolutamente aterrorizada. En ningún momento me ha abandonado la sensación de que me había olvidado de abrocharme el cinturón de seguridad, y me bajaba cada vez que venía un coche. Quizá vaya por el camino del canal.

11.30. Acabo de volver de montar en bici por el canal. Todo ha ido muy bien hasta que alguien me ha lanzado un huevo desde un puente. O puede que haya sido un pájaro que se ha puesto repentinamente de parto prematuro. Voy a limpiarme el huevo, no volveré a utilizar el servicio público de bicicletas e iré al consultorio de obesidad en autobús. Al menos, con el culo pegado al asiento me mantendré con vida y limpia, en lugar de matarme e ir pringada de huevo.

Jueves, 14 de junio de 2012

¡76 kg!

No paro de quitarme la ropa y subirme a la báscula; luego me quito el reloj, la pulsera, etc. y miro encantada lo que marca. Me empuja a querer hacer más dieta.

Miércoles, 20 de junio de 2012

13.00. He ido al gimnasio —lo cual es bueno, aunque horroroso, obviamente—. Además, ¿qué ley dice que cuando en el vestuario sólo hay otra persona aparte de ti su taquilla tiene que ser la que está justo encima de la tuya?

Ahora voy a volver a entrar en Twitter y a encontrar gente.

13.30. <@DalaiLama Igual que la serpiente muda de piel, nosotros debemos desprendernos del pasado una y otra vez.>

¿Veis? El Dalái Lama y yo somos una única mente cibernética. Yo me estoy desprendiendo de la grasa como una serpiente.

Miércoles, 27 de junio de 2012

09.30. He empezado mi guión de *Hedda Gabbler*. Y lo cierto es que tiene gran relevancia, porque va de una chica que vive en Noruega —a la que voy a trasladar a Queen's Park— y cree que «sus días de baile han terminado» y que nadie que merezca la pena va a casarse con ella, así que se decide por un aburrido —es como hacerse con el último sitio libre cuando se para la música en el juego de las sillas musicales—. Quizá también haga que pierda un montón de peso y que consiga millones de seguidores en Twitter.

10.00. Quizá no. Seguidores en Twitter: 0.

Jueves, 28 de junio de 2012

72 kg; kilos perdidos: ¡7!

Dios mío. ¡He perdido siete kilos! Lo curioso del caso es que, mientras que los cientos y cientos de dietas que he seguido a lo largo de los años han fracasado o durado cinco días, lo cierto es que ésta está...

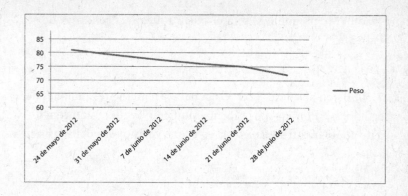

... ¡funcionando! Creo que tiene que ver con ir todas las semanas a que me pesen y me midan la proporción de grasa con respecto a la masa muscular, y con saber que no puedo hacer trampas y, cuando me apetece una patata asada, decirme que sigo la dieta disociada y, cuando me apetece una chocolatina Mars, la dieta de WeightWatchers. Acabo de descubrir que me entra un vestido que tenía antes de quedarme embarazada (aunque debo admitir que es de corte imperio), y eso ha hecho que esté rebosante de optimismo.

Jueves, 12 de julio de 2012

70 kg; kilos perdidos: 9; páginas del guión escritas: 10; seguidores en Twitter: 0.

21.15. Ay, Dios. Estoy tan sola. Vale. Voy a meterme de verdad en Twitter.

21.20. El Dalái Lama tiene dos millones de seguidores y, sin embargo, él no sigue a nadie. Tiene sentido. Un dios no puede seguir a nadie. Me pregunto si será él quien tuitea o si será cosa de su ayudante.

21.30. Bajón absoluto. Lady Gaga tiene ¡treinta y tres millones de seguidores! ¿Por qué me preocupa siquiera? Twitter es un concurso de popularidad a gran escala en el que yo estoy condenada a ser la peor.

21.35. Acabo de mandarle un mensaje a Tom para contarle que Lady Gaga tiene treinta y tres millones de seguidores y yo ninguno.

21.40.
    <Se supone que tienes que empezar tú a seguir a otros. Si no, ¿cómo se supone que van a saber que estás en Twitter?>
    <Pero el Dalái Lama no sigue a nadie.>
    <Tú no eres ni dios ni Lady Gaga, cariño. Tienes que ser proactiva. Sígueme: @TomKat37.>

22.00. @TomKat37 tiene 878 seguidores. ¿Cómo se las habrá ingeniado?

Viernes, 13 de julio de 2012

22.15. ¡Tengo un seguidor! Claro, la gente empieza a apreciar mi estilo.

22.16. Vaya.

<**@TomKat37** ¿Lo ves? Ya tienes un seguidor. De ahí al infinito.>
Sólo es Tom.

Martes, 17 de julio de 2012

69 kg; seguidores en Twitter: 1.

Mediodía. Día glorioso e histórico. Acabo de ir a comprar a H&M y le he pedido a la dependienta que me trajera una 44. La mujer me ha mirado como si estuviera loca y me ha dicho:

—La suya es la 42.

Me he reído:

—No entraré en la vida en una talla 42.

Y me la ha traído, y he entrado. ¡Tengo una talla 42!

¡Y tengo un seguidor! Soy casi viral.

Jueves, 26 de julio de 2012

67,5 kg; páginas del guión: 25; seguidores en Twitter: 1.

¡Yuju! He superado la barrera de los 68 (aunque puede que sea porque me he puesto a la pata coja y me he apoyado un poco en el lavabo).

Estoy volcada de lleno en el guión. He decidido titularlo *Las hojas en su pelo*, que es la frase más famosa de Hedda en *Hedda Gabbler*. Aunque sólo es famosa porque nadie sabe qué quiere decir.

Lunes, 30 de julio de 2012

67 kg; seguidores en Twitter: 50.001.

21.15. ¡Tengo otro seguidor! Pero es un seguidor raro. Es un seguidor con cincuenta mil seguidores.

21.35. ¿Qué es? Está como suspendido en el aire, igual que una nave espacial, observándome en silencio. Creo que debería abrir fuego contra él o algo así.

21.40. Se llama XTC Communications.

22.00. Acabo de tuitearle a Tom todo el rollo del seguidor raro, y me ha contestado:
    <**@TomKat37**@JoneseyBJ Es un spambot, nena. Es sólo marketing.>

22.30. Jiji. He respondido:
    <**@JoneseyBJ**@TomKat37 ¡Ya tengo un spambot! Tendrías que haberlo visto a la viva luz del sol esta mañana.>

Martes, 31 de julio de 2012

Seguidores en Twitter: 50.001.

14.00. CINCUENTA MIL Y UN SEGUIDORES. ¡Me siento de maravilla! Me acabo de comprar un voluminizador labial. La sensación es un poco rara, pero parece que funciona, la verdad.

15.00. Y me pregunto: si me pongo el voluminizador en las manos, ¿se me pondrán los dedos gordos?

Miércoles, 1 de agosto de 2012

Seguidores en Twitter: 1 otra vez.

07.00. Vaya. El spambot ha desaparecido, sin más, llevándose a sus puñeteros cincuenta mil seguidores con él. ¡Ahhh! Los niños están despiertos.

21.15. Voy a mirar Twitter un momento.

21.20. Tom ha retuiteado mi tuit del spambot y me han llegado siete seguidores.

21.50. Y entonces ¿qué debería hacer ahora? ¿Debería saludarlos? ¿Darles la bienvenida?

21.51. ¿Seguirlos?

22.00. Paralizada hasta la mudez por vergüenza en las redes sociales. Tal vez no vuelva a entrar en Twitter.

Jueves, 2 de agosto de 2012

*64 kg; kilos perdidos: 15; crecimiento de la masa muscular: 5%
(signifique eso lo que signifique).*

13.00. ¡Totalmente eufórica! Acabo de ir al consultorio de obesidad y la enfermera dice que ya he superado al paciente objetivo y modelo. Luego he ido otra vez a H&M para hacer una comprobación y tengo una talla 40.

¡Estoy delgada, no soy una garza! ¡Soy Uma Thurman! ¡Soy Jemima Khan!

14.00. He entrado un segundo en Marks & Spencer a comprarme una tarta de *mousse* de chocolate para celebrarlo y me la he zampado entera como si fuese un oso polar dando zarpazos con sus inmensas garras.

Viernes, 3 de agosto de 2012

65,5 kg (alarma).

10.00. Lo juro, la tarta ha pasado directamente de mi boca a mi estómago y se ha quedado ahí sentada, bajo mi piel, como una de esas bolsas de plástico que se meten dentro de las cajas de vino barato para que no se rompan. Debo abandonar el guión, mi carrera profesional y todo lo demás e ir al gimnasio.

Mediodía. No voy a volver a ir al gimnasio en la vida. Nunca voy a perder peso y me importa una mierda. La ira se ha apoderado de mí mientras estaba tumbada boca abajo, con el culo en pompa, incapaz de levantar las pesas con los tobillos. He mirado a mi alrededor y he visto a todo el mundo absurdamente contorsionado en sus máquinas, como en un cuadro de El Bosco.

¿Por qué los cuerpos son tan difíciles de manejar? ¿Por qué? «Eh, eh, mírame, soy un cuerpo y voy a hacer acopio de grasas a no ser que TE MATES DE HAMBRE y acudas a indignos CENTROS DE TORTURA y no comas nada que esté bueno ni te emborraches.» Odio estar a dieta. Todo es culpa de la SOCIEDAD. Voy a limitarme a ser vieja, y gorda, y a comer lo que me dé la gana. Y NUNCA VOLVERÉ A TENER SEXO y PASEARÉ MI GRASA POR AHÍ METIDA EN UN CARRITO.

Domingo, 5 de agosto de 2012

Peso: desconocido (no me he atrevido a mirar).

11.00. Hoy me he comido lo que sigue:

* 2 magdalenas de «Vida Sana» (482 calorías cada una).
* 1 desayuno inglés completo, con salchichas, huevos revueltos, bacón, tomates y pan frito.
* Pizza de Pizza Express.
* 1 Banana Split.
* 2 paquetes de bombones Rolo.
* Media tarta de queso y chocolate de Marks & Spencer (bueno, para ser sincera, toda la tarta de queso de Marks & Spencer).
* 2 copas de chardonnay.
* 2 bolsas de patatas fritas con sabor a queso y cebolla.
* 1 bolsa de queso rallado.
* 1 «serpiente» de gominola de 30 cm comprada en los cines Odeon.
* 1 bolsa de palomitas de maíz (grande).

* 1 perrito caliente (grande).
* Los restos de 2 perritos calientes (grandes).

¡JA, JA Y MÁS JA! ¡Chúpate ésa, sociedad!

Jueves, 9 de agosto de 2012

69 kg; peso ganado desde la semana pasada: 5 kg (aunque puede que la tarta de queso y chocolate continúe intacta en el estómago).

14.00. Me he convencido a duras penas de ir al consultorio de obesidad, porque me daba mucha vergüenza.

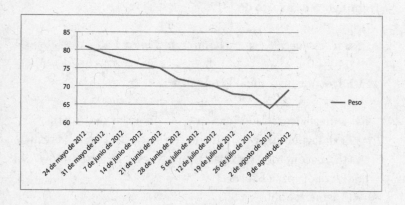

La enfermera le ha echado un vistazo a la báscula, me ha hecho ir a ver al médico y luego me ha obligado a asistir al grupo de terapia. Allí todos han hablado de sus «recaídas en la comida». En realidad ha sido genial. Sin duda la mía había sido la mejor, así que todos se han quedado impresionados.

21.15. A pesar de —o tal vez para demostrar— el sermón de la enfermera («se tarda tres días en coger una costumbre y tres semanas en perderla»), sólo quiero comer tarta y queso otra vez, y volver la semana que viene y dejar a todo el mundo incluso más impresionado.

21.30. Acabo de llamar a Tom, con el queso rallado colgándome de las comisuras de los labios, y de explicarle todo el asunto. «¡Noooo! No empieces a intentar superar las recaídas de la gente obesa —ha gritado—. ¿Qué hay de Twitter? ¿Has seguido a tus seguidores? Sigue a Talitha.»

21.45. Tom me ha tuiteado el Twitter de Talitha.

21.50. @Talithaluckybitch tiene 146.000 seguidores. Odio a Talitha. Odio Twitter. Me apetece comer queso otra vez, o comerme a Talitha.

21.52. Acabo de mandar un tuit a Tom.
    <**@JoneseyBJ**@TomKat37 @Talithaluckybitch tiene 146.000 seguidores.>
    <**@TomKat37**@JoneseyBJ No te preocupes, amor, son sobre todo personas con las que se ha acostado o con las que se ha casado.>

21.40. Talitha ha mandado un tuit de respuesta.
    <**@Talithaluckybitch**@TomKat37@JoneseyBJ Queridos, es de PÉSIMO gusto sacar a pasear al monstruo de ojos verdes en Twitter.>

Viernes, 10 de agosto de 2012

Seguidores en Twitter: 75; luego 102; después 57; así que probablemente ninguno, a estas alturas.

7.15. A lo largo de la noche han aparecido, misteriosa y silenciosamente, setenta y cinco seguidores.

21.15. Ahora hay ciento dos. Me siento abrumada por la responsabilidad, como si fuera la líder de una secta y todos fueran a saltar a un lago o algo así si se lo dijese. Quizá me tome una copa de vino.

21.30. Está claro que debo mostrar capacidad de liderazgo y dirigirme a mis seguidores.
   <@JoneseyBJ Bienvenidos, seguidores. Soy vuestra líder. Sed más que bienvenidos a mi culto.>
   <@JoneseyBJ Pero, por favor, no hagáis nada raro, como saltar a un lago, ni aunque os lo sugiera, porque quizá esté borracha.>

21.45.
   <@JoneseyBJ ¡Ahh! 41 de vosotros, seguidores, os habéis des­vanecido tan repentinamente como aparecisteis.>
   <@JoneseyBJ ¡Volved aquí!>

Jueves, 16 de agosto de 2012

62 kg; páginas de guión escritas: 45; seguidores en Twitter: 97.

16.30. Mis seguidores en Twitter se han disparado y multiplicado, un poco como la nariz de Pinocho. Está claro que es una señal o un augurio. Estoy perdiendo peso otra vez, he terminado el segundo acto del guión —bueno, más o menos— y acabo de avistar a la vecina bohemia.

Yo estaba intentando aparcar el coche. Es algo imposible en nuestra calle, porque es estrecha, curva y con coches estacionados a ambos lados. Había maniobrado para entrar y salir del sitio catorce veces, así que he recurrido al aparcamiento de oídas, es decir, a encajar el vehículo en el sitio dándoles golpes a los coches de atrás y de delante. No pasa nada por aparcar de oídas en nuestra calle, todo el mundo lo hace. Luego, con demasiada frecuencia, una furgoneta de reparto carga contra nosotros y nos raya todos los coches. Alguien apunta la matrícula y todo el mundo arregla los bollos en el seguro.

—¡Mamiii! —ha exclamado Billy—. Hay alguien en el coche al que acabas de darle.

La vecina bohemia estaba en el asiento del conductor, chillando a los niños del asiento de atrás. He sabido de inmediato que éramos espíritus afines. Ha salido del coche, seguida por sus dos hijos morenos y asilvestrados. Parecían de la misma edad que Billy y Mabel: ¡el mayor un niño y la pequeña una niña! Entonces la vecina bohemia ha mirado su parachoques, me ha dedicado una enorme sonrisa y se ha metido en su casa.

¡Hemos iniciado el contacto! ¡Ya estamos en el camino de la amistad! ¡Siempre y cuando no se comporte como el spambot!

Jueves, 23 de agosto de 2012

61 kg; kilos perdidos: 18 (increíble); tallas menos: 3.

Día histórico y dichoso. No tengo nada de gorda. El consultorio de obesidad dice que ahora tengo un peso saludable y debería pasar a «mantenimiento», y que perder más peso sería sólo por estética y no porque crean que lo necesite.

Y, para demostrarlo, he ido otra vez a H&M y ¡tengo una 38!

He escrito la mitad del guión y al menos verificado que tengo una vecina con hijos de la misma edad que los míos, tengo setenta y nueve seguidores en Twitter y formo parte de una generación conectada de usuarios de redes sociales. ¡Y TENGO UNA 38! ¿Veis? Puede que no sea una basura absoluta.

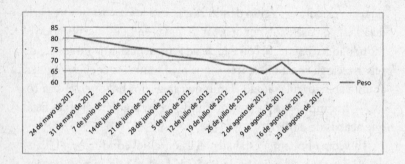

Lunes, 27 de agosto de 2012

Actos del guión escritos: 2,25; seguidores en Twitter: 87.

Mabel es tan graciosa. Estaba sentada mirando al frente con expresión inquietante.

—¿Qué haces? —le ha preguntado Billy sin apartar de ella los ojos marrones y con un aire de cierta guasa.

Mark Darcy. Mark Darcy en forma de niño.

—Ver quién *peztañea antez. Ez* una competición —le ha contestado Mabel.

—¿Con quién?

—Con la *zilla* —le ha dicho ella como si fuera la cosa más normal del mundo.

Billy y yo nos hemos echado a reír y, de pronto, él ha parado y me ha mirado:

—Has vuelto a reír, mami.

INFIERNO DE LOS CASADOS SOBRADOS

Sábado, 1 de septiembre de 2012

61 kg; pensamientos positivos: 0; perspectivas de romance: 0.

22.00. Gigantesco paso atrás. Acabo de volver de la fiesta de cumpleaños conjunta que Magda y Jeremy organizan todos los años. He llegado tarde a la fiesta porque me pasé veinte minutos intentando subirme la cremallera, a pesar del tiempo que he dedicado en yoga a tratar de entrelazar las manos tras los omóplatos sin tirarme pedos.

En la puerta han vuelto a invadirme los recuerdos: los años en que iba a la fiesta con Mark, con su mano en mi espalda; el año que acababa de enterarme de que estaba embarazada de Billy e íbamos a contárselo a todos; el año que llevamos a Mabel bien abrigada en la sillita del coche. Era estupendo ir a donde fuese con Mark. Nunca me preocupaba por lo que llevaba puesto, porque antes de salir él me miraba mientras me probaba el armario entero y me ayudaba a elegir; me decía que no me hacía gorda y me subía las cremalleras. Siempre tenía algo bueno y divertido que decir si yo metía la pata, siempre espantaba los comentarios-medusa (esos que te azotan de repente, como salidos de la nada, en medio de un cálido mar de conversación).

He escuchado la música y las risas del interior de la casa. He luchado contra las ganas de largarme. Pero entonces la puerta se ha abierto y ha aparecido Jeremy.

He visto que él sentía lo que yo estaba sintiendo: el inmenso vacío que había a mi lado. ¿Dónde estaba Mark, su gran amigo?

—Eh, has venido. ¡Qué bien! —ha exclamado Jeremy conjurando el dolor a base de palabrería, como ha hecho siempre desde el mismo instante en que pasó. Es lo que tienen los colegios privados—. Pasa, pasa. Genial. ¿Qué tal los niños? ¿Creciendo deprisa?

—No —he negado con rebeldía—. Se han quedado atrofiados por el dolor y serán enanos durante el resto de sus vidas.

Está claro que Jeremy no ha leído jamás un libro sobre el zen y que no sabe estar sin más y dejar que la otra persona esté sin más, tal y como están. Pero, durante una décima de segundo, se ha dejado de palabrerías y nos hemos quedado tal y como estábamos, es decir, tremendamente tristes por el mismo motivo. Luego él ha tosido y ha empezado otra vez como si no hubiera pasado nada.

—Vamos. ¿Vodka con tónica? Dame el abrigo. ¡Te veo muy bien!

Me ha llevado hasta el conocido salón y Magda me ha saludado alegremente desde la mesa de las bebidas. Magda, a quien conocí en la Universidad de Bangor, es mi amiga más antigua. He echado un vistazo a todas aquellas caras, presentes en mi vida desde que tenía veinte años: por aquel entonces niños bien, ahora mayores. A todas aquellas parejas que dieron la impresión de casarse víctimas del efecto dominó a los treinta y un años, y que seguían juntas: Cosmo y Woney, Pony y Hugo, Johnny y Mufti. Y he experimentado la misma sensación que había tenido durante todo aquel período: la de estar fuera de lugar, incapaz de participar en sus conversaciones porque me hallaba en una etapa distinta de la vida a pesar de tener la misma edad. Era como si se hubiese producido un salto temporal sísmico y mi vida se estuviera desarrollando años por detrás de la suya, para mal.

—Eh, Bridget. ¡Cuánto me alegro de verte! Anda, si has perdido peso. ¿Qué tal estás?

Y allí estaba, el destello repentino en los ojos, el recuerdo de todo el asunto de la viudedad.

—¿Y los niños? ¿Qué tal les va?

No así Cosmo, el marido de Woney, asesor financiero de éxito y seguro de sí mismo pero de complexión ahuevada, que se ha acercado arremetiendo como un ariete.

—¡Hombre, Bridget! ¿Sigues sola? Pareces contenta. ¿Cuándo vamos a volver a verte casada?

—¡Cosmo! —ha exclamado Magda indignada—. Cierra la bocaza.

Una de las ventajas de la viudedad —a diferencia de estar soltera a los treinta, algo que, dado que claramente es culpa tuya, permite a los casados sobrados decir lo que les dé la gana— es que por regla general invita a que te traten con cierto tacto. A menos, claro está, que seas Cosmo.

—Bueno, es que ya ha pasado bastante tiempo, ¿no? —se ha defendido él—. No puede estar de luto eternamente.

—Ya, pero el problema es...

Woney se ha sumado a la conversación:

—Es que es muy duro para las mujeres de mediana edad que de repente se encuentran solas.

—Por favor, no digas «mediana edad» —he musitado intentando imitar a Talitha.

—...A ver, mirad a Binko Carruthers. No es ningún adonis, pero en cuanto Rosemary lo dejó, le llovieron las mujeres. ¡Le llovieron! Se le echaban encima.

—Se abalanzaban sobre él —ha matizado Hugo con entusiasmo—. Cenas, entradas para el teatro. A darse la vidorra.

—Sí, pero todas tienen ya cierta edad, ¿no? —opinaba Johnny.

Grrr. Lo de «cierta edad» es peor aún que lo de «mediana edad», es una expresión llena de insinuaciones condescendientes que únicamente se aplican a las mujeres.

—¿Qué quieres decir con eso? —ha querido saber Woney.

—Bueno, ya sabes —Cosmo proseguía con el ataque—, el tío puede darse la gran vida, así que irá a por las jovencitas, ¿no? Voluptuosas y fértiles y...

He percibido el fugaz atisbo de dolor en los ojos de Woney. Ella, que no es defensora de la escuela de la reinvención de Talitha, ha permitido que la acumulación de grasa propia de la mediana edad se le acomode libremente por toda la espalda y debajo del sujetador: la piel le cae exhausta en las arrugas de la experiencia, exenta de tratamientos faciales, *peelings* y bases de maquillaje que reflejan la luz. Ha permitido que su pelo, que en su día fue oscuro y largo y brillante, se vuelva gris, y se lo ha cortado mucho, lo cual no hace sino resaltar la desaparición de la mandíbula (algo que, como dice Talitha, puede disimularse en un pispás con un buen corte escalado que enmarque el rostro), y apuesta por una versión de Zara del vestido negro estructurado y de cuello tipo gorguera que se ponía Maggie Smith en «Downton Abbey».

Presiento que Woney lo ha hecho o, mejor dicho, no ha hecho nada para reinventarse, probablemente no por defender el feminismo como tal, sino en parte por el anticuado sentido británico de la honradez personal, y en parte porque no le apetecía una mierda; en parte por confianza y seguridad en sí misma, y en parte porque no es su aspecto ni su sexualidad lo que la define; y, quizá, sobre todo, porque se siente incondicionalmente amada por ser quien es; aunque sea por Cosmo, que, a pesar de su escasa estatura, su forma esférica, sus dientes amarillos, su calvicie y sus cejas indómitas, a todas luces piensa que cualquier mujer que fuera lo bastante afortunada de tenerlo a él lo amaría incondicionalmente.

Sin embargo, durante un segundo, al ver aquel fugaz atisbo de dolor en los ojos de Woney, me ha dado pena..., hasta que ha seguido hablando...

—Lo que quiero decir es que a un hombre soltero de la edad de Bridget se lo rifan. Pero nadie llama a la puerta de Bridget, ¿a que no? Si fuera un hombre de mediana edad, con su casa propia, sus ingresos y dos niños desvalidos, le lloverían los candidatos para ocuparse de ella. Sin embargo, mírala.

Cosmo me ha mirado de arriba abajo.

—Bueno, sí, habría que buscarle a alguien —ha dicho—. Pero es que no sé quién podría ser, ya sabéis, con cierta edad...

—¡Muy bien! —he estallado—, ya basta. ¿Qué es eso de «mediana edad»? En la época de Jane Austen, a estas alturas ya estaríamos todos muertos. Nosotros vamos a vivir cien años, así que ésta no es la mediana edad. Bueno, sí, la verdad es que sí estamos en la mitad de nuestras vidas, ahora que lo pienso. Pero la cuestión es que la propia expresión «mediana edad» evoca cierta imagen... —Me ha entrado el pánico; he mirado de reojo a Woney, y he sentido que me estaba lanzando en picado hacia un abismo cada vez más profundo—... cierta, cierta «marchitez», «inviabilidad». No tiene por qué ser así. Vamos, ¿por qué suponéis que no tengo novios, sólo porque no hablo de ello? Vamos, que puede que sí que los tenga.

Todos han fijado la mirada en mí, prácticamente se les caía la baba.

—¿Los tienes? —se ha interesado Cosmo.

—¿Tienes novios? —ha preguntado Woney, como si dijera: ¿te acuestas con un astronauta?

—Sí —he mentido con soltura respecto a mis novios imaginarios.

—Bueno, y ¿dónde están? —ha preguntado Cosmo—. ¿Por qué nunca los vemos?

«Desde luego aquí no los traería, porque pensarían que sois demasiado viejos, carcas y maleducados», he estado a punto de soltar. Sin embargo, no lo he hecho, porque, irónicamente, igual que a lo largo de los últimos veinte años o más, no quería herir sus sentimientos.

He preferido recurrir a la socorridísima maniobra social que llevo usando dos décadas y he soltado:

—Tengo que ir al servicio.

Me he sentado en el baño diciéndome: «Vale. No pasa nada.» Me he puesto más voluminizador labial y he vuelto abajo. Magda iba de camino a la cocina con —algo bastante simbólico— un plato de salchichas vacío.

—No hagas caso a Cosmo y a Woney, menudos idiotas —me ha dicho—. Lo que sucede es que están cagados porque Max se ha ido a la universidad. Cosmo está a punto de jubilarse, así que van a pasarse los próximos treinta años mirándose frente a frente sentados a esa mesa setentera de Conran Shop que tienen.

—Gracias, Mag —he contestado.

—Siempre es estupendo saber que a otros les va mal. Sobre todo cuando han sido maleducados contigo. —Magda nunca ha dejado de ser maja—. Vamos, Bridget —ha añadido—. Ni se te ocurra escuchar a esa pandilla. Pero sí es verdad que tienes que empezar a moverte, como mujer. Tienes que encontrar a alguien. No puedes seguir sintiéndote así. Te conozco desde hace mucho tiempo, y sé que puedes hacerlo.

22.25. ¿Puedo? No se me ocurre cómo podría dejar de sentirme así. No ahora. A ver, que las cosas vayan bien no tiene nada que ver con cómo te sientes por fuera, sino con cómo estás por dentro. Uy, qué bien. Teléfono. Puede que sea... ¿un pretendiente?

22.30. —Ah, hola, cariño. —Mi madre—. Una llamada rapidita sólo para saber qué vamos a hacer con las Navidades, porque Una no quiere el masaje cráneo-facial del *spa* porque ha ido a la peluquería y es dentro de quince minutos, aunque no sé por qué ha ido a peinarse sabiendo que tiene un cráneo-facial y aqua-zumba por la mañana.

Me he quedado perpleja, intentando entender vagamente de qué me hablaba. Desde que mi madre y la tía Una se instalaron en St. Oswald's House, las llamadas de teléfono siempre son iguales. St. Oswald's House es una elitista colonia de jubilados cerca de Kettering, pero no se nos permite llamarla «colonia de jubilados».

La no-colonia-de-jubilados está construida en torno a una grandiosa mansión victoriana, casi una casa solariega. Tal y como se describe en la página web, cuenta con un lago, un parque que «puede presumir de una fauna poco común» —es decir, ardillas—, la BRASSERIE 120 (el bar / bistró), CRAVINGS (el restaurante más formal), y CHATS (la cafetería), además de salones de actos (para reuniones, entiéndase bien), «suites de invitados» para familiares que vayan de visita, toda una serie de casas y casitas «a las que no les falta un detalle», y, fundamental, «un jardín de estilo italiano diseñado por Russell Page en 1934».

La guinda la pone VIVA, las instalaciones deportivas, con piscina, *spa*, gimnasio, salón de belleza y peluquería, clases de *fitness*: la fuente de casi todos los problemas.

—¿Bridget? ¿Sigues ahí? No te estarás revolcando en el fango, ¿verdad?

—¡Sí! ¡No! —he respondido intentando adoptar el tono animado, positivo, de quien no se revuelca en fango alguno.

—Bridget. Te estás revolcando, te lo noto en la voz.

Grrr. Sé que mi madre lo pasó mal cuando mi padre murió, sin duda. El cáncer de pulmón lo enterró a los seis meses de que se lo diagnosticaran. Lo único positivo fue que mi padre llegó a sostener en brazos a Billy, recién nacido, justo antes de morir. Fue tremendamente duro para mi madre cuando Una aún tenía a Geoffrey. Una y Geoffrey eran los mejores amigos de mis padres desde hacía cincuenta y cinco años y, como nunca se cansaban de decirme, me conocían desde que correteaba desnuda por el jardín. Pero después de que Geoffrey sufriera el ataque al corazón, ya no hubo nada que retuviera a mi madre y a Una. Si lo sienten ahora, si mi madre siente lo de mi padre o Una lo de Geoffrey, rara vez lo demuestran. Esa generación que vivió la guerra tiene algo que le proporciona la capacidad de tirar para adelante con alegría. Puede que tenga que ver con los huevos deshidratados y los fritos de carne de ballena.

—No es buena idea ir por la vida con cara mustia cuando te quedas viuda, cariño. Hay que divertirse. ¿Por qué no te vienes y te das una sauna con Una y conmigo?

La intención era buena, pero ¿qué se imaginaba que iba a hacer? ¿Salir corriendo de casa, abandonar a los niños, pasarme una hora y media al volante, quitarme la ropa, ir a la peluquería y darme una sauna?

—A lo que íbamos, las Navidades. Una y yo nos preguntábamos si vas a venir tú o...

(¿Os habéis dado cuenta de que cuando la gente te presenta dos opciones siempre quieren que escojas la segunda?)

—... bueno, la cosa es, cariño, que este año está el crucero de St. Oswald's. Y nos preguntábamos si te gustaría venir. Con los niños, naturalmente. Es a las Canarias, pero no todo es gente mayor, ¿sabes? Se visitan algunos sitios que están muy de moda.

—Bien, bien, un crucero, genial —he contestado. De pronto se me ha ocurrido que, si el consultorio de obesidad hizo que me sintiera delgada, quizá un crucero para mayores de setenta haga que me sienta joven.

Sin embargo, también me he visto persiguiendo a Mabel por la cubierta del barco entre un mar de pelos cardados y sillas de ruedas eléctricas.

—Te sentirás muy a gusto, porque de hecho es para mayores de cincuenta —ha añadido mi madre inmediatamente después, y, sin querer, se ha cargado el plan en un microsegundo.

—Bueno, en realidad creo que es probable que tengamos planes aquí. Podéis veniros, por supuesto, pero será un caos, y si la otra opción es un crucero a un sitio cálido, pues...

—Ah, no, cariño. No queremos dejarte sola en Navidad. A Una

y a mí nos encantaría ir a verte. Sería estupendo pasar las Navidades con los pequeños, son unas fechas muy difíciles para nosotras.

¡Ahhhh! ¿Cómo voy a apañármelas con mi madre, Una y los niños sin ayuda? Porque Chloe se va a Goa con Graham, a un retiro de tai-chi. No quiero que la cosa acabe como el año pasado: yo intentando evitar que se me partiera el corazón en pedazos al hacer de Santa Claus sin Mark y sollozando detrás de la barra de la cocina mientras mi madre y Una discutían por los grumos de la salsa de carne y comentaban mi manera de educar a los niños y de llevar la casa, como si en lugar de haberlas invitado a pasar las Navidades les hubiese pedido que fueran en calidad de analistas de sistemas.

—Deja que lo piense —dije.

—Bueno, la cosa es, cariño, que tenemos que reservar los camarotes mañana.

—Adelante, reservad sólo los vuestros, mamá. De verdad, porque todavía no he decidido...

—La reserva puede anularse con quince días de antelación —ha señalado.

—Entonces vale —le he dicho—. Vale.

Estupendo, un crucero para mayores de cincuenta en Navidad. Todo es oscuro y deprimente.

23.00. Aún llevaba puestas las gafas de sol graduadas. Así está mejor.

Puede que hasta ahora haya sido como una ola que iba cobrando fuerza y ahora he roto y no tardará en llegar otra. Porque, como dice en *Los hombres son de Marte, las mujeres de Venus*, las mujeres son como olas y los hombres son como gomas que se van a sus cavernas y vuelven.

Sólo que la mía no volvió.

23.15. Venga, para. Porque, como dice el Twitter del Dalái Lama:

<@**DalaiLama** No podemos evitar el dolor ni la pérdida. La serenidad nace de la facilidad y la flexibilidad con que afrontamos el cambio.>

Puede que vaya a yoga para ser más flexible.

O puede que salga con mis amigos para cogerme una buena.

UN PLAN

Domingo, 2 de septiembre de 2012

Unidades de alcohol: 5 (aunque cuesta saberlo con los mojitos... ¿500?).

—Ha llegado el momento —dijo Tom cuando atacaba su cuarto mojito en Quo Vadis—. Vamos a llevarla al Stronghold.

Recientemente, el Stronghold ha pasado a formar parte habitual del microuniverso de Tom. Está regentado por un cliente de su consultorio terapéutico, y es un local clandestino de estilo estadounidense en Hoxton.

—Es como estar en un vídeo musical muy bien dirigido —aseguró entusiasmado, con los ojos brillantes—. Están todos los grupos de edades: jóvenes y mayores, negros y blancos, gais y heteros. ¡Gwyneth se ha dejado caer por allí! Y es efímero, un espacio *pop-up*.

—Por favor —repuso Talitha—. ¿Cuántos minutos faltan para que decaiga la fiebre de lo efímero?

—Da igual —opinó Jude—. ¿Quién se molesta ya en conocer gente en la vida real?

—A ver, Jude, en ese sitio hay gente de verdad, en vivo y en directo. Y grupos norteamericanos, y sofás: puedes hablar, bailar y ligar con gente.

—¿Para qué hacer eso antes cuando con un solo clic puedes averiguar si están divorciados, o separados, o si tienen hijos, si les gusta más hacer *puenting* que ir al cine, si escriben sin faltas de ortografía, saben que no hay que utilizar lo de «lol» o «amiga especial» sin ironía y si piensan que el mundo sería un lugar mejor si no estuviera permitido que la gente con bajo coeficiente intelectual se reproduzca?

—Bueno, al menos sabrás que no son una fotografía de hace quince años —apuntó Tom.

—Habrá que ir —decidió Talitha.

El resultado es que iremos al Stronghold, en Hoxton, el jueves que viene.

Miércoles, 5 de septiembre de 2012

Actos del guión escritos: 2,5; intentos de encontrar canguro: 5; canguros encontradas: 0.

21.15. Desastre. Se me había olvidado preguntarle a Chloe si podía quedarse mañana con los niños y resulta que se va al sur de Inglaterra porque Graham participa en las semifinales de tai-chi.

—Me encantaría ayudarte, Bridget, pero el tai-chi significa mucho para Graham. Lo que sí puedo hacer es llevar a los niños al colegio el viernes por la mañana, así puedes quedarte durmiendo.

¿Qué voy a hacer?

No se lo puedo pedir a Tom, porque también va al Stronghold, lo mismo que Jude y Talitha. Además Talitha pasa de niños, dice que ya tuvo bastante y sólo utiliza a los suyos si necesita acompañante para las subastas benéficas.

21.30. Acabo de llamar a mi madre.

—Ay, cariño, me encantaría, pero mañana es la cena de Viva. Haremos jamón a la coca-cola. Últimamente todo el mundo hace cosas con coca-cola.

Estoy derrumbada sobre la mesa de la cocina intentando no pensar que todo el mundo hace cosas con coca-cola en el *spa* Viva. Es TAN INJUSTO. Estoy haciendo todo lo que puedo para redescubrirme como mujer, pero estoy jodida y... Uy, ¿y Daniel?

UN DANIEL DE BRILLANTE ARMADURA

Miércoles, 5 de septiembre de 2012 (continuación)

—Jones, diablillo —masculló Daniel cuando lo llamé—. ¿Qué llevas puesto? ¿De qué color son tus bragas? Y ¿cómo están mis ahijados?

Daniel Cleaver, el tarado emocional de mi ex «novio» y ex archienemigo de Mark. En su favor hay que decir que lo ha hecho lo mejor que ha podido para echar una mano desde que Mark murió. Tras años de amarga rivalidad por ejercer la supremacía, cuando Billy nació los dos resolvieron al fin sus diferencias y, de hecho, Daniel es el padrino de los niños.

En el caso de Daniel, su idea de hacerlo lo mejor que puede no encaja exactamente con la idea que tienen los demás: la última vez que los niños se quedaron con él, resultó que quería impresionar a una chica alardeando de que tenía ahijados y... Baste con decir que los llevó al colegio tres horas tarde y que cuando fui a buscar a Mabel después la niña tenía el pelo recogido en un moño trenzado increíblemente complejo.

—Mabel, ¡qué peinado más chulo! —exclamé, imaginando que Daniel había llamado a John Frieda para que la peinara y la maquillara a las 7.30.

—Me lo ha hecho la profe —repuso mi hija—. Daniel me había cepillado el pelo con un tenedor. —Y añadió—: Tenía *zirope* de arce pegado.

—¿Jones? ¿Sigues ahí, Jones?

—Sí —contesté, sobresaltada.

—¿Necesitas canguro, Jones?

—¿Te importaría...?

—Para nada. ¿Cuándo sería?

—¿Mañana? —contesté muerta de vergüenza.

Se produjo una ligera pausa. Era evidente que Daniel estaba haciendo algo.

—Mañana por la noche me parece estupendo. No sé qué hacer, me han rechazado todas las hembras humanas menores de ochenta y cuatro años.

Ayyy.

—Puede que sea algo tarde, ¿te va bien?

—Cariño mío, soy un ave nocturna.

—No irás a... no irás a llevarte a una modelo o...

—No, no, no, Jones. Yo seré un modelo. Un canguro ejemplar. Parchís. Comida llena de vitaminas saludables. Y, por cierto...

—¿Sí? —pregunté recelosa.

—¿Qué clase de braguitas llevas? ¿Ahora mismo? ¿Son bragas de mamá? ¿Bonitas braguitas de mamá? ¿Se las enseñarás a papi mañana por la noche?

Sigo queriendo a Daniel, aunque está claro que no hasta el punto de hacer caso de sus gilipolleces.

EL CANGURO PERFECTO

Jueves, 6 de septiembre de 2012

60 kg (muy bien); unidades de alcohol: 4; relaciones sexuales a lo largo de los últimos cinco años: 0; relaciones sexuales a lo largo de las últimas cinco horas: 2; relaciones sexuales bochornosas a lo largo de las últimas cinco horas: 2.

Había llegado el día de ir al Stronghold. Billy estaba como loco porque iba a ver a Daniel.

—¿Estará Amanda? —preguntó.

—¿Quién es Amanda?

—La chica que estaba la otra vez, la de las tetas grandes.

—¡No! —contesté—. Mabel, ¿qué buscas?

—El cepillo del pelo —contestó con aire misterioso.

Con tanto alboroto, no sé cómo me las apañé para bañarlos y meterlos en la cama, pero salí pitando para arreglarme antes de que llegara Daniel.

Me decidí por unos vaqueros (de una marca cuyo nombre me puso los pelos de punta: Not Your Daughter's Jeans, «no son los vaqueros de tu hija») y una camisa vaquera, porque iría bien con el rollo estadounidense.

Daniel llegó tarde, con traje, como de costumbre, el pelo más corto, aún guapísimo con esa sonrisa irresistible, y cargado con un montón de regalos nada apropiados: pistolas de juguete, Barbies medio desnudas, bolsas enormes de caramelos, donuts de Krispy Kreme y, medio escondido, un DVD de aspecto sospechoso que decidí pasar por alto, ya que iba fatal de tiempo.

—Vaya, Jones —dijo—. ¿Has estado a dieta? Ya pensaba que no volvería a verte así.

Es horrorosa la diferencia de trato de alguna gente cuando estás gordo y cuando no lo estás. Y cuando vas todo emperifollado y cuando vas normal. No me extraña que las mujeres sean tan inseguras. Sé que los hombres también lo son. Pero cuando perteneces al género femenino, con todas las armas que tiene a su disposición una mujer moderna, se puede ser una persona completamente distinta en cuestión de media hora.

Aun así, crees que no tienes el aspecto que deberías. A veces veo vallas publicitarias de modelos preciosas y a la gente real debajo, y pienso que es como si estuviésemos en un planeta donde todas las criaturas espaciales fueran bajas, verdes y gordas. Salvo algunas, muy pocas, altas, delgadas y amarillas. Y toda la publicidad fuera de las altas y amarillas, pintadas con aerógrafo para hacerlas todavía más altas y amarillas. De manera que todas las criaturas espaciales bajas y verdes se pasarían todo el tiempo tristes porque no son altas, delgadas y amarillas.

—¿Jones? ¿Te has ido? Decía que supongo que de echar un polvo ni hablar, ¿no?

—Pues... no —contesté al volver al presente—, ni hablar. Aunque eso no significa que no te esté agradecida por hacer de canguro.

Le solté atropelladamente toda una serie de instrucciones, le di las gracias y salí a toda pastilla, sintiéndome indignada como feminista por los prejuicios contra la gordura de Daniel, pero con la moral alta como mujer.

Sin embargo, cuando llegué a casa de Talitha, Tom se echó a reír a carcajadas.

—¿En serio? ¿Dolly Parton?

101

—A nuestra edad y con nuestro culo los vaqueros no son una apuesta segura —sentenció Talitha cuando llegó con una bandeja de mojitos—. Seguro que tienes más cosas.

—No quiero ir hecha un cuadro —aclaré—. O parecer una prostituta.

—Eso tampoco, pero necesitas algo que transmita sexualidad. Destacar las piernas o las tetas, las dos cosas no.

—¿Y una pierna y una teta? —sugirió Tom.

Acabé con un carísimo blusón de seda de Talitha, corto y negro, y unas botas de mosquetero de Yves Saint Laurent con un tacón demencial.

—Pero con esto no puedo andar.

—Cielo —dijo Talitha—, no vas a tener que andar.

En el taxi empecé a pensar que a Mark le habrían encantado aquellas botas.

—Basta —ordenó Tom al verme la cara—. Él querría que tuvieras una vida.

Luego empecé a sentir pánico por los niños. Talitha, que conoce a Daniel desde los días de «Sit Up Britain», sacó el móvil y escribió un mensaje:

<Daniel, por favor, tranquiliza a Bridget, dile que los niños están bien y dormidos y que le mandarás un mensaje en cuanto dejen de estarlo.>

No hubo respuesta. Nos quedamos todos mirando con nerviosismo el teléfono.

—Daniel no manda mensajes —dije cuando me acordé de pronto. Y añadí entre risitas—. Es demasiado mayor.

Talitha puso el altavoz y lo llamó.

—Daniel, capullito de alhelí.

—¡Talitha! ¡Cariño mío! Sólo pensar en ti hace que de pronto me ponga, inexplicablemente, como una moto. ¿Qué te traes entre manos y de qué color son tus bragas?

Grrr. Se suponía que estaba haciendo de CANGURO.

—Estoy con Bridget —dijo con sequedad—. ¿Cómo va todo?

—Pues divinamente. Los niños están como troncos y yo de patrulla por las puertas, ventanas y pasillos como un centinela. Mi comportamiento va a ser intachable.

—Bien.

Talitha colgó.

—¿Lo ves? No pasará nada, deja de preocuparte.

EL STRONGHOLD

El Stronghold estaba en un almacén de ladrillo y tenía una puerta metálica sin ningún tipo de cartel y un interfono que requería un código. Tom lo introdujo y subimos tambaleándonos sobre nuestros tacones de vértigo por una escalera de cemento que olía como si alguien se hubiera hecho pis allí mismo.

Pero, una vez dentro, cuando Tom dio nuestros nombres para que los comprobaran en la lista, me invadió una temeraria oleada de entusiasmo. Los muros eran de ladrillo y había balas de paja a sus pies —lo cual hizo que me entraran unas ligeras ganas de haber seguido vestida de Dolly Parton—, además de sofás desvencijados. Había un grupo tocando en directo y una barra en un rincón, atendida por jóvenes que contribuían a la atmósfera al mirar a su alrededor con nerviosismo, como si un *sheriff* fuese a atar su caballo, irrumpir en el local con un sombrero de *cowboy* y acabar con la fiesta. La iluminación artística complicaba la tarea de ver bien a la gente, pero en seguida me quedó claro que allí no todos eran adolescentes y que había algunos...

—... tíos muy buenos en la sala —musitó Talitha.

—Vamos, nena —me animó Tom—. Vuelve a subirte a ese caballo.

—Soy demasiado mayor —objeté.

—¿Y? Pero si aquí no se ve casi nada.

—¿De qué voy a hablar? —farfullé—. No estoy al tanto de la música que se lleva.

—Bridget —terció Talitha—, hemos venido aquí a que redescubras la mujer sensual que llevas dentro. Y eso no tiene nada que ver con hablar.

Fue como volver a ser adolescente, experimenté la misma sensación vertiginosa de duda y posibilidades. Me recordó a las fiestas a las que solía ir cuando tenía dieciséis años, en las que en cuanto los padres nos dejaban, las luces se apagaban y todo el mundo acababa en el suelo y empezaba a besuquearse con el primero con el que hubiese establecido el más mínimo contacto visual.

—Mira a ése —señaló Tom—. ¡Te está mirando! ¡Te está mirando!

—Tom, cierra la boca —dije con disimulo mientras me cruzaba de brazos e intentaba estirar el blusón para que me llegara hasta las botas.

—Cálmate, Bridget. HAZ ALGO.

Me obligué a mirar, procurando hacerlo de manera seductora. Pero el chico mono ya le estaba entrando a una iBabe despampanante que llevaba un pantalón corto, muy corto, y un jersey que dejaba un hombro al aire.

—PorelamordeDios, qué asco, si ésa está a medio hacer —dijo Jude.

—Puede que sea una carca, pero leí en *Glamour* que los pantalones cortos siempre deberían ser más largos que la vagina —farfulló Talitha.

Nos quedamos todos mustios, nuestra seguridad se desmoronó como un castillo de naipes.

—Por Dios, no pareceremos una panda de travestis viejos, ¿no? —preguntó Tom con inseguridad.

—Acaba de pasar lo que siempre había temido —dije—. Al final hemos acabado como unos vejestorios idiotas y trágicos que intentan convencerse de que el cura está enamorado de nosotros porque ha mencionado su órgano.

—Caris —intervino Talitha—, os prohíbo seguir por ese camino.

Talitha, Tom y Jude se fueron a bailar y yo me quedé sentada en una bala de heno, enfurruñada y pensando: «Quiero irme a casa a acurrucarme con mis niños y oír su respiración pausada y saber quién soy y lo que represento», es decir, utilizar descaradamente a los niños para restarle importancia al hecho de que soy mayor y se me ha pasado el arroz.

Entonces unos pantalones vaqueros se me sentaron al lado en la bala de heno. Me llegó un olor... a MACHO, cari, como diría Talitha, cuando el tío se acercó a mi pelo.

—¿Quieres bailar?

Fue así de sencillo. No tuve que urdir un plan, pensar qué decir ni hacer, nada de nada salvo mirar a aquellos atractivos ojos marrones y asentir. Me cogió de la mano y me levantó tirando de mí con un brazo fuerte. Me agarró de la cintura mientras íbamos hacia la pista, toda una suerte, teniendo en cuenta las botas que llevaba. Gracias a Dios fue un baile lento, de lo contrario me habría roto un tobillo. Tenía una sonrisa rodeada de arruguitas, y en la oscuridad parecía la clase de hombre que aparece en los anuncios de monovolúmenes. Llevaba una cazadora de cuero. Me pasó la mano por la cintura y me atrajo hacia él.

Cuando le pasé el brazo alrededor del hombro, entendí de pronto a qué se referían Tom y Talitha con lo de «el sexo es sólo sexo».

Las sacudidas y vibraciones de un deseo hacía tiempo olvidado comenzaron a recorrerme de arriba abajo, como al monstruo de Frankenstein cuando lo enchufaban a la corriente, sólo que más románticas y sensuales, así que me sorprendí pasándole instintivamente los dedos por el vello y la piel de la nuca a aquel desconocido. Él me apretó contra sí para darme a entender de manera inequívoca que, como mínimo, le interesaba montárselo con alguien. Mientras dábamos vueltas despacio al ritmo de la música, vi que Tom y Talitha me miraban con una mezcla de respeto y asombro. Me sentí como si tuviera catorce años y aquél fuera mi primer ligue. Los miré con cara de pocos amigos para que no hicieran ninguna estupidez, al tiempo que notaba, lenta, irresistiblemente, como un héroe de las novelas de Mills & Boon, que sus labios buscaban los míos.

Acto seguido comenzamos a besarnos. De repente todo se convirtió en una locura. Era como conducir un coche muy rápido con tacones de aguja. Nada había dejado de funcionar pese a los años pasados en el garaje. Al principio no hice nada, estaba bloqueada en todos los sentidos, pero en un abrir y cerrar de ojos la desinhibición fue total, y ¿qué estaba haciendo? ¿Y los niños? ¿Y Mark? Y, por cierto, ¿quién era aquel tío insolente?

—Vamos a un sitio más tranquilo —susurró.

Todo era un complot. ¿Por qué me habría sacado a bailar si no? ¡Tenía pensado asesinarme y después comerme!

—Tengo que irme. Ahora mismo.

—¿Cómo?

Lo miré aterrorizada. Era medianoche. Y yo Cenicienta. Así que tenía que volver a las cunas, y las canguros, y la falta de sueño, y la sensación de ser completamente asexual y enfrentarme a la perspectiva de estar sola hasta el final de mis días... Pero ¿acaso no era eso mejor que acabar descuartizada?

—Lo siento muchísimo, pero tengo que irme. Ha estado muy bien. Gracias.

—¿Irte? —preguntó—. Por Dios. Qué cara.

Mientras bajaba como podía la escalera que olía a pis, iba inflándome como un pavo con su última frase: «Qué cara.» ¡Era Kate Moss! ¡Era Cheryl Cole! No obstante, ya sentada en el taxi, mientras explicaba el incidente, un breve vistazo a mi expresión de loca y mis facciones abotargadas por el alcohol —sin olvidar los manchones de rímel bajo los ojos— bastó para echar por tierra la hipótesis.

—Se refiere a que se ha quedado atormentado por la cara de una madre entrada en años que ha decidido que planea asesinarla porque la ha besado —rió Tom.

—Y después comérsela —añadió Talitha. Todo el mundo se estaba partiendo de risa.

—¿En qué estabas pensando? —preguntó Jude entre carcajadas histéricas—. ¡Estaba buenísimo!

—No pasa nada —intervino Talitha, que recobró la compostura e intentó retreparse elegantemente en el asiento del taxi, que olía a curry—. Tengo su número.

00.10. Acabo de volver, he entrado de puntillas en casa. Todo está en silencio y a oscuras. ¿Dónde está Daniel?

00.20. He bajado de puntillas y encendido la luz. El sótano estaba como si le hubiese caído una bomba. La Xbox encendida, los conejitos Sylvanian dispuestos en fila de un lado al otro, Barbies, dinosaurios, pistolas de juguete, cojines, cajas de pizza, bolsas de donuts de Krispy Kreme y envoltorios de chocolatinas por todo el suelo, y una tarrina de helado de chocolate derretido de Häagen-Dazs boca abajo en el sofá. Es probable que vomiten por la noche, pero por lo menos se lo han pasado bien. Pero ¿dónde está Daniel?

He subido en silencio al cuarto de los niños: estaban dormidos como troncos, con toda la cara manchada de chocolate, pero respiraban tranquilamente. Ni rastro de Daniel. He empezado a asustarme.

A continuación he bajado deprisa al salón, a ver el sofá cama: nada. He subido corriendo a mi dormitorio, he abierto la puerta y he soltado un gritito. Daniel estaba en la cama. Ha levantado la cabeza y me ha mirado con los ojos entrecerrados en la oscuridad.

—Dios santo, Jones —ha dicho—. Eso que llevas son... ¿botas de mosquetero? ¿Me dejas verlas mejor? —Ha retirado la sábana.

Estaba medio desnudo—. Venga, Jones —me ha invitado—. Te prometo que no te tocaré un pelo.

La combinación de estar un poco borracha, a cien por un beso reciente y de Daniel medio desnudo y travieso en la penumbra me ha hecho retroceder a mi época de soltera de treinta y tantos años. Una décima de segundo después he soltado una risita y me he metido en la cama con las botas altas.

—Vaya, vaya, Jones —ha empezado Daniel—. Estas botas son de lo más picantes, mucho, y ese blusoncito es muy absurdo.

Y otra décima de segundo después he vuelto a toda prisa al presente y me he acordado... de todo, la verdad.

—¡Ahhh! ¡No puedo hacer esto! Lo siento mucho. Muy bien —he parloteado mientras salía de la cama.

Daniel se me ha quedado mirando en un momento y luego se ha echado a reír.

—Jones, estás como una puñetera cabra, como siempre.

He esperado fuera de la habitación a que él se levantara y se vistiera y luego, en mitad de mis disculpas y agradecimientos por haber hecho de canguro, ha surgido otro momento en que me he sentido tan confusa y cachonda que he estado a punto de abalanzarme sobre él y ponerme a devorarlo como un animal. Entonces le ha sonado el móvil.

—Lo siento, lo siento —se ha disculpado con su interlocutor—. No, gordita mía, es que he tenido un lío de trabajo increíble, mira, lo sé, ¡JODER! —Ahora Daniel se había enfadado—. Mira, ¡Jesús! Te dije que tenía una presentación muy importante para el proyecto y... vale, vale, voy dentro de quince minutos, sí... sí... mmm... y yo por ese halo de estrella que tienes...

¿¿Halo de estrella??

—...Me muero de ganas de zambullirme en...

Tras suspirar aliviada por no haber sucumbido a la antigua rutina, he conseguido que se fuera y después me he quitado como he podido las botas de Talitha. He recogido el salón lo suficiente como para evitar que Chloe presente mañana su dimisión por pura desesperación, y por último me he desplomado sobre mi cama solitaria.

00.55. Pero ahora me siento toda inquieta y cachonda. Es como si en una sola noche hubiera pasado del más absoluto desierto masculino a una lluvia de hombres, literalmente.

LAS CONSECUENCIAS

Viernes, 7 de septiembre de 2012

07.00. Estoy completamente desnuda, me siento como si me hubieran agujereado la cabeza con un clavo y tengo que llevar a los niños al colegio.

07.01. ¡No! ¡No tengo que llevarlos al colegio! Esta mañana iba a darme el gustazo de quedarme en la cama, pero me he despertado de todas formas.

07.02. ¡Ahhh! Acabo de acordarme de lo que pasó ayer por la noche con Cazadoradecuero. Y con Daniel.

07.30. Traumatizada por los ruidos de Chloe, que está abajo haciendo todo lo que se supone que debo hacer yo: el único Weetabix al que Mabel puede ponerle una cucharadita de azúcar por encima, las dos lonchas de bacón para Billy, con kétchup pero sin pan.

07.45. Me siento muy culpable: como una Joan Crawford resacosa, a punto de bajar en bata, con toda la cara manchada de lápiz de labios, para decir: «Hola, tesoritos, soy vuestra mamá, ¿os acordáis? ¿Cómo decíais que os llamabais?»

08.00. La puerta se cierra, los ruidos cesan.

08.01. La puerta se abre, los ruidos vuelven: en busca de la mochila de Mabel.

08.05. La puerta vuelve a cerrarse.

08.15. Silencio. La cama está fresquita, y blanca, y es un placer quedarse tumbada, desnuda, sin hacer nada. Es como si se hubiera roto un encantamiento, como si a la Bella Durmiente... Bueno, no exactamente bella... A la Madurita Durmiente Con Dos Hijos la hubiera despertado un beso. La primavera ha llegado a las marchitas ramas invernales. Hojas y flores brotan y se abren por doquier.

08.30. ¡Me ha llegado un mensaje! Puede que sea de Talitha. Para mandarme el número de Cazadoradecuero. Tal vez incluso sea el mismísimo Cazadoradecuero, que bromea para quitarle hierro a la situación y me pregunta si quiero salir con él. ¡Soy sexualmente viable!

Era del departamento de preescolar del colegio.

<Por favor, no olvide traer esta tarde la autorización para ir al zoo.>

LAS MUJERES CAMBIAN DE OPINIÓN

Sábado, 8 de septiembre de 2012

Aparatos electrónicos irritantes que hay en casa: 74; aparatos electrónicos que pitan: 7; aparatos electrónicos que sé cómo funcionan: 0; aparatos electrónicos que requieren contraseña: 12; contraseñas: 18; contraseñas que recuerdo: 0; minutos pasados pensando en el sexo: 342.

07.30. Acabo de despertarme de un sueño delicioso y sensual con Daniel y Cazadoradecuero. De repente me siento distinta: voluptuosa, femenina... y, aun así, muy culpable, como si le estuviera siendo infiel a Mark. Pero, con todo... es tan sensual sentirme una mujer sensual, con un lado sensual que es sensualmente... Uy, los niños están despiertos.

11.30. La mañana ha sido de lo más sensual y tranquila. Los tres hemos empezado el día en mi cama, viendo la tele acurrucados. Luego hemos desayunado. Después hemos jugado al escondite. Luego hemos pintado en los Moshi Monsters, después hemos hecho una carrera de obstáculos todos en pijama y, durante todo ese tiempo, un delicioso olor a pollo asado salía de la cocina.

11.32. Soy una madre perfecta y una mujer sensual con posibilidades sensuales. O sea, que quizá alguien como Cazadoradecuero podría encajar en este escenario y...

11.33. Billy: «¿Podemos encender el ordenador hoy que es sábado?»

11.34. Mabel: «Quiero ver a Bob *Ezponja*.»

11.35. De repente me he sentido abrumada de agotamiento y deseos de leer el periódico en medio de un silencio atronador. Sólo diez minutos.

—¡Mamiii! La tele *eztá* rota.

Me he dado cuenta, horrorizada, de que Mabel se había hecho con los mandos a distancia.

He empezado a apretar botones, tras lo cual en la pantalla han aparecido unos puntitos blancos acompañados de un ruidoso chisporroteo.

—¡Nieve! —ha exclamado Mabel entusiasmada justo cuando el lavavajillas ha empezado a pitar.

—¡Mami! —ha gritado Billy—. El ordenador se ha quedado sin batería.

—Bueno, pues enchúfalo a la corriente —he contestado con la cabeza metida en el armario de debajo de la tele, lleno de cables.

—¡Noche! —me ha informado Mabel cuando la pantalla se ha puesto negra y la secadora se ha sumado a los pitidos.

—El cargador no funciona.

—Pues coge la Xbox.

—No funciona.

—Puede que sea la conexión a internet.

—¡Mami! He desconectado el inalámbrico y no puedo volver a conectarlo.

Consciente de que mi termostato se estaba acercando peligrosamente al rojo, he subido corriendo la escalera mientras gritaba:

—¡Hora de vestirse, vamos a hacer algo especial! Os cojo la ropa. —Y he entrado en su cuarto y explotado—: ¡No soporto la puta tecnología! ¿Por qué no CIERRA LA PUTA BOCA TODO DIOS Y ME DEJA LEER LA PRENSA EN PAZ?

De repente, horrorizada, me he dado cuenta de que el intercomunicador infantil estaba encendido. ¡Ay, Dios, ay, Dios! Tendría que haberme deshecho de él hace siglos, pero al estar yo sola me entró la paranoia, el miedo de morir, etc., etc. He bajado corriendo y he visto a Billy llorando como un descosido.

—Billy, lo siento mucho. No lo decía en serio. ¿Es por el intercomunicador infantil?

—¡Nooooooooooo! —ha berreado—. La Xbox está bloqueada.

—Mabel, ¿has oído a mamá por el intercomunicador infantil?

—No —ha contestado sin dejar de ver encantada la televisión—. La tele ze ha arreglado.

Se veía una página que pedía la contraseña de Virgin.

—Billy, ¿cuál es la contraseña de Virgin? —le he preguntado.

—¿No es la misma que la de tu tarjeta de crédito, 1066?

—Vale, yo me ocupo de la Xbox y tú introduces la contraseña —acababa de decidir justo cuando han llamado al timbre.

—Esa contraseña no servirá.

—¡Mamiii! —me ha llamado Mabel.

—Callaos los dos —les he gruñido—. Están LLAMANDO A LA PUERTA.

He subido corriendo, con una maraña de pensamientos de culpabilidad en la cabeza —«Soy una madre malísima, mis hijos tienen un vacío interior creado por la pérdida de su padre e intentan llenarlo con tecnología»— y he abierto la puerta.

Era Jude, glamurosa, pero resacosa y llorosa.

—Ay, Bridge —ha dicho, y se me ha echado encima—. No soporto otro sábado por la mañana sola.

—¿Qué ha pasado...? Cuéntaselo a mamá... —me he ofrecido, y entonces he recordado que Jude es un coloso de las finanzas.

—¿Te acuerdas del tío al que conocí en Match, con el que salí el día antes del Stronghold? ¿Ése con el que me enrollé?

—Sí —he respondido mientras intentaba recordar vagamente a cuál se refería.

—No me ha llamado. Y ayer por la noche me envió un mensaje de grupo que decía que su mujer acaba de tener una niña que pesa dos kilos setecientos.

—PorelamordeDios. Qué asqueroso. Es inhumano.

—Todos estos años no he querido niños y la gente no paraba de decirme que cambiaría de opinión. Tenían razón: voy a descongelar los óvulos.

—Jude —le he dicho—, tomaste una decisión. Que un tío sea un tarado no significa que tu decisión fuera mala. Es algo bueno para ti. Los niños son... son... —He lanzado una mirada asesina hacia la escalera.

Jude me ha enseñado el móvil y he visto una foto del tarado con la niña en brazos en Instagram.

—... tiernos, y monos, y rosaditos, y pesan dos kilos setecientos, y yo lo único que hago es trabajar y zorrear, y estoy sola los sábados por la mañana y...

—Ven abajo —le he propuesto con aire lúgubre—. Y verás lo tiernos y ricos que son.

Hemos bajado la escalera pesadamente. Al llegar, Billy y Mabel parecían angelitos, de pie con un dibujo que ponía: «Mami, te queremos.»

—Vamos a sacar el lavavajillas, mami —ha anunciado Billy—. Para ayudarte.

¡Mierda! ¿Qué coño les ha pasado?

—Gracias, hijos —les he dicho, y me he llevado a Jude arriba y la he sacado por la puerta antes de que hicieran algo peor, como vaciar el cubo de reciclaje.

—Voy a descongelar mis óvulos —ha sollozado Jude cuando nos hemos sentado en los escalones—. Entonces la tecnología era primitiva. Burda, incluso. Pero podría salir bien si... Vamos, que podría conseguir un donante de esperma y...

De pronto, la ventana de arriba de la casa de enfrente se ha abierto de golpe y han salido volando un par de mandos de la Xbox que han aterrizado estrepitosamente junto a los cubos de la basura.

Segundos después, la puerta se ha abierto y ha aparecido la vecina bohemia vestida con unas pantuflas rosa con plumas, un camisón victoriano y un bombín pequeño y cargada con un montón de portátiles, iPad e iPod. Ha bajado la escalera con paso vacilante y lo ha tirado todo a la basura; la seguían su hijo y dos de sus amigos lloriqueando:

—¡Noooooo! ¡No he terminado el niveeeeeeel!

—Me alegro —les ha contestado ella—. Cuando firmé para tener hijos NO lo hice para que me dominaran un montón de objetos negros, planos e inanimados y una pandilla de YONQUIS DE LA TECNOLOGÍA que se niega a hacer nada que no sea quedarse atontados dándoles a los pulgares mientras exige que los SIRVA como si fuera un cruce entre un informático y el conserje de un hotel de cinco estrellas. Cuando no os tenía, todo el mundo me repetía sin parar que cambiaría de opinión. Y ¿sabéis qué? Os tuve, os he criado y he CAMBIADO DE OPINIÓN.

La he mirado pensando: «Tengo que hacerme amiga de esa mujer.»

—En la India, los niños de vuestra edad viven estupendamente en la calle —ha proseguido—. Así que ahora os quedáis aquí sentados y, en lugar de dejaros TODO EL CEREBRO en pasar al siguiente nivel de MINECRAFT, ya podéis ir pensando en cómo vais a convencerme para que CAMBIE DE OPINIÓN y os deje entrar. Y si se os ocurre tocar el cubo de la basura os vendo para que participéis en los JUEGOS DEL HAMBRE.

Acto seguido, sacudiendo la cabeza y el bombín, se ha metido en casa y ha cerrado de un portazo.

—¡Mamiii! —Del sótano salían gritos y lloros—. ¡Mamiii!

—¿Quieres pasar? —he propuesto a Jude.

—No, no —ha replicado ella, ya contenta, al tiempo que se levantaba—. Tienes toda la razón. Tomé la decisión adecuada. Es sólo que estoy algo resacosa. En cuanto desayune y me tome un Bloody Mary en el Soho House y lea la prensa estaré estupendamente. Gracias, Bridge. Te quiero. ¡Adiós!

Y ha echado a andar, algo inestable sobre sus sandalias romanas hasta la rodilla de Versace, resacosa y estupenda.

He vuelto a mirar al frente: los tres chicos estaban sentados a la puerta, en fila.

—¿Todo bien? —me he interesado.

El hijo de pelo moreno me ha sonreído.

—Ah, sí. Mi madre se pone así a veces, pero se le pasará dentro de un minuto.

Y ha vuelto la cabeza para ver si la puerta seguía cerrada. Luego se ha sacado un iPod del bolsillo y los tres han soltado unas risitas antes de concentrarse en el aparato.

Me ha invadido un gran alivio. He entrado en casa alegremente, y de súbito me he acordado de que la contraseña de todo era 1890, el año que Chéjov escribió *Hedda Gabbler*.

—¡Mamiiiii!

He cogido el mando de la Xbox y el mando de Virgin, he puesto 1890 en ambos y las pantallas han vuelto milagrosamente a la vida.

—Tomad —les he dicho—, ahí tenéis vuestras pantallas. A mí no me necesitáis, sólo necesitáis pantallas. Me voy a hacerme un café.

He lanzado los mandos contra un sillón y han salido disparados, como la vecina bohemia, hacia el hervidor. Billy y Mabel se han echado a reír.

—¡Mami! —me ha dicho Billy entre carcajadas—. Has vuelto a apagarlo todo.

20.30. He terminado sintiéndome a gusto y bien, y Billy ha podido jugar con la Xbox y Mabel ver a Bob Esponja. Nos hemos acurrucado un rato en el sofá y después nos hemos ido los tres al parque de Hampstead Heath. He estado todo el tiempo pensando en Cazadoradecuero y en lo increíble que fue el beso, y sintiéndome sexy otra vez, y planteándome que puede que Tom tenga razón en lo de que necesito ser mujer y tener a alguien en mi vida, y que tal vez no esté mal, y que quizá llame a Talitha y le pida el número.

OLAS QUE ROMPEN

Domingo, 9 de septiembre de 2012

61 kg; calorías: 3.250; número de veces que he mirado a ver si Cazadoradecuero me había mandado un mensaje: 27; mensajes de Cazadoradecuero: 0; pensamientos de culpabilidad: 47.

02.00. Todo fatal. Anoche mandé un mensaje a Talitha. Por lo visto no sólo consiguió el número de Cazadoradecuero, sino que además LE DIO EL MÍO. He sentido una punzada de inseguridad en el estómago. Si le dio mi número, ¿por qué no ha llamado?

05.00. Nunca, nunca debí volver a establecer contacto con hombres. Había olvidado por completo la pesadilla del «¿por qué no me ha llamado?».

21.15. Los niños están dormidos y listos para afrontar el lunes por la mañana. Pero yo estoy de bajón absoluto. ¿Por qué no ha mandado un mensaje Cazadoradecuero? ¿Por qué? Es evidente que Cazadoradecuero cree que estoy como una cabra y soy mayor. Todo es culpa mía. Debería limitarme a ser madre, los niños deberían llegar a casa todos los días y encontrarse en la cocina un guiso haciendo chup chup y un brazo de gitano relleno de mermelada. Debería leerles libros infantiles, meterlos en la cama y después... ¿qué? ¿Ver «Downton Abbey», fantasear con acostarme con Matthew y por la mañana otra vez a empezar con el Weetabix?

21.16. Acabo de llamar a Talitha para contárselo todo. Va a pasarse por casa.

21.45. —Ponme una copa, anda. —Le he preparado lo de siempre, vodka con soda—. Todo esto viene a que un tío con el que estuviste cinco segundos no te ha mandado un mensaje. Te has abierto a la posibilidad de tener una vida y ahora da la impresión de que te la han quitado delante de tus propias narices. ¿Por qué no le mandas tú un mensaje?

—No vayas nunca detrás de un hombre, sólo lo pasarás mal —le he contestado citando nuestro mantra de solteras treintañeras—: Anjelica Huston nunca, jamás, llamó a Jack Nicholson.

—Cari, que sepas que no tienes ni idea de lo que estás diciendo. Todo ha cambiado desde que estabas soltera. Entonces no se mandaban mensajes, ni correos electrónicos. La gente hablaba por teléfono. Además, ahora las mujeres jóvenes son sexualmente más agresivas, y los hombres son más vagos por naturaleza. Tienes, como poco, que darles un empujoncito.

—¡No se te ocurra mandar nada! —Me he abalanzado sobre el teléfono.

—No lo haré. Pero no pasa nada. Cuando le pedí su número y le di el tuyo, hablé con él discretamente y le conté que habías enviudado...

—¿Que hiciste QUÉ?

—Es mejor que estar divorciada. Es tan romántico y original...

—Así que básicamente estás utilizando la muerte de Mark para conseguirme un tío, ¿no es eso?

Se han oído pisadas en la escalera. Ha aparecido Billy, con su pijama de rayas.

—Mami, no he hecho los deberes de mates.

Talitha ha alzado la vista distraídamente y, acto seguido, se ha centrado de nuevo en el móvil.

—Dile a Talitha: «Hola, me alegro mucho de volver a verte», y mírala a los ojos —le he pedido con aire reflexivo. ¿Por qué razón hacen esto los padres: di «por favor», di «hola», di «gracias por invitarme»? Si no se los ha acostumbrado a hacer estas cosas antes de que se enfrenten a una situación real, no tiene ningún sentido...

—Hola, Talitha.

—Hola, cariño —ha contestado ella sin mirar—. Es un cielo.

—Sí que los has hecho, Billy. ¿No te acuerdas de los problemas? Los hicimos cuando volviste el viernes del colegio.

—Vale, a ver qué te parece esto. —Talitha ha levantado la vista y ha vuelto a centrarse en el teléfono.

—Pero había otra hoja —ha objetado Billy—. Mira, toma. Es pretecnología.

Pretecnología no. Billy se ha pasado las últimas seis semanas construyendo un ratoncito con trozos de fieltro; después le dan «hojas» que plantean misteriosas preguntas conceptuales. Le he echado un vistazo a la última: «¿Qué pretendes conseguir haciendo el ratón?»

Billy y yo nos hemos mirado con cara de desesperación. ¿Qué grado de profundidad se espera que alcancen con una pregunta así? Desde el punto de vista filosófico, quiero decir. Le he dado a Billy un lápiz y se ha sentado a la mesa de la cocina. Se ha puesto a escribir y después me ha pasado la hoja.

—«Hacer un ratón.»

—Bien —he contestado—. Muy bien. Y ahora, ¿quieres que te lleve a la cama?

Ha asentido y me ha dado la mano.

—Buenas noches, Talitha.

—Di buenas noches a Talitha.

—Mami, acabo de hacerlo.

Mabel estaba dormida en la litera de abajo, con la cabeza dada la vuelta y abrazada a Saliva.

—¿Te echas conmigo? —me ha preguntado Billy al tiempo que se metía en la litera de arriba.

He pensado en Talitha, que estaría cada vez más impaciente abajo, y me he echado con él, Puffle Uno, Mario y Horsio.

—¿Mami?

—Sí —he contestado con el corazón en un puño y temiendo que fuese a preguntar por su padre o por la muerte.

—¿Cuántos habitantes tiene China?

Ay, Dios, se parece tanto a Mark cuando se preocupa por estas cuestiones... ¿Qué hacía yo dándole vueltas a si mandarle un mensaje a un desconocido con cazadora de cuero y sin afeitar que probablemente...?

—¿Mami?

—Cuatrocientos millones —he mentido con soltura.

—Ah. Y ¿por qué la Tierra encoge un centímetro al año?

—Eh... —Me he parado a pensarlo. ¿Encoge el mundo un centímetro al año? Pero ¿el planeta entero o sólo las partes de tierra? ¿Tendrá algo que ver con el calentamiento global? ¿O con la increíble fuerza de las olas y...?

Entonces he notado el suspiro levemente relajante que profería Billy al quedarse dormido.

He bajado a toda prisa, sin aliento. Talitha ha alzado la vista con cara de satisfacción.

—Bueno. Espero que aprecies esto. Me ha costado lo mío.

Me ha dado el teléfono.

<Por fin me he recuperado de la vergüenza que me dio salir huyendo del Príncipe Azul y su fortaleza.[5] Todo fue tan sensual que me dio miedo sufrir una combustión espontánea o convertirme en una calabaza. ¿Cómo lo llevas?>

—¿Lo has mandado?

—Aún no. Pero es bueno. Hay que tener en cuenta su ego. ¿Cómo crees que se sentirá el pobre muchacho después de que te largaras así y sin darle ninguna explicación?

—¿No suena un poco...?

—Es una pregunta, y sigue el hilo. No le des demasiadas vueltas, tú...

Me ha agarrado del dedo y le ha dado a «Enviar».

—¡Nooo! Has dicho que no...

—No he sido yo. Lo has enviado tú. ¿Me pones otro poquito de vodka, muy poco?

Con la cabeza hecha un lío, me he acercado a la nevera, pero nada más abrir la puerta he oído que me entraba un mensaje. Talitha lo ha cogido, con una sonrisa de satisfacción en sus rasgos perfectamente maquillados.

<Hola. ¿Eres Cenicienta?>

—A ver, Bridget —me ha increpado Talitha con gravedad al verme en la cara el revoltijo de sentimientos—, tienes que ser valiente y subirte a la silla de nuevo, por el bien de todos, incluidos... —ha señalado el piso de arriba.

En el fondo, Talitha tenía razón. Pero las cosas no pudieron salir peor con Cazadoradecuero. Como ella misma dijo, cuando nos sentamos en mi sofá después de que pasara todo:

«Todo es culpa mía. Se me olvidó advertirte. Cuando se sale de una relación larga, el primero siempre es el peor. Demasiadas

5. *Stronghold* significa «fortaleza» en inglés. *(N. de la t.)*

expectativas. Crees que te van a rescatar, y no es así. Y crees que ellos son el barómetro de si aún eres viable, y lo eres, pero no son ellos los que van a demostrártelo.»

Con Cazadoradecuero infringí todas y cada una de las «Reglas clave del ligoteo». Pero en mi defensa debo decir que por aquel entonces no sabía que existieran tales «Reglas».

QUÉ NO HACER EN UNA CITA

Miércoles, 12 de septiembre de 2012

60 kg (perdí uno dándoles a los pulgares con los mensajes); minutos pasados fantaseando con Cazadoradecuero: 347; número de veces que comprobé si tenía algún mensaje de Cazadoradecuero: 37; mensajes de Cazadoradecuero: 0; número de veces que miré la Inexplorada Bandeja de Entrada para ver si tenía algún correo de Cazadoradecuero a pesar de que Cazadoradecuero no tiene correo electrónico: 12 (demencial); minutos que he llegado tarde al colegio en total: 27.

14.30. Mmm. Acabo de volver de comer con Cazadoradecuero en Primrose Hill. Se parecía todavía más a un hombre de anuncios de coches, esta vez con una cazadora de cuero marrón y gafas de aviador. Hacía un día otoñal radiante, caluroso para esta época del año: el cielo estaba azul y el sol brillaba, así que hemos podido sentarnos fuera, en una terraza.

Bien
Lo quiero. Lo quiero.

No tan bien
Tiene más o menos mi edad y está divorciado, con dos hijos. Y se llama Andy... qué nombre tan chulo...

126

¿¿ANDY??

Cuando me he sentado a la mesa, se ha quitado las gafas. Sus ojos son como estanques. Estanques de agua clara, clara como un mar tropical...

NO TE EMOCIONES

... sólo que marrones. Lo quiero. Los dioses del ligoteo me sonríen.

PROCURA MANTENER CIERTA OBJETIVIDAD

Entiende DE VERDAD los problemas de criar a los hijos en solitario. Me ha preguntado cosas como: «¿Cuántos años tienen tus hijos?»

Durante toda la comida me he sentido como un cachorrillo peligrosamente excitado que estaba a punto de empezar a frotarse contra su pierna de un momento a otro.

NO SAQUES CONCLUSIONES PRECIPITADAS NI FANTASEES

Será estupendo tener sexo con él los domingos por la mañana, pensaba yo, y luego desayunar juntos con todos los niños, reírnos, irnos a vivir juntos, vender las dos casas y comprar otra desde la que nuestros hijos puedan ir andando al colegio. Justo cuando estaba pensando: «... así podríamos tener un solo coche y ahorrarnos problemas con los permisos de aparcamiento», él me ha interrumpido: «¿Quieres café?»

Lo he mirado con cara de sorpresa, desorientada, y casi le suelto: «¿Crees que podremos apañárnoslas con un solo coche?»

EN LA PRIMERA CITA: QUE PAGUE ÉL

Cuando ha llegado la cuenta, he montado un buen lío sacando

la tarjeta de crédito mientras repetía: «Pago yo» y «¿Quieres que vayamos a medias?»

«Invito yo», ha dicho él al tiempo que me dedicaba una mirada extraña. Puede que ya supiera que él también me quería, ¿no?

REACCIONA EN FUNCIÓN DE LO QUE ESTÉ PASANDO DE VERDAD, NO A LO QUE DESEARÍAS QUE ESTUVIERA PASANDO

Después de comer, no podía soportar la idea de que terminara, así que he sugerido que fuéramos a dar un paseo por la colina. Ha sido estupendo. Cuando hemos llegado a su coche, *esperaba* que me besara de nuevo, pero me ha dado un simple beso en la mejilla y me ha dicho:

—Cuídate.

Me ha entrado el pánico.

—¿Crees que deberíamos volver a vernos? —le he soltado.

Puede que haya sido algo directa, pero CREO que no ha estado nada mal.

SÍ QUE LO HA ESTADO

«Claro —ha contestado con una sonrisa—. Tan sólo estaba esperando a que huyeras entre gritos.»

Y ha vuelto a esbozar su sonrisa de anuncio de coches con arruguitas y se ha subido al suyo.

¡Es tan divertido!

NO DEJES QUE TE TRASTOQUE LA VIDA NI EL EQUILIBRIO

Madre mía, esto es un desastre. No puedo pasarme el día entero en la cama MASTURBÁNDOME cuando tengo un guión que escribir y unos hijos a los que cuidar.

No te obsesiones ni fantasees cuando vayas conduciendo

08.30. Mmm. La cosa es que cuando le dije: «¿Crees que deberíamos volver a vernos?» no dijo «No», sino: «Claro.»

Y eso significa que sí, ¿no? Pero entonces ¿por qué no comentó nada acerca de la próxima vez cuando nos despedimos? O ¿por qué no me ha enviado algún mensaje? ¡AHHHH!

09.30. Al entrar en una curva me he encontrado un taxi parado delante de mí, algo egoísta a más no poder, sin pies ni cabeza. Detrás del mío se ha formado una cola enorme de coches.

He rodeado el taxi mirando mal al conductor. Entonces, al devolver la vista al frente, me he dado cuenta de que un coche venía hacia mí a toda pastilla. Al volante iba un hombre que me señalaba y me decía: «Atrás, ¡a-t-r-á-s!», como si fuese idiota o algo por el estilo.

«¡Cómo son los tíos al volante, por favor! (Aparte de Cazadoradecuero, que estoy segura de que es muy respetuoso) —he pensado al tiempo que le enseñaba el dedo corazón—. "Anda, míranos. ¡Somos machos alfa! Vamos a echarnos encima de mujeres indefensas y vamos a acosarlas hasta que den marcha atrás".»

—Mami —me ha dicho Billy—, el taxi ha parado para dejar pasar al otro coche.

De pronto he entendido lo que quería decir mi hijo: el coche que venía en sentido contrario YA ESTABA ALLÍ y el taxista, que al fin y al cabo tiene experiencia en carretera, se había detenido para dejar pasar al coche que ya se dirigía hacia nosotros. Así que ahora era yo la hembra alfa conductora de un monovolumen —salvo por el hecho de que no iba en un monovolumen— que había esquivado bruscamente al taxista con experiencia en carretera e intentado obligar al coche que venía en sentido contrario a retroceder, como si fuese un quitanieves cabreado que esgrimiera un sobresaliente en Filosofía, Ciencias Políticas y Económicas por Oxford o Cambridge —salvo por el hecho de que saqué un suficiente en Inglés en Bangor.

He movido los labios diciendo «Lo sientooo» mientras daba marcha atrás, pero el hombre me ha lanzado una mirada asesina con exactamente la misma expresión de incredulidad de «¿Adónde-vamos-a-ir-a-parar?» que suelo adoptar yo con frecuencia cuando voy a llevar a los niños al colegio por la mañana.

—¡Bueno! —he exclamado alegremente cuando hemos logrado dar la vuelta a la esquina—. ¿Qué clases tenemos hoy, Billy? ¿Educación Física?

—Mami.

Lo he mirado. Los mismos ojos. El mismo tono cuando no estoy precisamente en mi mejor momento.

—¿Qué? —he respondido.

—Sólo lo preguntas porque te sientes tonta, ¿no?

Viernes, 14 de septiembre de 2012

No dejes que te trastorne y te vuelva loca en general

Acabo de hablar con la vecina bohemia con aspiraciones, pero estaba tan distraída que la he cagado pero bien. Volvía del coche cuando he visto que entraba en su casa. Llevaba un gorro de lana de varias puntas con borlas en el extremo, unas Doc Martens de plataforma y algo a medio camino entre un abrigo de oficial alemán de la segunda guerra mundial y un miriñaque rematado con un volante.

—Hola —me ha dicho de pronto—, soy Rebecca. Vives enfrente, ¿no?

—Sí —he respondido encantada y, acto seguido, me he marcado un monólogo nervioso—: Me da que tus hijos tienen la misma edad que los míos. ¿Cuántos años tienen? ¡Qué gorro más bonito!...

Todo ha ido sobre ruedas y Rebecca ha acabado diciendo:

—Si quieres, pásate y tráete a los niños para que jueguen juntos. Uno día de éstos, ¿no?

—Pues sí, estupendo —he contestado—. Sí, estaría genial. Adióóós.

Y he cruzado la calle. Al llegar a casa iba pensando: «¡Sííí! Podríamos ser amigas y podría presentarle a Cazadoradecuero y...»

—¡Oye! —ha exclamado Rebecca de repente.

Me he dado la vuelta.

—¿No es ésa tu hija?

¡Mierda! Se me había olvidado por completo que iba con Mabel. Estaba plantada ante la casa de Rebecca, desconcertada, abandonada en la acera.

Fíjate en cómo te hace sentir. En algún punto a medio camino entre «cachonda» y «tomando algo para el estómago debido a la ansiedad», debería aparecer la palabra «feliz»

21.15. Sigo sin recibir ningún mensaje. Este asunto de Cazadoradecuero me está provocando una ansiedad horrorosa, tengo el estómago revuelto.

LA PRIMERA REGLA CLAVE DEL LIGOTEO

Sábado, 15 de septiembre de 2012

20.15. ¡SÍÍÍ! ¡Teléfono!

21.00. —Ah, hola, cariño.

Mi madre. ¡Mierda! He entrado en barrena preguntándome si Cazadoradecuero podría mandar un mensaje mientras estaba al teléfono con mi madre.

—¿Bridget? ¿Bridget? ¿Sigues ahí? ¿Has decidido lo del crucero?

—Uy, bueno, creo que podría resultar un poco...

—Casi toda la gente de St. Oswald's estará con sus nietos. Son unos días del año muy especiales y la gente los pasa con sus nietos. Julie Enderbury y Michael se llevan a toda la familia a Cabo Verde.

—Y ¿qué hay de los nietos de Una? —he contraatacado.

—Les toca ir con la familia política.

—Ya, ya.

La familia política. Lo cierto es que el almirante Darcy y Elaine son de lo más cariñosos con Billy y Mabel, y se las apañan bien invitándolos por separado y en ocasiones bien pensadas y breves. Pero no creo que pudieran soportar que fuésemos a visitarlos por Navidad. Cuando aún vivía, Mark solía invitarlos a nuestra gran casa de Holland Park, pero de la cena de Navidad siempre se encargaba un cocinero, lo cual, según él, no tenía nada que ver con mi forma de guisar, sino que era para que todo el mundo pudiera relajarse y disfrutar de la compañía. Uy, aunque, ¿por qué no iban a «relajarse» si cocinaba yo? Puede que sí que tuviera que ver con mi forma de cocinar.

—¿Bridget? ¿Sigues ahí? Es sólo que no quiero que estés sola —me ha asegurado mi madre—. Pero, bueno, todavía hay tiempo para decidirlo.

—Genial. Pues lo vamos hablando, entonces —he contestado—. Aún faltan siglos para Navidad.

Ahora se ha ido a clase de aqua-zumba. Ojalá estuviera mi padre para aplacarla, y reírse conmigo de todo, y abrazarme. Ojalá pudiera cogerme una buena cogorza con una botella de vino entera.

21.15. Uy, acabo de oír llegar a Chloe, que había salido por Camden. Se queda en el sofá cama, y así mañana puede levantarse temprano para tai-chi.

21.30. Creo que voy a tomarme una copita de vino, aprovechando que está ella, para animarme.

¡ATENCIÓN! ¡ATENCIÓN! NI SIQUIERA ABRAS UNA BOTELLA DE VINO SIN ENVOLVER EL TELÉFONO EN UNA NOTA QUE PONGA: «NADA DE MENSAJES» Y OCULTARLO EN UN ESTANTE ALTO

21.45. Ahora ya me siento mucho mejor. Voy a poner música. Puede que «Play the Game», de Queen. El punto de vista gay siempre es bueno, en particular en forma de música. Mmm... Cazadoradecuero. Ojalá me mandara un mensaje, así podríamos vernos y disfrutar de un sensual...

22.00. Quizá me tome otra copita de vino de nada.

¡Atención! ¡Atención!

22.05. Me encanta Queen.

22.20. Mmm... Bailar...
«Es tu vida... No te hagas el duro...»

22.20. Ya ves ques verdad. «El amor corre... ¡fluye por mis veeeee-naaaaas!» Quiero a Zazadoravecuero. Do se buede ir por ahí a la fefensiva. El amor es comun río.

No dejes que la letra de canciones pop guíe tu comportamiento, sobre todo cuando estés borracha

22.21. ¿Ves? Do te hagas el dudo. Así que ¿por qué do voy a mandadle un mensaje...?

¡AHHHH! Ay, eso es lo que pasa con el mundo moderno. Si hubiese sido en los días en que se escribían cartas, jamás me habría puesto a buscar un boli, un papel, un sobre, un sello y la dirección de Cazadoradecuero. Tampoco habría salido de casa a las 23.30 dejando dormidos a dos niños pequeños para encon-

trar un buzón. Un mensaje de texto se envía con tan sólo rozar-
lo con la punta del dedo, como una bomba atómica o un misil
Exocet.

22.35. Acabo d dddarle a ENVIAR. Fien, ¿eh?

No mandes mensajes cuando estés borracha

INUTILIDAD MANIFIESTA PARA EL LIGOTEO

Domingo, 16 de septiembre de 2012

60 kg (sensaciones que llenan).

—¡No! —exclamó Talitha, sentada en mi salón con Tom, Jude y yo—. No está «bien».

—¿Por qué? —inquirí mirando el mensaje sorprendida.

—«Me encantó verte el miércoles. ¡A ver si quedamos pronto!» —leyó Tom en voz alta, y después resopló.

—A ver, punto uno: es evidente que estás borracha —señaló Jude tras alzar un instante la vista de OKCupid.

—Punto dos: es de las once y media de la noche —continuó Tom—. Punto tres: ya le dijiste que te gustaría volver a verlo, así que pareces desesperada.

—Punto cuatro: utilizaste exclamaciones —volvió a intervenir Jude con sequedad.

—Y no es auténtico desde el punto de vista emocional —espetó Tom—. Tiene el tufillo excesivamente efusivo, falsamente despreocupado, de la colegiala que ha convencido a la capitana del equipo de baloncesto para que se siente a comer a su lado e intenta obligarla a que sean amigas mientras trata de que parezca lo más natural del mundo.

—Y no ha respondido —añadió Jude.

—¿Lo he estropeado todo?

—Dejémoslo en que es la ingenuidad de un conejito recién nacido entre una manada de coyotes voraces —contestó Tom.

Casi de inmediato, me llegó un mensaje:

<¿Cómo te organizas con la canguro? ¿Mejor que con la ortografía? ¿Qué te parece el próximo sábado por la noche?>

Los miré con la misma expresión que un manifestante contra la guerra de Iraq tras enterarse de que no había armas de destrucción masiva. Después subí flotando a una nube —no bioquímica— de exaltación.

—«¿Cómo te organizas con la canguro?» —repetí bailoteando—. Es taaan CONSIDERADO.

—Está intentando bajarte las bragas —soltó Jude.

—No te quedes como un pasmarote —dijo Tom entusiasmado—. Contéstale.

Pensé un instante y escribí:

<El sábado por la noche es perfecto, sólo necesito comprar una cuerda fuerte para atar a los niños.>

<Yo prefiero la cinta americana.> Ésa fue su respuesta inmediata.

—Es gracioso —aprobó Tom—. Y con un toquecito de sadomaso. Lo cual está muy bien.

Nos miramos los unos a los otros con cara de felicidad. El triunfo de uno era el triunfo de todos.

—Vamos a abrir otra botella —anunció Jude mientras se dirigía a la nevera con su mono enterizo y suelto y sus calcetines grandes y amorosos. De camino, se paró a besarme en la cabeza—. Bien hecho, gente, bien hecho.

INUTILIDAD CRECIENTE PARA EL LIGOTEO

En la primera cita: amóldate a lo que proponga

Miércoles, 19 de septiembre de 2012

60,5 kg; kilos ganados: 0,5; «Reglas del ligoteo» infringidas: 2.

21.15. Chloe no puede quedarse con los niños el sábado por la noche, y en lugar de volcar mi energía en buscar a otra persona, me he obsesionado y he fantaseado tanto con la cena, y con lo que voy a ponerme, y con cómo me mirará él cuando aparezca con el vestido de seda azul marino, que no he organizado nada más. ¡Ahhh! ¡Mensaje de Cazadoradecuero!

<¿Vemos una peli el sábado? ¿*Argo*?>

21.17. ¿*Argo*? ¿*Argo*? ¡Una película no es una CITA SERIA! ¡*Argo* es una peli de tíos! El vestido de seda azul marino resultaría excesivo para ir a ver una peli. Y, de todas formas, Chloe no puede venir el sábado y...

21.20. Acabo de responder: <¿Y si cenamos? Me gustaría conocerte mejor.>

21.21. Yo:

<Además tengo problemas con la canguro el sábado por la noche. ¿¿No podría ser el viernes??>

22.00. Ay, Dios, ay, Dios. Cazadoradecuero no ha respondido. ¿Habrá salido? ¿Con otra mujer?

23.00. Cazadoradecuero: <El viernes no puedo. ¿Y la semana siguiente? ¿El viernes? ¿O el sábado?>

23.05. He contestado: <¡Sí! ¡Sábado!> Luego me ha entrado el bajón. ¿Quiere esperar una semana? ¿Cómo puede soportarlo?

Domingo, 23 de septiembre de 2012

21.15. Estoy agonizando. Cazadoradecuero no me ha hecho ni caso en todo el fin de semana. Está claro que ya no le gusto. Eso suponiendo que antes le gustara.

22.00. Voy a intentar darle marcha a la cosa otra vez.

No planees el primer polvo

<Siento mucho el mareo de fechas. Me pondré unos buenos taconazos el sábado para compensar. Y la niñera se queda a dormir.>

Lunes, 24 de septiembre de 2012

61 kg; kilos ganados: 0,5; mensajes de Cazadoradecuero (posiblemente como resultado de los kilos ganados, aunque eso él todavía no lo ha visto): 0.

21.15. Cazadoradecuero no ha contestado. Pensará que soy un putón desesperado.

Martes, 25 de septiembre de 2012

62 kg; mensajes de Cazadoradecuero: 1 (mal).

11.00. ¡Me acaba de responder!
<Genial. ¿Qué te parece ENO, en Notting Hill? ¿A las 19.45? Tengo muchas ganas de ver esos tacones.>
Me odia.

Sábado, 29 de septiembre de 2012

Número de veces que me he cambiado de ropa para acudir a la cita: 7; minutos que llego tarde a la cita: 25; pensamientos positivos durante la cita: 0; mensajes enviados a Cazadoradecuero: 12; mensajes recibidos de Cazadoradecuero: 2; «Reglas del ligoteo» infringidas: 13; resultados positivos de la experiencia al completo: 0.

Sé puntual, no olvides que esto es más importante que cambiarse de ropa y maquillarse, un poco como cuando se coge un avión.

19.00. He pasado tanto tiempo poniéndome y quitándome ropa que el taxi se ha ido, no ha vuelto y ahora no encuentro ninguno en la calle. He mandado toda una sarta de mensajes histéricos, cuya única respuesta ha sido:

<Aquí hay muchos taxis.>

20.00. En el Electric Bar. He acabado por venir en coche, pero llegaba tan tarde que he tenido que dejarlo en una plaza para residentes, así que seguro que me cae una multa. Cazadoradecuero no está.

ASEGÚRATE DE QUE LOS DOS PENSÁIS QUE VAIS AL MISMO SITIO A LA MISMA HORA

20.10. ¡Mierda, mierda y mierda! No dijo el Electric, dijo el ENO.

20.15. Desquiciada. Acabo de mandarle un mensaje para decirle que me he equivocado de sitio y ahora tengo que ir corriendo al ENO.

CUANDO LLEGUES, RELÁJATE Y SONRÍE, COMO UNA DIOSA DE LA LUZ Y LA SERENIDAD

He llegado al ENO cuarenta minutos tarde para encontrarme con una jefa de sala que a todas luces ha pensado que soy una loca a la que habría que echar.

Me he dado cuenta de que ni veía a Cazadoradecuero ni me acordaba de su nombre real.

Al final lo he localizado, ¡horror!, sentado a una mesa larga llena de modernos con pinta de hacer anuncios. He tenido que acercarme y tocarle el hombro para llamar su atención, tras lo cual ha intentado presentarme pero, obviamente, tampoco se acordaba de mi nombre. Ha tratado de integrarme, pero no ha habido forma de añadir otra silla, así que hemos tenido que trasladarnos a una mesa para dos. Cazadoradecuero no ha parado de mirar de reojo a sus sofisticados amigos, a todas luces pensando que eran mucho más divertidos que yo.

Cuando nos íbamos, los sofisticados amigos nos han invitado a ambos a una fiesta, y aunque he pensado: «¡Noooooo!», he dicho:

—Sí. Estaría genial.

Lo he perdido de inmediato en la aterradora fiesta, así que me he escondido en el servicio.

No te emborraches ni te coloques

Cuando lo he encontrado, estaba fumando maría. Hace quince años que no fumo maría, y entonces le daba dos caladas y me ponía tan paranoica que pensaba que la gente no me hacía caso cuando en realidad me estaba hablando. Aun así, he cedido ante la presión de los amigos de Cazadoradecuero y le he dado dos caladas al porro. Me he colocado a lo bestia y me ha entrado la paranoia en el acto.

Quizá al darse cuenta, me ha susurrado señalando una puerta cerrada: «¿Quieres que vayamos ahí?» Yo he asentido en silencio.

Estábamos en un cuarto de invitados lleno de abrigos. Ha cerrado la puerta, me ha empujado contra ella y ha empezado a besarme el cuello y a meterme mano por debajo de la falda mientras musitaba: «Dijiste que la canguro se quedaba a dormir, ¿no?»

He asentido en silencio.

No intentes acostarte con nadie hasta que no estés preparada

No sólo estaba colocada, no sólo estaba paranoica, sino que además no me lo había montado con nadie desde hacía cuatro años y medio y estaba absolutamente aterrorizada. ¿Y si él pensaba que sin ropa daba asco? ¿Y si me acostaba con él y no volvía a llamarme? ¿Y si se me había olvidado hacerlo?

—¿Te encuentras bien?

No vayas al servicio continuamente o pensará que tienes un problema con las drogas o con el aparato digestivo

He asentido en silencio y después he logrado decirle:
—Voy un momento al baño.
Me ha mirado con cara rara y se ha sentado en la cama.
Cuando he vuelto, él seguía sentado en la cama. Se ha levantado para cerrar la puerta de nuevo y ha empezado a besarme otra vez el cuello mientras me metía mano.
—¿Vamos a mi casa? —me ha propuesto.
He asentido en silencio y sólo he conseguido decir:
—Pero...

No lo confundas

—Mira, si no quieres hacerlo...
—No, no, claro que quiero. Pero...

Eres tú quien decide cuándo vais a tener sexo, no él. Toma una decisión y sé clara al respecto

—Dijiste que la canguro se quedaba a pasar la noche, ¿no?

No metas presión

—Es sólo que llevo cuatro años y medio sin acostarme con nadie.

143

—¿¿CUATRO AÑOS Y MEDIO?? Joder. No te sientas presionada.

—Lo sé. Es sólo que por fin he conocido a alguien que me gusta.

—¿¿QUÉ??

No reveles tus puntos flacos. Espera a que te conozcan lo bastante como para entenderlos

—Me refiero a que te he conocido a ti, aunque apenas te conozco, y ¿qué pasa si no te gusto cuando me quite la ropa? Y puede que no sea capaz de recordar qué se hace, y soy viuda, y podría pensar que estoy siendo infiel, y echarme a llorar, y después tener que esperar a que suene el teléfono, y quizá tú no llames.

—¿Y qué hay de mí? Yo también he conocido a alguien que me gusta.

Siempre con clase, nunca como una loca

—¿A quién? —le he preguntado indignada—. ¿Has conocido a otra a lo largo de estas dos semanas? ¿Quién es? ¿Cómo has podido?

—Me refería a ti. Mira, plantéatelo desde el punto de vista del tío: «¿Querrá que la llame? ¿Querrá acostarse conmigo?»

—Lo sé, lo sé, es que...

—Bien, así que...

Ha empezado a besarme de nuevo. Intentaba tumbarme en la cama y me he quedado sentada sobre su muslo en una postura bastante incómoda.

No hagas que se sienta acorralado

—Pero —he empezado de nuevo—. Si nos acostamos, ¿me prometes que me llamarás y volverás a verme? O quizá podamos

144

quedar ya para la próxima vez. Así no tendremos que preocupar-nos.

—Mira... —Durante un segundo, juro que se le había vuelto a olvidar mi nombre—. Eres una gran chica. Pero no creo que estés preparada para esto. No quiero sentirme responsable de que alguien lo pase mal. Esta noche te meteré en un taxi y, sí, te llamaré.

—Vale —he contestado entristecida, y lo he seguido asintiendo en silencio mientras él se despedía de la gente. Me ha subido a un taxi. He vuelto la cabeza para decirle adiós y he visto que volvía a la fiesta.

Crea recuerdos bonitos

Me he visto en el espejo retrovisor del taxi: el pelo todo alboro-tado, los mismos ojos que Alice Cooper con el rímel corrido, y la cara de desquiciada con la que lo dejé en el Stronghold.

23.20. He acabado entrando en casa a hurtadillas para que Chloe no se entere de que la cita ha sido un desastre.

Domingo, 30 de septiembre de 2012

60 kg; minutos dormidos: 0; kilos perdidos debido al estrés y el agobio: 1; libras perdidas en multas de aparcamiento / grúa: 245.

05.00. Llevo toda la noche despierta. Soy una grandísima fracasa-da, un asco, vieja y pésima con los hombres.

08.00. He intentado escabullirme para ir a por el coche antes de que se lo llevara la grúa, pero Mabel, Billy y Chloe, que subían de la cocina para ir al parque, me han pillado.

—Mami —me ha dicho Billy—, pensaba que ibas a pasar la noche fuera.

—¿Es que no fue muy bien? —ha preguntado Chloe comprensiva, fresca como una rosa y perfecta.

La grúa se había llevado el coche, así que he tenido que ir hasta un agujero espantoso entre la A40 y la principal línea de tren hacia Cornualles y pagar más de lo que Chloe gana en una semana para recuperarlo. Estoy muy triste: para una vez que encuentro a alguien que me gusta, lo fastidio todo. No volveré a encontrar a nadie. No sólo espanto a los hombres, sino que además soy una inútil. Pero puede que me mande un mensaje. O me llame.

Viernes, 5 de octubre de 2012

61 kg; llamadas de Cazadoradecuero: 0; mensajes de Cazadoradecuero: 0.

21.15. No lo ha hecho.

Lunes, 8 de octubre de 2012

59 kg (me estoy consumiendo, parezco más vieja); llamadas de Cazadoradecuero: 0; mensajes de Cazadoradecuero: 0.

07.00. Sigue sin hacerlo. Tengo que ponerme a trabajar a tope y continuar con el guión.

Martes, 9 de octubre de 2012

Mensajes a Cazadoradecuero: 1; mensajes de Cazadoradecuero: 0; número de palabras del guión escritas: 0; «Reglas del ligoteo» infringidas: 2.

Todavía no me ha llamado ni me ha escrito.

Si se aparta, no luches contra ello. Déjalo estar

23.00. Quizá le mande un mensaje a Cazadoradecuero.

Sé tú misma

02.30. Yo: <Ey. Gracias por el fiestón del sábado. ¡Me lo pasé muy bien!>

Miércoles, 10 de octubre de 2012

Mensajes de Cazadoradecuero: 0.

No me ha contestado.

Viernes, 19 de octubre de 2012

Mensajes de Cazadoradecuero: 1; mensajes lo más mínimamente alentadores de Cazadoradecuero: 0; palabras del guión escritas: 0.

10.00. Cazadoradecuero: <Nada, no te preocupes. Todos hemos pasado por eso.>

Sábado, 27 de octubre de 2012

No sé nada de Cazadoradecuero.

Domingo, 28 de octubre de 2012

NO MANDES MENSAJES A HORAS RARAS DEL DÍA O DE LA NOCHE, COMO SI FUERAS UNA ACOSADORA

05.30. Quizá le mande un mensaje a Cazadoradecuero:
    <¿Qué tal estás?>

Un ser humano que le tiende la mano a otro, pensé, entre los rescoldos del lío estúpido que habíamos montado por accidente, como tontitos en medio de una conexión profunda e irrompible: el Adán de Leonardo da Vinci extendiendo el brazo, en el famoso cuadro, para tocar la mano de Dios.

Viernes, 2 de noviembre de 2012

Posibilidades de que vuelva a pasar algo con especímenes masculinos: 0.

11.30. Mensaje de Cazadoradecuero:
    <Bien, pero hasta arriba de trabajo; mañana me voy a Zú-

rich, puede que me quede una temporada. Que pases una feliz Navidad.>

Y ése ha sido el final de la historia.

—Tienes que tomártelo a risa —me aconsejó Talitha—. No permitas que te robe la autoestima. Ni la viabilidad sexual. Ni nada.

Sin embargo, era evidente que había que hacer algo.

ESTUDIO EXHAUSTIVO
DEL ARTE DEL LIGOTEO

Noche tras noche, cuando los niños estaban en la cama, yo me ponía a estudiar como si se tratara de un curso de la universidad a distancia para aprender a ligar. Daba la impresión de que Mabel y Billy presentían que había un gran proyecto en marcha, y lo trataban con el debido respeto. La pequeña, cuando irrumpía en mi habitación a medianoche abrazada a Saliva y diciendo que había tenido un sueño feo, susurraba: «Perdona, mami, pero una hormiga gigante me *eztá* comiendo la oreja», mientras atisbaba con respeto tras su maraña de pelo los montones de mamotretos antológicos que había tirados sobre mi cama. Por supuesto, tuiteaba mis progresos, con lo que conseguí aumentar mi número de seguidores en Twitter a unos sorprendentes 437.

Bibliografía:
Empecé con mi archivo histórico: los clásicos básicos cuando rondaba los treinta:

* *Los hombres son de Marte, las mujeres de Venus*
* *Conseguir el amor de su vida*
* *Deja que el amor te encuentre*
* *Lo que quieren los hombres*
* *Lo que quieren en el fondo los hombres*
* *Lo que quieren de verdad los hombres*
* *Lo que quieren exactamente los hombres*

* *Cómo piensan los hombres*
* *En qué piensan los hombres cuando no piensan en sexo*

Pero intuía que no era bastante. Me metí en Amazon y había setenta y cinco páginas de libros de autoayuda sobre el ligoteo entre los que elegir.

* *La trampa de la soltería: guía en dos pasos para huir de ella y encontrar el amor eterno*
* *Los tres mejores perfiles para ligar en internet*
* *Cuadruplica tus citas*
* *Hacen falta cinco: guía de la madre soltera para encontrar el amor verdadero*
* *Haz que te suplique ser tu novio en seis sencillos pasos*
* *100 % amor: siete pasos para encontrar al amor de tu vida de manera científica*
* *Amar sin miedo: ocho sencillas reglas que cambiarán tu forma de ligar, emparejarte y relacionarte*
* *Las reglas del amor: nueve reglas fundamentales para una unión duradera y feliz*
* *Diez lecciones para ligar extraídas de Sexo en Nueva York*
* *Imanes de atracción: los doce mejores temas para hablar y ligar*
* *Veinte reglas para ligar en internet*
* *Las reglas de la bandera roja: cincuenta normas para saber si quedártelo o darle un beso de despedida*
* *Las noventa y nueve reglas para ligar en internet*
* *Las nuevas reglas: el qué hacer y qué no hacer de los ligues para la generación digital* (De las autoras de *Cómo conquistar marido*)
* *Las antiguas reglas para ligar* (De distintos autores de *Cómo conquistar marido*)
* *La regla no escrita*
* *La regla tácita*

* *Las reglas espirituales para ligar, relacionarse y emparejarse*
* *Cambiar las reglas*
* *El amor no tiene reglas*
* *Romper las reglas*
* *Ligoteo, fornicación y romanticismo: ¿quién sabía que existían reglas?*
* *Las antirreglas: ahora que es tuyo, ¿cómo te libras de él?*
* *Dieta de desintoxicación del ligoteo en treinta días*
* *El zen y el arte de amar*
* *Secretos de una geisha*
* *Por qué los hombres aman a las cabronas*
* *Eres irresistible*
* *¿De verdad está tan loco por ti?*
* *La estrategia*
* *La segunda cita automática: todo lo que hay que decir y hacer en la primera cita para asegurar la segunda*
* *Llegar a la tercera cita*
* *La chica ideal: la tercera cita y más*
* *Llegar a la quinta cita tras la cuarta cita y el sexo*
* *Y ahora ¿qué? Superar la barrera de la quinta cita*
* *Cuando Marte y Venus chocan*
* *El arte de la guerra para ligar*
* *Manual de supervivencia para ligar*
* *Salir con hombres muertos*
* *Suicidio romántico*
* *Ligar: no es tan complicado*

Quizá sonara confuso, pero ¡en realidad no lo era! Había más consenso que disensión entre los maestros del arte del ligoteo. Estudié diligentemente, subrayé los libros y tomé notas, busqué puntos en común como si de las grandes religiones y los principios filosóficos del mundo se tratara, y extraje después la quintaesencia de los principios clave:

* No mandes mensajes cuando estés borracha.

* Siempre con clase, nunca como una loca.

* Sé puntual.

* Establece una comunicación auténtica.

* No te equivoques de sitio.

* No lo confundas. Sé racional, congruente y coherente.

* No te obsesiones ni fantasees.

* No te obsesiones ni fantasees cuando vayas conduciendo.

* Reacciona en función de lo que esté pasando de verdad, no de lo que desearías que estuviera pasando.

* En la primera cita: amóldate a lo que proponga (a menos que se trate de bailes regionales, una pelea de perros, la llamada evidente de última hora para echar un polvo, etc.).

* Asegúrate de que hace que te sientas feliz.

* Procura mantener cierta objetividad.

* Cuando viene, nos alegramos; cuando se va, lo dejamos ir.

* No te coloques ni te agarres una cogorza monumental.

* Relájate y sonríe como una diosa de la luz.

* Deja que las cosas se abran como un pétalo, a su ritmo; por ejemplo, no exijas quedar por tercera vez, presa del pánico y la inseguridad, mientras estás en pleno polvo de la segunda cita.

* Ponte algo sexy pero con lo que te sientas cómoda.

* Mantente tranquila, segura y centrada en todo momento. Plantéate la meditación, la hipnoterapia, la psicoterapia, los neurolépticos, etc.

* No seas demasiado explícita, pero haz cosas sensuales como acariciar el pie de la copa de vino arriba y abajo.

* No planees el primer polvo.

* No intentes acostarte con alguien demasiado pronto.

* No hagas que se sienta acorralado.

* No menciones ninguna de estas cosas: exes, lo gorda que es-

tás, lo insegura que eres, problemas, dificultades, dinero, celulitis, bótox, liposucción, *peelings* / láseres / microdermoabrasiones faciales, etc., prendas íntimas reductoras, posibilidad de compartir los permisos de aparcamiento cuando os caséis, organización de las mesas en el banquete de bodas, canguros, matrimonio / religión (a menos que acabes de darte cuenta de que es un mormón polígamo, en cuyo caso agárrate una buena cogorza y mete todo lo anteriormente mencionado en una única parrafada histérica, discúlpate diciendo que te sientes gorda y que tienes que volver por culpa de la canguro).

* Crea recuerdos bonitos.
* No mandes mensajes cuando estés borracha.

Naturalmente, todo este nutrido corpus de conocimientos era completamente teórico: un poco como el filósofo que se encierra en la torre de marfil (*N. B.*, en una torre de marfil de verdad, no en IvoryTowers.net, la página de contactos) para desarrollar teorías sobre cómo debería vivirse la vida sin vivirla él en realidad.

Lo único de lo que podía servirme era de la experiencia con Cazadoradecuero. Revisar los errores que había cometido con él desde mi recién documentada perspectiva de conocimientos bien fundados me permitió recuperarme de mi sensación de inutilidad, de tosquedad, de fracaso y de no ser digna de ser amada, y concebir esperanzas de que, aunque todo esté perdido —si es que llegó a encontrarse en algún momento— con Cazadoradecuero, quizá no lo estuviese tanto con otros especímenes masculinos.

Sin embargo, había otro apartado, «REGLAS PARA CONSEGUIR LIGUES», que estaba completamente vacío.

REVOLCÁNDOME EN EL FANGO

Lunes, 26 de noviembre de 2012

*59,5 kg; seguidores en Twitter impresionados con mis conoci-
mientos de los libros de autoayuda para ligar y las «Reglas del ligoteo»: 468; perspectivas de romance: 0.*

12.30. Acabo de volver de Oxford Street. Todo se ha visto transfor-
mado por una avalancha de luces, adornos brillantes, románticos
escaparates con nacimientos y canciones festivas que suenan en
bucle, y eso me ha provocado la terrorífica sensación de que las
Navidades se han adelantado por su cuenta, han llegado repentinamente y a mí se me ha olvidado comprar el pavo. ¿Qué voy a
hacer? No estoy lista para el inminente examen histérico de los
gustos-de-los-demás, la sensación de que hay que hacer todo lo
que ya tienes que hacer más otro montón el doble de grande de
cosas navideñas. Peor aún, eso de que te metan con calzador la
idea de la familia nuclear perfecta, la chimenea y el belén, las emociones trágicas, los *flashbacks* inevitables de otras Navidades pasadas, y hacer de Santa yo sola, y...

13.00. La casa parece oscura, solitaria y triste. ¿Cómo voy a seguir
escribiendo el guión sintiéndome así?

13.05. Así está mejor, volvía a llevar puestas las gafas de sol graduadas. Pero aun así no soy capaz de enfrentarme a la idea de ir a comprar el árbol y sacar todos los adornos que Mark y yo compramos juntos y... Por lo menos tenemos en perspectiva el crucero de St. Oswald's House...

13.20. Por Dios, ¿qué voy a hacer con ese tema? Tengo que darle una respuesta a mi madre antes de algo menos de cuatro semanas. Los niños se ahogarán y será insufrible, pero si no voy me quedaré sola con ellos intentando hacer que todo funcione, y estoy completamente sola. ¡Solaaaaa!

Domingo, 2 de diciembre de 2012

21.15. Acabo de llamar a Jude y le he explicado mi derrumbe psicológico. «Tienes que meterte en internet.»

21.30. Me he registrado en SingleParentMix.com, una página de contactos para padres solteros, y voy a probarlo de manera gratuita. Siguiendo el consejo de Jude, he mentido un poco sobre mi edad, porque ¿quién va a molestarse en mirar el perfil de alguien que pasa de los cincuenta? Aunque será mejor que no le diga a Talitha que se me ha pasado algo así por la cabeza. No he subido una foto ni he rellenado el perfil ni nada.

21.45. Ahh, ¡tengo un mensaje! ¡Un mensaje! ¡Ya! Bueno, así que ahí fuera HAY gente y...

Uy, es de un hombre de cuarenta y nueve años llamado 5veces-pornoche.

Vaya, eso es... es...

Acabo de abrir el mensaje: <Hola, sexy. Lol :).>

Acabo de abrir la foto. Es de un hombre rollizo lleno de tatuajes que lleva puesto un vestido de látex negro y corto y una peluca rubia.

Mark, por favor, ayúdame, Mark.

21.50. Venga, venga. Hay que tirar para adelante. Tengo que hacerlo, tengo que superar esto como sea. DEBO dejar de pensar: «Ojalá Mark estuviera aquí.» Debo dejar de pensar en que dormía rodeándome los hombros con un brazo, como si me protegiera, en la intimidad física, el olor de la axila, la curva del músculo, la barba incipiente del mentón. En cómo me sentía cuando cogía el teléfono por algo de trabajo y activaba el modo hombre ocupado e importante, y luego me miraba en mitad de la conversación con aquellos ojos marrones, con un aire un tanto picarón y, sin embargo, vulnerable. O en Billy diciendo: «¿Hacemos puzles?», y en Mark y él pasándose horas resolviendo rompecabezas complicadísimos, ya que los dos eran tremendamente listos. No puedo seguir tiñendo de tristeza cada momento dulce que vivo con los niños. Que escogiesen a Saliva para que hiciera de niño Jesús en la primera obra navideña de Mabel (ella hizo de gallina), el primer concierto de villancicos de adultos de Billy. Que Billy y Mabel (ayudados por Chloe) me compraran «de sorpresa» la cafetera Nespresso que hace 122 Navidades que espero, y que Mabel me lo chivara todas las noches en un susurro furtivo. No puedo pasar otras Navidades así. No puedo pasar otro año así. No puedo seguir así.

22.00. Acabo de llamar a Tom. «Bridget, tienes que llorar. No has llorado a Mark en condiciones. Escríbele una carta. Revuélcate en el fango. R.E.V.U.É.L.C.A.T.E.»

22.15. Acabo de subir. He sorprendido a Billy y a Mabel acurrucados juntos en la litera de arriba. He subido la escalerilla con torpeza y me he echado con ellos, y Billy se ha despertado y me ha dicho:

—¿Mami?

—Sí —he susurrado.

—¿Dónde está papá?

He sentido que me desgarraba por dentro de dolor por Billy y lo he abrazado aterrorizada. ¿Por qué nos sentimos todos así esta noche?

—No lo sé —he empezado—, pero...

Billy ha vuelto a dormirse. Me he quedado en la litera de arriba, estrujada, abrazándolos con fuerza.

23.00. Ahora estoy llorando, sentada en el suelo y rodeada de recortes, de fotografías. Me da lo mismo lo que diga mi madre, voy a revolcarme en el fango.

23.15. Acabo de abrir la caja de los recortes, he sacado uno.

Mark Darcy, el abogado británico defensor de los derechos humanos, perdió la vida en la región de Darfur, Sudán, cuando el vehículo blindado en el que viajaba hizo estallar una mina terrestre. En el incidente murieron Darcy —una autoridad en litigios fronterizos y resolución de conflictos que gozaba de reconocimiento internacional— y Anton Daviniere —representante suizo del Consejo de Derechos Humanos de Naciones Unidas—, según informa Reuters.

Mark Darcy era una destacada figura mundial en asistencia legal a las víctimas, resolución de crisis internacionales y justicia transicional. Organismos internacionales, gobiernos, grupos de la oposición y personajes públicos contaban a menudo con su asesoramiento en un amplio abanico de asuntos. Era, además, un destacado miembro de Amnistía Internacional. Gracias a su intervención, con anterioridad a su fallecimiento fueron liberados los cooperantes británicos Ian Thompson y Steven Young, que habían pasado siete meses retenidos en calidad de rehenes del régimen rebelde y cuya ejecución se consideraba inminente. Jefes de Estado, organizaciones de ayuda humanitaria y ciudadanos anónimos han manifestado sus muestras de condolencia.

Atrás deja mujer, Bridget, y dos hijos, William, de dos años, y Mabel, de tres meses.

23.45. Sollozando. La caja, los recortes y las fotos tirados por el suelo, los recuerdos me devoran.

Querido Mark:
Te echo mucho de menos. Te quiero muchísimo.
Qué manido suena. Como cuando intentas escribirles una carta a los familiares del difunto. «Lamento mucho tu pérdida.» Aun así, cuando la gente me escribía tras tu muerte, me alegraba, aunque en realidad no supieran qué decirme y se atascaran.
Pero la cosa es, Mark, que no soy capaz de arreglármelas sola. No puedo, de verdad, de verdad que no. Sé que tengo a los niños, y amigos, y que estoy escribiendo Las hojas en su pelo, *pero me siento muy sola sin ti. Necesito que me consueles, que me aconsejes, como nos prometimos cuando nos casamos. Y que me abraces. Y que me digas qué tengo que hacer cuando me hago un lío con todo. Y que estoy bien*

cuando me siento una mierda. Y que me subas la cremallera. Y que me bajes la cremallera y... Dios mío, la primera vez que me besaste te dije: «Los buenos chicos no besan así», y tú me contestaste: «Joder, vaya que sí.» Te echo mucho de menos, y echo de menos joder contigo, joder. Y ojalá nuestra vida... No soporto la idea de que no vayas a verlos crecer.

TENGO QUE SEGUIR ADELANTE Y HACERLO LO MEJOR POSIBLE. La vida no sale como uno quiere, y tengo mucha suerte de contar con Billy y Mabel, y de que te aseguraras de que estaríamos bien, con la casa y todo. Sé que tenías que irte a Sudán, sé lo mucho que trabajaste en la liberación de aquellos rehenes. Sé que hiciste todo lo que pudiste para asegurarte de que no corrías peligro. No habrías ido si hubieras pensado que era arriesgado. No fue culpa tuya.

Pero ojalá pudiéramos hacerlo juntos, y compartir los pequeños momentos. ¿Cómo sabrá Billy ser un hombre sin su padre? ¿Y Mabel? No tienen padre. No te conocen. Y podríamos haber pasado las Navidades juntos en casa si... Basta. Basta de decir podríamos haber, deberíamos haber u ojalá.

Siento ser una birria de madre. Por favor, perdóname. Siento mucho haberme pasado cuatro semanas estudiando libros para ligar y convirtiéndome en una fraudulenta versión cibernética de mí misma a disposición de un hombre que lleva un minivestido de látex, y que me altere cualquier cosa que no tenga que ver con que no te siga teniendo. Te quiero.

Besos,

Bridget

23.46. Acabo de oír un ruido. Uno de los dos se ha levantado.

Medianoche. Mabel se había bajado de la litera y su silueta, en pijamita, se recortaba contra la ventana. He ido a arrodillarme a su lado.

—Mira, la luna —me ha dicho. Y se ha vuelto hacia mí, con aire solemne, y me ha confiado—: Me *zigue*.

La luna estaba llena, y blanca, e iluminaba el jardincito. He empezado a decirle:

—Bueno, lo cierto es, Mabel, que la luna...

—Y... —me ha interrumpido— *eza* lechuza.

He mirado hacia donde señalaba: allí, sobre el muro del jardín, había una lechuza, blanca a la luz de la luna, mirándonos fijamente, imperturbable. Nunca había visto una. Creía que ya no quedaban, salvo en el campo y en los zoos.

—Cierra *laz cortinaz* —me ha pedido Mabel, y ha empezado a correrlas en plan mandona, eficiente—. No *paza* nada. *Noz* cuidan. —Ha vuelto a la litera de arriba—. Dime la *princezita*.

Aún alucinada con la lechuza, le he cogido la mano y le he recitado la nana que Mark se inventó para ella nada más nacer:

—«Porque la princesita es tan dulce como bella, y tan delicada como hermosa, y tan bondadosa como encantadora. Y vaya a donde vaya y haga lo que haga, mamá y papá siempre la querrán. Porque es encantadora, y porque es...»

—¡...Mabel! —ha terminado ella.

—Y los pensamientos —ha dicho Billy adormilado.

Casi he podido oír la voz de Mark mientras les susurraba:

—«Todos los pensamientos se van. Como los pajaritos en sus nidos y los conejitos en sus conejeras. Los pensamientos no necesitan a Billy y a Mabel esta noche. El mundo girará sin ellos. La luna brillará sin ellos. Y lo único que Billy y Mabel tienen que hacer es descansar y dormir. Y lo único que Billy y Mabel tienen que hacer es...»

Estaban los dos dormidos. He abierto las cortinas para ver si la lechuza existía de verdad. Allí seguía, inmóvil, mirándome fijamente, imperturbable. Me he quedado contemplándola un buen rato; después he cerrado las cortinas.

NAVIDAD

Viernes, 7 de diciembre de 2012

Seguidores en Twitter: 602 (he superado la barrera de los 600); palabras del guión escritas: 15 (casi mejor, menuda porquería); invitaciones navideñas (al empezar el día): 1; invitaciones navideñas (al acabar el día): 10; ideas con relación a qué hacer con relación a la repentina plétora de invitaciones en gran medida no aptas para niños pequeños: 0.

09.15. Bien. Propósitos navideños:

Voy a:
* Dejar de sentirme triste y pensar en los hombres o tratar de vivir a través de los hombres, mejor pensar en los niños y en las Navidades.
* Pasar unas Navidades navideñas y empezar de nuevo.
* Crear un ambiente navideño y disfrutar mucho de las Navidades.
* No tener miedo de no conseguir que sean unas Navidades agradables y navideñas.
* Ser más budista en lo tocante a la Navidad. Aunque sea una fiesta cristiana y por tanto, por su propia naturaleza, no sea budista.

No voy a:

* Pedir a Amazon como regalos de Papá Noel montones de mierdas de plástico, imposibles de abrir con esos embalajes de plástico duro, con doce flejes sujetando cada cosa a la trasera de cartón. Lo que haré será animar a Billy y a Mabel para que le pidan a Santa uno o dos regalos que valgan la pena cada uno. Quizá de madera.
* Ir al crucero navideño de St. Oswald's House. Mejor me pondré manos a la obra para hacer que las Navidades sean navideñas.

15.15. Bien. ¡A sus puestos! Les he mandado un correo a todas las personas que conozco —Magda, Talitha, Tom, Jude, los padres de Mark, algunas de las madres del colegio— diciendo: «¿Qué vais a hacer en Navidad?»

16.30. Acabo de volver de recoger a los niños en el colegio. Estaba organizándolo todo cuando Rebecca, la vecina, ha llamado a la puerta. Llevaba unos bombachos de cuadros escoceses, un top escotado con volantes, un pesado cinturón de cuero con cadenas y tachuelas y, en el pelo, un petirrojo en un nido igual que el del escaparate navideño de Graham and Green.

—Hola, ¿os apetece veniros a casa?

Nos hemos puesto todos como locos de contentos. ¡Por fin! Hemos bajado ruidosamente a la cocina tipo Downton Abbey de Rebecca: suelo de madera oscura, techo de vigas vistas, vieja mesa de colegio de madera, fotografías, sombreros, cuadros, una enorme escultura de un oso y cristaleras con solera que se abren a un mundo oculto de caminitos de ladrillo, hierba alta como en pleno campo, una vaca de tamaño natural con una corona en la cabeza, un letrero de motel de contrachapado en el que pone «Hay habitaciones» y lámparas de araña en los árboles.

Hemos pasado una tarde de lo más divertida sentadas a la mesa de la cocina bebiendo vino y metiéndoles a los niños trozos de pizza en la boca mientras las chicas le ponían fulares y vestidos de muñecas al gato de Rebecca y los chicos se cabreaban cuando les pedíamos que dejaran la Xbox.

—¿Es normal que te asuste tanto tu propio hijo como para no poder decirle que deje algo? —planteó Rebecca en un momento dado mientras los miraba distraídamente—. ¡Qué coño, QUE SOLTÉIS DE UNA VEZ LA PUÑETERA XBOX!

No hay nada mejor que una amiga que asegura que sus hijos se portan peor que los tuyos.

Entonces le expliqué toda mi teoría de que sería mejor educar a los hijos si fuésemos como una familia italiana numerosa que cena bajo un árbol mientras los niños juegan. Rebecca me sirvió más vino y me explicó su propia teoría: hay que portarse lo peor posible para que los hijos se rebelen contra ti y acaben saliendo como Saffron, la hija de la serie *Absolutamente fabulosas*. Hemos planeado cenas informales en la cocina y vacaciones a las que no iríamos nunca: recorrer las islas griegas en ferris, como con una especie de InterRail sólo para ferris, y llevando únicamente —niños incluidos— un cepillo de dientes, un traje de baño y un pareo vaporoso.

Al final, cuando estábamos a punto de marcharnos a las nueve de la noche, Rebecca ha dicho:

—¿Qué vais a hacer en Navidad?

—Nada.

—Veníos con nosotros.

—Nos encantaría —le he asegurado con cierta ligereza.

22.00. ¡Ahhhh! Acabo de comprobar el correo electrónico. He desencadenado una enorme oleada de sentimientos de culpabilidad entre todos mis amigos y conocidos, así que he pasado de no tener nada que hacer en Navidad a una multitud de compromisos imposibles. Ahora se nos ofrecen los siguientes planes:

Tom: llevaremos a los niños con él al mercado navideño de *drag queens* de Berlín.

Jude: llevaremos a los niños a la casita de protección oficial que su madre tiene en la parte mala de Nottingham y de la que se niega a salir (no preguntéis). Después iremos a cazar urogallos con el padre de Jude (ajá) y sus amigos en el norte de Escocia.

Talitha: llevaremos a los niños a, según sus palabras, «sumarse a un grupo no muy definido de sospechosos blanqueadores de dinero rusos en un barco de lujo repleto de vodka por el mar Negro».

El almirante y Elaine Darcy: por nuestra culpa suspenderán sus Navidades en Barbados y las pasarán con mis hijos desordenando sus colecciones de cerámica y dando una batida en busca de conexión a internet por su inmaculada casa estilo reina Ana en Grafton Underwood.

Daniel: nos vamos con él a un fin de semana romántico en una habitación de una ciudad europea aún por decidir con alguien llamado Helgada.

La madre de Jeremiah, el amigo de Billy: celebraremos Januká con el padre de Jeremiah, la abuela, cuatro tías, diecisiete primos y el rabino en el municipio de Golders Green, aunque ellos pasarán bastante tiempo en la sinagoga.

La madre de Cosmata: iremos a ver a su hijo mayor actuar de extra en el ciclo de *El anillo* de Wagner, en Berlín.

Mamá y Una: el crucero navideño para mayores de cincuenta de St. Oswald's House sigue en pie.

No sé, quizá los niños se lo pasarían bien en el mercado navideño de *drag queens*.

Ay, Dios, ay Dios. Justo cuando me hago amiga de Rebecca demuestro ser una auténtica chiflada.

22.15. Acabo de llamar a Magda.

—Vente con nosotros —me ha dicho con firmeza—. No puedes hacer ninguna de esas cosas con dos niños, y tampoco quedarte en casa pendiente de una vecina a la que acabas de conocer. Vente con nosotros a Gloucestershire. Invitaré a la pareja que vive en la granja de al lado: tiene hijos de la misma edad, y eso es lo único que necesitan los niños. Además, allí no pueden cargarse nada, y todavía conservamos todas las Xbox. No te preocupes por el resto. Tú respóndeles cuanto antes y diles que has encontrado un plan perfecto para los niños. Y a tu madre dile que organizaréis unas Navidades especiales en St. Oswald's House cuando volváis. Y todo saldrá estupendamente.

Lunes, 31 de diciembre de 2012

La Navidad ha sido estupenda. A mi madre le encantó lo del plan navideño posnavideño y se lo pasó bomba en el crucero; me llamaba por teléfono y parloteaba del chef pastelero —«Pool», con acento francés— y un hombre que siempre se metía en el camarote de los demás. Rebecca pensó que tanto compromiso era una locura y me dijo que, sin lugar a dudas, debíamos ir al mercado de *drag queens* o al barco lleno de vodka de los blanqueadores de dinero, y que, en caso contrario, ella nos ofrecía vino y comida quemada.

Pasamos unos días de Nochebuena y Navidad de lo más agradable en casa de Magda y Jeremy. Magda me echó un cable en Nochebuena: con los calcetines, con el proceso de envolver los montones de mierdas de plástico que, naturalmente, Santa había acabado por pedir a Amazon y, después, con la disposición de los regalos debajo del árbol. Y de verdad creo que Billy y Mabel lo han disfrutado. En realidad Billy no se acuerda de las Navidades con Mark, y Mabel no pasó ninguna con él. Billy sólo dos, y era tan pequeño... El resto del tiempo hemos estado entrando y saliendo de casa de Rebecca, cruzando la calle con cacharros llenos de comida quemada y quejándonos de los juegos de ordenador. Ella y sus hijos también han estado entrando y saliendo de la nuestra, así que el año que viene será muchísimo mejor.

SEGUNDA PARTE

Loca por él

DIARIO DE 2013

Martes, 1 de enero de 2013

Seguidores en Twitter: 636; propósitos de no hacer propósitos: 1; propósitos de no hacer propósitos mantenidos: 0; propósitos hechos: 3.

21.15. He tomado una decisión. Voy a cambiar por completo. Este año no haré ningún propósito de Año Nuevo, sino que me centraré en dar gracias por ser como soy. Tener propósitos de Año Nuevo implicaría manifestar insatisfacción con el statu quo en lugar de gratitud budista.

21.20. Pensándolo bien, puede que haga unos cuantos propósitos de Año Nuevo austeros, más o menos como el armario austero que tendré en breve.

Voy a:
* Centrarme en ser madre en lugar de pensar en los hombres.
* Si por una casualidad improbable me tropiezo con algún hombre atractivo, poner en práctica las «Reglas del ligoteo» y ser toda una profesional en la materia.
* Qué coño, encontrar a alguien estupendo a quien tirarme, que sea muy divertido y me haga sentir fenomenal en lugar de fatal. Y disfrutar del SEXO.

MADRE PERFECTA

Sábado, 5 de enero de 2013

09.15. ¡Bien! Ocuparme de dos niños será pan comido ahora que he leído *Uno, dos, tres: una paternidad fácil y mejor* —cuyo método consiste en darles dos avisos sencillos y una consecuencia—, y también *Los niños franceses no tiran la comida* —que habla de que los niños franceses actúan conforme a una organización que es un poco como la del colegio, donde existe un círculo interno estructurado en el que saben cuáles son las normas (y si las infringen, sencillamente te pasas al *Uno, dos, tres: una paternidad fácil y mejor*, y fuera no les das demasiada importancia y vistes ropa francesa elegante y disfrutas del sexo).

11.30. Toda la mañana ha sido estupenda. Hemos empezado el día los tres metidos en mi cama, achuchándonos. Luego hemos desayunado. Después hemos jugado al escondite. Luego hemos dibujado y coloreado plantas y zombis de la web Plantas contra zombis. ¡Lo veis! ¡Es fácil! Lo único que tienes que hacer es dedicarte por completo a tus hijos, y contar con una organización, y... y...

11.31. Billy: «Mami, ¿vienes a jugar al fútbol?»

11.32. Mabel: «¡Noo! Mami, ¿*vienez* a cogerme y darme *vueltaz*?»

11.40. Me he escapado al cuarto de baño cuando los dos han gritado «¡Mami!» a la vez.

—¡Estoy en el SERVICIO! —he contestado—. Esperad un minuto.

Los gritos han cesado.

—Bien —he dicho alegremente, y me he calmado y salido del cuarto de baño—. Vamos a la calle, ¿no?

—No quiero *zalir*.

—Quiero jugar con el ordenadoooooooor.

Los dos niños se han puesto a llorar a la vez.

11.45. He vuelto al cuarto de baño y me he mordido la mano a lo bestia. Después me he puesto a sisear: «Esto no hay quien lo aguante, no me soporto, soy una mierda de madre.» He cogido un poco de papel higiénico por hacer algo y, a falta de un gesto más grandilocuente, lo he tirado al retrete. Me he calmado y he salido de nuevo, sonriendo alegremente. En cuanto lo he hecho, he visto con claridad que Mabel se acercaba a Billy, le atizaba en toda la cabeza con Saliva y después se sentaba a jugar con sus conejitos Villanian como si tal cosa, al tiempo que Billy rompía a llorar ruidosamente de nuevo.

11.50. Por DIOS. De verdad, DE VERDAD que quiero irme de escapada con alguien y darle al sexo.

11.51. He vuelto al cuarto de baño, me he tapado la cara con una toalla y, avergonzada, he mascullado contra ella:

—¿Por qué no CIERRA LA BOCA todo Dios?

La puerta se ha abierto de golpe. Mabel me ha mirado con gravedad.

—Billy me *eztá zacando* de quicio —ha asegurado, y después ha vuelto al salón chillando—: ¡Mamá *ze eztá* comiendo una toalla!

Billy se ha acercado entusiasmado y, de repente, le ha vuelto a la memoria:

—Mabel me ha dado con Saliva.

—No te he dado.

—Sí.

—Mabel, he visto que le dabas a Billy con Saliva —he terciado.

Ella me ha mirado con el ceño fruncido y ha soltado sin pensárselo:

—Él me ha dado con un... con un MARTILLO.

—Eso es mentira —ha protestado Billy—. Nosotros no tenemos martillo.

—¡Sí que lo tenemos! —he exclamado indignada.

Los dos han empezado a llorar de nuevo automáticamente.

—En esta casa no se pega a nadie —les he advertido con desesperación—. En esta casa no se pega a nadie. Voy a contar hasta... hasta... Pegar no está bien.

Puf. Menuda expresión ridícula: «No está bien» sugiere que soy demasiado vaga o pasivo-agresiva para encontrar o utilizar palabras que definan lo que de verdad es pegar (algo que está muy mal, que fastidia a base de bien, etc.). Así, sin embargo, pegar no es más que una mera exclusión de una vaga generalidad de cosas que «están bien».

Mabel, sin plantearse lo bien o no que estuviera pegar, ha cogido un tenedor de la mesa, ha pinchado a Billy y después ha salido corriendo para esconderse detrás de la cortina.

—Mabel, a la una —le he dicho—. Dame el tenedor.

—*Zí, zeñor* —ha contestado ella y, después de tirar el tenedor al suelo, se ha acercado corriendo al cajón a coger otro.

—¡Mabel! —le he gritado—. Lo siguiente que voy a decir es...

es... DOS. —Me he quedado helada pensando: «¿Qué voy a hacer cuando llegue a tres?»—. Venga, vamos al parque —les he propuesto jovialmente. Acababa de decidir que no era el momento de seguir dale que te pego con lo de pegar.

—¡Noooooo! Yo quiero jugar a Wizard 101.

—No quiero ir en coche. Quiero ver Bob *Ezponja*.

De repente, me ha puesto furiosa que los valores de mis propios hijos fuesen tan poco sólidos, todo ello debido a los dibujos animados estadounidenses, y los juegos de ordenador, y el consumismo en general. He recordado mi propia infancia y he sentido la necesidad imperiosa de inspirarlos y enseñarles con una canción de las jóvenes exploradoras.

—«Hay tiendas de campaña blancas en la ladera / ¡y la bandera ondea al viento con libertaaaaad!» —he comenzado a cantar.

—Mami —me ha amonestado Billy con esa seriedad a lo Mark.

—«Hay tiendas de campaña blancas en la ladera / ¡y allí es donde ansío estaaaaaaaaaar! —he continuado—. Preparad vuestras mochilas, chicas, / poneos en marcha, chicas, / ¡hacia una vida de salud y alegría!»

—*Bazta* —me ha suplicado Mabel.

—«Porque de acampada nos vamos otra vez / en un camión, no en un tren.»

—Mami, basta —ha rogado Billy.

—«¡Ah del campamento! —he terminado con un gesto vehemente—. ¡Ah del campamento!»

Me he dado cuenta de que ambos me miraban con nerviosismo, como si yo fuese un zombi de Plantas contra zombis.

—¿Puedo encender el ordenador? —ha preguntado Billy.

Tranquila, deliberadamente, he abierto la nevera y he echado mano del ingente alijo de chocolate de la abuela que siempre hay en la balda de arriba.

—¡Botones de chocolate! —he anunciado mientras bailaba con las chocolatinas en un intento de imitar a un animador de fiestas con temática de hadas—. Seguid el camino de botones para ver adónde conduce. Hay dos caminos —he añadido para evitar conflictos, y he ido trazando dos cuidadosos senderos con exactamente los mismos botones de chocolate escaleras arriba, hacia la puerta de casa, pasando por alto el hecho de que quizá los repartidores hubieran dejado restos de caca de perro en la moqueta.

Los dos han subido la escalera obedientemente detrás de mí, metiéndose en la boca los botones que, sin lugar a dudas, estaban llenos de caca de perro.

Ya en el coche, me he planteado qué hacer con lo de que se peguen. Evidentemente, según *Los niños franceses no tiran la comida*, es algo que no debe darse dentro de la organización (claro que tampoco habría que trazar un sendero de botones de chocolate para salir de casa) y, según *Uno, dos, tres: una paternidad fácil y mejor*, simplemente debería adoptarse una política a lo Donald Rumsfeld, del tipo arrasar con todo, tolerancia cero, tres *strikes* y estás eliminado.

—¿Mabel? —la he tanteado en el coche.

Silencio.

—¿Billy?

Silencio.

—Tierra llamando a Mabel y a Billy.

Ambos parecían estar sumidos en una especie de trance. ¿Por qué no habrían entrado en trance en casa para que yo hubiese podido sentarme un minuto a leer la sección de «Estilo» del *Sunday Times* de la semana pasada mientras me convencía de que estaba leyendo los artículos?

He decidido permitir que siguieran en trance: dejarme llevar y sacar el máximo partido de cualquier momento de tranquilidad para despejarme. A decir verdad, iba conduciendo feliz y contenta, el sol brillaba, la gente había salido, los amantes iban abrazados y...

—¿Mami?

¡Ajá! He aprovechado la oportunidad adoptando una sonrisa de estadista, el tono Obamaesco.

—Sí. A ver, tengo algo que decir: Billy, y sobre todo Mabel: en nuestra familia nadie pega a nadie. Y os diré una cosa: cada día que alguien no pegue (o pinche) recibirá una estrella de oro. Y también os digo: cuando alguien pegue, recibirá un punto negativo. Y, además, os digo: como persona no violenta, y como madre vuestra que soy, todo el que tenga cinco estrellas de oro al final de la semana se llevará un pequeño premio de su elección.

—¿Un conejito Villanian? —me ha preguntado Mabel entusiasmada—. ¿Una *follamilia* mapache?

—Sí, una familia mapache.

—No ha dicho familia, ha dicho la palabrota que empieza por f. ¿Pueden ser coronas en Wizard 101?

—Sí.

—Un momento. ¿Cuánto vale una familia mapache? ¿Puedo comprar coronas hasta gastarme lo mismo que valga una familia mapache? —Mark Darcy, el gran negociador, en forma de niño—. ¿Cuánto dinero pierde Mabel por decir la palabrota?

—Yo no he dicho ninguna palabrota.

—Sí la has dicho.

—No la he dicho. He DICHO *follamilia*.

—¿Cuántas coronas de Wizard 101 pierde Mabel por decir otra vez la palabrota?

—Bueno, pues ya hemos llegado a este parque tan chulo —he observado con vehemencia al entrar en el aparcamiento.

Es increíble cómo se calma todo cuando uno está al aire libre bajo el cielo azul y un vivificante sol invernal. Hemos ido a los árboles que se escalan y me quedado al pie mientras Billy y Mabel se colgaban boca abajo, inmóviles, de las ramas oportunamente gruesas y bajas. Como lémures.

Durante una décima de segundo, he deseado que fueran lémures.

13.00. De repente he sentido la necesidad de ver cómo iban mis seguidores en Twitter y he sacado el iPhone para echar un vistazo.

13.01. —¡Mamiii! ¡Mabel se ha quedado atascada en el árbol!

He alzado la vista alarmada. ¿Cómo han podido llegar hasta donde estaban en treinta segundos si hacía nada estaban colgados boca abajo?

Ahora Mabel estaba bastante arriba, agarrada al tronco del árbol, ya no tanto como un lémur, sino más bien como un koala, pero serpenteando peligrosamente.

—Aguanta, que voy.

Me he quitado la parka y me he subido torpemente al árbol. Me he colocado debajo de Mabel y le he puesto una mano con firmeza bajo el trasero deseando no haberme puesto unos vaqueros de tiro bajo y un tanga alto.

—Mami, yo tampoco puedo bajar —ha confesado Billy, que estaba en cuclillas sobre una rama a mi derecha, tambaleándose como un pájaro tembloroso.

—Eh... —he contestado—. Aguanta.

He apoyado todo el peso de mi cuerpo contra el árbol, colocado un pie en una rama que estaba un poco más arriba para impulsarme y llegar hasta Billy y le he puesto la mano en el trasero sin quitar la otra del culo de Mabel. Al mismo tiempo, he notado que los vaqueros bajos descendían más por mi propio trasero.

—Calma y serenidad. Sujetaos bien y...

Ninguno de los tres podía moverse. ¿Qué iba a hacer? ¿Nos quedaríamos fosilizados en el árbol para siempre, como un trío de lagartijas?

—¿Va todo bien ahí arriba?

—*Ez* el *zeñor Wolkda* —me ha informado Mabel.

He mirado hacia abajo como he podido, girando la cabeza.

En efecto, era el señor Wallaker, que había salido a correr con un pantalón de chándal y una camiseta gris y daba la impresión de estar realizando un entrenamiento militar.

—¿Va todo bien? —ha insistido, y de pronto se ha parado bajo nosotros. Tenía los músculos extrañamente marcados para ser profesor, pero su mirada era la de siempre, fastidiosa y crítica.

—Sí, no, estamos bien —le he asegurado—. Sólo estamos, eh... subidos a un árbol.

—Sí, eso ya lo veo.

Genial, he pensado. Ahora le contará a todo el colegio que soy una madre de lo más irresponsable, que deja que sus hijos se suban a los árboles. A esas alturas ya tenía los vaqueros por debajo de la raja del trasero, lo cual dejaba completamente a la vista el tanga de encaje negro.

—Bien, bueno, en fin, pues entonces me voy. Adiós.

—Adiós —he dicho alegremente volviendo la cabeza. Pero luego he recapacitado—. Eh... ¿señor Wallaker?

—¿Síííí?

—¿Le importaría...?

—Billy —ha empezado a dar órdenes—, quiero que te sueltes de tu madre, te agarres a la rama y te sientes en ella.

He apartado el brazo fosilizado de Billy y le he rodeado la espalda a Mabel.

—Eso es. Ahora, mírame. Cuando cuente hasta tres, quiero que hagas lo que te diga.

—¡Vale! —ha exclamado Billy exultante.

—Uno... dos... y... ¡salta!

Me he echado hacia atrás y a punto he estado de soltar un grito cuando Billy ha saltado desde el árbol. ¿Qué estaba haciendo el señor Wallaker?

—Yyyyyyyyyy... ¡a rodar!

Billy ha aterrizado, ha dado unas cuantas vueltas en un extraño estilo militar y se ha levantado radiante.

—Y ahora, señora Darcy, si me perdona... —se ha encaramado a las ramas bajas— voy a coger...

¿A cogerme a mí? ¿A cogerme el tanga?

—... a Mabel —ha continuado y, tras estirar los brazos, ha rodeado el cuerpecillo regordete de Mabel con sus grandes manos—. Y usted salga de ahí y salte.

Intentando ignorar el repelús exasperante que me provocaban el olor y la cercanía del señor Wallaker, he hecho lo que me decía y he saltado al tiempo que trataba de subirme los vaqueros. Él ha enganchado a Mabel con fuerza, la ha apoyado contra su hombro y la ha depositado en la hierba.

—Dije *follamilia* —ha confesado Mabel mirándolo con gravedad.

—Yo también he estado a punto de decirlo —ha respondido él—. Pero ya estamos todos bien, ¿no?

—¿Quiere jugar al fútbol conmigo? —le ha preguntado Billy.

—Me temo que tengo que irme a casa —se ha disculpado— con eh... la familia. Bueno, procurad evitar las ramas más altas.

Se ha alejado corriendo, subiendo y bajando los brazos con las palmas abiertas. ¿Quién se ha creído que es?

De repente, me he sorprendido gritándole:

—¿Señor Wallaker?

Se ha dado la vuelta. No tenía ni idea de por qué lo había llamado. Después de devanarme los sesos como una loca, le he gritado:

—¡Gracias! —Y he añadido sin ningún tipo de motivo—: ¿Le importaría seguirme en Twitter?

—De eso nada —ha contestado con desdén, y ha echado a correr de nuevo.

Puf. Capullo gruñón. Sí, aunque nos haya bajado del árbol.

UNA AGUJA EN UN TWITTERPAJAR

Sábado, 5 de enero de 2013 (continuación)

Seguidores en Twitter: 652; seguidores en Twitter que podrían gustarme: 1.

16.00. Todo el asunto del señor Wallaker y el árbol / volver-con-la-mujer-y-los-hijos me ha hecho sentir anormal y que todo el mundo pasa la tarde del sábado con la familia nuclear, con papá jugando al pimpón con el niño y mamá yendo de compras y haciéndose manipedis con su hijita vestida de punta en blanco. Uyy, el timbre.

21.00. Era Rebecca. Hemos pasado una tarde estupenda sentadas a la mesa de su cocina mientras los niños correteaban. He seguido sintiéndome un poco anormal, ya que Rebecca tiene marido, o al menos pareja, ya que no están casados. Es alto y atractivo, aunque a menudo parece hecho polvo, y siempre va vestido de negro, y es músico. Le he contado a Rebecca mi paranoia de que todo el mundo tiene una familia nuclear y ella me ha soltado un bufido:

—¿Familia nuclear? Puedo tirarme un mes sin ver a Jake, siempre está fuera haciendo algún bolo o de gira, y cuando viene muchas veces es como tener a una especie de adolescente fumado en casa.

Después nos hemos ido todos a nuestra casa y hemos estado viendo «Tienes talento» mientras yo cocinaba (es decir, hacía palomitas en el microondas), y ahora los niños están dormidos: Billy y Finn en la casa de enfrente; Mabel y Oleander, aquí.

Domingo, 6 de enero de 2013

Seguidores en Twitter: 649 (me entran ganas de tuitear a los seguidores que han desaparecido: ¿Por qué? ¿Por qué?).

20.00. Otro buen día con Rebecca y los niños. Otra buena noche con Mabel, Billy y yo misma metidos en mi cama viendo los resultados de «Tienes talento» mientras tuiteaba desde el iPhone a mis seguidores (649) agudas observaciones sobre el programa en cuestión, por ejemplo:

<**@JoneseyBJ** Ayy. Muy emotiva la canción de #Chevaune, lo más.>

20.15. Uy. ¡Alguien llamado @_Roxster ha respondido a mi observación!

<**@_Roxster**@JoneseyBJ ¿La canción de #Chevaune «lo más»? Las lágrimas se me mezclan con el vómito.>

—Mami —me ha dicho Billy.

—¿Mmmm? —le he contestado distraídamente.

—¿Por qué sonríes así?

NO TUITEES CUANDO ESTÉS BORRACHA

Jueves, 10 de enero 2013

Seguidores en Twitter: 652; seguidores en Twitter que han vuelto: 1; nuevos seguidores en Twitter: 2; unidades de alcohol: no quiero ni pensarlo, pero (voz trémula) ¿acaso no merezco un poco de felicidad?

21.30. Chloe se queda a dormir de nuevo, va a salir con Graham por Camden. Es agradable sentarse al final de la jornada y ponerse al día con los temas de actualidad y Twitter con una merecidísima copa, o dos, de vino blanco.

22.00. Ostras. Fantástica noticia: Lasaña de ternera 100 % caballo.

22.25. Jeje. Acabo de mandar un tuit:
<@JoneseyBJ Atención: los palitos de pescado contienen un 90 % de caballito de mar.>
Seguro que lo retuitean y gano más seguidores, como el tuit del *spambot*.
Puede que me tome otra copa de vino. A ver, Chloe está en casa, así que no pasa nada.
Me encanta que el tono de mi cronología en Twitter sea tan

agradable y cordial. No como en otras, donde todo el mundo se dedica a poner como un trapo a los demás. La verdad es que es como volver a los días de Robin Hood, con todos esos feudos pequeños y uy...

22.30. Todo el mundo me está poniendo como un trapo. A mí y a mi tuit.

<@_**Sunnysmile**@JoneseyBJ Te pensarás que el chiste es nuevo. ¿Es que sólo lees tus propios tuits? ¿Obsesionada contigo misma o qué?>

Ahora sí que necesito otra copa de vino.

22.45. Bien, voy a mandarle un tuit a @sunnycomoquieraquesellame para fastidiarla. A ver si es que uno ya no puede inventarse sus propios chistes.

23.00. <@**JoneseyBJ**@_Sunnysmile Si sigues así, tendré que dejar de seguirte.>

23.01. <@**JoneseyBJ**@_Sunnysmile Aquí se transmite alegría y energía positiva con los tuits. Un poco como los pájaros.>

23.07. <@**JoneseyBJ** «Ni trabajan ni tuitean.» Mmm. No, sí que tuitean. Para eso están los bájaros.>

23.08. <@**JoneseyBJ** Bah, que les f***en. Bájaros idiotas revoloteando y tuiteando bor todas bartes. Anda, mírame, soy un bájaro.>

23.15. <@JoneseyBJ Odio los bájaros. Mira esa peli, *Los bájaros.* Los bájaros bueden convertirse en COMEHOMBRES.>

23.16. <@JoneseyBJ Le sacan los ojos a la gente con beinados de los 60. Bájaros asquerosos, malos.>

23.30. <@JoneseyBJ He berdido 85 siguidores. ¿Bor qué? ¿Bor qué? ¿Qué he hecho? ¡¡Volved!!>

    <@JoneseyBJ ¡Noo! Los seguidores se escurren como por un colador.>

    <@JoneseyBJ ¡Nooo! Odio a los bájaros. Odio los tuits. Odio a los siguidores que se escurren. Be voy a la cama.>

LAS CONSECUENCIAS DE TUITEAR BORRACHO

Viernes, 11 de enero de 2013

Seguidores en Twitter perdidos: 551; seguidores en Twitter restantes: 101; número de palabras escritas del guión: 0.

06.35. Me voy a meter un momento en Twi... ¡Ahhhh! Acabo de acordarme de que por la noche me dio por tuitear desvaríos de borracha. Puse como un trapo a los pájaros sin ningún motivo delante de cientos de auténticos desconocidos. Ay, Dios. Tengo una resaca de narices y debo llevar a los niños al colegio. Ah, no, que los lleva Chloe. Voy a volver a dormirme.

10.00. A ver, esto puede salvarse, se trata de lavar la imagen del afectado, como cuando se produce cualquier otro desastre de este tipo. Con la posible excepción del actual desastre de Lance Armstrong.

10.15. Bien. *Las hojas en su pelo*. Tengo que continuar.

11.15. Ahora que lo pienso, igual podría hacer carrera en el sector de las R.R.P.P. ¡Mierda! Son las 11.15, tengo que ponerme con el guión. Aunque está claro que primero tengo que mandar una disculpa larga y sincera a los pocos seguidores que me quedan en Twitter.

<@**JoneseyBJ** Siento lo de ayer.>

11.16. <@**JoneseyBJ** Los pájaros nos deleitan los oídos y la vista con sus plumas y su canto. Y controlan las lombrices. ¡Dejad en paz a los pájaros!>

11.45. Puede que incluya una cita del Dalái Lama por si las moscas: <@**JoneseyBJ** Igual que la serpiente muda de piel, nosotros podemos desprendernos del pasado y empezar de nuevo. (@DalaiLama)>

21.15. Bien. Los niños están dormidos. Voy a meterme otra vez en Twitter.

21.16. PorelamordeDios. Tuit de @_Roxster. ¡Sííí! Por lo menos Roxster no se ha ido asqueado.

<@**_Roxster**@JoneseyBJ@DalaiLama Después de la resaca, ¿no? ¿Sabías que te han mencionado en el hilo #tuitearborracho?>

21.17. Ay, Dios. Todo el mundo está riéndose de mí y retuiteando mi tuit de los pájaros. Tengo que intentar controlar los daños.

<@**JoneseyBJ**#tuitearborrachopájaros Lo siento mucho. Ojalá no lo hubiera... ¿Cuál es el participio de tuitear? ¿Tuiteado? ¿Tuitado?>

<@**_Roxster**@JoneseyBJ Creo que el término apropiado es tui-teado.>

<@**JoneseyBJ**@_Roxster ¿Te estás poniendo gramatical o eres un borde?>

<@_**Roxster**@JoneseyBJ Así es *con voz pedante:* del latín, tuito, tuitarse, tuitar.>

Es divertido. Y sale guapo en la foto. Y parece joven. Me pregunto quién será.

<@**JoneseyBJ**@_Roxster Roxster, si sigues así, los 103 tuiterati que te quedan exigirán bolsas para el mareo.>

<@_**Roxster**@JoneseyBJ ¿Por? ¿Están todos resacosos porque también estuvieron tuiteando borrachos ayer por la noche?>

Mmmmmmmmmmmmmmmmmmmmm. Niñato descarado.

<@**JoneseyBJ**@_Roxster Por favor, no seas tan impertinente, o tendré que tundearte.>

<@_**Roxster**@JoneseyBJ ¿Tundear o tuitear? Mejor que no sea lo último. Acabas de perder otros 48 seguidores.>

<@**JoneseyBJ**@_Roxster ¡Ah, no! Pensarán que soy una tuitera neurótica y una pedorra.>

<@_**Roxster**@JoneseyBJ ¿Significa eso que te tiras pedos?>

<@**JoneseyBJ**@_Roxster No, Roxster, significa mosca cojonera. Pareces estar obsesionado de manera enfermiza con los pedos y vómitos.>

Roxster acaba de retuitearme algo de uno de sus seguidores:

<@**Raefp**@Rory Te veo dentro de cinco minutos, ¿vale? En el pedaje.>

Y ha añadido:

<@_**Roxster**@JoneseyBJ Los putos pijos están de viaje.>

<@**JoneseyBJ**@_Roxster Pero ¿qué es el pedaje?>

<@_**Roxster**@JoneseyBJ Quería decir peaje. Entiendo.>

22.00. ¿Entiendo? ¿Putos? De pronto me aterroriza que Roxster no sea un jovencito mono que me encuentre divertida, sino un gay que se siente atraído por Talitha y por mí porque nos ve como a dos travestis frustradas, trágicas e irónicas, como Lily Savage.

22.05. Acabo de llamar a Talitha para que me dé su opinión.

—¿Roxster? Me suena. ¿Es uno de mis seguidores?

—¡Es MI seguidor! —he exclamado indignada, pero después he admitido—: Aunque puede que me haya llegado a través de ti.

—Es un encanto. Roxster, Roxby algo. Tuvimos a un hombre en el programa que quería dar publicidad a unos cubos de reciclaje, y Roxby iba con él. Trabaja para una organización benéfica ecologista. Un jovencito majo. Muy atractivo. ¡Lánzate!

22.15. <@JoneseyBJ@_Roxster ¿Tú entiendes, Roxster?>

<@_Roxster@JoneseyBJ *Voz masculina grave.* Jonesey, de eso nada, te lo aseguro.>

<@JoneseyBJ@_Roxster «Anda, mírame, soy joven, soy muy hombre.»>

<@_Roxster@JoneseyBJ ¿Te gustan los hombres más jóvenes, Jonesey?>

<@JoneseyBJ@_Roxster *Fría, casi glaciaresca.* ¿Cómo dices? ¿Qué insinúas EXACTAMENTE?>

<@_Roxster@JoneseyBJ *Escondido detrás del sofá.* ¿Cuántos años tienes, Jonesey?>

<@JoneseyBJ@_Roxster Oscar Wilde: «No te fíes nunca de una mujer que te diga su edad. Si te dice eso, te dirá cualquier cosa.»>

<@JoneseyBJ@_Roxster ¿Cuántos años tienes, Roxster?>

<@_Roxster@JoneseyBJ 29.>

GUIONISTA

Lunes, 14 de enero de 2013

Seguidores en Twitter: 793 (soy la heroína de los tuits de borrachera); tuits: 17; actos sociales desastrosos a los que he accedido a ir: 1 (o puede que 3, todos en uno); palabras del guión escritas: 0.

10.00. Bien, tengo que ponerme a trabajar.

10.05. Quizá eche una ojeada a las noticias.

10.15. Uuuy. Me encanta el nuevo corte de pelo de Michelle Obama con flequillo. ¿Y si me dejo flequillo? También estoy encantada con el segundo mandato de Obama, claro.

10.20. Lo cierto es que empieza a dar la impresión de que hay gente capaz en los puestos de poder: Obama, ese nuevo arzobispo de Canterbury que antes tenía un trabajo serio y denuncia la codicia de los bancos, y Guillermo y Kate. Bien, a trabajar. Uuuy, ¡teléfono!

11.00. Era Talitha.

—Cari, ¿has terminado el guión?

—Sí —le he mentido—. Bueno, casi.

La verdad es que con todo el jaleo de Cazadoradecuero, y lo de estudiarme los libros de ligoteo, y después lo de Twitter, *Las hojas en su pelo* se han quedado un poco para dar en grana. Uy, aunque, ¿pueden darse las hojas en grana? Igual los sicomoros...

—¿Bridget? ¿Sigues ahí? ¿Va cobrando forma?

—Sí —he vuelto a mentir.

—Pues entonces envíamelo. Sergei está cerrando algunos «tratos» con la industria del cine y creo que podría utilizarlo para conseguirte un representante.

—Gracias —le he contestado emocionada.

—¿Me lo envías hoy?

—Esto... sí. Dame un par de días, ¿quieres?

—Vale —ha contestado—. Pero ponte a ello, ¿eh? Entre tuit y tuit a los *toy boys*. Recuerda que no podemos permitir que Twitter se convierta en una obsesión.

11.15. Bien. Es absolutamente fundamental no tuitear hoy, sino terminar el guión. Sólo tengo que ocuparme del final. Bueno, y de la parte central. Y decidir el principio. Quizá me meta un segundo en Twitter para ver si @_Roxster ha vuelto a tuitear. ¡Ahhh! Teléfono.

—Ah, hola, cariño.

Mi madre.

—Te llamaba sólo para comentarte lo del pase de diapositivas del crucero y el evento Fuera Cascos del próximo sábado. Fue estupendo lo de la Navidad después de la Navidad en Chats y pensaba que...

He tratado de resistir la tentación de mandar inmediatamente un tuit gracioso sobre la conversación con mi madre acerca del crucero en mitad de la misma. Es evidente que mi madre nunca se metería en Twitter.

—¡Bridget!

—Sí, mamá —he contestado al tiempo que intentaba apartarme de Twitter.

—Ah, entonces ¿vas a venir?

—Eh... —he balbuceado—. ¿Te importaría repetírmelo?

Mi madre ha lanzado un suspiro.

—¡Hay una fiesta Fuera Cascos por la finalización de las nuevas casas! Todos los establecimientos St. Oswald's lo hacen cuando terminan una construcción nueva: todos nos ponemos un casco y luego lo lanzamos al aire.

—Y ¿cuándo decías que era?

—El sábado que viene. Vendrás, cariño, porque a Mavis vendrán a verla Julie y Michael y todos los nietos.

—Entonces ¿puedo llevar a los niños?

Se ha producido una breve pausa.

—Sí, claro, cariño, ésa es la idea, pero...

—Pero ¿qué?

—Nada, nada, cariño. ¿Te asegurarás de que Mabel se pone el vestido que le envié?

Yo también he lanzado un suspiro. Por mucho que intente convencer a Mabel de que se ponga leotardos con pantalones cortos y botas de motorista como los niños estilosos de H&M o los exagerados vestiditos de fiesta de mi madre, ella tiene sus propias ideas respecto a lo que quiere ponerse, que suele ser una especie de cruce entre Hamish y Disney: una camiseta brillante, mallas y una falda de volantes por los tobillos. Me siento como si fuese de una generación completamente distinta que no entiende cómo se visten los jóvenes.

—¡Bridget! —ha exclamado mi madre, quizá exasperada, cosa comprensible—. Tienes que venir, cariño, da igual lo mal que se porten.

—¡No se portan mal!

—Bueno, los otros nietos son mayores, porque como tú los tuviste tan tarde... Y claro, estando sola con ellos cuesta más...

—No sé si voy a poder el sábado.

—Todo el mundo estará con sus nietos y a mí me resulta muy duro estar sola.

—Vale. Bueno, mamá, tengo que dejarte...

—¿Te he contado el lío que tenemos? —ha empezado, como hace siempre que digo que tengo que irme—. Hay un hombre que se cuela en todas las habitaciones. ¿Kenneth Garside? Siempre anda metiéndose en la cama de todas las mujeres.

—¿Te gusta Kenneth Garside, mamá? —le he preguntado inocentemente.

—Vamos, no seas tonta, cariño. A mi edad una ya no quiere hombres. Sólo buscan que los cuiden.

Es interesante, lo de la edad a la que hombres y mujeres se gustan más:

Veintena. Las mujeres tienen la sartén por el mango, porque prácticamente todo el mundo quiere tirárselas, así que acumulan mucho poder. Y los tíos de veintitantos están completamente salidos, pero todavía no han hecho carrera.

Treintena. Los hombres tienen la sartén por el mango sin lugar a dudas. La treintena es la peor época de ligoteo para una mujer: todo se ve cada vez más lastrado por el tictac de un reloj biológicamente injusto: un reloj que, esperemos, no tardará en transformarse, gracias al perfeccionamiento de la congelación de óvulos a lo Jude, en un reloj digital silencioso en el que no será necesario poner la alarma. Entretanto, los hombres lo presienten como el tiburón que huele la sangre, y además siguen perfeccionando sus carreras al mismo tiempo, con lo cual la balanza se inclina cada vez más a su favor hasta la...

Cuarentena. De esto no estoy segura, porque pasé la mayor parte del tiempo con Mark... Puede que las cosas se igualen, más o menos, ¿no? Cuando se elimina a los hijos de la ecuación. O quizá los hombres piensen que llevan ventaja porque creen que les gustan mujeres más jóvenes y creen que a las mujeres de su misma edad les gustan ellos. Pero lo cierto es que en el fondo a las mujeres también les gustan los hombres más jóvenes. Y a los hombres más jóvenes les gustan las mujeres mayores, porque resulta grato que no los vean como el sostén de la familia y ya no piensen en tener hijos.

Cincuentena. Solía ser la edad de «la mujer invisible» de Germaine Greer, tildada de pasto de comedia inviable y postmenopáusico. Pero ahora, con la combinación de la escuela de reinvención de Talitha y Kim Cattrall, Julianne y Demi Moore, etc., ¡todo está empezando a cambiar!

Sesentena. El equilibrio cambia por completo, puesto que los hombres se dan cuenta de que ya no van a llegar más lejos en su carrera y de que en realidad nunca han hecho amistades como las mujeres, sino que sólo hablan de golf y cosas por el estilo. Y las mujeres se saben cuidar mejor: no hay más que ver a Helen Mirren y a Joanna Lumley.

Setentena. Sin lugar a dudas, las mujeres tienen la sartén por el mango, y todavía van arregladitas, y tienen una casa acogedora, y saben cocinar y...

—Bridget, ¿sigues ahí?

La conclusión es que he accedido a llevar a los niños a la celebración Fuera Cascos de las nuevas casas y al pase de diapositivas del crucero, seguidos de un té familiar en Chats. Y ni siquiera me he puesto todavía con el guión.

Martes, 15 de enero de 2013

23.55. Me he pasado toda la noche y todo el día de hoy escribiendo, escribiendo y escribiendo, y acabo de enviarle a Talitha *Las hojas en su pelo*.

Miércoles, 16 de enero de 2013

61 kg (mal: demasiado tiempo con el culo en la silla); pero, representantes: ¡1!

11.00. ¡Acaba de llamarme el representante! Por desgracia tenía la boca llena de queso rallado, pero ha dado lo mismo, ya que no parecía imprescindible hablar.

—Llamo de parte de Brian Katzenberg —ha dicho la asistente.

—Bueno —ha intervenido Brian Katzenberg—. Ambos conocemos a Sergei, y sé que Sergei quiere que lance este guión.

—¿Lo has leído? —le he preguntado nerviosa—. ¿Te gusta?

—Creo que es fascinante, y voy a hacérselo llegar a la gente adecuada inmediatamente. Puedes decírselo a Sergei ya mismo, y ha sido un placer conocerte.

—Gracias —he dicho balbuciendo.

—Entonces ¿se lo dirás a Sergei?

—¡Sí! —he afirmado—. ¡Desde luego!

11.05. Acabo de llamar a Talitha para darle las gracias.

—¿Se lo dirás a Sergei? —le he insistido—. Brian parecía muy empeñado en que se lo contara inmediatamente.

—Por Dios, claro que se lo diré a Sergei. A saber qué coño pasará. Pero, cari, estoy muy orgullosa de ti por haberlo terminado.

¡QUE NIEVE!

Jueves, 17 de enero de 2013

Mensajes sobre la nieve: 12; tuits sobre la nieve: 13; copos de nieve: 0.

20.00. Mensaje del colegio:

<Estimados padres: mañana se espera que caiga una fuerte nevada. Por favor, comprueben los mensajes de texto y no salgan de casa antes de las 8.00. Les mandaremos un mensaje si se suspenden las clases por causa de la nieve.>

20.15. Todos estamos como locos. ¡Podemos hacer novillos y salir a montar en trineo! Es evidente que nadie puede irse a dormir. No paramos de descorrer las cortinas para ver si se ve nieve en las farolas.

20.30. Sigue sin nevar.

20.45. Sigue sin nevar. Bueno, ahora sí que es hora de que los niños se vayan a la cama.

21.00. Al fin he conseguido que se vayan a dormir diciéndoles: «A la cama, a la cama, si no os acostáis no os dejaré DISFRUTAR de la nieve», una y otra vez, como si fuera un loro. Una mentira como la copa de un pino, porque ¿con quién voy a ir yo a la nieve si no es con ellos?

21.45. Sigue sin nevar. Puede que me meta en Twitter.

21.46. @_Roxster está tuiteando sobre la nieve.
<**@_Roxster** ¿Alguien más está entusiasmado con la nieve?>

21.50. <**@JoneseyBJ**@_Roxster Yo. Pero ¿dónde está? «Anda, mírame, soy la nieve, pero no existo.»>

22.00. ¡Tuit de @_Roxster!
<**@_Roxster**@JoneseyBJ Jonesey, ¿otra vez tuiteando borracha? ¿O es que te gusta la nieve tanto como a mí?>

22.15. He seguido flirteando con @_Roxster.
<**@JoneseyBJ**@_Roxster ¿Te entra pedorrera sólo de pensarlo?>
<**@_Roxster**@JoneseyBJ Claro.>
Talitha ha metido baza.
<**@Talithaluckybitch**@JoneseyBJ@_Roxster Muy graciosos, los dos. Y ahora IDOS A LA CAMA.>

22.30. Mmmm... Me encanta Twitter. Me encanta la sensación de que ahí fuera hay alguien más al que le importan todas esas pequeñas cosas emocionantes con las que tú te emocionas.

23.00. Sigue sin nevar.

Viernes, 18 de enero de 2013

Número de veces que me he asomado para ver si nevaba: 12; copos de nieve: 0; tuits de @_Roxster: 7; tuits aparentemente para todos los seguidores, pero en realidad para @_Roxster: 6 (uno menos que él, muy bien).

07.00. Nos hemos despertado y hemos ido todos corriendo como locos a la ventana: ni rastro de nieve.

07.15. A todos nos resultaba tentador quedarnos en pijama todo el Día de la Nieve, aunque no haya nieve, pero me he obligado a obligar a todo el mundo, incluida yo misma, a vestirse por si al final no llegaba ningún mensaje del colegio diciendo que se suspendían las clases.

07.45. No hay mensajes. Aunque puede que sí tenga algún tuit de @_Roxster.

07.59. Sigue sin llegar ningún mensaje del colegio. Ni ningún tuit de @_Roxster. En un intento de lidiar con mi desilusión, así como con la de los demás, me he metido en la boca tres salchichitas envueltas en bacón mientras añadía demasiado tarde: «¿Alguien quiere una?»

8.00. Sigue sin haber mensajes del colegio. Será mejor que nos vayamos.

09.00. He dejado a Mabel y, cuando he llegado a la zona de primaria, me he encontrado un entusiasmo contagioso y al señor Wallaker organizando hileras de chicos agazapados tras muros de nieve imaginarios y lanzándose bolas de nieve imaginarias. He resistido la tentación de tuitearle la escena a @_Roxster, no vaya a ser que le eche para atrás lo de que tenga hijos.

—Hoy va a nevar, señora Darcy —me ha informado el señor Wallaker, que de repente ha aparecido a nuestro lado—. ¿Va a ir a subirse a los árboles?

—¡Ya! Llevo esperando la nevada toda la noche —he respondido, pasando elegantemente por alto la alusión a los árboles—. Pero ¿dónde está?

—Aproximándose desde el oeste. En Somerset está nevando. ¿Le gusta la nieve?

—La que es puntual —he replicado enigmáticamente.

—Puede que se haya quedado atascada en la M4 —ha aventurado él—. La carretera está cerrada por nieve en la salida número trece.

—¡Ah! —he exclamado, y me he animado de inmediato.

—Un momento —ha dicho Billy receloso—. ¿Cómo podría la nieve retener a la nieve?

A los ojos del señor Wallaker ha asomado una expresión risueña, y acto seguido Billy ha esbozado una sonrisa. Me ha dado muchísima rabia, como si en cierto modo los dos se estuvieran divirtiendo a mi costa.

—¡Que tengáis un buen día! —he dicho turbada (al fin y al cabo, no estábamos precisamente en California) y me he alejado dando resbalones sobre el hielo para seguir con Twitter, con la escritura, quería decir. ¿Por qué me he puesto botas de tacón alto?

09.30. De vuelta en casa. ¡Bien! *Las hojas en su pelo.*

09.35. Le he mandado un tuit rápido a @_Roxster, o sea, a mis seguidores, con la broma del señor Wallaker.

09.45. <@JoneseyBJ Por lo visto la nieve se ha visto retenida por la nieve en la M4, pero llegará aquí de un momento a otro.>

10.00. Cinco personas han retuiteado mi tuit. Tengo otros doce seguidores.

10.15. En la tele no paran de decir «ALERTA POR NIEVE».

10.30. ¡Ha empezado a nevar!

11.00. Cada vez hay más nieve. No puedo parar de asomarme a la ventana para mirarla.

11.45. No dejo de contemplar el milagro de la nieve. Es como si alguien hubiese añadido un precioso sombreado blanco a todos y cada uno de los árboles. Hay casi cuatro centímetros sobre la mesa de fuera: como el glaseado de una tarta. O nata... Puede que no sean cuatro centímetros. Me estaba planteando salir a medirlo con una regla, pero después me he dado cuenta de que era absurdo. Tengo que hacer un montón de cosas.

Mediodía. Ay, Dios, un tuit de @_Roxster.

<@_Roxster@JoneseyBJ ¿¿Y si nos fumamos el trabajo y nos vamos a montar en trineo??>

Me quedo mirando el tuit pasmada. ¿@_Roxster me está pidiendo salir? ¿Va en serio? Pero parezco una loca de atar, con los pelos de punta y... Aunque podría lavármelo, y vestirme para montar en trineo, y sólo se vive una vez, y ¡está nevando! Tuiteo:

<@**JoneseyBJ**@_Roxster ¡Sí! ¿Tú puedes?>

Nada más mandarlo, me entra un mensaje:

<PREESCOLAR Y PRIMARIA. Debido a la nieve, por favor, vengan a buscar a sus hijos lo antes posible para llevarlos a casa sin percances. El colegio cerrará sus puertas a las 13.30.>

12.15. Y ahora ¿qué hago? No puedo esperar que de pronto un dios de ensueño de veintinueve años quiera venir a montar en trineo con dos niños y una mujer mayor con pelos de loca. El sentido de liarse con una mujer mayor es que se supone que va de punta en blanco, con medias de seda negras, como si educara a sus hijos a la francesa, y como Catherine Deneuve y Charlotte Rampling. Tengo que ir a recoger a los niños, pero cómo voy a darle plantón a @_Roxster, y las «Reglas del ligoteo» dicen que es como bailar y tú sólo has de dejarte llevar, pero...

Otro mensaje:

<Los niños tanto de preescolar como de primaria están en el salón del actos del colegio. Vengan a buscar a sus hijos lo antes posible, por favor.>

¡¡Es una emergencia en toda regla!!

12.30. He bajado corriendo a sacar los trineos del armario, quitando a toda prisa las telarañas, etc.

12.50. He abierto la puerta para descubrir que la calle estaba cubierta de nieve. Es una ventisca importante, está claro que la situación es realmente peligrosa. Me he puesto como loca de contenta. Pero ¿qué hago con @_Roxster? Los niños son lo primero.

13.00. Vale. Ya tengo el equipo de esquí al completo, no sé si hará falta el casco, pero está claro que las gafas sí. He metido en el maletero del coche las botas de nieve, los monos de esquí, los chaquetones, los guantes, un kit de supervivencia, una pala, una linterna, agua, chocolate y los trineos.

17.00. Al final he llegado al colegio, después de hacer un camino emocionante y resbaladizo. Ha sido necesario, con todo, que me quitara las gafas de esquiar y me pusiera las de ver para comprobar si tenía algún tuit de @_Roxster.

<**@_Roxster**@JoneseyBJ Lo siento, Jonesey: me las he dado de pasota, pero no. Tengo trabajo, no puedo escaparme para ir a jugar a la nieve. No como tú, está claro.>

Chafada. Me han dado plantón para una cita en la nieve.

He subido la colina como un pato para llegar al colegio, a la manera de Lance Armstrong cuando pisó la luna —Neil Armstrong, quería decir—, debido a los pantalones de esquiar que llevaba sobre los vaqueros, y al chaquetón y demás. Iba pensando: «Vale, no hace falta que conteste a @_Roxster ahora, ya que, técnicamente hablando, me ha dejado plantada para lo del trineo. Y he respondido no reaccionando, así que he seguido las "Reglas del ligoteo" a la perfección y...»

He abierto la puerta del salón de actos del colegio, donde se encontraban los niños de preescolar y primaria, y he visto a Nicorette, doña Perfecta, vestida como si fuera una especie de Reina de las Nieves, con unas botas de nieve blancas, el pelo perfecto, un bolso de charol negro enorme y todo brillante y un abrigo blanco largo con una piel blanca al cuello. Estaba riendo y flirteando con el señor Wallaker. ¿Qué? Será puto. Casado y flirteando con Nicorette. Ha vuelto la cabeza cuando he entrado y se ha partido de risa sin cortarse.

No se reiría tanto si supiera que tenía una posible cita para ir a montar en trineo con un *toy boy*, ¿a que no? Soy Catherine Deneuve y Charlotte Rampling.

—¡Mamiii! —Billy y Mabel se han acercado corriendo, con los ojos brillantes—. ¿Podemos ir a montar en trineo?

—¡Sí! Los tengo en el coche —he respondido y, tras lanzarle una mirada arrogante al señor Wallaker, he vuelto a ponerme las gafas de nieve y he salido con aire misterioso del salón (lo mejor que he podido, teniendo en cuenta el atuendo).

22.00. Un día fantástico. Montar en trineo ha sido genial. Los de enfrente, Rebecca y el resto, también han subido a Primrose Hill y ha sido absolutamente mágico, como una tarjeta navideña. La nieve era abundante y mullida. Al principio no había prácticamente nadie allí arriba, así que se podía bajar bastante deprisa por los caminos. Y @_Roxster me ha mandado un tuit en medio del jaleo.

<**@_Roxster**@JoneseyBJ ¿Quieres montar luego en trineo? Si tú puedes, yo esta noche también puedo.>

<**@_Roxster**@JoneseyBJ Pero me preocupa que salgas con este tiempo. ¿Mejor otra noche?>

Responder era demasiado complicado, porque tenía los dedos helados y tenía que ponerme las gafas para leer los tuits y a la vez seguir corriendo detrás de los trineos para evitar choques, etc., así que lo he dejado un momento, saboreando la sensación de haber sido la última en recibir un mensaje y que @_Roxster quisiera salir conmigo.

A medida que iba avanzando la tarde había cada vez más gente en la colina, y ha empezado a formarse mucho hielo, así que nos hemos vuelto todos a nuestra casa para tomarnos un chocolate caliente y cenar juntos, y ha sido la mar de divertido. Mientras Rebecca vigilaba a los niños, yo me he escaqueado cinco minutos y me he metido en Twitter. He mirado un instante de reojo al espejo y me he dado cuenta de que ciertamente esta noche no sería una buena noche para quedar con un *toy boy*.

En medio de toda la incoherente sarta de tuits sobre la nieve y la M4 había otro de @_Roxster.

<@**_Roxster**@JoneseyBJ ¿Jonesey? ¿Has muerto en la nieve?>

<@**JoneseyBJ**@_Roxster Casi. Nieve en polvo fuera pista, increíble. Otra noche estaría genial.>

<@**_Roxster**@JoneseyBJ ¿Alguna noche en concreto?>

Muy bien, comunicación directa y auténtica. Como tiene que ser. Le he respondido al tuit.

<@**JoneseyBJ**@_Roxster Deja que mire mi extremadamente repleta agenda...>

<@**_Roxster**@JoneseyBJ ¿Te refieres al mogollón de manuales con consejos para ligar?>

PorelamordeDios. ¿Leía Roxster mis tuits de cuando Cazadoradecuero?

<@**JoneseyBJ**@_Roxster *Pasando por alto con elegancia el comentario del niñato impertinente.* ¿En qué día estabas pensando?>

<@**_Roxster**@JoneseyBJ ¿Martes?>

He vuelto a bajar a la cocina radiante. ¡Todo es maravilloso! He quedado con un macizo de veintinueve años divertido y guapo y la casa está llena de niños con las mejillas sonrosadas, hay comida que huele de maravilla, trineos y pitos de goma (botas de goma, quería decir. ¿De dónde ha salido eso?).

204

NO TUITEES SOBRE UNA CITA
DURANTE LA CITA

Domingo, 20 de enero de 2013

Seguidores en Twitter: 873; tuits de @_Roxster: 7.

11.00. El tuiteo va de fábula. Desde lo del hilo #tuitearborrachopája-ros cada vez tengo más seguidores. No he podido evitar fijarme en que Roxster ha enmudecido bastante desde que decidimos quedar. Pero, dado que es un hombre, quizá tenga la sensación de que ha superado un nivel, como con la Xbox, y de que ya no hace falta insistir.

11.02. Será mejor que mande un tuit para que todo el mundo sepa lo que está pasando:
    <**@JoneseyBJ** *dice engreída, irritante, estoy-como-unas-pas-cuas-y-he-quedado-con-mi-misterioso-desconocido-de-Twitter.* ¡Bueeeenos días a todo el mundo!>

11.05. PorelamordeDios, he perdido dos seguidores. ¿Por qué? ¿Por qué? Ha debido de ser algo relacionado con el tono. Será mejor que mande otro.
    <**@JoneseyBJ** Lo siento. Está claro que he espantado a varios seguidores con la pedantería matutina. Es obvio que la cita irá mal y me darán plantón.>

11.15. Genial, he perdido otros tres seguidores. Que no se me olvide no pasarme con los tuit por la mañana. O en general, porque da la impresión de que consigo más seguidores cuando no tuiteo que cuando tuiteo.

¡Roxster ha mandado un tuit! Se ve que es mi recompensa por ejercer un autocontrol épico.

<**@_Roxster**@JoneseyBJ *Ofendido, horrorizado.* ¿¿Darte plantón, Jonesey??>

<**@JoneseyBJ**@_Roxster ¡Roxster! ¡Has vuelto!>

<**@JoneseyBJ**@_Roxster Sólo intentaba contrarrestar el tono fanfarrón de antes, con el que he perdido seguidores. Entonces ¿sigue en pie?>

<**@_Roxster**@JoneseyBJ Jonesey, puede que sea joven, pero no soy cruel, ni un charlatán.>

Después, otro:

<**@_Roxster**@JoneseyBJ Vale. ¿Qué te parece en la boca de metro de Leicester Square a las 19.30? Podríamos ir a Nando's. ¿O mejor *fish and chips*?>

21.45. Bajón en el acto. ¿¿La boca de metro de Leicester Square?? ¿¿La boca de metro de Leicester Square?? Pero si hace un frío que pela. Después he recordado las reglas clave del ligoteo.

AMÓLDATE A LO QUE PROPONGA

<**@JoneseyBJ**@_Roxster *Ronroneo.* Eso estaría muy bien.>
<**@_Roxster**@JoneseyBJ *Rugido.* Te veo allí, nena.>

¿Lo veis? ¿Lo veis? Mucho mejor que intentar manipular la situación.

21.50. De repente he caído presa del pánico porque voy a conocer a un desconocido salido de Twitter en el metro de Leicester Square siendo madre soltera.

21.51. Acabo de llamar a Tom, que va a pasarse por aquí.

22.50. Por desgracia, he tenido que esperar para que me diera su opinión, ya que Tom también estaba de bajón a causa de un arquitecto húngaro llamado Arkis. Ha insistido en enseñarme todos los mensajes de Arkis, y su foto, y las conversaciones de la app Scruff del iPhone.

—Scruff es muchísimo mejor que Grindr.com. Antes era de osos, pero ahora se ha vuelto más de osos modernos, de los de ropa pequeña y gafas grandes, pero no a lo George Michael.

—Entonces ¿qué problema hay? —le he preguntado tajante, profesional, como si la psicoterapeuta fuera yo en lugar de Tom.

—Creo que Arkis podría ser todo mensajes y nada pantalones. No para de mandarme mensajes sexuales por la noche, flirteando a lo bestia, pero nada más.

—Ya veo. ¿Le has propuesto quedar? —he querido saber.

—Una vez le dije que me gustaría conocerlo mejor, pero le mandé el mensaje a la una de la mañana, en busca de confirmación, y conseguí justo lo contrario, porque tardó dos días en contestarme, y cuando lo hizo ni lo mencionó y se puso a hablar otra vez de las fotos que tengo en Scruff. Y ahora ando por ahí como atontado, con un dolor horroroso por debajo de las costillas, porque creo que él cree...

—Lo sé, lo sé —lo he interrumpido con impaciencia—. Con Cazadoradecuero fue exactamente así. Es como si el objeto de tu interés romántico adquiriera un enorme poder, como un gigante que te vigila y te juzga, convertido en el maestro absoluto del arte de ligar, y estuviera a punto de tildarte de acosador desesperado.

—Lo sé —ha afirmado entristecido—. Pero sí que dijo que quería ver *La noche más oscura*.

—Entonces ¿a qué esperas? ¡Proponle ir! ¡Pavo! —he exclamado—. Si no será como una competición de a ver quién pestañea antes.

Una vez Tom se ha quedado satisfecho con las bases psicológicas del plan, he pasado, como quien no quiere la cosa, a lo que me preocupaba a mí. Al terminar, Tom me ha dicho con firmeza:

—Pues claro que debes quedar con @_Roxster, siempre que sea en un lugar público. Talitha dice que es un tío majo. Todos nosotros estaremos pendientes del teléfono. Y es absolutamente normal y saludable conocerse en el ciberespacio.

Me encanta cómo nos vamos alternando Tom y yo en lo de ser el experto en las lides del ligoteo, como si estuviéramos montados en un balancín... aunque está claro que ninguno de los dos tiene la más mínima idea de lo que dice. A veces es como si ahí fuera hubiese un montón de personas con millones de balancines subiendo y bajando a la vez, como monos que asienten. Y todo el mundo está en un extremo o el otro del balancín en momentos distintos.

23.00. Hoy Dios me está recompensando. Roxster acaba de mandarme otro tuit:

<@_Roxster@JoneseyBJ En la calle hace mucho frío, Jonesey. ¿Y si quedamos mejor en el bar del Dean St. Townhouse?>

Ayy. Le ha estado dando vueltas al asunto. Es tan guapo y tan majo. Le he contestado.

<@JoneseyBJ@_Roxster Perfecto. Te veo allí.>

<@_Roxster@JoneseyBJ Me muero de ganas, nena.>

Martes, 22 de enero de 2013

60,5 kg (¡aún!); número de modelitos que me he probado y he tirado al suelo: 12; tuits enviados cuando se suponía que debía estar preparándome: 7 (muy estúpido); aunque, seguidores en Twitter: 698 (hay que sopesar las ventajas de tuitear en vivo y en directo con respecto a las desventajas de llegar tarde).

18.30. Bien. Ya casi estoy lista. Talitha, Jude y Tom saben adónde voy y están listos para rescatarme en caso de que algo se tuerza. Esta vez estoy decidida a no cometer el mismo error y llegar tarde. Lo único es que no puedo evitar ir tuiteando mientras me preparo. Es casi como si tuviera el deber para con todos mis seguidores de hacerles saber lo que hago a cada momento.

<@**JoneseyBJ** ¿Qué es más importante? ¿Tener buen aspecto o ser puntual? Me refiero a si hay que elegir entre una cosa o la otra.>

¡Uau! Un montón de respuestas y @menciones:

<@**JamesAP27**@JoneseyBJ Ser puntual, claro. ¿Cómo puedes ser tan vanidosa? Eso no es nada atractivo.>

Puf. Bien. Ya nos ocuparemos de él.

<@**JoneseyBJ**@JamesAP27 No es vanidad, sino PREOCUPACIÓN por los demás, es decir, no quiero espantarlos o asustarlos.>

18.45. Mierda, mierda. Me he puesto rímel resistente al agua en los labios porque viene en el mismo embalaje de Laura Mercier que el brillo de labios y ahora no sale. Ay, Dios, voy a llegar tarde y con los labios negros.

19.15. Vale, ya estoy en el taxi, aún frotándome los labios. Tengo tiempo para mandar unos cuantos tuits más.

<@JoneseyBJ Toda una mujer hecha y derecha, sensible y receptiva, tranquila y segura de sí misma, ya en el taxi...>

<@JoneseyBJ ...una diosa de la dicha y la luz. *Le espeta al taxista.* ¡Noooo! No baje por la p*** Regent St.>

<@JoneseyBJ *Tapándose la nariz, con voz de radio policial.* Entrando en Dean Street Townhouse. EN-TRAN-DO, repito. Deseadme suerte. Corto y cambio.>

<@JoneseyBJ *Susurra.* Es GUAPÍSIMO.>

<@JoneseyBJ Hay mucho que decir a favor del hombre más joven, siempre y cuando no sea lo bastante joven para ser tu nieto legítimo.>

<@JoneseyBJ ¡Sonríe! Se ha levantado, como un caballero.>

En efecto, Roxster era guapísimo, más atractivo incluso que en la foto, pero, algo aún más importante, parecía alegre. Daba la impresión de estar a punto de echarse a reír a carcajadas continuamente.

—Holaaaa.

Estaba a punto de coger el móvil por instinto para tuitear: «tiene una voz preciosa», cuando él me ha cogido con la suya la mano con la que sostenía el teléfono...

—Nada de tuitear.

—Pero si no... —me he defendido absurdamente.

—Jonesey, has estado dándole al tuit hasta que has llegado aquí, he estado leyéndolo.

CITA CON UN *TOY BOY*

Martes, 22 de enero de 2013 (continuación)

Me encogí avergonzada en el abrigo. Roxster se rió.

—No pasa nada. ¿Qué quieres tomar?

—Vino blanco, por favor —respondí aún avergonzada y tratando instintivamente de coger el teléfono con la mano.

—Muy bien, voy a confiscártelo hasta que te hayas tranquilizado.

Y me quitó el móvil, se lo metió en el bolsillo y llamó a la camarera, todo ello con un único movimiento fluido.

—¿Lo haces para poder asesinarme? —pregunté sin dejar de mirarle el bolsillo con una mezcla de excitación e inquietud, pensando que si necesitaba llamar a Tom o a Talitha tendría que reducirlo derribándolo al suelo y abalanzándome sobre él.

—No. No me hace falta el móvil para asesinarte. Es sólo que no quiero que tuitees esto en vivo a los insaciables tuiterati.

Cuando volvió la cabeza, me deleité con el espectáculo de las exquisitas líneas de su perfil: nariz recta, pómulos, cejas. Tenía unos ojos vivos de color avellana. Era tan... joven. La piel de melocotón, los dientes blancos, el pelo tupido y brillante —un poco demasiado largo para ser moderno— rozándole el cuello de la camisa. Y sus labios estaban dibujados por esa fina línea blanca que sólo tienen los jóvenes.

—Me gustan tus gafas —dijo al tiempo que me daba el vino.

—Gracias —respondí con naturalidad. (Son progresivas, así que con ellas veo con normalidad y además puedo leer. Mi idea al ponérmelas era que no se percatara de que soy tan mayor que necesito gafas de leer.)

—¿Te importa si te las quito? —preguntó de un modo que me hizo pensar que se refería a... la ropa.

—Vale. —Me las quitó y las dejó en la barra. Al hacerlo me rozó ligeramente la mano. No apartó la mirada de mí en ningún momento.

—Eres mucho más guapa que en la foto.

—Roxster, mi foto es un huevo —respondí. Luego le di un sorbo al vino, y me acordé demasiado tarde de que se suponía que tenía que sentarme recta y dejar que me contemplara mientras acariciaba el pie de la copa de manera excitante.

—Lo sé.

—¿No te preocupaba que pudiera ser un travesti de cien kilos?

—Sí. Tengo a ocho de mis amigos apostados en la barra para protegerme.

—Eso da bastante yuyu —dije—. Yo tengo a un montón de sicarios en las ventanas de enfrente por si intentas matarme y después comerme.

—Entiendo.

En ese preciso momento estaba bebiendo un sorbo de vino y me entró la risa, así que me atraganté y noté que me subía un reflujo por la garganta.

—¿Te encuentras bien?

Hice un gesto con la mano para quitarle importancia. Tenía la boca llena de una mezcla de vómito y vino. Roxster me dio un puñado de servilletas de papel. Me fui directa al servicio tapándome la boca con ellas. Entré justo a tiempo y escupí el vómito / vino en el lavabo mientras me preguntaba si debía añadir a las «Reglas del ligoteo»: Que no te suba el vómito a la boca nada más conocer a tu ligue.

Me enjuagué la boca y recordé con alivio que en alguna parte del fondo del bolso tenía un cepillo de dientes infantil. Y chicles.

Cuando salí, Roxster había conseguido una mesa y estaba mirando el teléfono.

—Se suponía que era yo el que estaba obsesionado con el vómito —comentó sin levantar la vista—. Se lo estoy tuiteando todo a tus seguidores.

—Dime que no.

—Noooo. —Me devolvió el teléfono y se echó a reír—. ¿Te encuentras bien? —Estaba tan muerto de risa que casi no podía hablar—. Lo siento, es que no puedo creerme que te hayan dado arcadas en nuestra primera cita.

Entre tanta risita, me di cuenta de que acababa de decir «nuestra primera cita». Y «primera» implicaba claramente que habría más, a pesar de lo del vómito en la boca.

—¿Qué va a ser lo siguiente? ¿Un pedo? —dijo justo cuando llegó el camarero con las cartas.

—Cierra el pico, Roxster —reí. A ver, sinceramente, el chico tenía una edad mental de siete años, pero era divertido y me hacía sentir como en casa. Y tal vez fuera alguien a quien no horrorizara profundamente el despliegue de funciones fisiológicas de nuestro hogar.

Al abrir la carta me di cuenta de que no tenía las gafas.

Miré las letras borrosas y me entró el pánico. Roxster no se enteró. Parecía completamente entusiasmado con la comida. No paraba de decir:

—Mmm. Mmm. ¿Tú qué vas a tomar, Jonesey?

Lo miré como un conejo ante los faros de un coche.

—¿Va todo bien?

—He perdido las gafas —farfullé avergonzada.

—Debemos de haberlas dejado en la barra —dijo él al tiempo que se levantaba.

Admiré su impresionante físico juvenil mientras se dirigía ha-

213

cia donde habíamos estado, echaba un vistazo y le preguntaba al camarero.

—Allí no están —me informó al volver, con cara de preocupación—. ¿Son caras?

—No, no, no pasa nada —mentí. (Eran caras. Y me gustaban mucho.)

—¿Quieres que te lea la carta? También puedo partirte la comida en trocitos, si quieres. —Soltó una risita—. Hay que tener cuidado con esos dientes.

—Roxster, esas bromitas son de muy mal gusto.

—Lo sé, lo sé, lo siento.

Después de que me leyera la carta, intenté recordar las «Reglas del ligoteo» y pasar el dedo delicadamente arriba y abajo por el pie de la copa de vino, pero no parecía tener mucho sentido, porque Roxster ya tenía mi rodilla aprisionada entre sus robustos y jóvenes muslos. Me di cuenta, incluso en medio de la excitación, de que estaba DECIDIDA a encontrar las gafas. Es muy fácil que se te olvide algo así, con la distracción sexual y el bochorno, pero eran unas gafas muy, muy chulas.

—Voy un momento a mirar debajo del taburete —dije después de pedir.

—¡Cuidado con las rodillas!

—¡Para!

Acabamos los dos mirando a gatas bajo los taburetes. Un par de chicas muy jóvenes que estaban sentadas donde habíamos estado nosotros se mostraron bastante impertinentes. De repente sentí que me moría de la vergüenza: había quedado con un *toy boy* y estaba obligándolo a buscar mis gafas de leer debajo de las rodillas de unas jovencitas.

—Aquí no hay gafas que valgan, ¿vale? —espetó una de las chicas mirándome mal.

Roxster revolvió los ojos y se metió de nuevo debajo de las rodillas de la chica mientras decía:

—Ya que estoy aquí...

Y empezó a palpar el suelo. A ellas no les hizo ninguna gracia. Roxster reapareció con aire triunfal, blandiendo las gafas.

—Las tengo —dijo, y me las puso en la nariz—. Aquí tienes, cariño.

Me besó con ímpetu en los labios, lanzó una mirada asesina a las chicas y me guió de vuelta a nuestra mesa. Entretanto, yo intenté recuperar la compostura y confié en que no hubiera notado el sabor a vómito.

La conversación parecía fluir con naturalidad. Su verdadero nombre es Roxby McDuff y, como dijo Talitha, a la que conoció en el programa, trabaja para una organización benéfica ecologista. En efecto, saltó a mi Twitter desde el de Talitha.

—Entonces ¿te dedicas a seguir *cougars*?[6]

—No me gusta esa expresión —repuso—. Se refiere más al cazador que... al cazado.

Mi desconcierto debió de resultar obvio, porque añadió en voz baja:

—Me gustan las mujeres mayores que yo. Saben algo más lo que están haciendo. Tienen algo más que decir. ¿Y tú? ¿Qué haces saliendo con un hombre más joven al que has conocido en Twitter?

—Sólo intento ampliar mi círculo —contesté sin darle importancia.

Roxster me miró a los ojos, fijamente.

—En eso desde luego que puedo ayudarte.

6. En inglés, «puma». *(N. de la t.)*

DICHA MEZCLADA CON VÓMITO

Martes, 22 de enero de 2013 (continuación)

Cuando llegó el momento de marcharnos, nos quedamos plantados en la calle como pasmarotes.

—¿Cómo vas a volver? —se interesó.

Y aquello me entristeció un poco de inmediato, porque dejó claro que no tenía pensado venirse conmigo, aunque, evidentemente, tampoco se lo habría pedido. Evidentemente.

—¿En taxi? —contesté.

Él puso cara de sorpresa. Me di cuenta de que sólo salgo por el Soho con Talitha, Tom y Jude, y siempre compartimos taxi, pero aquello debía de parecerle de lo más extravagante a alguien joven. Sin embargo, tampoco había ningún taxi a la vista.

—¿Quieres que llame un helicóptero o cogemos el metro? ¿Sabes llegar al metro?

—Pues claro —repliqué, aunque, para ser sincera, todo aquello me resultaba desconocido: estaba en el Soho, atestado, por la noche y sin mis amigos. Pero fue bastante emocionante, ya que Roxster me cogió del brazo y me llevó hasta la parada de metro de Tottenham Court Road.

—Te veo abajo —me dijo.

Cuando llegamos a los torniquetes, me di cuenta de que no llevaba la tarjeta de transporte. Intenté pagar en las máquinas, pero fue imposible.

—Ven —se ofreció él. Sacó otra tarjeta, la introdujo para que yo pasara por el torniquete y me llevó al andén adecuado. El tren se acercaba.

—Corre, dame tu número —pidió—. Ahora que no te he asesinado.

Se lo di atropelladamente y él lo grabó en el teléfono. Las puertas se estaban abriendo, la gente salía en tropel.

Y de pronto, sin más ni más, Roxster me besó en la boca.

—Mmm... vómito —dijo.

—¡Venga ya! Pero si me he lavado los dientes.

—¿Te habías traído un cepillo? ¿Siempre vomitas cuando quedas? —Al ver mi cara de horror, se rió y añadió—: No sabes a vómito.

La gente se apelotonaba en el tren. Me besó de nuevo, con suavidad, mirándome con sus alegres ojos de color avellana, y otra vez, en aquella ocasión con la boca un tanto abierta, buscando delicadamente mi lengua con la suya. Aquello era MUCHO mejor que lo del idiota obseso de Cazadoradecuero...

—Corre, las puertas se están cerrando.

Me empujó hacia el tren y entré como pude. Las puertas se cerraron y lo observé mientras el tren se alejaba, allí de pie, sonriendo para sus adentros: un bombón, un bombón de *toy boy*.

Salí del metro en Chalk Farm, eufórica y totalmente excitada. Oí que me entraba un mensaje. Era de Roxster:

<¿Has llegado bien a casa o estás dando vueltas desconcertada?>

Le contesté: <Ayuda, estoy en Stanmore. ¿Te has quitado el sabor a vómito de los dientes?>

No hubo respuesta. Quizá no debería haber mencionado lo del vómito.

¡Otro mensaje!

<No, porque no encuentro las gafas de leer. ¿Vas a volver a usar ese cepillo de dientes con sabor a pota?>

<Lo estoy usando ahora mismo. Mmmmmmmmmmmmmmm-
mmmmmmmmmmmmmm.>

23.40. Acabo de echar de casa a Chloe, de una forma un tanto gro-
sera, para poder seguir con los mensajes. ¡Aquí está! Me encanta
haber vuelto al mundo del flirteo. Es tan romántico. Ah.

<Me encanta el sabor de tu vómito.>

Mi respuesta: <Ay, Roxster. Tú no has leído los libros para
aprender a ligar, ¿a que no?>

Pausa larga. Ay, no. He metido la pata con el tono. No es pican-
te. Sino de maestra de colegio. La he cagado.

23.45. Acabo de subir a ver a los niños. Billy, precioso, está dormido abrazado a Horsio; Mabel, con la cabeza boca abajo, acurruca-
da con Saliva. Da lo mismo. Ligar se me da fatal, pero al menos
estoy logrando que los niños sigan vivos.

23.50. He bajado corriendo a ver el móvil: nada.

Todo esto está mal. Soy madre soltera, no puedo permitirme
que un intercambio azaroso de mensajes con un completo desconocido lo bastante joven como para ser mi hijo legítimo me altere
de este modo.

23.55. Acabo de recibir un mensaje.

<Estabas muy guapa, ha sido un gran beso y me lo he pasado
genial.>

Oleada de felicidad. Pero después he caído en que no proponía
otra cita. ¿Respondo o lo dejo estar? Mejor que lo deje. Jude dice
que siempre hay que ser el último en recibir un mensaje.

23.57. Ojalá Roxster estuviera aquí, ojalá estuviera aquí. Claro que nunca traería a un niñato a casa. Evidentemente.

Miércoles, 23 de enero de 2013

05.15. Menos mal que no está aquí. Mabel ha entrado de golpe en mi habitación haciendo un ruido horroroso. Pero, en lugar de en pijama y con la cabeza boca abajo, estaba completamente vestida con el uniforme del colegio. Pobrecita, creo que estaba tan obsesionada con el hecho de que siempre dé la sensación de que llegamos tarde, debido a mi pereza matutina, que ha decidido vestirse con tiempo de sobra. Y la verdad es que la entiendo, pero la cosa es que cuando Chloe los lleva al colegio, aparece a las siete de la mañana, fresca como una rosa y completamente vestida, ayuda a los niños a vestirse con tranquilidad, prepara el desayuno, los deja ver la tele sin cabrearse cada dos por tres por los argumentos o por la voz chillona y nerviosa de *Bob Esponja Pantalones Cuadrados*, salen de casa a las ocho y están esperando en la tapia cuando abre la puerta del colegio.

Bueno, yo hice todo eso ayer y estábamos en la tapia a las 8.05, extrañamente, lo cual supongo que estuvo bien, ¿no? Pero ¿pasar diez minutos sentada en una tapia? Supongo que mejora la interacción social con los otros padres.

En cualquier caso, la he acostado conmigo —vestida y todo— y la he abrazado para que se quedara dormida. Luego me he vuelto a dormir yo y no he oído la alarma del despertador.

LLEGAR A LA SEGUNDA CITA

Jueves, 24 de enero de 2013

21.15. Los niños están dormidos. Han pasado casi cuarenta y ocho horas desde el último mensaje de Roxster. Estoy decidida a no pedir consejo a mis amigos, porque —véanse las «Reglas del ligoteo»— si los necesito para que me organicen la relación está más que claro que algo va mal.

21.20. Acabo de llamar a Talitha para leerle el último mensaje de Roxster:

—<Estabas muy guapa, ha sido un gran beso y me lo he pasado genial.>

—¿Y lo dejaste así?

—Sí. No sugirió volver a verme ni nada. Es como si dijera que se lo había pasado muy bien y punto.

—Ay, cari.

—¿Qué?

—¿Qué voy a hacer contigo? ¿Cuánto hace que te mandó el mensaje?

—Dos días.

—¿DOS DÍAS? ¿Y te lo mandó por la noche, después de que quedarais? Vale. Un momento. Pon esto.

Me llegó un mensaje de Talitha:

<Por fin me he recuperado de la vergüenza que pasé al vomitar en nuestra primera cita. Yo también me lo pasé genial. Y fue un gran beso. ¿Qué haces?>

—Está muy bien, pero: «¿Qué haces?» ¿No es un poco...?

—No le des vueltas. Tú mándalo. Sinceramente, no me extrañaría que tardara tres días en contestar por resentimiento.

Lo he mandado. Y después me he arrepentido inmediatamente y he ido a la nevera. Nada más sacar una bolsa de queso rallado y una botella de vino me ha entrado un mensaje.

<¡Jonesey! Me preocupaba que te hubieras ahogado en tu propio vómito. Estoy en el Holiday Inn de Wigan, tengo una reunión con el departamento de reciclaje del concejo municipal. ¿Qué haces? ¿Buscar las gafas?>

<Roxster, no seas tonto. Si estuviera buscando las gafas, no podría leer el mensaje.>

<Podría haber ido alguien de Ayuda al Anciano para echarte una mano. ¿Se te presenta un fin de semana movido, Jonesey?>

Roxster es fantástico. Ni siquiera necesito mandarle un mensaje a Talitha o revisar las «Reglas del ligoteo» para ver que se trata de una invitación. ¡Lo es! ¡No me cabe la menor duda! Ay, no, pero si este fin de semana es lo del evento Fuera Cascos en St. Oswald's House. Y no puedo contarle a Roxster que mi madre está en una colonia de jubilados, porque su madre podría tener la misma edad que yo.

<Pues sí, de lo más movido y glamuroso. *Avergonzada.* Voy a ver a mi madre a las afueras de Kettering.>

Después, acordándome de que tenía que ponérselo fácil para que propusiera quedar, he añadido:

<Pero estaré por aquí la semana que viene, y es absolutamente imprescindible que se te castigue por tu impertinencia.>

Se ha producido una pausa preocupante.

<¿Qué te parece el viernes por la noche? Pero pienso meterme un libro en los pantalones.>

<¿Será un libro de autoayuda para ligar?>

<Cincuenta sombras de ampliar tu círculo. ¿Te va bien el viernes?>

<El viernes es perfecto.>

<Bien. Buenas noches, Jonesey. Tengo que dormir para que el concejo de Wigan me vea con buena cara.>

<Buenas noches, Roxster.>

EVENTO FUERA CASCOS

Sábado, 26 de enero de 2013

61 kg (la culpa de esta preocupante recaída en la obesidad la tiene mi madre); mensajes de Roxster: 42; minutos pasados imaginando cómo será quedar con Roxster: 242; niñeras para que pueda quedar con Roxster: 0.

10.30. Ha llegado el día del evento Fuera Cascos de St. Oswald's House. El teléfono ha sonado justo cuando intentaba convencer a Mabel de que se quitara la camiseta brillante y las mallas púrpura que se había puesto no sé cómo mientras yo estaba arriba (Mabel se niega a aceptar que las mallas son más de la sección de medias que de la de pantalones y que hay que llevar algo encima sí o sí) y se pusiera el conjunto de vestido y chaqueta que mi madre le había mandado, directamente sacado de los años cincuenta: blanco, lleno de corazones rojos, con una sobrefalda exagerada y un gran lazo rojo atado atrás.

—Bridget, no vas a llegar tarde, ¿no? Es sólo que Philip Hollobine y Nick Bowering hablarán a la una en punto para que después nos dé tiempo a comer.

—¿Quiénes son Philip Hollobine y Nick Bowering? —le he preguntado, sin dejar de asombrarme de la capacidad de mi madre para soltar como si nada nombres que uno no ha oído en su vida igual que si fueran nombres de estrellas de Hollywood.

—Pero si a Philip lo conoces, cariño. ¿Philip? El diputado por Kettering. Se le dan de miedo los eventos de St. Oswald's, aunque Una dice que es sólo porque sabe que así conseguirá que su cara salga en el periódico, porque Nick tiene mano en el *Kettering Examiner*.

—¿Quién es Nick? —he vuelto a preguntar, y le he siseado a Mabel en un tono inquietante, transmitido de generación en generación y que me ha recordado a mi madre cuando trataba de obligarme a que me pusiera los trajes de dos piezas en plan arreglado pero informal—: Tú PRUÉBATELO, cariño.

—Conoces a Nick, cariño. ¡Nick! Es el director general de TGL —y ha añadido deprisa—: Thornton Gracious Living. También quiero que conozcas... —de pronto ha bajado la voz una octava— a Paul, el chef pastelero.

Algo en su forma de decir «Pool», con acento francés, me ha hecho presentir el peligro.

—No irás a venir de negro, ¿verdad? Ponte algo bonito y alegre. ¡Rojo, que ya se acerca San Valentín!

11.00. Al final he conseguido quitarme a mi madre de encima y que Mabel se pusiera el vestido rojo y blanco —una monada, por cierto.

—Yo antes me ponía vestidos como éstos —le he dicho con aire melancólico.

—Ah, ¿*nacizte* en la época victoriana? —ha querido saber entonces Mabel.

—¡No! —le he espetado indignada.

—¿Fue en el Renacimiento?

He desviado a toda prisa el pensamiento hacia Roxster y nuestros mensajes. Hasta le he contado lo de los niños y parece imperturbable. Los mensajes le dan un punto agradable a todo, la verdad, y soy consciente, con cierta sensación de vergüenza e irresponsabilidad para con mis seguidores, de que han acabado por completo con mi obsesión con Twitter.

Me doy cuenta de que Twitter ejerce una influencia negativa sobre mi carácter, hace que me obsesione con el número de seguidores que tengo, que me acompleje y que tenga remordimientos cada vez que mando un tuit, y sentimientos de culpabilidad si no informo de cualquier detalle sin importancia de mi vida a mis seguidores, tras lo cual algunos se esfuman en el acto.

—¡Mami! —me ha dicho Billy—. ¿Por qué estás así, mirando a las musarañas?

—Perdón —me he disculpado mientras miraba de reojo, con pánico, el reloj—. ¡Ahhhh! ¡Vamos a llegar tarde! —Y a continuación me he puesto a correr de un lado a otro mientras les daba a los niños órdenes que repetía como un loro—: Poneos los zapatos, poneos los zapatos.

En medio del jaleo he recibido un mensaje de Chloe avisándome de que al final le sería absolutamente imposible, pero imposible, quedarse con los niños el viernes por la noche.

Ese mensaje representa un desastre absoluto que pone en grave peligro la cita con Roxster. Rebecca se va a casa de «los suegros» (aunque no esté casada) a pasar el fin de semana, Tom está en Sitges en una fiesta de cumpleaños (ha conseguido una suite con una terraza de cuarenta metros cuadrados y una bañera con cromoterapia por 297 libras más IVA), Talitha pasa de niños, Jude tiene una segunda cita (lo cual está muy bien), pero ¿qué voy a hacer yo?

De camino a Kettering, tarde, he tenido una idea genial: podría pedirle a mi madre que hiciera de canguro. ¡Quizá pueda llevarse a Billy y a Mabel a St. Olwald's House para que pasen allí la noche!

EL PENE DEL PERCEBE

Sábado, 26 de enero de 2013 (continuación)

Cuando llegamos, a las 12.59, vimos que St. Oswald's House había sido convertido en algo a medio camino entre la visita a un piso piloto y una ceremonia para plantar árboles con participación de la realeza. Había banderas blancas y rojas de Thornton Gracious Living por todas partes, globos rojos, copas de vino blanco y chicas con austeros trajes del tipo Empleado del Mes sosteniendo portapapeles y mirando esperanzadas a su alrededor en busca de gente nueva a la que pudiera gustarle la diversión y padeciese una ligera incontinencia.

Me dirigí a toda prisa, como me indicaron, hacia un lateral de la casa, y cuando llegué al jardín de estilo italiano vi que la ceremonia ya había empezado. Nick o Phil se dirigía por megafonía a una pandilla de abuelos que llevaban puestos cascos de pega. Le di a Mabel la cestita de bombones con forma de corazón que habíamos llevado, y en el acto se le cayó al suelo de gravilla. Se produjo un momento de calma y después a) Billy pisó los bombones; b) Mabel prorrumpió en unos sollozos tan desconsolados y sonoros que Nick o Phil dejó de hablar y todo el mundo volvió la cabeza; c) Billy prorrumpió asimismo en desconsolados sollozos; d) mi madre y Una vinieron hechas una furia hacia nosotros, ambas luciendo unos cardados demenciales y con conjuntos de vestido y abrigo de color pastel, como la madre de Kate Middleton; e) Mabel intentó coger los corazones de chocolate, pero me conmovió de tal modo verla así de angustiada y humillada que la cogí en brazos como la Virgen María y luego caí en la cuenta, demasiado tarde, de que varios de los pegotes de chocolate se habían quedado estrujados entre el modelito rojo y blanco a lo Shirley Temple de Mabel y mi abrigo de color pastel de J. Crew a lo Grace Kelly.

—No pasa nada —susurré mientras Mabel, con el cuerpecillo regordete tembloroso, sollozaba—. Los corazones sólo eran para presumir, lo que importa eres tú.

En ese momento llegó mi madre y espetó:

—Santo cielo, ya la cojo YO.

—Es que... —empecé, pero fue demasiado tarde: ahora el abrigo azul celeste a lo madre de Kate Middleton de mi madre también estaba manchado de chocolate.

—¡Virgen santísima! —exclamó al tiempo que dejaba a Mabel en el suelo con rabia, tras lo cual la niña prorrumpió en unos sollozos más sonoros aún y, toda embadurnada de chocolate, se agarró a mis pantalones de color crema.

Entonces Billy empezó a gritar:

—¡Me quiero ir a casaaaaaaaaaaaaaaaaaaaaaaaaaaaaaa!

Me sonó el móvil: ¡Roxster!

<Jonesey, estoy en el Museo de Historia Natural. ¿Sabías que, con relación a su cuerpo, el percebe es el animal que tiene el pene más grande de todas las criaturas de la naturaleza?>

El susto hizo que se me cayera el móvil, que estuvo a punto de darle en la cabeza a Mabel. Mi madre se agachó para cogerlo.

—¿Qué es esto? —preguntó—. Qué mensaje más peculiar.

—Nada, nada —farfullé mientras me lanzaba a por el teléfono—. Sólo es... ¡¡el pescadero!!

De fondo, el discurso de Nick o Phil iba in crescendo y llegó a su punto culminante al grito de «¡Fuera cascos!», coreado por el grupo de residentes ancianos que lanzaron sus cascos al aire. Billy empezó a llorar con más ganas mientras se lamentaba diciendo:

«Yo quería hacer lo de cascos fuera», Mabel soltó un «Coño» y, a continuación, Billy, furioso debido a la tensión, algo que yo entendía perfectamente, se volvió hacia mí y soltó: «Todo es culpa tuya. ¡Voy a matarte!»

Antes de que supiera lo que estaba ocurriendo, también yo liberé la tensión como una olla exprés y chillé:

—¡Antes te mato yo a ti!

—¡Bridget! —terció mi madre con ira sorda.

—Ha empezado él —argüí.

—No es verdad. Has empezado tú al llegar tarde —repuso Billy.

Todo aquello era una pesadilla, una auténtica mierda. Pero no hubo respiro. Nos fuimos todos al aseo de señoras, fuera del salón de actos, para limpiarnos, momento en que conseguí meterme en el cubículo y responder al mensaje de Roxster sobre el descomunal pene del percebe:

<¿En serio? ¡Vaya! ¿En qué estado?>

<Espera un momento, voy a ver si puedo ponerlo cachondo.>

Salimos del aseo de señoras con las manchas de chocolate extendidas y, por tanto, peor. Tuvimos un instante de tranquilidad cuando mi madre se fue a cambiarse y los niños se entretuvieron un rato con un payaso que hacía animales con globos. Era evidente que el payaso estaba aburrido, dado que Mabel y Billy eran los únicos nietos menores de treinta y cinco años, aparte de un par de bisnietos muy pequeños. Le conté a Roxster lo del payaso y los animales con globos y me contestó:

<¿Puedes pedirle que me haga uno de un percebe con una erección?>

Yo: <¿Tiene que ser a escala?>

Jiji. Lo bueno de los mensajes es que te permiten tener una relación emocional íntima, instantánea, que proporciona información en directo sobre la vida de uno sin llevarte apenas tiempo y sin necesidad de verse u organizarse, ni de ninguna de las complicaciones que se dan en el aburrido y viejo mundo no cibernético. Si no fuera por el sexo, sería perfectamente posible tener una relación en toda regla sin necesidad de verse en persona, más cercana y sana que muchos matrimonios tradicionales.

Puede que éste sea el futuro. El esperma simplemente se donará y se congelará a través de la web de contactos en la que os conocisteis. Claro que entonces, mmm, las mujeres acabarán haciendo lo mismo que yo, corriendo como locas de un niño que ha hecho algo desagradable y complicado en el cuarto de baño a otro que se ha quedado atascado entre la nevera y la puerta de la nevera. Puede que el futuro sean los ciberniños —algo así como esas mascotas japonesas, los Tamagochi, que te hacen concebir la ilusión de ser padre durante unos dos días, hasta que te aburres de ellas— combinados con peluches blanditos. Pero entonces la raza humana se extinguiría y... Uuy, otro mensaje de Roxster.

<Creo que a escala sería complicado. Pero me gustaría que usara un globo rosa, de color carne.>

Yo: <Los percebes no son rosa.>

Roxster: <Si le echas un vistazo al *Megabalanus coccopoma*, el percebe gigante, originario de la costa Oeste norteamericana, comprobarás que tiene un alegre tono rosa. Pero estoy seguro de que el payaso lo sabe de sobra.>

—Bridget, ¿sigues hablando con el pescadero? —Mi madre se había puesto otro modelo de abrigo y vestido como los de la madre de Kate Middleton, sólo que esta vez en rosa percebe gigante—. ¿Por qué no vas a Sainsbury's? Tienen una selección de pescado impresionante. En cualquier caso, ¡vamos! ¿Sabías que Penny Husbands-Bosworth se ha casado? —siguió diciendo atropelladamente mientras me apartaba de los niños y los globos—. ¡Ashley Green! ¿Te acuerdas de Ashley? Cáncer de páncreas. Wyn apenas la había dejado tras la cortina del crematorio cuando Penny ya estaba llamando a la puerta de Ashley con un estofado de salchichas.

—No creo que sea buena idea dejar a...

—Estarán fenomenal, cariño, con sus globos. A lo que iba, Penny dice que deberíamos presentarte a Kenneth Garside. Él está solo, tú estás sola y...

—Madre —siseé mientras me llevaba a rastras hasta el salón de actos—. ¿Es ese hombre que se metía en los camarotes de todo el mundo cuando hicisteis el crucero?

—Bueno, sí, vale, cariño, pero la cuestión es que está claro que le tira MUCHO el sexo, así que necesita una mujer más joven, y...

—¡Mamá! —vociferé justo en el momento en que me entraba un mensaje de Roxster. Lo abrí. Mi madre me quitó el teléfono.

—Otra vez el pescadero —dijo ceñuda, y me enseñó el mensaje:

<Mide 6 metros cuando está flácido; 12, en erección.>

—¿Qué pescadero es éste? Anda, mira, ahí está Kenneth.

Kenneth Garside, ataviado con unos pantalones de pinzas grises y un suéter rosa, se acercó a nosotras haciendo un pasito de baile. Y durante un segundo podría haber sido el tío Geoffrey. El tío Geoffrey: el marido de Una, el mejor amigo de mi padre, con sus pantalones de pinzas, y sus jerséis de golf, y sus pasitos de baile, y sus: «¿Qué tal te va en el amor?», «¿Cuándo vamos a verte casada?»

Empecé a caer en una espiral de dolor al acordarme de mi padre y de lo que habría sacado en limpio de todo aquello. Después Kenneth Garside me sacó de ella exhibiendo una enorme dentadura postiza, blanquísima en medio de su cara anaranjada, y diciendo algo que me puso los pelos de punta:

—Hola, bella jovencita. Soy Ken69. Ahí van mi edad «oficial», mis gustos secretos y mi nombre en el perfil de contactos de internet. Pero puede que ya no me haga falta, ahora que te he conocido.

¡Qué asco!, pensé, y acto seguido me asustó mi propia hipocresía, ya que mi cerebro se lanzó a realizar complicados cálculos aritméticos que, ¡horror!, demostraron que la diferencia de edad entre

Roxster y yo superaba en cuatro años a la que había entre la edad «oficial» de Kenneth Garside y la mía.

—Jajaja —se rió mi madre—. Uy, ahí está Pool. Voy a hablar un momentito con él para comentarle lo de los profiteroles —dijo, y se largó directa hacia un hombre vestido de cocinero y me dejó a mí con la deslumbrante dentadura postiza de Kenneth Garside, justo cuando Una, gracias a Dios, empezó a dar golpecitos con una cucharilla en una copa de vino.

—Señoras y caballeros, el pase de diapositivas del crucero está a punto de empezar.

—¿Me permites que te acompañe? —dijo Kenneth mientras me cogía del brazo y me llevaba pavoneándose hacia el salón de baile. Allí, varias hileras de ostentosas sillas de color crema con los bordes dorados se apiñaban delante de una pantalla gigantesca que mostraba la imagen del barco.

Cuando nos sentamos, Kenneth comentó:

—¿Qué tenemos en los pantalones?

Y empezó a frotarme la rodilla con el pañuelo en el momento en que Una se subía al escenario y comenzaba:

—Amigos, familia, este año el crucero de St. Oswald's marcó el punto culminante de un año de por sí completo y pleno.

—Déjelo —le pedí entre dientes a Kenneth Garside.

—Ahora todo está informatizado —prosiguió Una—, así que me limitaré a ir hablando mientras ven el *Macpase*. Algunos de nosotros reviviremos el momento y otros soñarán.

La diapositiva del crucero dio paso a un mosaico de imágenes y, acto seguido, a un primer plano de mi madre y Una subiendo al barco y saludando.

—Los caballeros las prefieren rubias —dijo Una al micro al tiempo que, como telón de fondo, comenzaba a sonar la banda sonora de Marilyn Monroe y Jane Russell cantando *Dos muchachitas de Little Rock*. Siguió una imagen de mi madre y Una rindiendo un «homenaje» espantoso a *Los caballeros las prefieren rubias*:

las dos tumbadas en una cama de matrimonio en el camarote, mirando coquetamente a la cámara, con una pierna levantada cada una.

—Madre del amor hermoso —dijo Kenneth.

De repente la banda sonora quedó enmascarada por una familiar sintonía electrónica y las diapositivas se vieron sustituidas por un estridente dibujo animado de un dragón que disparaba fuego contra un mago púrpura y tuerto. Me quedé de piedra al darme cuenta de que era Wizard 101. ¿Y si...? ¿Y si Billy se había metido en un ordenador y...? De pronto la página de Wizard 101 desapareció y en su lugar se vio la BANDEJA DE ENTRADA DE MI CORREO ELECTRÓNICO, que decía «Bienvenida, Bridget» y presentaba una lista de asuntos, el primero, de Tom, titulado: «Crucero pesadilla de St. Oswald's House.» ¿Qué COÑO estaba haciendo Billy?

—Disculpen, disculpen —dije aterrorizada mientras me abría camino por la fila, en medio de la consternación general, e intentando no mirar a mi madre.

Salí al vestíbulo y volví al salón de baile, donde encontré a mi hijo, ajeno a todo, dándole como un poseso a un MacBook Air conectado a un montón de cables y conexiones de Ethernet en una mesa auxiliar.

—¡Billy!

—¡Espera! ¡Tengo que terminar este niveeeeel! No me he metido en tu correo, sólo quería ver cuál era mi contraseña.

—Quítate de ahí —le ordené con aspereza. Conseguí apartarlo por la fuerza, cerrar Wizard 101 y las ventanas de Yahoo y llevármelo a rastras a donde los globos. En aquel preciso instante, un hombre con unas gafas de montura metálica corrió hacia el ordenador con expresión traumatizada.

—¿Ha tocado alguien esto? —preguntó sin dar crédito al tiempo que echaba un vistazo en torno a la estancia.

Miré a Billy confiando en que callase o mintiese, pero él frunció el ceño con aire pensativo y lo vi recordar todos mis puñeteros sermones sobre la importancia de ser sinceros y decir la verdad.

«¡Ahora no!», me entraron ganas de chillarle. Mentir no está mal cuando mamá necesita que lo hagas.

—Sí, he sido yo —confesó arrepentido—. No quería meterme en el correo de mami, pero se me olvidó la contraseña.

21.15. Ya en casa, en la cama. Además del espantoso desastre, sigue pendiente la cuestión de qué voy a hacer con lo de la canguro para el viernes. Se lo he sugerido a mi madre después de que amainara el escándalo, pero me ha mirado con frialdad y me ha dicho que tenía aqua-zumba.

21.30. He probado con Magda, pero se va de escapada a Estambul con Cosmo y Woney.

—Ojalá pudiera, Bridge —me ha asegurado—. Nosotros siempre contábamos con mi madre para estas emergencias. Debe de ser complicado haberlos tenido de mayor. Es como que los niños son demasiado pequeños para que tú puedas ayudarla y ella es demasiado mayor para ayudarte a ti.

—Qué va —le he explicado—. Es que tiene aqua-zumba.

Voy a tener que probar con Daniel.

22.45. He llamado a Daniel.

—¿A quién te estás tirando, Jones?

—A nadie.

—Exijo saberlo.

—Que no me estoy tirando a nadie, es sólo que...

—Te castigaré.

—Sólo pensé que te gustaría que se quedaran a pasar la noche en tu casa.

—Jones, siempre has sido la peor mentirosa del mundo. Los celos sexuales me están matando. Me siento trágico, un tonto que está para el arrastre.

—Daniel, no seas ridículo, eres muy atractivo, y viril, e irresistiblemente sexy, y pareces joven y...

—Lo sé, Jones, lo sé. Gracias, gracias.

¡La conclusión es que Daniel vendrá el viernes a las seis y media para llevárselos a su casa!

¿ACOSTARSE O NO ACOSTARSE?

Miércoles, 30 de enero de 2013

Pros de acostarme con Roxster: 12; contras de acostarme con Roxster: 3; porcentaje de tiempo pasado decidiendo si acostarme o no con Roxster, preparándome para la posibilidad de acostarme con Roxster e imaginando que me acuesto con Roxster en comparación con el tiempo real que pasaría acostándome con Roxster: 585 %.

21.30. Acabo de llamar a Tom.

—PUES CLARO QUE TIENES QUE ACOSTARTE CON ÉL —me ha dicho—. Tienes que acabar con esa virginidad recuperada, o se convertirá en un obstáculo cada vez mayor. Talitha dice que es un buen tío. Y, además, no puedes desaprovechar la oportunidad. ¿Cuántas veces tienes la casa para ti sola?

He llamado a Talitha para ver qué opinaba.

—¿Qué te dije de acostarte con alguien demasiado pronto?

—Dijiste «antes de sentirte preparada», no «demasiado pronto» —le he recordado, y después he repetido el argumento de Tom y he añadido para reforzar mi postura—: Llevamos semanas mandándonos mensajes. Es un poco como en la época de Jane Austen, cuando se tiraban meses y meses escribiéndose cartas y después, como de repente, se casaban, ¿no?

—Bridget. Acostarte en la segunda cita con un chico de veintinueve años al que has conocido en Twitter no es precisamente «como en la época de Jane Austen».

—Pero fuiste tú la que dijo: «tiene que echar un polvo.»

—Sí, vale, lo sé. Y Roxster parece un tío de primera. Escucha tu instinto, cari. Pero ten cuidado, mantente en contacto y usa condón.

—¡Condones! ¡No pienso acostarme con él! ¿Qué se supone que hay que hacer cuando estás desnuda?

—Picardías, cari.

—Picardías... ¿Estás diciendo que lo engañe? ¿Cómo?

—No, eso no. Vete a La Perla. No, no vayas a La Perla, allí todo cuesta un ojo de la cara. Vete a Intimissimi o La Senza y cómprate un par de picardías cortitos y negros muy sexis. Creo que la última vez que lo hiciste se llamaban combinaciones. O quizá uno negro y otro blanco. Con un picardías puedes lucir los brazos, las piernas y el escote, que siempre es lo último que se pierde, y mantener la zona centro (que tal vez sea mejor mantener tapada) tapada, ¿de acuerdo?

Jueves, 31 de enero de 2013

10.00. Acabo de abrir el correo.

```
De: Brian Katzenberg
Asunto: Tu guión
```

10.01. ¡¡Sí!! ¡Han aceptado el guión!

10.02. Ah.

```
De: Brian Katzenberg
Asunto: Tu guión
```

Hemos recibido un par de respuestas a tu guión.
Pasan. Los temas son fascinantes, pero echan en
falta más toques de comedia romántica. Seguiré
probando.

10.05. Le he mandado un correo falsamente alegre diciendo:

Gracias, Brian. Crucemos los dedos.

Pero ahora estoy sumida en la desesperación. Soy una guionista fracasada. Voy a salir a comprarme ropa interior.

Mediodía. Acabo de volver de comprarme unos picardías, aunque no me voy a acostar con Roxster. Evidentemente.

14.00. Acabo de volver de hacerme la cera en las piernas y las ingles. Aunque no voy acostarme con él. Evidentemente.

En el salón de belleza, Chardonnay me ha dicho que tenía que hacerme la brasileña porque ahora mismo es lo que esperan los hombres jóvenes, y me ha sugerido que comprara un bono de tratamientos con láser.

—Pero —he objetado—, ¿y si la brasileña deja de estar de moda y lo suyo vuelve a ser tener un buen felpudo como el que se gastan las francesas?

Al oír aquello, Chardonnay me ha revelado que ella se lo ha depilado entero con láser, así que es como una niña. Pero, según confiesa, ahora está preocupada: ¿y si se acuesta con alguien al que no le gusta la brasileña? Admite que ha barajado la idea de ponerse esa loción que hace que a los calvos vuelva a crecerles el pelo.

15.15. Con un dolor espantoso. Opté por una especie de brasileña modificada conocida como «la pista de aterrizaje». Después de esto es imposible que vuelva a acostarme con alguien, pero no pasa nada, porque no voy a acostarme con él. Obviamente.

Viernes, 1 de febrero de 2013

9.30. Me he metido de extranjis en Boots para comprar condones después de dejar a los niños en el colegio, dado que no podía hacerlo con los niños al lado. (Aunque, por otra parte, la presencia de Mabel y Billy podría haber sugerido que comprar condones era señal de una actitud responsable con respecto a la superpoblación mundial, y no de un comportamiento disoluto.)

Cuando esperaba en la caja, he tenido la sensación de que alguien miraba mi cesta. He alzado la vista y he descubierto al señor Wallaker en la caja de al lado, en aquel momento mirando al frente de manera implacable, aunque resultaba obvio que había visto los condones, lo delataba la sonrisilla.

Le he echado cara y me he puesto a mirar también al frente mientras decía:

—Vaya un mal tiempo que hace para el partido de rugby, ¿no?

—Ah, pues no sé. A veces es bastante divertido jugar en el barro —ha replicado al tiempo que sacaba su compra con mirada risueña—. Que disfrute del fin de semana.

Puf. Maldito señor Wallaker. De todas formas, ¿qué coño estaba haciendo en la tienda a las nueve y media de una mañana entre semana? ¿No tendría que estar en el colegio organizando uno de sus alzamientos militares? Probablemente también estuviera comprando condones. Condones de colores.

Camino de casa ha empezado a asustarme lo de dejar a los niños con Daniel, así que lo he llamado.

—Jones, Jones, Jones, Jones, Jones. A ver, ¿qué es lo que estás insinuando? Los angelitos serán objeto de los mejores cuidados, casi hasta el punto de la exageración. Voy a llevarlos al cine —ha asegurado con solemnidad.

—¿A qué película? —le he preguntado inquieta.

—*La noche más oscura.*

—¿Qué?

—Es lo que nosotros, los humanos, llamamos irónicamente una «broma», Jones. Tengo entradas para *¡Rompe Ralph!* O, al menos, en breve debería tener entradas para *¡Rompe Ralph!*, ahora que me has recordado tan magnífica ocasión. Y después los llevaré a comer a un buen restaurante, como un McDonald's, y luego les leeré clásicos infantiles hasta que se queden dormidos ronroneando. Y si me mandas un cepillo del pelo, lo utilizaré para darles en el culo si se portan mal. Pero dime, ¿a QUIÉN te estás tirando?

En ese preciso instante me ha llegado un mensaje de Roxster.

<¿Te gustaría ver una peli esta noche? ¿Qué te parece *Los Miserables*?>

¿¿UNA PELÍCULA?? He entrado en barrena. *¿¿¿LOS MISERABLES???* ¿Es que no SABE que me estoy metiendo en todo este berenjenal para que podamos acostarnos? ¿Picardías, e ingles, y condones, y Daniel, y pensar en las maletas de los niños? Tras recordarme a mí misma las «Reglas del ligoteo», he respirado hondo unas cuantas veces para tranquilizarme y he contestado: <Me parece genial. ¿Es una comedia romántica?>

<¿Te estás equivocando con *Les Masturbables*, la famosa farsa anglofrancesa sobre el sexo durante la Revolución?>

Y los mensajes han continuado con un tono cada vez más subido.

17.00. Ingentes preparativos para que los niños pasen la noche en casa de Daniel: coger a Saliva, varios conejitos, Horsio, Mario, Puffles Uno, Dos y Tres, conejitos Sylvanian, pijamas, cepillos y pasta de dientes, pinturas y libros para colorear / de puzles, un estuche lleno de DVD por si Daniel se quedara sin cosas que hacer, libros apropiados para evitar que les lea algo del *Penthouse Forum* cuando se vayan a la cama, listado de números de teléfono de emergencia, un botiquín completo con su manual y, fundamental, un cepillo del pelo.

Daniel se ha presentado en un Mercedes con la capota bajada. He tenido que morderme la lengua para no pedirle que la subiera. ¿No es peligroso, digo yo, llevar a los niños por ahí con la capota bajada? ¿Y si se cae un tablón de madera de un camión y les da en la cabeza? ¿O si pasan por debajo de un puente en una autopista y alguien les tira un bloque de cemento?

—¿Y si subimos la capota? —le ha dicho Daniel a Billy al verme la cara, pero Billy ha protestado:

—¡Nooooooo!

—Espera, voy a quitar... estas... —ha comentado Daniel como si tal cosa al tiempo que cogía unas revistas del asiento delantero. La de encima tenía un gran titular sobre una foto muy rara: «LES- BIANAS LATINAS TE LAVAN EL COCHE»—. Algún día aprenderé —ha asegurado alegremente mientras se subía al coche y acomodaba a Billy en el asiento delantero—. Muy bien, yo le doy al freno y tú a los botones.

Los niños, nerviosos, completamente ajenos a su alucinada madre, han chillado entusiasmados cuando la capota ha empezado a subir. Hasta que Mabel ha puesto cara de preocupación de repente y ha dicho:

—Tío Daniel, *ze* te ha olvidado *ponernoz* el cinturón.

Cuando he logrado convencer a Daniel de que sentara a Billy detrás y de que todos se pusieran el cinturón de seguridad, les he dicho adiós con la mano mientras los tres salían zumbando sin volver la cabeza.

Y la casa se ha quedado vacía. He sacado de mi habitación todos los peluches y los dinosaurios de plástico. Y los bochornosos libros de autoayuda. Después he empezado a desinfantilizar el salón, pero me he dado por vencida, es una empresa demasiado colosal, y además no voy a acostarme con él. Después he llenado la bañera de agua caliente, le he añadido potingues dulzones y he puesto música tratando de recordarme que lo más importante era: a) estar tranquila, pero con ganas de mambo (lo cual no suponía ningún problema); y b) presentarme en el sitio adecuado a la hora adecuada.

SEGUNDA CITA CON EL *TOY BOY*

Viernes, 1 de febrero de 2013 (continuación)

No tengo ni la más remota idea de sobre qué trata *Los Miserables*, me gustaría volver a verla en algún momento, la verdad. Me han dicho que es buenísima. En lo único que podía pensar era en lo cachonda que me ponía tener la rodilla de Roxster tan cerca de la mía. Él tenía la mano apoyada en el muslo izquierdo, así que yo puse la mía en mi muslo derecho para que sólo unos centímetros separasen nuestras manos. Me puso muchísimo, y me pregunté si él estaría igual de excitado que yo, pero no estaba segura del todo. De pronto, después de un buen rato, Roxster alargó el brazo y me puso la mano en el muslo derecho como si tal cosa. Desplazó con el pulgar la seda del vestido azul marino por mi pierna desnuda. Fue un movimiento de lo más eficaz, un movimiento que, a mi juicio, no se prestaba a ninguna confusión.

Mientras la gente continuaba tirándose de los puentes y muriéndose de malos cortes de pelo al ritmo de las canciones de la gran pantalla, yo lo miraba de reojo. Roxster, a su vez, miraba la pantalla con tranquilidad; tan sólo un leve titilar en sus ojos desvelaba que allí se estaba haciendo de todo menos ver aquella tragedia operística. Al poco se inclinó hacia mí y susurró:

—¿Nos vamos?

Una vez fuera, empezamos a besarnos con ganas. Después nos calmamos y decidimos que por lo menos iríamos a cenar algo. La magia de Roxster consistió en que, incluso en mitad del increíble alboroto de toda una serie de restaurantes del Soho sin mesas libres, hablar con él resultó sumamente divertido. Al final, tras muchas copas y mucho charlar y reírnos, acabamos en el restaurante en el que había reservado en un principio para después de la película.

Durante la cena me cogió la mano y deslizó el pulgar entre mis dedos. Yo, por mi parte, le rodeé el pulgar con los dedos y lo acaricié arriba y abajo de un modo que se quedó justo a las puertas de poder considerarse el anuncio de una paja.

A lo largo de todo aquel tiempo, ninguno de los dos dio a entender en la conversación que fuésemos otra cosa que la mar de amigos. Fue de lo más sexy. Entré en el cuarto de baño antes de irnos y llamé a Talitha.

—Si te sientes a gusto, cari, adelante. Si ves alguna bandera roja, llámame. Estaré pendiente del teléfono.

Cuando salimos —de nuevo en el Soho, y esta vez un viernes por la noche, así que evidentemente no había taxis—, dijo:

—¿Cómo vas a volver a casa? Ya no hay metro.

Me quedé aturdida. Después de tantos preparativos, y de acariciarle el pulgar, y de llamar a amigos, resulta que no había nada entre nosotros. Qué horror.

—Jonesey —sonrió—. ¿Te has subido alguna vez al autobús nocturno? Creo que voy a tener que llevarte a casa.

En el autobús nocturno, me sentí como si partes de otras personas se metieran en partes de mí que ni siquiera sabía que existían. Era como si estuviese más unida a miembros de la comunidad del autobús nocturno de lo que lo hubiera estado a nadie en toda mi vida. Roxster, sin embargo, parecía preocupado, como si lo del autobús nocturno fuera culpa suya.

—¿Estás bien? —me preguntó.

Asentí con alegría, aunque en realidad deseaba estar estrujada contra Roxster en lugar de contra la tipa rara con la que prácticamente estaba practicando el sexo lésbico de lavado de coches del que hablaba la revista de Daniel.

El autobús se detuvo y la gente empezó a bajarse. Roxster consiguió abrirse paso hasta un asiento libre y se sentó, algo nada galante y poco propio de él. Luego, cuando todo el mundo se hubo acomodado, se levantó y me sentó en su sitio. Le sonreí, orgullosa de lo atractivo y fornido que era, pero vi que bajaba la vista horrorizado: una mujer estaba vomitando silenciosamente en mi bota.

Roxster intentaba controlar la risa. Llegó nuestra parada, y al bajarnos me rodeó con el brazo.

—Una noche sin vómito es una noche sin Jonesey —dijo, y añadió—: Espera un momento. —Entró en un veinticuatro horas y salió con una botella de Evian, un periódico y un puñado de servilletas de papel—. Voy a tener que empezar a llevar estas cosas encima. Estate quieta.

Me echó el agua en la bota y se arrodilló y me limpió la vomitona. Fue de lo más romántico.

—Ahora huelo a vómito —afirmó compungido.

—Ya lo limpiaremos en casa —respondí, y el corazón me dio un vuelco porque ya tenía un motivo para que entrara, aunque fuese el vómito.

Cuando nos acercamos a mi casa, me di cuenta de que Roxster iba mirando a su alrededor para intentar averiguar dónde estábamos y en qué tipo de sitio vivía. Estaba muy nerviosa al llegar a la puerta. Me temblaban las manos de tal modo que cuando metí la llave en la cerradura no fui capaz de abrir.

—Déjame a mí —se ofreció.

—Pasa —dije, con una voz ridículamente formal, como si fuese una camarera que sirviera cócteles en los años setenta.

—¿Quieres que vaya a algún sitio hasta que se marche la canguro? —susurró.

—No están aquí —contesté yo también en un susurro.

—¿Tienes *dos* canguros? ¿Y aun así has dejado a los niños solos?

—No —reí—. Están con sus padrinos —añadí. Convertí a Daniel en «padrinos» para que Roxster no intuyera que Daniel era un hombre sexualmente disponible, que lo es, al menos hasta que lo conoces.

—¡Así que tenemos la casa para nosotros! —exclamó Roxster—. ¿Puedo ir a quitarme la pota?

Lo acompañé hasta mitad de la escalera para indicarle dónde estaba el cuarto de baño y después bajé a la carrera a la cocina, me cepillé el pelo, me puse más colorete y bajé las luces. Al hacerlo me di cuenta de que Roxster nunca me había visto a la luz del día.

De repente me vi como una de esas mujeres mayores que insisten en pasarse todo el tiempo metidas en casa con las cortinas echadas, a la única luz de la chimenea o las velas, y que luego no atinan a pintarse los labios cuando alguien va a verlas.

Viví un momento horrible de culpabilidad y miedo por Mark. Me sentí como si estuviese siendo infiel, como si estuviera a punto de saltar de un acantilado y como si me encontrase muy, muy lejos de todo cuanto conocía y de todo cuanto era seguro. Me incliné sobre el lavabo, con la sensación de que iba a... en fin... como correspondía, supongo... a vomitar. Y de pronto oí que Roxster estallaba en carcajadas. Volví la cabeza.

¡Mierda! Estaba mirando el horario de Chloe.

Chloe había decidido que a Billy y a Mabel les iría mucho mejor por las mañanas si tenían una ESTRUCTURA, de modo que había elaborado un horario con lo que se supone que ocurre, más o menos al momento, cuando los lleva al colegio. Y estaba muy bien, salvo por el hecho de que era ridículamente largo, y uno de los puntos, el que Roxster se había puesto a leer en voz alta, era:

«7.55-8.00. ¡Besos y abrazos con mami!»

—¿Sabes siquiera cómo se llaman? —inquirió. Y al ver la cara que le ponía, se echó a reír y me ofreció las manos para que se las oliera.

—Perfectas —aprobé—. Ni rastro de vómito. ¿Te apetece una

copa de...? —Pero Roxster ya estaba besándome. Sin prisas. Con suavidad, casi con ternura, pero llevando la voz cantante.

—¿Vamos arriba? —musitó—. Quiero besos y abrazos con mami.

Comencé a subir la escalera inquieta, preguntándome si el culo se me vería gordo desde atrás y abajo, pero me percaté de que Roxster estaba centrado en ir apagando las luces a medida que subíamos.

—Oye, ¿qué hay del consumo de electricidad, Jonesey?

Ay, los jóvenes y su preocupación por el planeta.

Cuando abrí la puerta, el dormitorio estaba precioso, iluminado solamente por la luz del descansillo, y aquélla fue la única que Roxster no apagó. Entró y entornó la puerta. Se quitó la camiseta y ahogué un grito. Parecía un anuncio. Era como si le hubiesen pintado los abdominales con aerógrafo. En casa no había nadie, la luz era tenue, él estaba estupendo, me hacía sentir segura, era guapo a más no poder. Entonces dijo:

—Ven aquí, nena.

DESFLORADA

Sábado, 2 de febrero de 2013

11.40. Roxster acaba de irse, porque los niños llegarán con Daniel dentro de veinte minutos. No he podido resistirme a poner el *Mad About the Boy* de Dinah Washington y a lanzarme a bailotear como embobada por la cocina. Me siento feliz y estupendamente, como si ya no tuviese problemas. No paro de dar vueltas recogiendo cosas y dejándolas en su sitio otra vez, igual que si estuviera ida. Es como si me hubiera dado un baño de algo, de sol, o... de leche. Bueno, de leche no. A mi cabeza vuelven una y otra vez momentos de ayer por la noche: Roxster tumbado en la cama y mirándome cuando salí del cuarto de baño con el picardías. Quitándome el picardías. Diciendo que estaba mejor sin el picardías. Yo contemplando el bello rostro de Roxster sobre mí, absorto en lo que estábamos haciendo, y la ligera separación entre sus incisivos. Luego, de pronto, la muy adulta convulsión de la embestida, la sorpresa y la emoción inesperadas después de sentir durante tanto, tanto tiempo toda su plenitud dentro de mí. Una breve pausa para saborearlo y después empezar a movernos y recordar el éxtasis que pueden generar dos cuerpos juntos. Es increíble lo que pueden hacer los cuerpos. Y, luego, cuando me corrí, demasiado pronto, Roxster mirándome a la cara con expresión de excitación e incredulidad, y a continuación notar que empezaba a partirse de risa.

—¿Qué? —inquirí.

—Nada, sólo me preguntaba cuánto iba a durar esto.

Roxster cogiéndome los pies por debajo del edredón, tirando de pronto de ellos para desplazarme hasta la parte baja de la cama y estallando en carcajadas. Y después volver a empezar en el extremo de la cama.

Yo intentando fingir que no estaba teniendo un orgasmo por si volvía a reírse de mí.

Por último, horas y horas después, acariciándole el tupido pelo oscuro mientras descansaba un instante con la cabeza apoyada en la almohada, fijándome en cada detalle de sus rasgos perfectos, las exquisitas líneas, la frente, la nariz, la mandíbula, los labios. Por Dios, la diversión, la cercanía, el éxtasis de ser acariciada después de tanto tiempo por alguien tan guapo, tan joven y tan bueno en ello. Descansar la cabeza en su pecho y hablar en la oscuridad, y después Roxster cogiéndome el labio superior y el inferior y sujetándolos mientras decía «Chisss», y yo intentando explicar a través de sus dedos «S que do quiedo dejad de hablad». Y Roxster susurrándome dulcemente, como si yo fuese una niña o una lunática, «No es que dejemos de hablar, es más bien guardar algo para por la mañana».

Y luego... ¡Mierda! El timbre.

He abierto la puerta, radiante. Los niños estaban desatados —el pelo alborotado, la cara sucia—, pero felices. Daniel me ha mirado y me ha dicho: «Jones, debe de haber sido una noche muy, pero que muy buena. Te has quitado veinticinco años de encima. ¿Y si te sientas en mis rodillas y me cuentas rápidamente los detalles, con cuidado y precisión, mientras ellos ven *Bob Esponja Pantalones Cuadrados*?»

Domingo, 3 de febrero de 2013

21.15. El resto del fin de semana ha sido increíble. Los niños han estado contentos porque yo también lo he estado. Hemos salido a escalar árboles y a la vuelta hemos visto «Tienes talento». Roxster me ha mandado un mensaje a las dos de la tarde diciéndome que había sido estupendo, a excepción del vómito que se había encontrado en la manga de la chaqueta. Y yo le he contestado que había sido estupendo a excepción de la que había liado en las sábanas. Y ambos hemos reconocido que nuestra edad mental no es muy elevada, y llevamos desde entonces demostrándolo en forma de mensajes.

Soy muy afortunada por haber disfrutado de una noche así a estas alturas de mi vida, con alguien tan joven y guapo. Me siento muy agradecida.

21.30. Por Dios. De repente, por algún motivo, he recordado una frase de la película *El último rey de Escocia*, una que dice: «Prefiero acostarme con mujeres casadas. Son muy agradecidas.» Creo que la pronunciaba Idi Amin.

DE VUELTA AL PRESENTE

LA NOCHE OSCURA DEL ALMA

Sábado, 20 de abril de 2013

Mensajes de Roxster: 0; número de veces que he mirado a ver si había algún mensaje de Roxster: 4.567; piojos encontrados en Billy: 6; piojos encontrados en Mabel: 0; piojos encontrados en mí: 0; minutos pasados pensando en Mark, su pérdida, la tristeza, la muerte, la vida sin Mark, intentar volver a ser una mujer, Cazadoradecuero, citas desastrosas, la educación de los hijos y todo el año pasado: 395; ideas para la reunión del lunes con Greenlight Productions para hablar del guión: 0; minutos de sueño: 0.

05.00. Pero no fue sólo aquella noche. Roxster y yo hicimos buenas migas, así que una semana se convirtió en dos, y luego seis, y ahora ya son once semanas y un día.

La cosa es que, aunque en teoría la práctica era difícil con Roxster, también ha sido sorprendentemente fácil. La práctica era complicada porque Roxster vive con tres chicos de su misma edad, así que era evidente que allí no podíamos ir para que me metiera en una situación tipo Beavis and Butthead intentando lidiar con sábanas tiesas y una pila llena de platos mientras fingía ser una amiga de la familia de la madre de Roxster que había ido a visitarlo y dormía en su cama con sus sábanas tiesas.

Al mismo tiempo, yo no quería presentarle a los niños demasiado pronto, y desde luego no quería que me pillaran en la cama con él. Pero —gracias a la aldabilla en la puerta del dormitorio— lo solucionamos. Y fue maravilloso. Ha sido maravilloso. Es maravilloso tener una vida adulta independiente y quedar en bares y restaurantes pequeños, e ir al cine, y pasear por el parque, y disfrutar de un sexo increíble, y tener a alguien que cuidaba de mí. Aunque no ha llegado a conocerlos, los niños han formado parte de nuestro diálogo y de los mensajes que constituían la crónica en directo de nuestras vidas: lo que estábamos haciendo, lo que estábamos comiendo, a qué hora los había dejado en el colegio, lo que había hecho esta vez el jefe de Roxster y aún más información sobre lo que estaba comiendo Roxster.

Al volver la vista atrás, creo que he estado casi delirando, ebria de sexo constantemente, en una nube de felicidad. Y ahora son las cinco de la mañana de un sábado, llevo toda la noche despierta pensando en todas esas cosas, los niños estarán en pie dentro de una hora, tengo la reunión con la productora el lunes y no he preparado nada, es probable que tenga piojos y sigo sin tener ningún mensaje de Roxster.

22.00. Sigo sin tener noticias suyas, otra vez de bajón. He dejado mensajes de voz y he escrito mensajes a Jude, a Tom y a Talitha, pero al parecer no hay nadie. Jude ha salido con su ligue de PlentyOfDance o de la página de médicos y ha dejado plantado a Richard *el Despreciable* con una chica imaginaria. Uy, teléfono.

Era Talitha, acudiendo al rescate. Se ha negado a escuchar mis lloros del tipo: «Es porque soy de mediana edad» y me ha dicho: «Bobadas, cari.» Además me ha recordado que en *Los hombres son de Marte, las mujeres de Venus* pone que los hombres, tengan la edad que tengan, a veces necesitan retirarse a su caverna.

«Además, cari —ha añadido—, lo viste el jueves por la noche. No puedes esperar acostarte con el pobre muchacho un día sí y otro no.»

Luego, nada más meterme en la cama, me ha entrado un mensaje. Me he lanzado a por el móvil esperanzada.

Era Talitha otra vez:

<Y deja de comerte la cabeza. Se trata de capear el temporal de las relaciones. Recuerda todo lo que has aprendido. Eres un marinero experto en el arte del ligoteo, y te prometo que saldrás airosa de esta leve tempestad.>

Domingo, 21 de abril de 2013

61,5 kg (ay, no, esto tiene que parar); calorías: 2.850 (ídem, pero es culpa de Roxster); minutos pasados jugando con los niños: 452; minutos pasados preocupándome por Roxster mientras jugaba con los niños: 452 (espero que los servicios sociales no estén leyendo esto).

15.00. Sigo sin recibir ningún mensaje de sexo. De texto, quería decir. Pero hoy me siento mucho más tranquila respecto a lo de Roxster. Calmada, budista, casi como el Dalái Lama. Cuando viene, nos alegramos; cuando se va, lo dejamos ir.

15.05. ¡QUE LE DEN A ROXSTER! ¡QUE LE DEN! Causar esta muerte por mensajes así, de repente, después de toda esa, de esa INTIMIDAD... es inhumano. De todas formas no me gustaba. Sólo... sólo lo estaba... UTILIZANDO POR EL SEXO... como a un, como a un JUGUETE. Y MENOS MAL que los niños no lo han conocido, porque ahora que todo ha terminado, al menos a ellos no les afectará. Pero ¿dónde voy a encontrar a alguien con quien me lleve así de bien y que sea tan divertido, y dulce, y guapo, y...?

—¿Mami? —me ha interrumpido Billy—. ¿Cuántos elementos hay?

—Cuatro —he contestado alegremente tras volver a la realidad del turbulento domingo por la tarde en la cocina—. Aire, fuego y madera. Y, esto...

—MADERA no. La madera no es un elemento.

Uy. De pronto me he dado cuenta de que lo de la madera ha salido de un libro sobre diseño elemental que leí —cuando fantaseaba con reconvertir la casa en un *zendo* budista— en el que ponía que en el hogar tenía que haber agua, madera, tierra y fuego. Bueno, por lo menos con este último, ¡cero problemas!

—Hay cinco elementos.

—¡Desde luego que no! —he exclamado indignada—. Son cuatro.

—No. Hay cinco elementos —ha insistido Billy—. Aire, tierra, agua, fuego y tecnología. Cinco.

—La tecnología no es un elemento.

—¡Sí que lo es!

—¡No lo es!

—Sí. Lo dice la Wii, en Skylanders: aire, tierra, agua, fuego y tecnología.

Lo he mirado horrorizada. ¿Así que ahora la tecnología es otro elemento? ¿Se trata de eso? La tecnología es el quinto elemento y mi generación sencillamente no lo entiende, igual que los incas se olvidaron por completo de inventar la rueda. O puede que la inventaran los incas y fueran los aztecas a quienes no se les ocurrió la idea.

—¿Billy? —le he preguntado—. ¿Quién inventó la rueda? ¿Fueron los incas o los aztecas?

—¡Mamiiiii! Se inventó en Asia en el año 8.000 a. J.C. —ha contestado sin levantar la vista. No sé cómo se las había apañado para ponerse con el iPod sin que me diera cuenta.

—¿¿¿¿¿Qué estás HACIENDO????? —le he espetado—. Ya has tenido tu tiempo. No te toca otra vez hasta las cuatro.

—Pero no he estado jugando los cuarenta y cinco minutos a Skylanders. Sólo he jugado treinta y siete porque se estaba cargando, y tú DIJISTE que me descontarías el tiempo cuando fuera al servicio.

Me he agarrado el pelo y me he tirado de él, procurando no pensar en las liendres. Es que no sé qué hacer con la tecnología. Entre semana se la tengo prohibida, y durante el fin de semana se la permito un máximo de dos horas y media, con intervalos de no más de cuarenta y cinco minutos seguidos y al menos una hora entre uno y otro, pero al final todo se convierte en un complicado algoritmo de terminar niveles, y cargar, e ir al servicio, y jugar a magos cibernéticos con alguno de los vecinos de enfrente, y a mí es que me vuelve LOCA, porque los convierte en criaturas ausentes, y yo podría seguir perfectamente en la CAMA mientras...

—Billy —le he dicho con mi mejor voz de buzón de voz—, ya has tenido tu tiempo. ¿Te importaría darme el iPad? El iPod, digo.

—Esto no es un iPod.

—Que me lo des —he repetido mirando como Medusa el malvado chisme negro y plano.

—Es un Kindle.

—He dicho que BASTA DE PANTALLAS.

—Mami, es tu Kindle. Es un libro. —Me he quedado sorprendida, confusa. Era tecnológico, y negro, y plano, y por consiguiente malvado, pero...—. Estoy leyendo *James y el melocotón gigante*, de Roald Dahl. —...También era un libro.

—Bien —he respondido alegremente, intentando recuperar mi dignidad—. ¿Alguien quiere picar algo?

—Mami —ha dicho Billy—, qué tonta eres.

—Vale, lo sientooooo —me he disculpado como una adolescente enfurruñada. Y lo he cogido y lo he abrazado quizá con demasiada vehemencia.

De pronto me ha llegado un mensaje. Me he abalanzado sobre el teléfono. ¡Roxster! ¡Era Roxster!

<Jonesey, siento mucho haber estado *out*. Me dejé el móvil en la mesa de la cocina cuando me fui a Cardiff el viernes y no tengo

tu número en ninguna otra parte. He estado mandándote tuits y correos como una mala bestia. ¿Es que se te han metido las hormigas en el ordenador?>

Ay, Dios. Es verdad. Roxster me había dicho que se iba a Cardiff a ver el rugby este fin de semana. Por eso quería quedar conmigo el jueves, que fue cuando me enteré de que Billy tenía piojos. Lo del rugby en Cardiff era este fin de semana.

Hemos mantenido un fantástico intercambio de mensajes que ha culminado en:

<¿Y si me paso esta noche y echamos un polvo de reconciliación? Aunque la verdad es que no echamos un polvo de ruptura. Pero eso podríamos hacerlo después.>

Voy a decirle que no. Mañana tengo la reunión y es muy importante estar preparada, descansada y fresca, y ésa es la clase de supermadre profesional y con las prioridades claras que soy. Cuando los niños se queden dormidos prepararé mis ideas para la «superreunión».

23.55. Mmmmn. No hay nada como echar un polvo de reconciliación para perdonar a tu *toy boy* por irse a ver el rugby y olvidarse el teléfono.

SUPERMADRE

Lunes, 22 de abril

59 kg (perdidos gracias al sexo); polvos: 5; minutos pasados preparando ideas para la reunión: 0; ideas de cosas que decir en la reunión: 0 (ay, Dios).

11.30. Recepción de la productora cinematográfica.
Ay, Dios. ¿En qué estaba pensando para pasarme toda la noche dándole al sexo? La historia de hacer las paces / romper acabó poniéndonos tan cachondos a Roxster y a mí que ninguno de los dos podía dormir.

A decir verdad, estaba colgando cabeza abajo de un lado de la cama mientras Roxster me sujetaba las dos piernas en el aire y me embestía cuando de pronto...

—¡Mamiiiii!

El pomo de la puerta empezó a moverse.

Ay, Dios, qué difícil fue parar.

—¡Mamiiiii!

Roxster se apartó, alarmado, así que fui a parar al suelo de espaldas...

—Mami, ¿qué ha sido ese golpe?

—Nada, no es nada, cariño —gorjeé cabeza abajo—. Voy corriendoooooooo.

Y al oírlo, Roxster dijo en voz baja:

—Desde luego, yo estoy a punto.

Intenté darme la vuelta de una manera nada apropiada para una señorita: con el culo en pompa, de manera que Roxster soltó una risita mientras me subía a la cama y susurraba:

—Por favor, nada de pedos.

—Mamiiii, ¿dónde estás? ¿Por qué está cerrada la puerta?

Me lancé sobre la cama intentando estirarme el picardías al tiempo que Roxster se escondía por el otro lado. Levanté la aldabilla, abrí un poco la puerta, salí deprisa y cerré.

—No pasa nada, Billy, mami está aquí y todo va bien. ¿Qué ocurre?

—Mami —dijo Billy mirándome con cara rara—, ¿por qué llevas las tetitas fuera?

Después de llevarlos al colegio, la mañana ha sido una auténtica pesadilla. He intentado resolver con Chloe la compleja matriz de recogidas, y piojos, y quedadas de los niños; después peinarme (posiblemente llenando el cuarto de baño de liendres al comienzo de su ciclo temprano), y finalmente buscar el vestido de seda azul marino en el fondo del armario —al que ha habido que quitarle una mancha de chocolate y pasarle la plancha—. Y ahora estoy aquí, esperando a que empiece la reunión de la película, y no traigo nada pensado.

Las oficinas dan verdadero miedo. El área de recepción es como una galería de arte. El mostrador de recepción es como una enorme bañera de cemento exenta, y hay un hombre tumbado boca abajo en el suelo... ¿tal vez otro guionista en ciernes cuya «reunión preliminar» ha salido mal?

12.05. Uy, es una escultura, o quizá más bien una «instalación».

12.07. Tranquila y serena. Tranquila y serena. Todo va bien. Sólo tengo que recordarme lo que dice el guión.

12.10. Puede que gane el BAFTA al mejor guión adaptado. «Me gustaría darles las gracias a Talitha, a Sergei, a Billy, a Mabel, a Roxster... Pero basta de hablar de ellos. Nací hace treinta y cinco años...»

12.12. A ver, para. Tengo que ordenarme las ideas. Lo importante es que esta versión actualizada es una tragedia feminista. El hilo narrativo principal es que Hedda, en lugar de ser independiente como Jude, se decide por un profesor aburrido y poco atractivo que estira el presupuesto para comprar una casa en Queen's Park. Hedda, desilusionada con la luna de miel intelectual en Florencia —porque en realidad ella quería ir a Ibiza— y desilusionada con la birria de sexo —porque en realidad quería casarse con su amante, un tío bueno alcohólico—, descubre al volver que también se siente desilusionada con la sombría y húmeda casa de Queen's Park y acaba pegándose un tiro y... ¡Ahhh!

17.00. Me sacó de mi ensimismamiento una chica alta y de pelo oscuro vestida por completo de negro. Tras ella había un joven más bajo, con el pelo corto en un lado de la cabeza y largo en el otro. Ambos esbozaban una sonrisa excesiva, como si yo ya hubiese metido la pata en algo y ellos intentaran hacer que me sintiera mejor antes de matarme y dejarme como al hombre del suelo.

—Hola, soy Imogen, y éste es Damian.

Hubo un instante de silencio incómodo cuando nos apretujamos en el ascensor de acero inoxidable mirándonos, dedicándonos sonrisas maniacas y preguntándonos qué podíamos decir.

—Bonito ascensor —solté.

A lo que Imogen respondió:

—Sí, ¿no?

Y las puertas se abrieron para dar paso directamente a una espectacular sala de juntas con vistas a los tejados de Londres.

—¿Te apetece tomar algo? —preguntó Imogen al tiempo que señalaba un aparador bajo que exhibía todo un despliegue de aguas de marca, coca-cola light, café, galletas de chocolate, barritas energéticas, galletas de avena, un recipiente con fruta y bombones Celebrations, y, extrañamente para aquella hora, cruasanes.

Justo cuando me estaba sirviendo un café con un cruasán para crear una grata sensación de superdesayuno, se abrió la puerta y entró un hombre alto e imponente que lucía unas gafas negras grandes y una camisa impecablemente planchada. Parecía muy ocupado e importante.

—Lo siento —se disculpó con voz grave sin mirar a nadie—. Multiconferencia. Muy bien. ¿Dónde estamos?

—Bridget, éste es George, el director de Greenlight Productions —dijo Imogen, justo cuando mi bolso dejó escapar un ruidoso graznido de pato. Oh, Dios. Estaba claro que Billy había cambiado el aviso de los mensajes.

—Lo siento —reí alegremente—. Ya lo apago.

Y me puse a hurgar entre los trocitos de queso que tenía en el bolso para encontrar el teléfono. Pero la cosa era que el graznido no anunciaba la entrada de un mensaje, sino que era una alarma, así que siguió sonando, y mi bolso estaba tan lleno de porquerías que era incapaz de dar con el móvil. Todo el mundo me miraba.

—Bueno... —dijo George cuando conseguí sacar el teléfono, quitarle un poco de plátano hecho papilla y apagarlo. Señaló la silla que tenía al lado y continuó—: Bueno... nos gusta tu guión.

—Qué bien —repuse, y, disimuladamente, me coloqué el teléfono en vibración sobre la rodilla por si Roxster... bueno, Chloe, o el colegio, me mandaba un mensaje.

—Tiene algunas cosas muy buenas —apuntó Imogen.

—Gracias —repliqué radiante—. He apuntado algunas ideas para comentarlas y...

El teléfono vibró. Era Chloe:

<La madre de Cosmata dice que Mabel puede ir a jugar a su casa porque Cosmata y Thelonius también tienen piojos, pero la madre de Atticus dice que mejor que Billy no vaya, que no quiere piojos. Además Billy ha vomitado en el colegio y quieren que alguien vaya a por él, pero yo no puedo y la madre de Cosmata no quiere gérmenes en su casa, así que no puedo llevar a Billy cuando vaya a recoger a Mabel a casa de Cosmata.>

La cabeza me daba vueltas con el cúmulo de nombres de niños que parecían declinaciones y verbos en latín —Cosmo, Cosmas, Cosmata, Theo, Thea, Thelonius, Atticarse— y el terrible dilema de la recogida / vomitona. Me pregunté qué hacían las supermadres en situaciones similares.

—Básicamente, pensamos que el tono y la actualización de la historia de Hedda son excelentes —comentó Imogen.

—El personaje de Hedda —corrigió George lacónicamente.

Imogen se ruborizó un poco. Por lo visto se lo había tomado como si fuera una especie de reproche. Luego continuó:

—Creemos que la idea de una mujer insatisfecha con su suerte y dividida entre un buen marido y un botarate indómito, creativo...

—Exacto, exacto —tercié, y el teléfono volvió a vibrar—. Me refiero a que, aunque eso sucedió hace mucho tiempo, las mujeres siguen tomando las mismas decisiones. Y creo que Queen's Park tiene exactamente la clase de...

Miré a escondidas el mensaje: ¡Roxster! <¿Qué llevas puesto y qué tal va la reunión con la productora?>

—Bien, bien, lo que estamos pensando es... ambientarla en Hawái —interrumpió George.

—¿HAWÁI? —pregunté.

—Sí.

Consciente de que aquélla podía ser una encrucijada importante, reuní todo mi valor y añadí:

—Aunque se supone que es más noruega. Un poco como en noviembre, todo sombrío y triste, en una casa oscura y deprimente de Queen's Park.

—Podría ser Kauai —propuso Imogen en tono alentador—. Allí llueve continuamente.

—Así que en lugar de estar en una casa oscura y deprimente está...

—¡En un yate! —exclamó Imogen—. Queremos incorporar cierto toque del glamur de los años sesenta y setenta.

—Como *La pantera rosa* —apuntó Damian.

—¿Quieres decir que va a ser una *peli* de dibujos animados? —pregunté mientras escribía con disimulo bajo la mesa: <Vestido de seda azul marino. Pesadilla.>

—No, no, como *La pantera rosa* original, con David Niven y Peter Sellers, ¿sabes? —aclaró Imogen.

—Pero ¿no estaba ambientada en París y Gstaad?

—Bueno, sí, pero lo que buscamos es el ambiente. La atmósfera —afirmó Imogen.

—¿Un yate en Hawái con aires de París y Gstaad? —inquirí.

—Donde llueve —precisó Imogen.

—Cielos oscuros, muy oscuros, y nublados —añadió Damian.

Me entró el bajón. A ver, se suponía que todo debía ser decepcionante y casposo. Pero, ojo, como dice Brian, mi representante: si eres guionista, mejor que no des el coñazo.

El móvil vibró otra vez. Roxster.

<ByADO. ¿El vestido de seda azul marino por el que metí la cabeza la semana pasada?>

—Bueno... —dijo George—. Hedda es Kate Hudson.

—Bien, bien —asentí mientras apuntaba «Kate Hudson» en las Notas del iPhone y escribía deprisa <¿ByADO?>. Y todo ello intentando no pensar en la cabeza de Roxster metida por mi vestido.

—El marido aburrido es Leonardo DiCaprio, y el ex alcohólico ¿es...?

—Heath Ledger —apuntó en el acto Damian.

—Pero si está muerto —objetó Imogen justo cuando Roxster contestaba:

<Beso y Abrazo De Oso.>

—Ya, ya, ya, ya, ya —repuso Damian—. No Heath Ledger, pero sí alguien parecido a Heath Ledger, sólo que...

—¿No esté muerto? —terminó Imogen mirando a Damian con frialdad—. ¿Colin Farrell?

—Sí —dijo George—. Lo veo. Veo a Colin Farrell. Si sigue por el buen camino, que creo que sí. Y ¿qué hay de la otra chica?

—La amiga, esa con la que Hedda Gabbler fue al colegio, ¿no? —precisó Imogen.

El teléfono vibró:

<Billy ya no vomita así que puedo ir a buscarlo antes, pero de todas formas la madre de Cosmata sigue sin querer que se acerque a la casa. ¿Puedo dejarlo en el coche?>

—Alicia Silverstone —propuso Damian—. Debería ser como en *Clueless*.

—No —respondió George.

—No —repitió Damian en desacuerdo consigo mismo.

—¿Sabéis que? —George parecía pensativo—. Hedda podría tirar más a alguien del tipo de Cameron Diaz. ¿Y Bradley Cooper para el marido aburrido?

—Mmm. Sí —opiné—. Pero ¿Bradley Cooper no es demasiado sex...?

—Jude Law en *Anna Karenina* —propuso Imogen con una sonrisa de complicidad—. O elegir un reparto de mayor edad y que George Clooney haga un papel atípico.

Daba la sensación de que estábamos en un extraño mundo crepuscular en el que nos dedicábamos a barajar nombres de gente tremendamente famosa que no tendría el más mínimo interés en estar en él. ¿Por qué pensaría la madre de Cosmata que los piojos y los gérmenes podían saltar de la acera a su puerta? Y ¿por qué querría George Clooney aparecer en una adaptación moderna de *Hedda Gabbler* ambientada en un yate en Hawái, con un papel atípico y escrita por mí?

—¿Y si ella no muere? —aventuró George, y se puso de pie y empezó a dar vueltas—. Porque muere, ¿no? En la novela.

—En la obra de teatro —lo corrigió Imogen.

—Pero es que ése es el quid de la cuestión —aseguré.

—Ya, pero ¿y si es una comedia romántica?

—No es una comedia romántica, es una tragedia —le espeté, y lamenté en el acto mi atrevimiento.

El teléfono vibró de nuevo: Chloe:

<En la calle de Cosmata no se puede aparcar. Y su madre se niega a dar la vuelta a la esquina por el bebé.>

—Se pega un tiro —señaló Imogen.

—¿Se pega un tiro? *¿Se pega un tiro?* —repitió George—. ¿Quién hace eso?

—No puedes decir «¿Quién hace eso?» de alguien que se pega un tiro —estaba diciendo Imogen.

—Eso es exactamente lo que dicen. En la obra original —la interrumpí mientras trataba de no enfadarme con la madre de Cosmata—. «Santo cielo, la gente no hace esa clase de cosas.»

Se hizo el silencio. Supe que había metido la pata hasta el fondo.

Imogen me estaba fulminando con la mirada. Tenía que dejar de mirar los mensajes y CONCENTRARME. Era evidente que me hallaba en medio de una lucha de poder tremendamente compleja y que no acababa de entender, así que habría que abandonar a su suerte a un niño o a otro y olvidar durante un rato la comunicación con Roxster. Imogen me había apoyado en lo de que no podía cuestionarse que la gente se pegara un tiro o no —porque es evidente que a veces se hace, y no sólo en las obras de teatro—, pero luego yo, en lugar de apoyarla en su apoyo, había apoyado a George al decir que su opinión contaba con el apoyo de...

—A ver, estoy de acuerdo contigo, Imogen —puntualicé—. La gente se pega tiros a todas horas. Bueno, no a todas horas, pero sí a veces. Y si no fíjate en, en... —Miré a mi alrededor como una loca en busca de inspiración, deseando poder teclear en Google: «Celebridades modernas que se pegaron un tiro.» En vez de eso, le escribí deprisa a Chloe:

<Cómprale a Billy una mascarilla.>

—Bien —dijo George tras sentarse de nuevo, con un tono serio e importante—. Bueno. Te daremos un par de días. Nada de que Kate Hudson se pegue un tiro. Es una comedia. Lo que nos gusta es la comedia.

Miré a George horrorizada. *Las hojas en su pelo* no es una comedia. Es una tragedia. ¿Acaso, sin darme cuenta, lo que pretendía que fuese una tragedia me había salido cómico? El hecho de que Hedda Gabbler se pegue un tiro es fundamental. Pero, como dijo Brian: en la industria cinematográfica, la integridad artística ha de ir unida al pragmatismo y... ¡Otro mensaje de Roxster!

<Sugiéreles que hagan *Piojos*, una peli de animación a lo Pixar.>

La verdad es que no era una mala idea. De repente, el concepto de *La pantera rosa* que habían mencionado antes unido a la sugerencia de Roxster, *Piojos*, hizo que se me encendiera la bombilla.

—¿Qué os parece *Tom y Jerry*? —solté. George, que había abierto la puerta para marcharse, frenó en seco y volvió la cabeza—. Me refiero a que *Tom y Jerry* es una comedia, pero tanto a Tom como a Jerry les pasan cosas terribles. Bueno, más a Tom (lo espachurran, se electrocuta), y sin embargo...

—Nunca muere —dijo Imogen sonriéndome.

—¿Quieres decir que la chica resucita? —preguntó George.

—Una mezcla de *Como locos... a por el oro*, y *Urgencias*, y *La pasión de Cristo* —aseveró Damian entusiasmado, y añadió deprisa—: pero sin la polémica judía.

—Prueba, envíanos la nueva versión antes del jueves y a ver qué tal queda —pidió George con su voz grave—. Bien, tengo que irme. Una multiconferencia.

Entró un mensaje. Roxster.

<¿Hay comida en la reunión?>

Después de despedirnos, eufóricos —«Has estado increíble ahí dentro. Me encanta tu vestido»—, e intercambiar abrazos mientras intentaba mantener la cabeza extrañamente ladeada por lo de los piojos (porque ¿y si se lanzaban al desigual pelo de Damian?), me senté en recepción y me puse a leer los últimos mensajes:

Chloe: <Billy está bien. Así que le pediré a la madre de Cosmata que recoja a Mabel, luego recogeré a Billy y lo llevaré a recoger a Mabel, ¿vale?>

Roxster: <Acabo de salir de la oficina para darme una ducha fría que me tranquilice: por lo de la comida, ya sabes, no por lo de la fantasía del vestido y la reunión. ¿Me dices qué había de comer?>

En lugar de procesar la reunión, llamar a Brian para hablar con él para que hablara con ellos para que me dieran más tiempo y después ir corriendo a casa a ver cómo se encontraba Billy y plantearme seriamente decirle a Chloe que tiene que tomar decisiones por su cuenta si estoy en reuniones importantes, le envié a Roxster un listado completo de la comida que había en la reunión, añadiendo:

<Dudo que metieras la cabeza por mi vestido.>

PIOJOS EN PROCESO

Martes, 23 de abril de 2013

Minutos pasados escribiendo el guión: 0; minutos pasados ocupándome de los piojos del personal en lugar de ponerme a trabajar: 507; personas a las que la familia podría haber contagiado los piojos (incluidos Tom, Jude, los últimos ligues de Jude, Talitha, Roxster, Arkis, Sergei, Grazina la asistenta, Chloe, Brian el representante —pero sólo si los piojos pueden contagiarse por teléfono— y el equipo de Greenlight Productions al completo): 23 (sin contar las personas a las que las mencionadas personas podrían haberles pegado los piojos).

09.30. Bien. Éste es mi primer día oficial de reescritura de *Las hojas en su pelo.* ¡Me siento genial y orgullosa! Casi como si antes sólo fuera una especie de pasatiempo, pero ahora es real.

10.05. Grrr. Aunque la verdad es que es bastante difícil. No quiero ser una *prima donna,* pero ambientar *Hedda Gabbler* en un yate en Hawái... digamos que cambia el ambiente y el sentido de la obra entera. Provoca toda clase de dificultades, unas dificultades que no existían con la casa adosada de Queen's Park. Ayyyyyys. ¡Mensaje!

10.45. Era Tom: <¿A ti te pica la cabeza? Porque a mí sí. Puede que sea psicosomático, pero, cuando me fui el otro día, al abrazarnos, ¿no juntamos las cabezas?>

Helada, he respondido:

<Seguro que es psicosomático. Yo no tengo piojos.>

Pero mientras escribía, ha empezado a picarme la cabeza. Tom otra vez:

<Pero el sábado por fin me acosté con Arkis. ¿Se lo digo?>

Ataques de culpabilidad. Que Tom se haya acostado con Arkis es el resultado de meses de negociación y estrategias, y ¡puede que yo lo haya echado todo a perder!

11.00. Acabo de mandarle a Tom una lista de productos para eliminar los piojos —lendreras, etc.—, y me he ofrecido a pasarle la lendrera si venía a casa.

11.15. Jude acaba de llamar y me ha dicho con voz temblona, de ultratumba:

—Richard *el Despreciable* ha bloqueado a Isabella.

—¿Quién es Isabella?

—La chica inventada de PlentyofFish, ¿te acuerdas? Le dio plantón el sábado y ahora...

Jude estaba bastante fastidiada.

—¿Qué?

—Richard *el Despreciable* ha cambiado su perfil y dice que ya no está libre porque ha conocido a alguien. Y yo estoy muy, muy dolida, Bridget. ¿Cómo ha podido conocer a alguien tan deprisa?

He intentado explicarle a Jude que Isabella no era real y que está claro que Richard *el Despreciable* no ha conocido a otra, que sólo intenta vengarse de Isabella por haberle dado plantón, aunque Isabella no existía. Al oír aquello, Jude ha parecido animarse y ha cambiado de tema:

—Eso sí, el tío al que conocí el sábado era majo; ya sabes, el de la web de amantes del baile. Aunque en realidad odia bailar. Cree que han trasladado su perfil desde una página de amantes del snowboard.

Por lo menos no ha mencionado los piojos.

Mediodía. Bien. Ahora que Jude vuelve a estar tranquila y feliz, me pondré con *Las hojas en su pelo*.

El problema es que las personas no VIVEN en yates, ¿no? O tal vez sí, como los que viven en barcazas en el canal. Pero ¿los que tienen yate no viven en casas grandes y lo utilizan sólo para las vacaciones? Y, más concretamente, para las lunas de miel.

12.15. Le he mandado un mensaje a Talitha:

<¿La gente vive en yates?>

Talitha ha contestado:

<No, sólo la tripulación o los blanqueadores de dinero.>

12.30. Otro mensaje de Talitha:

<Por cierto, ¿a ti te pica la cabeza? Porque a mí sí. ¿No te cogí el cepillo del pelo la última vez que salimos? Estoy un poco preocupada por mis extensiones.>

Ay, Dios. ¡Las extensiones de Talitha! ¿Se podrá pasar la lendrera por las extensiones?

Jude me acaba de mandar un mensaje:

<Por cierto, ¿a ti te pica la cabeza? Porque a mí sí.>

16.15. ¡Mierda! ¡Mierda! Oigo jaleo, estrépito y voces: la tropa ha llegado a casa.

17.00. Mabel ha entrado como una exhalación y me ha dado una carta. Se ha sentado en el sofá y ha empezado a sollozar. Los lagrimones le resbalaban por las mejillas.

A todos los padres de preescolar:
En Briar Rose hay un niño...

¿Por qué todos los nombres de las aulas de preescolar suenan como si fueran los chalets de veraneo en los Cotswolds que no paro de buscar en Google en lugar de escribir *Las hojas en su pelo*?

... infestado de piojos. Por favor, compren una lendrera y productos adecuados para eliminar los piojos. Examinen a sus hijos con atención antes de traerlos al colegio.

—*Zoy* yo —ha asegurado Mabel entre hipidos—. He *infiztado* Briar Rose de pijos. Yo *zoy* «el niño que hay en Briar Rose».

—No eres tú —la he tranquilizado abrazándola y probablemente volviendo a contagiarla de piojos o viceversa—. Cosmata tiene piojos, y a ti no te encontramos ninguno. Puede que hayan puesto «un niño» cuando en realidad quieren decir muchos.

Miércoles, 24 de abril de 2013

79 kg (así es como me siento otra vez); chicles de Nicorette mascados: 29 (N. B. de sustituto del tabaco, no de Madre por Antonomasia); colas light: 4; Red Bulls: 5 (horroroso, estoy prácticamente en el techo); bolsas de queso rallado: 2; rebanadas de pan de centeno: 8; calorías: 4.897; horas dormidas: 0; páginas escritas: 12. Puf.

12.30. Bien. No hay por qué dejarse llevar por el pánico. Si una historia es sólida y contiene temas que siguen siendo válidos en la vida moderna, la ambientación en sí debería ser irrelevante.

13.00. Lo de Hedda y el marido aburrido que no se van de luna de miel en yate pero cuando vuelven se van a vivir a un yate no tiene ni pies ni cabeza.

13.15. Ojalá dejara de picarme la cabeza.

13.20. ¿Y si se han ido a recorrer el Oeste norteamericano por carretera? Sí, está claro que un coche sería una buena alternativa a un yate, ¿no?

16.30. Creo que voy a llamar a Brian el representante, para hablarlo con él. Porque para eso sirven los representantes, ¿no?

17.00. Se lo he explicado todo a Brian el representante mientras me rascaba la cabeza como un mono.

—A ver, las cosas están así —me ha explicado Brian—: por lo visto Greenlight alquiló un yate en Hawái para rodar *Puf, el dragón mágico*, una *peli* para fumados, y ahora la *peli* para fumados se ha caído, así que necesitan otro guión para el yate hawaiano.

—Ah —he contestado cariacontecida—. Yo pensaba que la razón por la que a Greenlight le gustaba tanto *Las hojas en su pelo* era...

—Así que, ¿qué hacemos nosotros? —me ha cortado él alegre-

273

mente—. Hacer que *Hedda Gabbler* funcione en un yate en Hawái, ¿bien?

—Bien —he contestado al tiempo que asentía con vehemencia, aun cuando Brian no podía ver ese asentimiento vehemente con el que he llenado de piojos todo lo que había a mi alrededor, pues estábamos hablando por teléfono. Toda una suerte, puesto que de lo contrario también habría contagiado a Brian Katzenberg.

Jueves, 25 de abril de 2013

05.00. En la cama escribiendo como una posesa. Rodeada de un asqueroso caos de paquetes de Nicorette, tazas de café, páginas del guión tiradas por el suelo, colas light, latas de Red Bull, etc., etc. Doy verdadero asco. Mi estómago no es más que una protuberancia inmensa de queso rallado, pan de centeno, cola light y Red Bull, y no para de picarme la cabeza. Además, todavía no he terminado ninguna página coherente, y hay faltas de ortografía, y el espaciado es una locura, etc., etc. Y ni siquiera puedo mandarle un mensaje a Roxster para animarme, porque está dormido.

10.00. Espoleada por el subidón de adrenalina causado por el plazo de entrega, he terminado unas páginas y las he mandado por correo. Incluso he añadido una escena extra —estúpida, lo reconozco— que he terminado en veinte minutos clavados: Hedda tirándose del barco al final y después Lovegood, su ex amante alcohólico, haciendo lo mismo. Luego ambos aparecen poniéndose un equipo de submarinismo en el fondo del mar, como en *Sólo para sus ojos*. Pero en cualquier caso transmitirá la grata sensación de que hay más páginas escritas.

Y ahora me vuelvo a dormir.

SUPERREUNIÓN INFESTADA DE PIOJOS

Viernes, 26 de abril de 2013

12.30. Sala de reuniones de Greenlight. Ay Dios. El ambiente estaba tenso cuando he entrado. Todo el mundo estaba hablando entre sí y de repente se ha callado.

—Bridget, hola. Pasa, siéntate —me ha saludado Imogen—. Gracias por las páginas, hay algunas cosas muy buenas.

(Después he llegado a la conclusión de que «hay algunas cosas muy buenas» significa «menuda basura».)

Se respiraba un aire de hastío, monótono, mustio, bastante distinto al entusiasmo de la semana pasada. He sentido la necesidad imperiosa de rascarme la cabeza.

—¿Por qué iba a ser buena idea un viaje por carretera cuando a esta gente le gustan los yates? —me ha espetado George.

—Eso es exactamente lo que pensaba yo —me he apresurado a decir al tiempo que me rascaba la cabeza como para ilustrar el dilema, aunque en realidad era para aplacar unos picores horribles—. Si Hedda va a volver y va a desilusionarse con su yate nuevo, ¿cómo es que se ha ido de luna de miel en él?

—Sí, pero no es preciso que hagan un viaje en coche, podrían ir a... a...

Me ha vibrado el móvil. Talitha:

<En el sitio donde me ponen las extensiones se niegan a quitármelas porque no quieren que se les llene el salón de piojos.>

—¡Las Vegas! —ha exclamado Damian ansioso.

—A Las Vegas no —ha negado George con desdén—. La gente se casa en Las Vegas, no va de luna de miel a Las Vegas.

—¿Y Costa Rica? —ha propuesto nuevamente Damian.

Otro mensaje:

Era Tom:

<¿Los piojos son ladillas?>

—O a la Riviera Maya —ha apuntado Imogen.

—A México no. Hay secuestros —ha objetado George.

—¿Acaso importa? —he intervenido procurando no pensar en las espeluznantes implicaciones del mensaje de Tom—. Porque lo cierto es que no vamos a verlos durante la luna de miel, tan sólo a su vuelta.

Todos se me han quedado mirando como si fuese una idea original, de lo más brillante.

—Tiene razón —ha admitido George—. No hace falta que veamos la luna de miel.

De repente, he tenido la descorazonadora sensación de que a George no le interesa tanto la calidad de lo que escribo como los exteriores del rodaje. Me ha parecido que debía responder deprisa a Tom para tranquilizarlo con lo de las ladillas y los piojos, aunque no tenía una respuesta segura. Al mismo tiempo, he intuido que tenía que aprovechar la ventaja y asumir el control de la reunión.

—A ver —he empezado con lo que ya sabía que iba a ser una voz irritante, de maestra de colegio; a la vez me rascaba la cabeza y caía presa de un miedo cerval a que la razón por la que Roxster no me había mandado ningún mensaje fuera que él también tenía piojos, o tal vez incluso...—, creo que lo del yate es una gran idea —les he asegurado con falso entusiasmo—, pero plantea algunos problemas en la adaptación. Es importante que no olvidemos que *Los piojos en su pelo* es...

—¿*Los piojos en su pelo*? —ha repetido Imogen llevándose súbitamente la mano a la cabeza.

—Quería decir *Las hojas en su pelo* —he rectificado deprisa.

Damian también ha empezado a rascarse la cabeza, y George, que es calvo, nos miraba como si estuviésemos chiflados. El móvil ha vibrado. ¡Roxster! No, otra vez Tom.

<¿Podrían los piojos convertirse en ladillas? Me refiero a si... bajan.>

—Lo importante es —he continuado— que es importante que no perdamos lo más importante... Mirad —he añadido con solemnidad al tiempo que abría el portátil—, he tomado algunas notas sobre los temas más importantes.

Todos se han acercado para ver la pantalla, aunque se han mantenido a cierta distancia de mi cabeza. Justo cuando, para llenar el incómodo silencio que se ha formado en la sala mientras arrancaba el ordenador, he añadido: «Veréis, creo que ésta es una obra fundamentalmente feminista», la pantalla se ha abierto con la página rosa y lila de *Princess Bride Dress-Up*, un juego para ayudar a una princesa a elegir el vestido de novia...

¡Ahhh! ¿Cómo se había metido Mabel en mi portátil?

Me he puesto a darles a las teclas para intentar encontrar las notas, pero George ha dicho con impaciencia:

—Bueno, mientras tú buscas eso, ¿por qué no nos vamos nosotros a leer las páginas y pedimos algo de comer?

—¿A leer las páginas? —he repetido sin dar crédito—. Pero ¿es que no las habéis leído?

Porque hacía un minuto habíamos estado hablando de aquellas páginas. ¿QUÉ sentido tenía que me hubiera pasado toda la noche en vela bebiendo Red Bull y mascando Nicorette si ellos ni siquiera se habían leído las páginas y...?

—Te vemos después de comer.

Eso ha sido lo que George me ha dado por toda respuesta, y ahora todos se han marchado de la sala de juntas.

13.01. Puf. Bueno, así al menos podré rascarme la cabeza a gusto y buscar en Google «ladillas y piojos». E intentar reconciliarme emocionalmente con el hecho de que los bichos han acabado por apartar a Roxster irremediablemente de mí.

13.15. Acababa de teclear «¿Son los piojos ladillas?» en Ask.com y estaba leyendo:

Los piojos y las ladillas, también llamadas piojos púbicos, son dos cosas distintas. Los piojos (que por lo general se encuentran en la cabeza) tienen el cuerpo más alargado y delgado que los piojos púbicos, cuyo cuerpo es más grande y robusto.

Los piojos viven únicamente en la cabeza y no pueden vivir en el pubis.

Las ladillas viven en el pubis.

Además existe una tercera clase de piojos que viven en otras zonas velludas del...

... cuando la ayudante de George se me ha acercado por la espalda con una carta para pedir comida antes de que pudiera volver a la pantalla de *Princess Bride Dress-Up*.

He cerrado el portátil, he pedido una ensalada de pollo tailandesa y, una vez se ha marchado la chica —posiblemente a contarle a la empresa entera que tengo ladillas—, le he pasado por mail el enlace sobre los piojos y las ladillas a Tom.

13.30. No ha vuelto nadie. Empiezo a asustarme, porque hoy me toca ir a buscar a los niños al colegio. A ver, creo que era razonable pensar que una reunión para tratar diez páginas no duraría tantísimo. Uuy, un mensaje. ¿Roxster?

Era Tom:

<Gracias por el enlace. Pero nada de esto me está siendo de ayuda.>

¡Ahhh! Vuelven George, y Damian, e Imogen.

14.45. La reunión ha terminado y sólo dispongo de unos segundos para llegar a preescolar antes de las 15.15. Menos mal que todo ha sido un poco más positivo después de que se leyeran las páginas y comieran algo (¡vamos, exactamente lo mismo que les pasa a Billy y a Mabel!), salvo por el hecho de que quieren que reescriba todo lo que ya he reescrito —porque el humor «brilla por su ausencia»— y lo único que George quiere dejar como está es el absurdo final del buceo a lo *Sólo para sus ojos*.

Naturalmente, cuando volvieron de comer yo aún no tenía las notas feministas en la pantalla. Cuando se colocaron a mi alrededor lo que vieron fue:

Los piojos y las ladillas, también llamadas piojos púbicos, son dos cosas distintas...

Creo que me las arreglé para cerrarlo antes de que lo leyeran, aunque es posible que viesen las imágenes de las dos clases de bichejo.

El debate que se planteó a continuación se vio salpicado de mensajes de Talitha, que, cómo no, había encontrado una despiojadora de famosos en Notting Hill de inmediato y me iba informando paso a paso:

<Todavía no ha encontrado ninguno.>

<Ay, Dios, tengo piojos, aunque con las 130 libras que cobra por limpiarme la cabeza no sé si creerla.>

No le pedí a Talitha que dejara de mandarme mensajes por educación, ya que me sentía culpable y era evidente que tenía que apoyarla.

Los mensajes de Talitha fueron empeorando cada vez más:

<La despiojadora de famosos no me garantiza que tenga la cabeza limpia porque los bichos podrían haber anidado en las uniones de las extensiones.>

<¿Qué voy a hacer con el pelo? ¡Tengo que salir en televisión! Ni siquiera puedo permitir que las chicas del programa me «retoquen» el peinado. Además, ¿y si ahora Sergei tiene piojos?>

<El salón se niega a quitarme las extensiones debido a los piojos, así que la única solución es que me las quite yo sola con un frasco de aceite para extensiones.>

Talitha debe de estar de los nervios, porque, por regla general, nunca hace nada que te haga sentir culpable. Le he destrozado la vida y la carrera a Talitha. Y el carácter.

Pensé que lo menos que podía hacer era ofrecerme a quitárselas si se pasaba por casa.

Entonces a Talitha se le ocurrió el «brillante» plan de que mañana vayamos todos a la despiojadora de famosos. <De ese modo tendrás una cosa menos de la que preocuparte. E iremos todos juntos. Será divertido.>

23.00. Una tarde genial quitándole las extensiones del pelo a Talitha. Ha sido todo un reto, ya que había que frotar los puntos de pegamento con aceite, retirarlos y después mirar a ver si había piojos. Ha sido un poco como lo de Anne Hathaway muriendo de un mal corte de pelo en *Los Miserables*, sólo que con más quejas y llanto. Lo cierto es que no hemos encontrado ningún piojo, puesto que la despiojadora de famosos había acabado con todos, pero sí hemos visto un montón de puntos oscuros en el pegamento.

Lo peor es que volver a poner las extensiones costará cientos de libras.

—Todo esto es culpa mía. Te las pagaré yo —le he asegurado.

—Vamos, no seas ridícula, cari —ha dicho Talitha—. Ésa no es la cuestión. La cuestión es que no puedo ponérmelas hasta dentro de una semana por si se nos ha pasado alguno, porque el ciclo de los piojos dura una semana. ¿Qué voy a hacer? —De pronto ha parecido desanimarse, al verse con su verdadero pelo embadurnado de aceite—. Madre mía, si parece que tengo cien años. ¿Qué dirá Sergei? Y tengo que salir en televisión. Cari, esto es lo que siempre he temido que pudiera pasar. Me quedaré atrapada en una isla desierta donde no haya nadie que te ponga extensiones, ni bótox, y adiós a todo mi artificio.

Procurando no pensar en mi teoría de las pelucas del siglo XVIII, le he señalado que era muy poco probable que pasara algo así —nadie está en su mejor momento con el pelo todo embadurnado de aceite para extensiones y antipiojos—, y le he lavado y secado el pelo. La verdad es que estaba muy mona, toda esponjada, como un pollito.

—Vamos a ver, lo que hacen los famosos es cambiar constantemente de *look* —he afirmado para animarla—. Mira a Lady Gaga. Mira a Jessie J. Podrías ponerte... ¡una peluca rosa!

—Yo no soy Jessie J —ha contestado Talitha.

Y Mabel, que nos había estado observando con aire de gravedad, ha soltado:

—*Money, Money! Berbling, berbling!*

Y nos ha mirado con aire expectante, como si fuéramos a decir: «No, TÚ eres Jessie J.» Después, alicaída, ha preguntado en voz baja:

—¿Por qué *eztá* tan *trizte* Talitha?

Talitha nos ha mirado a las dos.

—No pasa nada, caris —ha asegurado como si las dos tuviéramos cinco años—. Iré a que me pongan unos clip en Harrods y listo. Seguro que después me vienen bien. Siempre que no tengan piojos.

23.30. Talitha acaba de escribirme:

<A Sergei le encanta mi pelo natural. Se ha puesto supercachondo. Uf, y yo que siempre había pensado que me odiaría si nos quedábamos atrapados en una isla desierta y veía mi verdadero yo.>

Es un comentario realmente elegante, porque elimina por completo cualquier sentimiento inductor de culpa pasivo-agresivo, y hasta da a entender que le he hecho un favor.

Ciertamente, Talitha es un ser humano elegante. Tiene una teoría sobre la gente que se encuentra en un «estado primitivo», es decir, que no sabe comportarse.

Además estoy segura de que si Talitha pensase que es culpa mía, es decir, que la abracé y me arrimé a ella a propósito, sabiendo que podía tener piojos y sin decirle que sabía que podía tener piojos, me lo habría dicho a la cara.

Tom me ha mandado un mensaje:

<Está claro que los piojos no son ladillas, por lo visto no tenemos ninguna de las dos cosas, y a Arkis le parece divertido: una experiencia que une.>

Sábado, 27 de abril de 2013

Piojos y liendres extraídos: 32; libras aflojadas por piojo muerto: 8,59.

Ir a ver a la despiojadora ha sido, en palabras de Billy, «superdivertido», y todo el mundo se lo ha pasado en grande. Un equipo atento, enteramente vestido de blanco, nos ha pasado a todos una aspiradora por el pelo, nos ha dicho que no había nada y después nos lo ha secado a conciencia con un secador muy caliente. Ha sido «súper divertido»... hasta que ha llegado la factura: 275 libras. Por ese dinero podríamos habernos ido todos a Eurodisney (después de haber buscado oportunamente en Google).

—¿Cómo funciona esto exactamente? —me he interesado—. ¿No podría hacerlo en casa usando el aspirador de mano y el secador con un buen chorro de aire muy caliente?

—Uy, no —ha respondido con ligereza la despiojadora de famosos—. Se trata de un diseño muy especial. La aspiradora viene de Atlanta, y el destructor de calor está fabricado en Río de Janeiro.

¡FUEGO! ¡FUEGO!

Miércoles, 1 de mayo de 2013

¡Ostras! Esta mañana, en lugar de quedarse en la habitación cuando he bajado a ocuparme de los niños, Roxster ha dicho:

—Creo que debería bajar a desayunar.

—Vale —le he contestado encantada y un poco nerviosa por si los niños volvían a coger un cuchillo y preparaban una carnicería. Al mismo tiempo, me preguntaba si a Roxster lo movía el deseo de participar en la vida familiar o simplemente la idea de comer—. Voy a prepararlo todo y bajas.

Todo iba como la seda. Billy y Mabel estaban vestidos y sentados a la mesa. ¡He decidido hacer salchichas! Porque sé lo mucho que a Roxster le gusta un desayuno completo típicamente inglés.

Cuando ha aparecido Roxster, como una rosa, feliz y contento, Billy no ha reaccionado y Mabel ha seguido comiendo mientras miraba a Roxster con gravedad, sin apartar los ojos de él en ningún momento. Roxster se ha echado a reír.

—Hola, Billy. Hola, Mabel. Soy Roxster. ¿Me habéis dejado algo a mí?

—Mami está haciendo salchichas —le ha informado Billy mirando de reojo la cocina—. Uy —ha exclamado con los ojos iluminados—, ¡están ardiendo!

—¡*Eztán* ardiendo! ¡*Eztán* ardiendo! —ha repetido alegremente Mabel.

Me he acercado a la cocina corriendo, seguida de los niños.

—No están ardiendo —he protestado indignada—. Es sólo la grasa de debajo. Las salchichas están bien, se...

Ha saltado la alarma contra incendios. Es curioso, la alarma contra incendios no se había disparado nunca hasta ese momento. Ha sido el ruido más estridente que he oído en mi vida. Ensordecedor.

—Voy a ver si la encuentro —he dicho.

—Quizá debiéramos apagar el fuego antes —ha propuesto Roxster mientras cerraba el gas y retiraba las salchichas y el papel de plata con un movimiento diestro. Las ha metido en la pila vociferando para que lo oyera por encima del estrépito—: ¡¿Dónde tienes el cubo de lo orgánico?!

—Ahí —he señalado mientras hojeaba como una loca varias carpetas que había en el estante de los libros de cocina para ver si encontraba el manual de instrucciones de la alarma contra incendios. No había nada, aparte de las instrucciones de un robot Magimix que ya no teníamos.

Además, ¿de dónde salía, por así decirlo, la alarma? De pronto he mirado a mi alrededor y todos habían desaparecido. ¿Adónde habían ido? ¿Habían decidido conjuntamente que yo era lo peor y se habían ido a vivir al piso de Roxster y sus compañeros, donde podrían pasarse todo el día dándoles a los videojuegos sin que nadie los interrumpiera y comiendo salchichas bien hechas mientras escuchaban música popular actual en lugar de a Cat Stevens cantando *Morning Has Broken*?

La alarma contra incendios ha cesado y he visto que Roxster bajaba por la escalera sonriendo.

—¿Cómo es que ha parado? —he querido saber.

—La he desconectado. Hay un código apuntado en el cajetín. Lo cual sería una mala idea si fuese un ladrón, pero es buena si eres un *toy boy* y se queman las salchichas.

—¿Y los niños?

—Creo que han ido arriba. Ven aquí. —Me ha apretado contra sus musculosos hombros—. No pasa nada. Tiene gracia.

—Siempre la cago con todo.

—No es verdad —ha susurrado Roxster—. Incendios, plagas de insectos... la clase de cosas que pueden pasarle a cualquiera.

—Hemos empezado a besarnos—. Creo que será mejor que lo dejemos —me ha advertido—, o tendremos que apagar más salchichas ardiendo.

Cuando hemos subido a buscar a los niños, hemos visto que se habían metido tranquilamente en su habitación y estaban jugando con sus dinosaurios.

—Bien. ¿Nos vamos al colegio? —he preguntado alegremente.

—Vale —ha contestado Billy como si no hubiera pasado nada raro.

Así que el variopinto grupo formado por Billy, Mabel, Roxster y yo ha salido por la puerta principal, donde ha sido recibido por la nerviosa señora de más arriba, que nos ha mirado con recelo y ha preguntado:

—¿Ha habido un incendio?

—Ya lo creo, nena —ha respondido Roxster.

»Adiós, Billy, adiós, Mabel.

—Adiós, Roxster —han coreado ellos alegremente.

Y después, Roxster me ha dado una palmadita en el trasero y ha echado a andar hacia el metro.

Pero ahora es posible que esté teniendo un ataque de pánico. ¿Significa esto que las cosas pasan a un nivel más serio? Y no me cabe duda de que es desaconsejable dejar que los niños le cojan cariño a Roxster por si... ¡Tal vez le mande un mensaje y lo invite a la fiesta de Talitha!

10.35. Le he mandado un mensaje impulsivo: <Talitha te ha invitado a la glamurosa fiesta de su sesenta cumpleaños el 24 de mayo.

¡Será muy elegante y habrá MUCHA COMIDA! ¿Te apetece ir?>
Pero ahora me estoy arrepintiendo.

10.36. No hay respuesta. No le he mencionado que me había acordado de que esa misma noche él cumple treinta (por si pensaba que soy una acosadora totalmente obsesionada con él), pero ¿por qué he dicho «sesenta»? ¿Por qué? ¿Qué podría haberlo asustado más? ¿Por qué no pueden borrarse los mensajes enviados?

10.40. Roxster no ha contestado. ¡Ahhh! ¡Teléfono! Puede que sea Roxster y que llame para romper conmigo por tener una amiga de sesenta años.

11.00. Era George, de Greenlight. Hemos mantenido una conversación bastante complicada que, en cuestión de unos minutos, ha dado la impresión de pasar por las siguientes etapas: George en una limusina, George en una tienda de regalos, George subiéndose a un avión, y todo eso mientras me hacía comentarios sobre la nueva versión y decía cosas como: «No, no lo envuelva. Tengo que coger un avión; o mejor sí, envuélvalo.»

Al final le he dicho dándome tono (y mientras abría otro mensaje de Roxster):

—George, me está resultando bastante difícil entender lo que me dices cuando pareces tan distraído.

Pero no estoy segura de que lo haya oído, porque se ha cortado.

¡Viva! Mensaje de Roxster: <No se me ocurre mejor forma de celebrar mi trigésimo cumpleaños que el sexagésimo de Talitha, sobre todo si la comida va a ser tan buena como dices que será. Siempre que después podamos celebrar mi cumpleaños como Dios manda en tus aposentos.>

Y después otro que decía:

<¿Podemos volver a cenar en casa después? Empanada de carne.>

<Sí, Roxster.>

Y otro:

<Me gusta mucho la empanada de carne.>

<Lo sé, Roxster>, le he contestado pacientemente.

Y otro:

<Sólo para estar completamente seguro: estás hablando de cenar dos veces, ¿no? Contando la de la fiesta.>

LO QUE TIENE EL VERANO

Martes, 7 de mayo de 2013

61,5 kg (no, no, no, qué desastre); modelos apropiados para el verano: 0; modelos apropiados para el mundo moderno: 1 (el vestido de seda azul marino).

09.31. ¡Ha llegado el verano! Al final ha salido el sol, los árboles están en flor y todo es estupendo. Pero ¡no, no! La parte superior de mis brazos no está lista.

09.32. Además estoy experimentando una familiar sensación de pánico respecto a que debo sacarle el mayor partido, pues puede que sea el último y único día soleado del año. Y, además, ¿qué hay de la inminente temporada veraniega, cuando todo el mundo irá a los festivales con un *look* festivalero elegante y casual, a lo Kate Moss, o a Ascot, vestido como Kate Middleton y luciendo un tocado? Yo no tengo ningún evento veraniego al que asistir, ni tocados.

09.33. Uy, menos mal. Ha empezado a llover otra vez.

Miércoles, 8 de mayo de 2013

09.30. Llevar al colegio a los niños se ha convertido en un obstáculo de estilismo insalvable. Estamos en esos días confusos antes de que el verano coja confianza, durante los que uno sigue saliendo a la calle o con ropa de lana de invierno —en cuyo caso el día sale soleado y con veintiséis grados— o con un vestido veraniego ligero —y entonces empieza a granizar, con lo cual te quedas completamente helada y encima te das cuenta de que la laca de uñas de los pies da asco—. Tengo que centrarme en la ropa y en arreglarme. Y en escribir.

Jueves, 9 de mayo de 2013

19.00. ¡Ahhh! He estado viendo *Buena suerte, Charlie* con Mabel en el canal Disney y me he dado cuenta de que la madre de *Buena suerte, Charlie* lleva exactamente la misma ropa que me he estado poniendo yo todo el invierno, a excepción del vestido de seda azul marino: vaqueros negros con botas por fuera, o pantalones de chándal negros ceñidos y de pata ancha cuando está en casa; una camiseta blanca escotada y encima un jersey con el cuello a pico negro, gris o de cualquier otro color neutro. ¿Se ha convertido lo que yo pensaba que era mi estilo monocromo y ligeramente arriesgado en el equivalente a ojos de Mabel de los dos piezas en plan arreglado pero informal que solían llevar mi madre y Una? Puede que intente ser más ecléctica, como la hija adolescente de *Buena suerte, Charlie*.

Lunes, 13 de mayo de 2013

Minutos pasados en páginas web de moda: 242; minutos pasados viendo noticias en Yahoo: 27; minutos pasados discutiendo con el se-

ñor Wallaker: 12; minutos pasados escuchando a Jude: 32; minutos pasados con la tabla de deberes: 52; minutos pasados haciendo cualquier tipo de trabajo: 0.

09.30. Bien. Ahora tengo que ponerme seriamente a escribir. Pero antes les echaré un vistazo a las páginas de River Island, Zara, Mango, etc., para sacar ideas de cara a modernizar los modelitos del verano.

12.30. ¡Muy bien! ¡A trabajar! Pero antes le echaré un vistazo a la inexplorada bandeja de entrada.

12.45. Uuy, noticia de Yahoo: «Biel decepciona con un traje de chaqueta y pantalón de todo menos sexy.» Bah, ¿es que ahora se juzga a las mujeres por lo sexy o no sexy de sus trajes de chaqueta? Sumamente relevante para la actualización de Hedda. Imprescindible leer.

13.00. Echando humo. Porque, sinceramente, los únicos modelos de conducta que tienen las mujeres hoy en día son... esas CHICAS DE ALFOMBRA ROJA que se limitan a hacer acto de presencia en las fiestas luciendo ropa prestada y a posar para las fotos que aparecen en *Grazia*; después se vuelven a casa para meterse en la cama hasta la hora de comer y de conseguir más ropa gratis. No es que Jessica Biel sea una chica de alfombra roja, porque es actriz. Pero aun así.

13.15. Ojalá fuese una chica de alfombra roja.

14.15. Puede que salga a comprarme la revista *Grazia* para no decepcionar con un conjunto de todo menos sexy a lo madre de *Buena suerte, Charlie*. Que no es que la madre de *Buena suerte, Charlie* sea de todo menos sexy, claro.

15.00. Acabo de volver del quiosco con la nueva revista *Grazia*. Soy consciente de que todo mi estilo está pasado de moda y es un desastre. Tengo que ponerme vaqueros pitillo, bailarinas y una camisa abotonada hasta arriba. Y un blazer para ir a buscar a los niños al colegio, más un bolso y unas gafas de sol enormes, como una famosa en el aeropuerto. ¡Ahhh! Es hora de ir a buscar a Billy y a Mabel.

17.00. De vuelta a casa. Billy ha salido del colegio con cara de estar traumatizado.

—He quedado el segundo empezando por abajo en el examen de ortografía.

—¿Qué examen de ortografía? —Lo he mirado pasmada mientras los otros niños bajaban en tropel por la escalera.

—Ha sido un suspenso de campeonato —ha anunciado con tristeza—. Hasta Ethekiel Koutznestov lo ha hecho mejor que yo.

Me ha invadido una terrible sensación de fracaso. Lo de los deberes me resulta absolutamente incomprensible, con un montón de papelitos sin sentido, dibujos de dioses indios armados hasta los dientes y recetas de tostadas a medio colorear en distintos libros.

El señor Pitlochry-Howard, el tutor de la clase de Billy, un hombre nervioso y con gafas, ha corrido a nuestro encuentro.

—No debes preocuparte por el examen de ortografía —ha afirmado nerviosamente. El señor Wallaker se ha acercado para pegar la oreja—. Billy es un muchacho muy inteligente, sólo necesita...

—Necesita más organización en casa —ha apuntado el profesor de educación física.

—Bueno, verá, señor Wallaker —ha replicado el señor Pitlochry-Howard un tanto ruborizado—, es que Billy lo ha pasado muy...

—Sí, ya sé lo que le sucedió al padre de Billy —lo ha interrumpido el señor Wallaker en voz baja.

—Así que hemos de ser indulgentes. Todo irá bien, señora Darcy. No tiene por qué preocuparse —me ha asegurado el señor Pitlochry-Howard. Y, acto seguido se ha marchado dejándome con el señor Wallaker, al que he dedicado una mirada asesina.

—Billy necesita disciplina y estructura —ha afirmado—. Eso es lo que lo ayudará.

—Tiene disciplina, descuide. Y ya le impone usted bastante disciplina de la suya en el campo de deportes. Y en clase de ajedrez.

—¿A eso lo llama disciplina? Espere a que vaya al internado.

—¿Al internado? —he repetido, y me he acordado de que Mark me hizo prometer que no les haría a los niños lo mismo que le hicieron a él—. Billy no irá a ningún internado.

—¿Qué tienen de malo? Mis hijos van a un internado. Hace que se esfuercen al máximo, les enseña a tener valor, coraje...

—¿Y cuando las cosas van mal? ¿Qué tal si hay alguien que los escuche cuando no ganan? ¿Qué hay de la diversión, qué hay del amor y los abrazos?

—¿Los abrazos? —ha repetido incrédulo—. ¿Los abrazos?

—Sí —he contestado—. Son niños, no máquinas de productividad. Necesitan aprender a salir adelante cuando las cosas no van bien.

—Supervíselo cuando hace los deberes. Es más importante que ir a la peluquería.

—Que sepa usted —le he dicho irguiéndome cuanto he podido— que soy una mujer trabajadora y estoy escribiendo una versión actualizada de *Hedda Gabbler*, de Antón Chéjov, que dentro

de poco será llevada al cine. Vamos, Billy. —Y lo he empujado
hacia la verja del colegio mientras musitaba—: Por favor, el señor
Wallaker es un maleducado y un tirano.

—Pues a mí me cae bien —ha objetado Billy, horrorizado.

—¿Señora Darcy?

Me he vuelto hecha una furia.

—¿*Hedda Gabbler*, ha dicho?

—Sí —he afirmado orgullosa.

—¿De Antón Chéjov?

—Sí.

—Pues yo diría que es de Henrik Ibsen. Y también creo que se
escribe, y de hecho se pronuncia, con una sola be.

18.00. Joder. Acabo de poner en Google «Hedda Gabbler» y ES de
Henrik Ibsen y se escribe con una sola be, pero «*Hedda Gabbler*, de
Antón Chéjov», está ya en la primera página del guión de todo el
mundo. No importa. Si en Greenlight nadie se ha dado cuenta, no
tiene sentido decírselo ahora. Siempre puedo fingir que era ironía
inteligente.

21.15. La mesa de la cocina está repleta de tablas. Éstas son las tablas:

TABLA UNO: DÍA EN QUE SE PONEN LOS DEBERES
Por ejemplo: lunes, problemas matemáticos y sufijos, para el martes
por la mañana. Martes, colorear dios indio y evaluar pretecnología:
pan, ratones, etc.

TABLA DOS: DÍA DE ENTREGA DE DEBERES

TABLA TRES
Tabla posiblemente redundante, intento de incorporar elementos de
las Tablas Uno y Dos utilizando distintos colores.

Por ejemplo: lunes, dibujar y colorear el «árbol genealógico» de la familia de sufijos «-ic». Colorear brazos del dios indio.

Uuy, timbre.

23.00. Era Jude, estaba traumatizada, hecha polvo, y ha bajado la escalera tambaleándose.

—Quiere que le pida que chupe cosas —me ha dicho desanimada al tiempo que se dejaba caer sobre el sofá, con el teléfono en la mano y mirando enfermizamente al frente.

Es evidente que he tenido que dejarlo todo para escucharla. Resulta que Amantedelsnow, con el que las cosas iban bastante bien desde hacía ya tres semanas, le había desvelado de pronto que le iba la humillación sexual.

—Bueno, no pasa nada —le he asegurado para consolarla mientras dibujaba una delicada espiral en la espuma de su capuchino *ristretto* descafeinado de Nespresso, sintiéndome, como siempre que utilizaba mi nueva y navideña cafetera Nespresso, un poco como una camarera barcelonesa—. Podrías pedirle que te chupe... ¡a ti! —he propuesto al tiempo que le daba aquella preciosidad de café.

—No. Quiere que le diga cosas como: «Chúpame la suela de los zapatos», «Chupa la taza del váter.» Vamos, que de higiénico nada.

—Podrías ponerlo a hacer cosas útiles, como tareas de la casa. Quizá no la taza del váter, pero sí lavar los platos —he dicho esforzándome por anteponer la gravedad de su situación a mis sentimientos heridos, pues no había elogiado, o al menos comentado, el dibujo de la espuma del capuchino.

—No pienso ponerlo a chuparme los platos.

—Podría chuparlos para quitarles lo gordo y después ya meterlos en el lavavajillas, ¿no?

—Bridget: quiere que lo humille sexualmente, no fregar los platos.

Quería animarla a toda costa, sobre todo porque a mí ahora las cosas me van bien.

—¿No hay nada humillante que pudiera gustarte? —le he preguntado como si estuviera convenciendo a Mabel de que fuera a una fiesta infantil—. ¿Como... vendarle los ojos?

—No, dice que no le va el rollo «Cincuenta sombras». Tiene que ser... Bueno, algo que haga que se sienta asqueroso. Como cuando me dijo que quería que le dijera que tenía un pene enano. Si es que no es normal.

—No —he tenido que admitir—. La verdad es que muy normal no es.

—¿Por qué ha tenido que cagarla? Ahora todo el mundo se conoce por internet. Que resulte que está como una cabra es tan tópico...

Enfadada, ha lanzado el iPhone contra la mesa, le ha dado al capuchino y ha echado a perder por completo el dibujo que le había hecho en la espuma.

—Lo de ahí fuera es un zoo —ha afirmado Jude mirando enfermizamente a la nada.

¡DIRECCIÓN!

Martes, 14 de mayo de 2013

13.00. Me he escapado de una carrera a Oxford Street, y me ha encantado ver que Mango, Topshop, Oasis, Cos, Zara, Aldo, etc. han leído el mismo número de *Grazia* que yo. Ver la ropa de verdad después de haber estado mirando tanto tiempo páginas web ha sido casi como ver a las estrellas de cine en carne y hueso después de haberlas visto en las revistas. Ahora tengo un modelito estilo famosa-en-aeropuerto al que no le falta detalle: pantalones pitillo, bailarinas, camisa, blazer y gafas de sol, aunque no tengo el, quizá imprescindible, bolso enorme y carísimo.

Miércoles, 15 de mayo de 2013

Minutos perdidos intentando parecer una chica de alfombra roja sin conseguirlo: 297; minutos pasados volviendo a ponerme el vestido de seda azul marino: 2; número de veces que me puse el vestido de seda azul marino el año pasado: 137; coste derivado del uso del vestido de seda azul marino desde que me lo compré: menos 3 libras la hora; por consiguiente, el vestido de seda azul marino ha obtenido más beneficios que yo. Lo cual está bien. Y además es budista.

10.00. Acabo de salir para ir a la reunión en Greenlight vestida con mi nuevo modelo. Da la impresión de que *Las hojas en su pelo* avanza a galope tendido. Se ha sumado un director, «Dougie». La reunión, como siempre, es de «reconocimiento», como cuando vas al dentista y sabes que van a acabar agujereándote un diente.

10.15. Acabo de verme reflejada en un escaparate: estoy ridícula a más no poder. ¿Quién es ésa de la camisa abotonada hasta arriba y los pitillo que le hacen los muslos gordos? Voy a volver a casa a ponerme el vestido de seda azul marino.

10.30. En casa. Voy a llegar tarde.

11.10. Me he chocado contra George en el pasillo cuando iba corriendo como una loca con mi vestido de seda azul marino. He frenado en seco, pensando que George había salido de la reunión para regañarme por llegar tarde y llevar siempre la misma ropa, pero se ha limitado a decir: «Ah, la reunión de *Las hojas*. Vale, vale, lo siento, multiconferencia. Estaré contigo dentro de diez o quince minutos.»

11.30. Ahora el ambiente ya es mucho más relajado, con Imogen y Damian, y esperamos felices y contentos a George y a Dougie en la sala de juntas, comiendo cruasanes, manzanas y barritas Mars en miniatura. He intentado sacar el tema de los pitillo, pero Imogen se ha puesto a hablar de si era mejor comprar ropa en Net-a-Porter, porque ponen un embalaje muy chulo y es genial abrir el papel de seda negro, o apostar por un embalaje ecológico sencillo, ya que es más fácil devolverlo y de paso salvas el planeta. He tratado de tomar parte en la conversación fingiendo que compro cosas en Net-a-Porter en lugar de limitarme a mirarlas y luego ir a Zara, pero entonces George HA IRRUMPIDO en la habitación, sin Dougie, con sus habituales movimientos precipitados de estoy-en-marcha, hablando con su vozarrón grave mientras iba consultando sus correos electrónicos.

El problema de George es que siempre parece estar en otra parte, he empezado a pensar hipócritamente al tiempo que notaba que me vibraba el teléfono. Siempre está o a punto de hablar con alguien o hablando con alguien o mandándole un correo a alguien o subiéndose o bajándose de un avión. He bajado la vista para abrir el mensaje sin dejar de pensar: «¿Por qué? ¿Por qué? ¿Por qué no está George donde está? "Anda, mírame, estoy volando, soy un pájaro, ¿por qué no desayunamos todos en China?".» El mensaje era de Roxster:

<¿Me paso esta noche cuando los niños estén en la cama? Y te cuento con pelos y señales el partido de rugby de la otra noche.>

El problema de George y su distracción implica que uno tiene que meter todo lo que quiere decirle en lo que dura un tuit. Aunque, a decir verdad, puede que en cierto modo sea bueno. Porque me he dado cuenta de que mientras que los hombres, a medida que se hacen mayores, se vuelven gruñones y refunfuñones, las mujeres empiezan a hablar demasiado, atropelladamente y repitiéndose. Y, como dice el Dalái Lama, todo es un regalo, así que puede que el hecho de que George esté tan ocupado sea una forma de enseñarme a no hablar como una cotorra, sino...

—¿Hola?

George se ha plantado delante de mí para devolverme al presente.

—Hola —he contestado confusa, y le he dado deprisa a «Enviar» para mandarle el mensaje a Roxster: <¿Con pelos públicos y señales eróticas?> ¿Por qué me decía «¿hola?» George cuando ya nos habíamos saludado hacía diez minutos en el pasillo?

—Estás sentada así —me ha dicho, y, acto seguido, me ha imitado exactamente como lo hace Billy, con expresión alelada y la boca abierta.

—Estoy pensando —he argüido al tiempo que apagaba el teléfono, que ha emitido un graznido. Lo he vuelto a encender deprisa. O lo he apagado.

—Pues no lo hagas —ha ordenado—. No pienses. Bien. Tenemos que hacer esto rápido, salgo para Ladakh ya mismo.

¡Lo que yo decía! ¿Ladakh?

—Ah. ¿Vas a hacer una película en Ladakh? —he preguntado inocentemente mientras lo juzgaba de manera preconcebida por ir a Ladakh SIN MOTIVO alguno salvo ir a Ladakh y miraba de quién era el mensaje del graznido.

—No —ha contestado George al tiempo que se registraba todos los bolsillos en busca de algo—. No es Ladakh, es... —Un destello de pánico ha asomado a sus ojos— Lahore. Vuelvo dentro de cinco minutos.

Ha vuelto a salir, probablemente para preguntarle a su asistente adónde iba. El mensaje era de Jude.

<Me acaba de decir que quiere que le haga pis encima.>

Le he respondido deprisa:

<Todo el mundo tiene sus rarezas. ¿Y si usas una variante de hacerlo sentir asqueroso, de vez en cuando, como si fuera un premio?>

Jude: <¿Como hacerle pis?>

Yo: <No. Dile: «NO estoy preparada para hacerte pis encima, pero te...»>

De pronto me han llegado dos mensajes. El primero era la respuesta de Jude:

<¿...pisaré los huevos? Es una de las cosas que quiere. Yo creo que se los reventaría.>

He abierto el otro mensaje pensando que quizá fuera de Roxster. Era de George:

<¿Estás interesada en conocer a tu nuevo director o piensas pasarte todo el tiempo ahí sentada mandando mensajes?>

He alzado la vista y he estado a punto de atragantarme. No sé cómo, George había vuelto a la sala de juntas sin que me diera cuenta y estaba sentado frente a mí con un tío bajito con pinta de moderno —camisa negra, barbita gris y gafas redondas a lo Steven Spielberg—, pero con una de esas caras algo ajadas, como de alcohólico —que no tienen nada que ver con la luminosidad alegre de nunca-me-he-hecho-un-*peeling*-facial-pero-lo-parece de Steven Spielberg.

Los he mirado sobresaltada y me he puesto en pie de súbito para tenderles la mano por encima de la mesa con una sonrisa de felicidad.

—¡Dougieeeeeeee! Cuánto me alegro de conocerte al fin. He oído hablar TANTO de ti. ¿Cómo estás? ¿Vienes de lejos?

¿Por qué me convierto en una joven exploradora / Su Majestad la Reina siempre que me siento incómoda?

Por suerte, justo en aquel instante ha entrado a toda prisa la ayudante de George. Parecía aturdida y ha susurrado «No es Lahore, es Le Touquet», ante lo cual George se ha marchado de repente y nos ha dejado a Dougie y a mí un montón de «tiempo de reconocimiento». El encuentro ha consistido —¡por una vez!— en que hablara a mis anchas de los temas feministas de *Hedda Gabler* mientras Imogen me miraba con una sonrisa petrificada.

Dougie, por otra parte, se ha mostrado de lo más entusiasta. No ha parado de sacudir la cabeza con admiración y decir: «Sí, eso es.» Creo que va a ser un aliado en lo tocante a asegurarse de que *Las hojas* (que es como lo llamamos ahora) permanezca fiel a su esencia.

Sin embargo, cuando Dougie se ha ido haciendo como que escribía con los pulgares en un teléfono y diciendo «Hablamos», la conversación se ha vuelto en su contra.

—Uf, necesita esto con desesperación —ha afirmado Damian, desdeñoso.

—Y que lo digas —ha añadido Imogen—. Oye, Bridget, esto es absolutamente *top secret*, ya sabes, pero ¡creo que tenemos actriz!

—¿Actriz? —he repetido entusiasmada.

—Ambergris Bilk —ha dicho en voz baja.

—¿Ambergris Bilk? —he inquirido sin dar crédito. ¿Que Ambergris Bilk quería estar en mi película? Dios mío—. O sea, ¿lo ha leído?

Imogen me ha dedicado una sonrisa radiante, indulgente, sin separar los labios, la clase de sonrisa que utilizo yo cuando le digo a Billy que se ha ganado las coronas de Wizard 101 por recoger el lavavajillas (aunque, claro está, sin chupar los platos).

—Le encanta —me ha asegurado Imogen—. Lo único es que no está segura al ciento por ciento de lo de Dougie.

EL PROBLEMA CON LOS MODELITOS

Jueves, 16 de mayo de 2013

10.30. Mmmm. Otra noche de fábula con Roxster. Intenté hablar con él del problema de los vaqueros pitillo, pero el tema no le interesaba lo más mínimo y me dijo que yo le gustaba más sin ropa.

11.30. Acabo de mantener una multiconferencia con George, Imogen y Damian para hablar de la reunión con Ambergris Bilk, que está en Londres. Me encantan las multiconferencias, y el hecho de que te permitan hacer cosas como que te cortas el cuello y tiras de la cadena cuando alguien dice algo que te molesta lo más mínimo.

—Bueno, entonces... —ha dicho George. Y se ha oído un ruidoso fragor mecánico de fondo.

—Creo que lo hemos perdido —ha aventurado Imogen—. Espera.

Acabo de echarle otro vistazo a *Grazia*. Está claro que lo que me falta en el modelo de los pitillo es el fular. Un fular bohemio vaporoso, con doble vuelta al cuello. Mmm. Y ¿qué voy a ponerme para la fiesta de Talitha? ¿Los Nuevos Blancos Primaverales? ¡Ahhh! Han vuelto. Me refiero a los de Greenlight, no a los Nuevos Blancos Primaverales.

—Bien —ha empezado de nuevo George—. Queremos que conozcas a Ambergris y...

—¿Qué? —he contestado esforzándome por oír algo con aquel ruido ensordecedor.

—Estoy en un helicóptero. Queremos que conozcas a Ambergris y que...

Se ha vuelto a ir. ¿Qué iría a decir? ¿«Le hagas pis encima»?

12.30. Acaba de llamar Imogen, de Greenlight, para decirme que George quiere que hable con Ambergris Bilk del guión, pero que no diga nada malo de Hawái, porque a Ambergris le va Hawái. «Y —ha añadido Imogen con frialdad— quiere que digas cosas buenas de Dougie.»

¡Viva! Voy a conocer a una auténtica estrella de cine. Me pondré un fular vaporoso.

17.00. Acabo de volver del colegio. Es verdad. Ahora soy consciente de que todo el mundo lleva fulares bohemios vaporosos con doble vuelta al cuello. Aunque resulta curioso cuando recuerdo la cantidad de años que mi madre y Una se pasaron intentando hacer que me gustaran los fulares, pero yo los aborrecía porque me parecían complementos de señora, un poco como los broches. Y ahora es casi como si todas acabásemos de leer *Grazia* y dijéramos cual zombis adoctrinados por chicas de alfombra roja: «Tengo que llevar un fular bohemio vaporoso, tengo que llevar un fular bohemio vaporoso.»

Viernes, 17 de mayo de 2013

Minutos empleados en vestirme y arreglarme para ir a llevar a los niños al colegio: 75.

05.45. Me he levantado una hora antes para arreglarme y ponerme a la moda para ir a llevar a los niños al colegio, a lo Stella McCartney, Claudia Schiffer y demás. Creo que mi *look* es estupendo, aún con los vaqueros pitillo y las bailarinas, pero ahora además con el fular vaporoso al cuello.

07.00. Acabo de despertar a Billy y he ayudado a Mabel a levantarse de la litera de abajo. Justo cuando estaba sacando la ropa del armario me he dado cuenta de que Billy y Mabel se estaban riendo.

—¿Qué? —he preguntado después de volverme para mirarlos—. ¿Qué?

—Mami —ha contestado Billy—, ¿por qué llevas un paño de cocina al cuello?

09.30. Acabo de volver de dejar a los niños en el colegio y me he comprado el último número de *Grazia*. He encontrado un artículo titulado: «¿Le ha llegado su hora al pitillo?»

Voy a volver a vestirme como la madre de *Buena suerte, Charlie*.

DÍAS DE CHISPEANTE GLAMUR

Lunes, 20 de mayo de 2013

Estrellas de cine conocidas: 1; escapadas planeadas: 1; fiestas a las que voy a ir próximamente con Roxster: 1; número de veces que me he subido a un cochazo: 2; cumplidos de la estrella de cine: 5; calorías consumidas con la estrella de cine: 5.476; calorías consumidas por la estrella de cine: 3.

14.30. Las cosas no podrían ir mejor. Están a punto de pasarme a recoger en un «coche» para ir al Savoy a conocer a Ambergris. Me he probado varias versiones del *look* famosa-en-aeropuerto con vaqueros pitillo / fular / camiseta abotonada hasta arriba, pero al final me he decidido por el vestido de seda azul marino, aunque empieza a estar un poco sobado. Talitha me ha ayudado a pedir algunos vestidos para su fiesta en Net-a-Porter, y me he hecho con uno muy bonito de J. Crew no muy caro.

Y dentro de tres semanas Roxster y yo nos vamos de escapada. ¡Una escapada! Los dos solos, desde el sábado por la tarde hasta el domingo. Estoy como loca. Llevo cinco años sin hacer una escapada. Pero bueno, tengo que ponerme con las notas para la reunión.

17.30. En el coche de vuelta de la reunión. En un principio, cuando ha llegado Ambergris, me he sentido decepcionada, ya que esperaba verla entrar con unos pitillo, camisa abotonada hasta arriba, blazer, fular bohemio vaporoso y un bolso enorme carísimo. Así yo podría ver cómo se hacía y el resto del mundo nos miraría y admiraría a las dos. Pero apenas la he reconocido cuando ha entrado sigilosamente en el reservado vestida con unos pantalones de chándal y una sudadera grises y tocada con una gorra de béisbol.

Hemos arrancado con una especie de prólogo amistoso —al que empiezo a acostumbrarme con las mujeres de la industria del cine— en el que Ambergris me ha felicitado por mi estilismo; el hecho de que no fuese más que el vestido de seda azul marino ha parecido resultarle irrelevante. He pensado que yo también debía decir algo bueno de su chándal.

—Qué *look* más... deportivo —he dicho con efusividad justo cuando llegaba una merienda absolutamente enorme en un expositor de tres pisos. Ambergris ha cogido un diminuto sándwich de salmón ahumado y ha estado jugueteando con él durante el resto de la conversación. Entretanto, yo me he zampado toda la capa inferior de sándwiches, tres *scones* con mermelada y nata batida, una selección de tartaletas y pastelitos en miniatura y las dos copas de champán gratis.

Ambergris ha manifestado su respeto y asombro por mi guión, y apoyando una mano en la mía me ha dicho:

—Me siento halagada.

Con los ánimos renovados al pensar que mi voz iba a escucharse de verdad, he pasado a decir cosas buenas de Dougie: les he quitado importancia a las preocupaciones que a todas luces Ambergris compartía con Damian e Imogen acerca de que lo necesitaba «con desesperación» y de que, a decir verdad, no había hecho nada de lo que nadie hubiera oído hablar.

—Dougie entiende realmente mi voz —he asegurado tiñendo de afecto reverencial la palabra «Dougie»—. Deberías reunirte con él, en serio.

(Ahora yo también comparto su jerga.)

Hemos quedado en que Ambergris se reuniría con Dougie y, en un abrir y cerrar de ojos, a ella le ha llegado la hora de irse. Creo que ya somos íntimas amigas. Y también creo que estoy a punto de vomitar por haberme zampado una merienda para dos entera más las dos copas de champán.

17.45. Acabo de llamar a Greenlight —¡desde el coche!— para presumir del éxito de la reunión y me he enterado de que Ambergris ya había llamado —¡desde su coche!— para decir lo inteligente y empática que cree que soy.

LA FIESTA DE TALITHA

Era el día más caluroso del año y el sol aún estaba alto en el cielo cuando quedamos para ir a la fiesta de Talitha. Roxster no podía estar más guapo: con una camiseta blanca, ligeramente moreno y la barbita dibujándole el mentón. La invitación decía: «Fiesta informal de verano.» Me preocupaba un poco el vestido de Nuevos Blancos Primaverales, aunque lo había elegido Talitha, pero cuando Roxster me vio, dijo:

—Uau, Jonesey. Estás perfecta.

—Tú también estás perfecto —repuse con entusiasmo y casi jadeando de deseo—. Lo que llevas es absolutamente perfecto.

A lo cual Roxster, que a todas luces no tenía ni idea de lo que llevaba, se miró perplejo y comentó:

—Sólo son unos vaqueros y una camiseta.

—Lo sé —afirmé riendo para mis adentros al imaginarme el tonificado torso de Roxster en un mar de trajes y panamás.

—¿Crees que habrá un bufet en toda regla? ¿O serán sólo canapés?

—Roxster... —empecé con tono de advertencia.

Me atrajo hacia él y me besó.

—Sólo estoy aquí por ti, nena. ¿Crees que habrá cosas calientes? ¿O sólo frías? Es broma, es broma, Jonesey.

Enfilamos, cogidos de la mano, un estrecho pasaje de ladrillo antiguo y salimos a un enorme jardín escondido: el sol iluminaba una piscina azul, había sillones y colchonetas blancas para ponerse cómodo y una *yurta*: la quintaesencia de una fiesta de verano inglesa con el toque justo de un hotel *boutique* marroquí.

—¿Quieres que vaya a por algo de comer, quiero decir, beber?

Me quedé allí, perdida durante un momento, mientras Roxster fue en busca de comida. Miré la escena asustada. Estaba justo en ese instante en que llegas a un lugar lleno de gente, y te sientes descolocada, y no ves a nadie conocido. De pronto pensé que me había equivocado de modelito. Tendría que haberme puesto el vestido de seda azul marino.

—¡Eh, Bridget! —Cosmo y Woney—. Has vuelto a venir sola. ¿Se puede saber dónde están esos «novios» de los que tanto hemos oído hablar? Puede que esta noche te busquemos uno.

—Sí —dijo Woney con aire de complicidad—, Binko Carruthers.

Ambos señalaron con la cabeza a Binko, que miraba alrededor con su habitual cara de loco, el pelo alborotado y el rollizo cuerpo asomando por diversos puntos de, ¡horror!, en lugar de su habitual traje arrugado, unos pantalones acampanados de color aguamarina y una camiseta psicodélica con chorreras delante.

—Creyó que ponía fiesta de cumpleaños de los años sesenta, no de sesenta cumpleaños —rió Woney.

—Ha dicho que estaría más que dispuesto a echarte un vistazo —me contó Cosmo—. Será mejor que le entres deprisa, antes de que lo acapare alguna divorciada desesperada.

—Aquí tienes, nena.

Roxster apareció a mi lado con dos grandes flautas de champán en una mano.

—Éste es Roxby McDuff —lo presenté—. Roxby, éstos son Cosmo y Woney.

Los ojos de color avellana de Roxster destellaron al oír los nombres cuando me entregaba la copa.

—Encantado —saludó alegremente, y levantó su flauta hacia Cosmo y Woney.

—¿Es tu sobrino? —quiso saber Cosmo.

—No —contestó Roxster al tiempo que me pasaba el brazo por la cintura intencionadamente—. Sería una relación muy rara.

Cosmo puso cara de sentir que alguien le quitaba la silla de su visión del mundo socio-sexual cuando estaba a punto de sentarse. Su expresión fue la de una tragaperras de frutas: distintas ideas y sentimientos desfilando por ella a toda velocidad, incapaces de dar con una combinación definitiva en la que detenerse.

—Bien —dijo al cabo de un rato—. Desde luego Bridget está radiante.

—Ya veo por qué —añadió Woney con la vista clavada en el musculado antebrazo que me rodeaba la cintura.

En aquel preciso instante, Tom se acercó, rebosante de entusiasmo.

—¿Es éste Roxster? Hola. Soy Tom. Felicidades. —Y añadió dirigiéndose a Cosmo y a Woney—: ¡Hoy cumple treinta añitos! Uy, ahí está Arkis, tengo que irme.

—Hasta luego, Tom —dijo Roxster—. Me muero de hambre. ¿Vamos por algo de comer, cielo?

Al dar media vuelta, bajó la mano hasta ponérmela en el culo y allí la dejó mientras íbamos hacia el bufet.

Tom se nos acercó de nuevo, ahora con Arkis, que era exactamente igual de guapo que en las fotos de la app Scruff, a la zaga. Sonreí con alegría.

—Lo sé, lo sé. Lo he visto —dijo Tom—. Estás de un guapo subido que da asco.

—Ha sido tan terriblemente duro... —afirmé con voz trémula—. ¿Acaso no me merezco un poco de felicidad?

—Pero que no se te suba demasiado a la cabeza —aconsejó—. O más dura será la caída.

—Ni a ti —respondí señalando a Arkis—. *Chapeau*.

—Pues disfrutémoslo, ¿no? —dijo Tom, y brindamos.

Fue una de esas veladas chispeantes: relajadas, húmedas, el sol aún arrancándole destellos a la piscina. La gente reía, bebía y descansaba en las colchonetas comiendo fresas bañadas en chocolate. Yo estaba con Roxster; Tom, con Arkis; Jude iba por su tercera cita con un fotógrafo de naturaleza al que había conocido en Guardian Soulmates —parecía majo y no daba la impresión de querer hacerle pis encima—; y Talitha estaba impresionante con un vestido de color melocotón largo hasta los pies con un hombro al aire y un perrito a cuestas —en opinión de Tom, un toque absurdo— y seguida de cerca por su entregado y atractivo madurito multimillonario ruso. Se acercó a nosotros cuando Tom, Jude y yo nos encontrábamos junto a la piscina con nuestros respectivos ligues. Tom fue a acariciar al pequeño chihuahua de Talitha:

—¿Lo has comprado en Net-a-Porter, cariño?

Y el animalito intentó morderlo.

—Me lo ha regalado Sergei —explicó Talitha—. *Petula*. ¿No es un amor? ¿No eres un amor, cariñín? ¿Eh, eh, eh? Tú debes de ser Roxster. Felicidades.

—Felicidades a los dos —dije yo, a punto de echarme a llorar. Allí estábamos: el núcleo duro de la Central del Ligoteo, el puesto de mando de nuestras pugnas emocionales, todos, por una vez, felices y emparejados.

—Es una fiesta estupenda —observó Roxster, radiante, alterado por la combinación de comida, champán, Red Bull y cócteles a base de vodka—. Es, desde luego, la mejor fiesta en la que he estado en toda mi vida. Nunca he estado en una fiesta mejor, desde luego. Es una fiesta verdaderamente increíble, y la comida es...

Talitha le puso un dedo en la boca.

—Eres un encanto —aseguró—. Exijo el primer baile por nuestro cumpleaños.

Uno de los organizadores de la fiesta, vestido con traje negro, andaba rondando por allí. Le tocó el brazo a Talitha y le dijo algo al oído.

—¿Me la sujetas un minuto, cari? —pidió al tiempo que me daba el perrillo—. Tengo que hablar con el grupo.

Los perros nunca me han inspirado mucha seguridad desde que el labradoodle en miniatura de Una y Geoffrey me agredió cuando tenía seis años. Y ¿qué decir de esos pit bull que se comieron a un adolescente? Supongo que le transmití mi nerviosismo al chihuahua de Talitha, porque al cogerla se puso a ladrar, me mordió en la mano y se escapó de un salto de entre mis brazos. Vi, espantada, que salía volando, retorciéndose, ligera como una pluma, subía y subía y después bajaba y bajaba e iba a parar a la piscina, donde desapareció.

Se hizo un silencio que duró una décima de segundo, luego Talitha gritó:

—¡Bridget! ¿Qué haces? ¡No sabe nadar!

Todo el mundo centró la atención en el perrillo, que ascendió a la superficie en el centro de la piscina dando ladridos agudos y luego desapareció de nuevo bajo el agua. De pronto, Roxster se quitó la camiseta —dejando a la vista el tonificado torso— y se zambulló en la piscina describiendo un arco de agua azul, gotas y músculo. Emergió, mojado y reluciente, en el otro extremo. Se pasó de largo al perro, que tomó una última bocanada de aire y se hundió. Roxster pareció sentirse confuso durante un instante, pero se sumergió de nuevo y salió con una quejicosa *Petula* entre las manos. Con una sonrisa que dejaba al descubierto sus dientes blancos, dejó el perrillo con delicadeza a los pies de Talitha, apoyó las manos en el borde de la piscina y salió del agua con facilidad.

—Jonesey —comentó Roxster—, los perros no se tiran al agua.

—PorelamordeDios —dijo Tom—. Por-el-amor-de-Dios.

Talitha se puso a hacerle arrumacos a *Petula*.

—Mi pequeña. Mi pobre pequeña. Ya pasó, ya pasó.

—Lo siento —me disculpé—. Es que se tiró de...

—No te disculpes —zanjó Tom aún mirando fijamente a mi novio.

—Ay, mi amor. —Entonces Talitha se centró en Roxster—. Mi pobre y valiente amor. Vente conmigo y te quitas esa ropa mojada...

—No te atrevas a vestirlo —gruñó Tom.

—Creo que necesito otro Red Bull —sonrió Roxster—. Con vodka.

Talitha empezó a tirar de él y a abrirse paso entre la multitud, pero él me agarró de la mano y me arrastró tras de sí. La cara que se me quedó grabada de entre el mar de bocas abiertas fue la de Woney.

Cuando hizo pasar a Roxster a la casa, Talitha volvió la cabeza y musitó:

—Muy bien, cari, a eso es a lo que yo llamo reinventarse.

Ya más elegante, con uno de los inmaculados conjuntos del madurito atractivo de Talitha, Roxster parecía ajeno a su papel de reinventor y más interesado en los famosos a los que podía descubrir entre la multitud, de la mayoría de los cuales yo ni siquiera había oído hablar. Se hacía de noche, los farolillos emitían una luz tenue, tintineante, los invitados estaban cada vez más borrachos, el grupo tocaba y la gente empezaba a bailar. Yo, aunque ufana, estaba preocupada de que hubiera algo un tanto inapropiado en utilizar a Roxster para reinventarme, aun cuando no lo hubiese hecho deliberadamente, había sucedido sin más. De hecho, para ser sincera, estaba empezando a ena...

—Venga, vamos a bailar, nena —propuso Roxster—. Vamos.

Cogió otro cóctel de vodka, una cerveza y un Red Bull, se los bebió y pidió otra ronda. Roxster estaba desatado, eufórico. Roxster estaba, admitámoslo, cogiéndose una castaña de campeonato, y deprisa.

Se plantó de un salto en la pista, donde todo el mundo hacía lo apropiado para su generación: mover las caderas y dar saltitos; algunas mujeres separaban las piernas y movían los hombros de manera provocativa. Lo cierto es que nunca había visto bailar a Roxster. El grupo empezó a tocar un éxito de Supertramp, y me quedé mirándolo atónita cuando se formó un círculo a su alrededor y me di cuenta de que el estilo de baile que había escogido era el de señalar con un dedo. Se sabía todas las canciones de Supertramp, las cantaba a grito pelado pavoneándose como John Travolta, señalando a diestro y siniestro, y después, en el momento preciso, justo antes de la parte instrumental, señalando al escenario como si se dirigiera al grupo. Al percatarse de que yo daba saltitos tímidamente en el sitio, me agarró la mano y me dio su copa; luego me pidió por gestos que me la bebiera. La apuré de un trago y comencé yo también a señalar, rindiéndome a la certeza de que Roxster iba a hacerme girar con paso vacilante, a darme abrazos de oso, a empujarme y a sobarme el culo para después señalar mientras todo el mundo nos miraba. ¿Qué problema había?

Más tarde tropecé —mis pies estaban claramente necesitados de una operación de juanetes—, me fui al cuarto de baño y, cuando volví, la pista estaba vacía... pensé yo. Salvo por el hecho de que Jude, sin duda como una auténtica cuba, tenía la mirada clavada en ella y una sonrisa amable en la boca. Roxster bailaba solo, feliz y contento, con una Kronenbourg en una mano y señalando alegremente con la otra.

—Ha sido la mejor noche de toda mi vida —le dijo a Talitha cuando nos íbamos, y le cogió la mano y se la besó—. Y la mejor comida de toda, toda, toda mi vida, desde luego. Y la fiesta, claro. Ha sido la mejor, tú eres la mejor...

—Me alegro mucho de que hayas venido. Gracias por salvar al perro —contestó Talitha como una duquesa gentil—. Espero que aún esté a la altura, cari —me dijo a mí al oído.

Ya en la calle y lejos de los invitados que salían, Roxster se detuvo bajo la luz de una farola, me cogió las dos manos, sonriendo, y me besó.

—Jonesey —susurró mirándome a los ojos—. Me... —Se apartó e hizo un bailecito. Estaba muy borracho. Volvió y durante un instante lo noté triste, luego feliz y después soltó—: Me gustas mucho. Nunca se lo había dicho a ninguna mujer. Ojalá tuviera una máquina del tiempo. Me gustas mucho.

Si existe un Dios, estoy segura de que tiene cosas más importantes de las que ocuparse —con lo de la crisis de Oriente Próximo y todo lo demás— que de dar noches de sexo perfectas a viudas trágicas, pero, desde luego, aquella noche sentí que Dios se había distraído de sus otras preocupaciones.

A la mañana siguiente, después de que Roxster se fuera a ver su partido de rugby y los niños estuvieran en sus respectivas fiestas de magia y fútbol, volví a meterme en la cama una hora para recrearme en varios momentos de aquella noche: Roxster cuando salió de la piscina, Roxster a la luz de la farola, feliz, diciendo: «Me gustas mucho.»

Aunque, a veces, cuando pasan muchas cosas a la vez, uno se confunde y sólo es capaz de analizar minuciosamente toda la información al cabo de un rato.

«Ojalá tuviera una máquina del tiempo.»

Aquella frase emergió de entre todas las demás palabras e imágenes de la noche. Aquella décima de segundo de tristeza en sus ojos antes de decir: «Ojalá tuviera una máquina del tiempo. Me gustas mucho.»

Era la primera vez que mencionaba la diferencia de edad, aparte de las bromas sobre mis rodillas y mis dientes. Nos habíamos dejado atrapar por el entusiasmo, por la euforia de darnos cuenta de que, entre los restos del ciberespacio, ambos habíamos encontrado a alguien que nos gustaba de verdad; y no era un polvo de una noche, ni de tres noches, era una relación real llena de afecto y diversión. Pero en aquel momento de dicha ebria Roxster se había delatado. Le preocupaba, y con ello llegó el elefante a la habitación.

TERCERA PARTE

Descenso al caos

DÍA HORRIBLE NO BUENO MUY MALO

Martes, 4 de junio de 2013

60 kg; calorías: 5.822; trabajos: 0; toy boys: 0; respeto de la productora: 0; respeto de los colegios: 0; respeto de la canguro: 0; respeto de los niños: 0; bolsas de queso comidas enteras: 2; paquetes de galletas de avena comidos enteros: 2; verduras grandes comidas enteras: 1 (un repollo).

09.00. Mmm. Otra noche de lo más erótica con Roxster. Aunque al mismo tiempo noto cierta desazón. Billy y Mabel no se habían dormido del todo cuando llegó y bajaron llorando porque Billy decía que Mabel había tirado a Saliva y lo había «dejado ciego» de un ojo. Tardé siglos en conseguir que volvieran a dormirse.

Cuando bajé otra vez, Roxster, que no se había dado cuenta de que yo había vuelto, parecía algo cabreado. Dije: «Lo siento», y él levantó la vista y se rió alegremente, como siempre, y comentó: «Sólo es que no era así como imaginaba que pasaría la noche.»

En cualquier caso, una vez con la comida en marcha, volvió a ser el mismo de siempre. Y fue maravilloso. La silla y el espejo del cuarto de baño cobraron vida propia. ¡Y la escapada es el próximo fin de semana! Buscaremos un hotelito en el campo, y haremos senderismo, y follaremos, y comeremos, y haremos de todo. Chloe ha llevado a los niños al colegio para que yo pueda ponerme temprano con *Las hojas*, que cada vez parece menos un sueño imposible y más una realidad fantástica: ¡una película, escrita por mí, protagonizada por Ambergris Bilk! Así que todo va estupendamente. Sin duda. Tengo que ponerme con la revisión.

09.15. Mmmmm. No paro de acordarme de la otra noche en el cuarto de baño.

09.25. Acabo de mandarle un mensaje a Roxster diciéndole:
   <Mmmmm. Estuvo genial que vinieras.>

09.45. Lo único es... ¿por qué no ha contestado? «Ojalá tuviera una máquina del tiempo.» Ay, Dios, ¿por qué tengo todas esas imágenes de mí misma a las que recurro inmediatamente? Como que soy una acosadora, o una abuela trágica y demente que deambula por una discoteca en mallas y con un top sin mangas luciendo los brazos fofos, con el pelo encrespado, la barriga abultada y una tiara de pega.

09.47. Bien. Tengo que tranquilizarme, levantarme y ponerme a trabajar. No puedo pasarme el día dando vueltas en ropa interior y manteniendo un diálogo interior de tira y afloja completamente innecesario sobre por qué el *toy boy* no ha contestado mi mensaje, cuando tengo un guión que escribir y unos hijos de los que responsabilizarme y a los que organizarles las cosas.
   Pero ¿por qué no ha contestado?

09.50. Miraré el correo.

09.55. Nada. Tan sólo un mail reenviado por George, de Green-light. Puede que sea algo bueno.

10.00. Ay, Dios. Acabo de abrir el correo reenviado y he detonado una bomba.

```
Reenviado: De: Ambergris Bilk
A: George Katernis

Acabo de hablar con Dougie. Es taaaaaaan in-
creíble. Ahora adoro Las hojas. Me alegro de que
esté en la misma onda que yo en cuanto a lo de
llamar a un guionista de verdad.
```

Me he quedado unos instantes mirando la pantalla con cara inexpresiva. «Un guionista de verdad.»

¿UN GUIONISTA DE VERDAD?

Entonces he cogido un cuarto de repollo que por algún motivo Chloe había dejado en la mesa de la cocina (¿habrá convencido a los niños para que desayunen alguna receta de repollo sacada del libro de cocina de Gwyneth Paltrow?), he empezado a metérmelo en la boca, a morder las hojas y a dar vueltas muy deprisa alrededor de la mesa de la cocina. Algunos trozos de repollo se me han metido por el picardías y otros se han caído al suelo. El móvil ha comenzado a sonar: Roxster:

<Sí, ¿verdad? Pero ahora estoy muy confuso con nuestra relación. Muy, muy confuso, nena.>

El móvil ha vuelto a sonar. Preescolar:

<A Mabel se le ha infectado un dedo. La uña está a punto de caérsele. A juzgar por la pinta que tiene, debe de tenerlo así desde hace varios días.>

10.15. Tranquila y serena. Me limitaré a abrir la nevera, a sacar la mozzarella rallada y a metérmela en la boca, junto con el repollo.

10.16. Vale, ya lo tengo todo en la boca. Beberé un traguito de Red Bull para rematarlo. Uy, teléfono. Puede que sea Roxster, que se arrepiente de lo que ha escrito.

11.00. Era Imogen, de Greenlight:

—Bridget. Ha habido un terrible error. George acaba de reenviarte un correo electrónico por equivocación. ¿Podrías eliminarlo antes de...? ¿Bridget? ¿¿Bridget??

No he podido contestar debido a lo que tenía en la boca. He corrido a la pila y he escupido la bebida, la mozzarella rallada y el repollo justo cuando Chloe ha aparecido en lo alto de la escalera. He vuelto la cabeza y le he dedicado una sonrisa. De mis dientes caían trozos de repollo y mozzarella rallada, como si fuera un vampiro al que hubiesen pillado comiéndose a una persona.

—¿Bridget? ¿Bridget? —seguía diciendo Imogen por teléfono.

—¿Sí? —he contestado mientras saludaba alegremente a Chloe con la mano e intentaba pasar el grifo extensible por la pila para deshacerme del queso y el repollo.

—¿Te has enterado de lo del dedo de Mabel? —ha musitado Chloe.

He asentido tranquilamente y he señalado el teléfono que sujetaba con la barbilla. Mientras escuchaba a Imogen, que me repetía la historia del correo-reenviado-sin-querer-por-George, me ha llamado la atención el periódico, aún doblado por donde Roxster lo había estado leyendo.

EL TRÁGICO DESTINO DEL *TOY BOY*
Por Ellen Boschup

De pronto hay *toy boys* por todas partes. Dado que los avances de la medicina contribuyen cada vez en mayor medida a mantener una juventud aparente y más mujeres de mediana edad dedican su tiempo y sus recursos a conseguir precisamente eso, es cada vez más habitual que vuelvan la vista hacia «el hombre más joven»: Ellen Barkin, Madonna y Sam Taylor-Wood, por mencionar sólo a unas cuantas. Para esas mujeres de más edad, depredadoras, o *cougars* —el apropiado nombre por el que se las conoce—, las ventajas son evidentes: sexo joven, vigoroso, activo, constante, satisfactorio y la clase de compañía sin cargas que jamás encontrarían en los hombres de su misma edad, fofos, calvos, demasiado vagos y egocéntricos para luchar contra el avance de los años.

—¿Bridget? —seguía diciendo Imogen—. ¿Te encuentras bien? ¿Qué pasa? Tierra llamando a Bridget. ¿Bridget? ¿Net-a-Porter? ¿Minibarritas de Mars?

—¡No! Genial. Gracias por avisar. Te llamo luego. Adiós.

He colgado y he vuelto, aún en estado de *shock*, al artículo.

A los muchachos jóvenes e indefensos que constituyen su presa, el intercambio podría resultarles atractivo. Esas mujeres, con las luces apagadas, eso sí, parecen estar impresionantemente bien conservadas. Como limones encurtidos. Tener hijos no supone ninguna presión, al *toy boy* no se le exige que triunfe en su carrera. Más bien al contrario, se le abre una puerta a un mundo glamuroso, sofisticado, con el que él ni siquiera soñaba. Además cuenta con la ventaja de una amante experimentada, una mujer que sabe lo que quiere en la cama, que mejora su reputación: la entrada en sociedad y el acceso a viajes de lujo. ¿Y la pega? Cuando ha saciado su sed, el jovencito simplemente puede dejar que su *cougar* caiga con voracidad sobre su próxima víctima desprevenida. Sin embargo, como están descubriendo más y más de esos desafortunados...

—¿Va todo bien, Bridget? —ha preguntado Chloe.

—Sí, genial. ¿Podrías subir a ordenar los cajones de Mabel, por favor? —le he pedido con un inusitado aire de tranquila autoridad.

Cuando se ha ido Chloe, me he lanzado sobre otro trozo de repollo y he seguido leyendo mientras me lo metía en la boca junto con un chicle de Nicorette.

... lejos de marcharse cuando ellos lo deciden y de seguir adelante habiendo mejorado, esos muchachos maltratados son abandonados sin blanca y sexualmente exhaustos, con la autoestima por los suelos y una etapa clave de su vida tanto laboral como personal echada a perder. Pero ¡un momento! Cierto es que algunos de esos jóvenes, como Ashton Kutcher, utilizan a su *cougar* de Pigmalión para impulsar su carrera y su imagen. No obstante, son muchos más los abandonados que regresan a sus pisos y habitaciones sórdidos, despreciados por sus amigos, su familia y sus compañeros por tener trato con mujeres que podrían ser sus abuelas, jóvenes que son devueltos a un mundo que entonces les parece desprovisto de un glamur que nunca...

Me he desplomado sobre la mesa, con la cabeza apoyada en los brazos. Maldita Ellen Boschup. ¿Es que esa gente no se da cuenta del daño que ocasionan con sus simplistas generalizaciones sociales? Se sacan de la manga fenómenos falsos y teorías endebles en reuniones —«¿Qué demonios le ha pasado al comedor? ¡¡De pronto hay comedores por todas partes!!»— para escribir después una crónica social sentenciosa como si se tratara de la conclusión de años de investigación exhaustiva y no de 1.200 palabras que hay que tener listas en un plazo determinado. Arruinan la vida y las relaciones de la gente basándose en algo que han entreoído en el gastropub y en un par de fotografías borrosas de la revista *Heat*.

—¿Quieres que vaya a buscar a Mabel y la lleve al médico? —ha preguntado Chloe—. ¿Te encuentras bien, Bridget?

—No, no, ya... voy yo —he respondido—. ¿Te importaría

mandar un mensaje al colegio diciéndoles que llegaré dentro de un momento?

Me he metido en el cuarto de baño como si tal cosa y me he desplomado, con la cabeza dándome vueltas a mil. Ojalá tuviera una única cosa de la que ocuparme. La «confusión» de Roxster, el asqueroso artículo, el «guionista de verdad» o la vergüenza por el dedo infectado... Probablemente podría hacerme cargo de todo eso por separado, pero no a la vez. Estaba claro que lo primero era lo del dedo infectado, pero ¿cómo iba a permitir que alguien me viera en aquel estado de alteración? Si iba a por Mabel así, con aquella mirada de loca y chalada, y la llevaba al médico, ¿llamarían el colegio o el médico a los servicios sociales?

Lo que necesitaba era equilibrio. Tenía que despejarme, porque como se dice en *Cómo estar mentalmente equilibrado*, el cerebro es plástico.

He respirado hondo unas cuantas veces y he empezado a decir «¡Maaaaaaaaa!» para rezarle a la madre del universo.

Me he mirado en el espejo. No tenía muy buena pinta, la verdad. Me he lavado la cara y me he alisado el pelo con los dedos; he salido del cuarto de baño y he pasado por delante de Chloe con una sonrisa gentil, de señora-de-la-casa, restándole importancia al hecho de que seguía en picardías a las once de la mañana y de que quizá ella me hubiera oído gritar «Maaaaa» en el servicio.

13.00. Mabel parecía encantada con lo del dedo. La verdad es que no estaba tan mal como me lo habían pintado, pero aun así costaba entender que una madre responsable no lo hubiera visto si de verdad llevaba así desde hacía tiempo.

En la consulta he estado cuatro minutos plantada delante de las dos recepcionistas mientras ellas seguían tecleando con toda su santa pachorra como si: a) yo no estuviera allí; y b) ambas estuviesen componiendo poemas contemplativos. Entretanto Mabel trotaba feliz y contenta por la sala de espera e iba cogiendo folletos del expositor de la pared.

—Voy a leer —ha afirmado, y ha empezado a hacerlo en voz alta—: go o no o re a.

—Muy bien, cariño —he contestado. Al fin me he sentado y he podido consultar desesperadamente los mensajes para ver si Greenlight, o Roxster, o quien fuera tenía algo que decir para hacerme sentir mejor.

—Go o no o re e e a.

—Pero qué lista —he farfullado.

—¡Gonorrea! —ha exclamado con aire triunfal mientras abría el folleto—. Hala, hay fotos. ¿Me lees la gonorrea?

—Uy, ¡jajaja! —he dicho al tiempo que cogía los folletos y me los metía en el bolso—. Vamos a ver si hay más folletos como éste tan bonito —he propuesto mientras le dedicaba una mirada vidriosa al abanico de alegres colores: «Sífilis», «Uretritis no específica», «Preservativo masculino y femenino» y (un poco tarde) «Ladillas»—. Vamos a jugar con los muñecos —he decidido.

—No puedo creerme que no me haya dado cuenta antes —he admitido cuando finalmente he entrado en la consulta del médico.

—Pueden empeorar en cuestión de segundos —ha contestado el médico para mostrarme su apoyo—. Le recetaré unos antibióticos y se pondrá bien.

Después nos hemos acercado a la farmacia a comprar tiritas de las princesas Disney y Mabel ha decidido que quería volver al colegio.

14.00. Acabo de llegar a casa, aliviada de tenerla para mí sola, y me he sentado a... ¿qué? ¿Trabajar? Pero si me han despedido, ¿no? Todo está oscuro y sombrío.

Ah, un momento, aún llevo puestas las gafas de sol graduadas.

15.15. Acabo de pasarme veinte minutos mirando melodramáticamente a las musarañas, intentando no imaginarme pegándome un tiro como Hedda Gabler. Después me he metido en Google a buscar colgantes con calaveras o dagas en Net-a-Porter. Luego me he dado cuenta, sobresaltada, de que era hora de ir a buscar a Mabel y a Billy.

18.00. Estaba de los nervios cuando Mabel y yo llegamos a recoger a Billy, porque íbamos tarde y antes tenía que pasarme por el despacho por lo de las clases de fagot de Billy.

—¿Tiene el impreso? —me preguntó Valerie, la secretaria.

Me puse a rebuscar en el caos del bolso y dejé los papeles sobre el mostrador.

—Ah, señor Wallaker —saludó Valerie.

Alcé la vista y allí estaba, sonriendo con suficiencia, como de costumbre.

—¿Va todo bien? —se interesó mirando el lío de papeles. Seguí su mirada: «Sífilis: cuide su salud sexual.» «Gonorrea: señales y síntomas.» «La salud sexual a la palestra: guía del usuario.»

—No son míos —aseguré.

—Ya, ya.

—Son de Mabel.

—De Mabel. Bueno, en ese caso no pasa nada.

Se estaba partiendo de la risa. Cogí los folletos y me los guardé en el bolso.

—¡Oye! —protestó Mabel—. Que *ezoz folletoz zon míoz. Dámeloz.*

Mabel metió la mano en mi bolso y sacó «Gonorrea: señales y síntomas». Traté, de manera poco digna, de arrebatárselo, pero Mabel no estaba dispuesta a soltarlo.

—*Zon miz folletoz* —espetó en tono acusador, y, para impresionar, añadió—: coño.

—Y son unos folletos muy útiles —apuntó el señor Wallaker al tiempo que se agachaba para ponerse a su altura—. ¿Por qué no coges también éste y le das el resto a mamá?

—Gracias, señor Wallaker —contesté firme, pero amablemente, y después, con la cabeza bien alta, eché a andar con dignidad hacia la verja. A punto estuve de tropezar con Mabel en los escalones, pero, aun así, logré salir con cierta elegancia.

—¡Bridget! —rugió de repente el profesor de Educación Física como si yo fuera uno de los niños. Me volví asustada. Nunca me había llamado Bridget—. ¿No olvida usted algo? —Lo miré con cara inexpresiva—. ¿Billy? —Volvió la cabeza hacia mi hijo, que venía corriendo hacia nosotros y miró al señor Wallaker con una sonrisa cómplice. Ambos me observaron con expresión de suficiencia.

—A veces se le olvida hasta levantarse —soltó Billy.

—Me lo creo —replicó el señor Wallaker.

—Vámonos, niños —exclamé tratando de recuperar mi dignidad.

—*Zí*, madre —repuso Mabel con un inconfundible dejo de ironía que, francamente, resultaba irritante en alguien tan pequeño.

—Gracias, hija —contesté con suavidad—. Daos prisa. Adiós, señor Wallaker.

Cuando llegamos a casa, Billy yo nos desplomamos en el sofá y Mabel se puso a jugar, encantada, con sus folletos sobre salud sexual.

—He sacado unas notas de mierda en los deberes —me contó Billy.

—He sacado unas notas de mierda en mi guión.

Le enseñé el correo electrónico con lo del «guionista de verdad» y él me dio su libro de dibujo con su Ganesha, el dios elefante, y las notas del profesor: «Me gusta tu mezcla de amarillo, verde y rojo en la cabeza. Pero no termino de ver esas orejas llenas de colorines.»

Nos miramos acongojados y después nos echamos a reír.

—¿Hace una galleta de avena? —propuse.

Nos comimos el paquete entero, pero es como comer muesli, ¿verdad?

VIDAS SOBRECARGADAS

Miércoles, 5 de junio de 2013

60 kg; horas del día: 24; horas necesarias para hacer todas las cosas que se supone que hay que hacer en el día: 36; horas pasadas preocupándome por cómo encajar todas las cosas que se supone que hay que hacer en el día: 4; número de cosas que se suponía tenía que haber hecho y he hecho: 1 (ir al cuarto de baño).

14.00. Lista de tareas:

* Poner la lavadora.
* Responder a la invitación de Zombie Apocalypse.
* Llamar a Brian Katzenberg por lo del correo electrónico de Ambergris Bilk.
* Inflar la bici.
* Queso rallado.
* Organizar el fin de semana: el sábado por la tarde Billy tiene la fiesta de tambores africanos de Atticus, pero la madre de Bikram dice que ella se encarga de recoger a los niños si nosotras nos encargamos de recogerlos, o al contrario; el domingo Mabel tiene la fiesta de crea-tu-propio-oso en casa de Cosmata a la misma hora que el fútbol de Billy. Decidir con la madre de Jeremiah y la madre de Cosmata quién va a ir a buscar a los niños a qué fiesta y además pre-

guntarle a la madre de Jeremiah si Jeremiah quiere ir al fútbol.

* Llamar madre (la mía).
* Llamar a Grazina para ver a qué hora puede empezar el sábado y ver el horario de trenes a Eastbourne.
* Decidir qué hacer en lo tocante a la escapada con Roxster.
* Buscar la tarjeta de crédito.
* Buscar el mando a distancia de Virgin.
* Buscar el teléfono.
* Perder 1 kg.
* Responder a la cadena de correos electrónicos relativa a la verdura del día de las competiciones deportivas.
* Averiguar si aún se supone que debo asistir a la reunión de mañana con Greenlight.
* Fiesta / foto de la mitología griega o romana.
* Medias piernas e ingles por si la escapada sigue en pie.
* Árbol genealógico de la familia de sufijos «-ic».
* Estabilidad central.
* Rellenar impreso de las clases de fagot de Billy y llevarlo al colegio.
* Buscar el impreso del fagot.
* Bombilla del cuarto de baño.
* Hacer bici estática (está claro que no voy a hacerlo).
* Devolver el vestido de Net-a-Porter que no me puse para la fiesta de Talitha.
* Averiguar por qué la nevera hace ese ruido.
* Buscar y eliminar los folletos de la gonorrea de Mabel.
* Buscar escena final del buceo de la versión 12.ª
* Dientes.

Dios mío. Todas estas cosas no van a caber en una hora, que ya se ha quedado en veinte minutos.

Vale. Me limitaré a «vivir en el cuadrante», siguiendo el modelo de *Los siete hábitos de la gente altamente efectiva*, y distribuiré las tareas en «cuatro cuadrantes»:

IMPORTANTE URGENTE	IMPORTANTE NO URGENTE
* ~~Responder a la invitación de Zombie Apocalypse.~~ * Ir al servicio. * ~~Llamar a Brian Katzenberg por lo del mail de Ambergris Bilk.~~ * Medias piernas e ingles por si la escapada sigue en pie. * Inflar la bici. * Queso rallado. * Dientes. * ~~Cejas.~~ * ~~Queso rallado.~~ * Decidir qué hacer con Roxster y la escapada. * Responder a la cadena de mails de las madres de tercero c sobre el *picnic* del día de las competiciones deportivas. * Llamar a Grazina para ver a qué hora puede empezar el sábado y buscar en Google hotelitos románticos en la campiña. * ~~Organizar la devolución del vestido de Net-a-Porter que no me puse para la fiesta de Talitha.~~ * Averiguar dónde vive Cosmas.	* Hacer bici estática; está claro que no va a pasar. * Buscar el impreso de las clases de fagot de Billy, rellenarlo y llevarlo al colegio. * ~~Llamar a la madre de Jeremiah.~~ * Llamar madre (la mía). * Ocuparme de los correos sociales. * ~~Organizar la devolución del vestido de Net-a-Porter que no me puse para la fiesta de Talitha.~~ * Decidir con la madre de Jeremiah y la madre de Cosmata quién va a ir a buscar a los niños a qué fiesta y además preguntar a la madre de Jeremiah si Jeremiah quiere ir al fútbol. * Queso rallado. * ~~Dientes.~~ * Cejas. * Foto de la fiesta de mitología antigua.

NO IMPORTANTE URGENTE	NO IMPORTANTE NO URGENTE
* Responder a Zombie Apocalypse. * Encontrar el mando a distancia de Virgin. * Encontrar la tarjeta de crédito. * ~~Encontrar dientes.~~ * Encontrar el teléfono. * Perder 2 kg. * Buscar y eliminar los folletos de la gonorrea de Mabel. * ~~Decidir con la madre de Spartacus y la madre de Cosmata quién va a ir a buscar a los niños a qué fiesta y preguntarle a la madre de Jeremiah si Bikram quiere ir al fútbol.~~ * Decidir el plan del fin de semana. * El sábado por la tarde Billy tiene la fiesta de tambores africanos de Atticus, pero la madre de Bikram dice que ella se encarga de recoger a los niños si nosotras nos encargamos de recogerlos, o al contrario; después la fiesta del oso de Mabel con Cosmata el domingo, a la misma hora que el fútbol de Billy. * Hervidor John Lewis.	* Averiguar si aún se supone que debo asistir a la reunión de mañana con Greenlight. * ~~Queso rallado.~~ * Llamar a la madre de Bikram. * Poner lavadora. * Llamar a Brian Katzenberg por lo del correo electrónico de Ambergris Bilk. * Dance Fever. * ~~Responder a la cadena de mails de las madres de 3c sobre el picnic del día de las competiciones deportivas.~~ * Buscar el impreso del fagot. * Lograr estabilidad central. * Pedir cita en el dentista para Billy y Mabel. * ~~Llamar madre (la mía).~~ * Organizar la devolución del vestido de Net-a-Porter que no me puse para la fiesta de Talitha. * Ir al servicio.

14.45. ¡Mucho mejor así!

14.50. Puede que vaya al servicio. Al menos es una de las tareas.

14.51. Bien, acabo de ir al servicio.

14.55. Uuuy, timbre.

He abierto la puerta y Rebecca, mi vecina de enfrente, ha entrado sin más, con una tiara, manchones de rímel bajo los ojos y mirando a la nada. En la mano llevaba una lista y una bolsa de plástico llena de sándwiches de huevo.

—¿Quieres un pitillo? —me ha preguntado con una voz extraña, como de otro mundo—. No puedo más.

Hemos bajado y nos hemos tirado en el sofá, mirando a la nada y fumando como dos verduleras.

—La obra de teatro en latín de todos los años —me ha dicho con la voz ajena, inconexa.

—Regalos para el personal —he añadido yo débilmente—. Zombie Apocalypse.

A continuación me ha entrado un ataque de tos, ya que llevaba cinco años sin fumar, excepto las dos caladas que le di al porro en la fiesta de Cazadoradecuero.

—Creo que me está dando un ataque de nervios morrocotudo sin que nadie se entere —ha advertido Rebecca.

De pronto me he puesto de pie y he apagado el cigarro en un arrebato de inspiración.

—Sólo es cuestión de establecer prioridades en cuadrantes. Mira. —Y le he plantado delante de las narices mi hoja de cuadrantes.

Ella ha clavado la vista en el papel y después le ha dado un ataque de risa aguda, histérica, como si estuviera ingresada en un psiquiátrico.

De repente he tenido una idea genial:

—¡Esto es un estado de excepción! —he exclamado con nerviosismo—. Un estado de excepción en toda regla. Cuando se declara el estado de excepción, los servicios normales se suspenden y no hay que esperar que nada salga bien, sólo hay que hacer lo que haga falta hacer para superar la emergencia.

—¡Genial! —ha aprobado Rebecca—. Vamos a beber algo. Una copichuela de nada.

Sólo ha sido media copa, de verdad, pero de repente todo parecía mucho mejor. Hasta que Rebecca se ha levantado de un salto diciendo:

—Me cago en la puñetera leche, joder. Se supone que tengo que ir a buscar a los niños al colegio.

Y ha salido corriendo por la puerta justo cuando Roxster me mandaba un mensaje:

<Estás muy calladita, Jonesey.>

Luego Rebecca ha vuelto a por sus sándwiches de huevo duro justo en el momento en que yo he recordado que se suponía que también tenía que ir a buscar a los niños al colegio. He subido y bajado corriendo mientras buscaba las tortitas de arroz y al mismo tiempo respondía a Roxster:

<Sólo estoy confusa por ese mensaje tuyo que decía que estás confuso.>

15.30. En el coche. Mierda, se me han olvidado las tortitas de arroz.

¡Ahhh! Mensaje de Roxster.

<Sólo fue un ataque de pánico. ¿Te llamo y lo hablamos esta noche, mi preciosa empanadilla de Cornualles?>

¿Que ÉL tiene un ataque de pánico?

He acabado saliendo a toda pastilla del coche para llegar al colegio medio andando medio corriendo torpemente, pero por el camino unos turistas escandinavos me han escogido —por motivos inexplicables— para pedirme indicaciones. Temiendo que intentaran robarme el tiempo, he seguido andando con determinación mientras les señalaba el camino con gestos. Por Dios. He dejado fatal a mi país siendo tan poco hospitalaria con los extranjeros (aunque Escandinavia está en la UE, ¿no?). Pero ¿adónde está llegando el mundo cuando uno tiene más miedo de que los transeúntes le roben el tiempo que el bolso?

21.30. Roxster no ha llamado.

Ay, Dios, ay, Dios, va a llamar para dejarme por no tener una máquina del tiempo.

22.00. Odio cuando la gente tarda en llamar, porque sabes que lo están aplazando porque tienen que decir algo que no quieres oír. Aunque, de todas formas, Roxster odia llamar por teléfono, porque hablo demasiado, cierto, y me niego a guardar nada para por la mañana. Uy, ¡una llamada! ¡Roxster!

22.05. —Ah, hola, cariño. —Mi madre—. ¿Sabes qué? Penny Husbands-Bosworth ha empezado a mentir sobre su edad: dice que tiene ochenta y cuatro años. Es absolutamente ridículo. Pawl, ya sabes, el chef pastelero, dice que sólo lo hace para que todo el mundo le diga lo joven que está y...

22.09. He conseguido quitarme a mi madre de encima, pero ahora me siento culpable, y además creo que puede que Roxster haya llamado mientras ella... ¡Uuuy! ¡Un mensaje!

22.10. Era de Chloe:

<Sólo quería concretar los detalles del fin de semana. A ver, yo me quedo el sábado por la mañana hasta que llegue Grazina y luego Grazina se queda con Mabel mientras la madre de Bikram lleva a Billy a la fiesta de tambores africanos y luego a la de mitos de la Antigüedad de Ezekiel (¿quieres que haga la foto del mito griego? ¿Algún dios / disfraz en particular? ¿Griego o romano?). Luego Grazina estará hasta las cinco el domingo, llevará a Billy al fútbol y llevará a Mabel a la fiesta de crea-tu-propio-oso de Cosmata y la

irá a buscar con Billy. Yo la sustituiré a las cinco... Lo único es que tengo que marcharme a las seis para ir a un evento de tai chi con Graham...>

¡Aaaaaah! ¿Cómo es que criar a los hijos se ha vuelto tan... tan complicado? Es como si hubiera que tenerlos siempre haciendo cosas y felices.

22.30. De repente estoy cabreada con Roxster, le echo la culpa de todo el disfuncional colapso socio-global de la educación de mis hijos. MALDITO Roxster. Chloe y yo hemos tenido que diseñar todo este complejo entramado de tambores africanos, y osos, y personas extra que se ocupen de los niños a causa de Roxster, y ahora no tendré adónde ir ni nadie a quien ver, y todo por su culpa. Seré como... como un CUCO ENORME, de más en mi propia casa, ¡TODO POR CULPA DE ROXSTER! He pasado oportunamente por alto el hecho de que fui yo la que quise escapar de la agotadora tarea de cuidar de los hijos.

22.35. Obedeciendo a un impulso, le he mandado un mensaje absolutamente frío a Roxster que decía:

<¿Te importaría decirme si te apetece o no la escapada de este fin de semana? Tengo un montón de asuntos que resolver si aún sigue en pie.>

Me he arrepentido en el acto, pues iba absolutamente en contra de *El zen y el arte de amar*, y el tono era espantoso, amargado y malintencionado. Entiendo perfectamente que Roxster tenga dudas, dado que la diferencia de edad es de veintidós años, y sobre todo si adopto este tono amargado.

22.45. Me ha entrado un mensaje silencioso de Roxster:

<Iría, Jonesey, pero estoy un poco preocupado por lo que pue-da pasar después.>

He respondido impulsivamente:

<Pero la escapada ya está organizada, y es la primera ocasión que tenemos de irnos juntos y a solas, y será tan romántico y... y todo eso.>

Unos minutos de espera... y mensaje.

<Bah, que le den. Que se joda el ataque de pánico, nena, ¡va-mos allá!>

¡Sííí! Nos vamos de escapada.

23.00. Talitha acaba de llamar para ver qué pasaba y me ha dicho:

—Ten cuidado, cari. Cuando empiezan las dudas es que ya no están disfrutando el momento, sino pensando a largo plazo. Y Roxster es demasiado joven como para saber que eso es un error garrafal.

Me entran ganas de taparme los oídos y decir: «Lalalalá, me da lo mismo. Sólo se vive una vez. ¡Nos vamos de escapada! ¡Viva!»

Jueves, 6 de junio

09.30. Acabo de volver de dejar a los niños en el colegio. Me he metido en el correo para ocuparme del *picnic* del día de las competiciones deportivas del colegio y ha explotado:

```
De: Brian Katzenberg
Asunto: Mail reenviado


Sí, estás despedida. Pero aún te quieren den-
tro. Van a concertar una reunión con el nuevo
escritor. Así es la industria del cine.
```

338

¿Un nuevo escritor? ¿Ya? ¿Cómo es posible que lo hayan encontrado tan deprisa?

El teléfono ha graznado.

Roxster: <Eh... ¿podrías buscar el alojamiento? Yo soy incapaz de encontrar nada. Todo está reservado.>

Me he puesto manos a la obra frenéticamente, a buscar hoteles rurales en LateRooms.com, y he visto que todo estaba absolutamente lleno.

Somos como María y José, sin sitio en la posada. Sólo que yo, en lugar de estar a punto de dar a luz al hijo de Dios, estoy a punto de ser abandonada por José.

10.00. Acabo de mandarle un mensaje a Tom, que me ha respondido a los cinco minutos:

<LateRooms.com tiene una casa en un árbol con una terracita que forma parte del Chewton Glen Hotel.>

10.05. Uy. Acabo de ver la casa en el árbol: 875 libras la noche.

10.15. ¡Síii! Acabo de encontrar habitación en un hotelito.

10.20. Uy. Acabo de llamar: es la suite nupcial. Le he mandado un mensaje a Roxster.

Yo: <He encontrado una habitación con vistas al río en Oxfordshire.>

<Eres muy, muy lista, cariño. ¿Sirven desayuno inglés completo?>

<Sí, pero hay una cosita...>

<¿Qué? No será que hay que elegir entre el bacón y las salchichas, ¿no?>

<No. Pero... te lo diré deprisa: es la suite nupcial.>

<Lo sabía. Es lo que siempre has querido. Pero ¿seguro que sirven desayuno inglés completo?>

<*Suspiros.* Sí, Roxster, sí.>

<Pues entonces iremos en tren a Oxford, nos casaremos allí deprisa y luego iremos en taxi al hotel, ¿cómo lo ves?>

<Bien.>

<Compraré un anillo a la hora de comer, cuando salga a por el sándwich.>

<Chisss. Estoy en Net-a-Porter. Vestidos: novia.>

10.45. No me ha respondido. Ay, Dios. ¿Y si cree que lo he dicho en serio?

<Entonces ¿qué opinas?>, me he aventurado a preguntarle.

Y después he decidido proporcionarle una salida por si sólo quería un entorno relajante para romper conmigo:

<Si lo prefieres, podemos ir a algún sitio cerca y hacer una excursión en el día.>

He contenido el aliento...

<Yo digo que escapada en toda regla, Jonesey. Ya estoy fantaseando con ella.>

<¿Formo parte de esas fantasías o es sólo la comida?>

<*Buscando carta en Google.* Claro, tú eres mi pollito de corral con champiñones.>

11.00. De pronto me he sentido ligera y aturdida. He reservado la habitación y le he mandado un mensaje:

<Acabo de llamar al sitio y me han dicho que hay que tener partida de matrimonio.>

Larga pausa, y...

<Estás de broma, ¿no?>

<Roxster, qué fácil es tomarte el pelo.>

¿ESCAPADA O RUPTURA?

Sábado, 8 de junio de 2013

El intercambio de mensajes con Roxby McDuff está siendo más animado que nunca, lleno de planes para el viaje, así que tal vez sólo fueran las dudas que sembró el artículo sobre los *toy boys* de Ellen Boschup y Roxster esté viviendo el momento y todo vaya bien.

Pero, bueno, será mejor que termine de hacer la maleta o perderé el tren. Uuy, mensaje de Roxster:

<¿Jonesey?>

¿Irá a anularlo todo?

<¿Sí, Roxster?>, he contestado con nerviosismo.

<*Con una rodilla hincada en el suelo.* ¿Quieres casarte conmigo?>

He clavado la mirada en el móvil. ¿Qué era aquello?

<Roxster, ¿tiene esto que ver con la cláusula de la comida del acuerdo prenupcial?>

<Pone que se me servirá un desayuno inglés completo, con huevos, bacón, champiñones y salchichas flambeadas todos los domingos. ¿Te casarás conmigo?>

Pero entonces, oliéndome alguna triquiñuela, he respondido cautelosa:

<La cosa es que, si nos casamos, ¿no dará la impresión de que me estoy volviendo demasiado seria?>

<No sé. Yo sólo pensaba en la comida.>

Domingo, 9 de junio de 2013

Escapadas: 1; polvos: 7; unidades de alcohol: 17; calorías: 15.892; peso: 87 kg (incluido, o así es como me siento, un animal pequeño de 27 kg).

La escapada ha sido una maravilla. Pura ambrosía. Hemos estirado la broma del matrimonio todo el fin de semana. El tiempo ha sido agradable, soleado, y me ha parecido una gozada estar tan lejos del ruido y de las listas de cosas pendientes. Roxster ha estado de lo más alegre y dicharachero. El hotel era minúsculo y se encontraba en un valle escondido, a orillas de un pequeño río. La suite nupcial, que se hallaba en un granero aparte, estaba pintada de blanco y tenía el techo inclinado, vigas de madera vista y ventanas en dos lados (uno de ellos daba directamente al río y, más allá, a una vega).

Al llegar intenté quitarme de la cabeza los recuerdos de la suite nupcial de mi boda de verdad, con Mark, pero me eché a reír cuando Roxster me cogió en brazos para cruzar el umbral —fingiendo que se tambaleaba debido al peso— y me lanzó sobre la cama.

Las ventanas estaban abiertas y sólo se oían el río, los pájaros y las ovejas a lo lejos. Disfrutamos de un sexo suave, adormilado, estupendo, y después dormimos un rato. Luego dimos un paseo a orillas del río y encontramos una pequeña ermita antigua, donde hicimos como que nos casábamos con las vacas como invitadas. Al final acabamos en un pub, donde bebimos demasiada cerveza para aplacar la sed y, para terminar, la regamos con vino. No se habló de romper. Le conté a Roxster que me habían echado de *Las hojas* y se mostró encantador: dijo que estaban todos locos y que no apreciaban ese don mío tan poco habitual, que lucharía contra ellos con sus fornidos brazos. Luego comimos tanto que después casi no podía moverme. Tenía esa... cosa inmensa en el estómago... era como estar embarazada de una extraña criatura con protuberantes brazos y patas.

Salimos fuera para intentar bajarlo paseando. Había luna llena y de pronto me acordé de Mabel: «Mira, la luna. Me *zigue*.» Me puse a pensar en Mark y en todas las veces que la luna nos había seguido, y en todos los años durante los que estuve segura, segura de que siempre estaría ahí, y de que no habría sufrimiento en el camino, sólo años de estar juntos extendiéndose ante nosotros.

—¿Te encuentras bien, nena? —preguntó Roxster.

—Tengo la sensación de que me he comido un cervatillo —reí para salir del paso.

—Tengo la sensación de que quiero comerte a ti —aseguró él. Me pasó el brazo por los hombros y todo volvió a ser estupendo. Caminamos un rato a orillas del río, luego nos metimos en una ciénaga y decidimos que estaba demasiado oscuro y demasiado lejos, de modo que volvimos al pub, donde llamamos un taxi.

Cuando volvimos a la habitación, las ventanas estaban abiertas de par en par, la suite olía a flores y el murmullo del río se colaba en su interior. Por desgracia, el cervatillo era tan enorme que lo único que pude hacer fue ponerme el picardías y tumbarme en la cama boca abajo. Tuve la sensación de que en el colchón, debajo de mí, había una hendidura inmensa que acogía al cervatillo. De repente, un perro empezó a ladrar de forma muy estruendosa justo debajo de la ventana. Y no paraba. Entonces el cervatillo se relajó ligera y bochornosamente soltando un enorme pedo.

—¡Jonesey! —exclamó Roxster—. ¿Eso ha sido un pedo?

—Puede que un airecillo pequeño, minúsculo del cervatillo —admití avergonzada.

—¿Un airecillo pequeño? Ha sido más bien como el despegue de un avión. ¡Si hasta ha hecho callar al perro!

Era verdad. Pero entonces el puñetero perro empezó a ladrar otra vez. Era como estar en un barrio de viviendas de protección oficial a las afueras de Leeds.

—Voy a darte algo para que no pienses en ello, nena —dijo Roxster.

Mmmmmmmmmmmmmmmmmmmmmmmmmmmmmmmmm mmmmmmmmmm.

22.00. Ya de vuelta en Londres. De maravilla. He llegado a las seis sintiéndome como nueva. Al parecer los niños se lo han pasado muy bien, y me he alegrado de volver a verlos. Estoy tan llena de *joie de vivre* y afabilidad que incluso un domingo por la tarde, con el pánico de los deberes olvidados, ha transcurrido en una jubilosa dicha de chimenea y hogar al estilo de los años cincuenta. ¿Una paternidad fácil y mejor? Echa muchos polvos.

Uuy, un mensaje.

Roxster: <La vida de casados es bastante buena, ¿no crees, tesoro?>

Mmm. Me he olido algo raro. Aún estoy recelosa debido a todo el asunto de la confusión / ataque de pánico.

Yo: <*Pedos.* No me pillarás poniéndome sentimental.>

Roxster: <*Sollozos.*>

Yo: <*Risa socarrona maliciosa.* No me ha gustado nada el fin de semana, en serio.>

Roxster: <¿Ni siquiera una pizquita de nada?>

Yo: <Bueno, puede que un pizca mínima, visible al ojo humano sólo mediante el uso de una lendrera.>

Roxster: <Entonces ¿ha sido la peor salida Jonesey / Roxster de todas?>

Yo: <Si digo que no, ¿sufrirás un ataque de pánico?>

Roxster: <Ahora que estamos casados mis ataques de pánico se han esfumado.>

Yo: <¿Lo ves?>

Roxster: <¿Crees que sería justo añadir en mi CV que me dedico a la filantropía?>

Yo: <¿Por haberte casado conmigo?>

Roxster: <Sí. Podría decir que trabajo para Ayuda al Anciano.>

Yo: <Que te den.>

Roxster: <Ay, Jonesey. Buenas noches, cariño.>

Yo: <Buenas noches, Roxster.>

¿ES NIEVE O SON FLORES?

Martes, 11 de junio de 2013

60 kg; días que hace que no sé nada de Roxster: 2; parte del día pasada preocupándome por no saber nada de Roxster: 95 %; mails en cadena relativos a las verduras picadas para el día de las competicio-nes deportivas del colegio: 76; correos spam: *104; minutos totales de retraso al ir a buscar a los niños al colegio: 9; número de lados de un pentágono (desconocido).*

14.00. Hace un tiempo muy raro: un frío que pela y cositas blancas que dan vueltas. No puede ser nieve, digo yo, estamos en junio. ¿Serán flores? Pero hay demasiadas.

14.05. Roxster no ha llamado ni mandado ningún mensaje desde el domingo por la noche.

14.10. Es nieve. Pero no de la buena como en invierno. Es nieve rara. Probablemente se acerque el fin del mundo debido al calen-tamiento global. Creo que iré a Starbucks. Aunque la verdad es que debería encontrar otro sitio que tenga paninis de jamón y que-so, a modo de protesta por lo de la elusión de impuestos. De todos modos, puede que sea irrelevante, dado que el mundo va a acabar-se de todas formas.

14.30. Mmm. Todo me parece mucho mejor ahora que estoy en un mundo lleno de gente y café y paninis de jamón y queso, todos juntos y cómodamente resguardados del frío. La nieve extraña, antinatural, ha cesado y las cosas parecen haber vuelto a la normalidad. ¡Por favor! Ponerme así por cualquier cosa. Creo que voy a mandarle un mensaje a Roxster. Porque no le he enviado ninguno desde el domingo por la noche, ¿no?

<¿Sabías que un panini de jamón y queso tiene 493 calorías?>

Roxster: <¿Una mañana movida, nena?>

Yo: <*Tecleando.* Los fornidos hombros de Roxster relucían al sol como, como... fornidos hombros.>

Roxster: <¿Ahora escribes para Mills & Boon, cariño mío?>

Yo: <*Sigue tecleando tranquilamente.* Un pedo enorme salió de su culo, que tembló en el aire fragante...>

Roxster no ha respondido. Uuy, mensaje.

Era Jude: <Es la séptima vez que quedo con Fotógrafodenaturaleza. ¿Significa esto que estamos saliendo?>

Le he contestado: <¡Sí! Y te lo has ganado. ¡Estás que lo viertes, chica!> Que no es la clase de expresión que suelo utilizar, pero da lo mismo.

14.55. Roxster sigue sin contestar. Odio esto. Estoy muy confusa. Y tengo que ir a por los niños dentro de media hora y ser toda sonrisas. Vale, tengo unos minutos para ocuparme de los correos del día de las competiciones.

```
De: Nicolette Martinez
Asunto: Picnic del día de las competiciones
Enviado desde mi Sony Ericsson Xperia Mini Pro

Necesitamos algunas cosas para el picnic de
hijos / padres de nuestra clase: he puesto al
```

corriente a los padres que ya se han ofrecido voluntarios.

Zumos: Dagmar

Zanahorias partidas, rabanitos y pimientos (rojos y amarillos): ?

Sándwiches: Atsuko Fujimoto

Patatas fritas: Devora

Agua: ???

Fruta: ??

Bolitas de melón y fresas: ?

Galletas (¡sin frutos secos, por favor!): Valencia

Bolsas de basura negras: Scheherazade

Informad de lo que pensáis aportar.

Gracias.

Por favor, traed todos mantas de *picnic* si tenéis.

Gracias, Nicolette

De: Vladlina Koutznestov

Asunto: Re: *Picnic* del día de las competiciones

Yo llevaré fruta: probablemente bayas y melón troceado.

De: Anzhelika Sans Souci

Asunto: Re: *Picnic* del día de las competiciones

Yo llevaré zanahorias troceadas y rabanitos. ¿Podría encargarse alguien de los pimientos rojos y amarillos?

Anzhelika

P. D.: ¿Habría que llevar vasos de papel?

Farzia, la madre de Bikram, acaba de reenviarme un correo que —en un momento de auténtica locura— le ha enviado a Nicolette.

De: Farzia Seth
Asunto: Re: *Picnic* del día de las competiciones

¿Tú crees que hace falta que todos llevemos mantas? ¿No bastará con que se lleven unas cuantas?

Y la respuesta de Nicolette, con un comentario de la propia Farzia en el que decía: «Por favor, me va a dar algo.»

De: Nicolette Martinez
Asunto: Re: *Picnic* del día de las competiciones

Desde luego que no. Todos deberíamos llevar
mantas. Con dos niños en el colegio, ¡sé muy bien
de lo que hablo!

Exaltada y temeraria, le he mandado un correo a Farzia: «Esta-te atenta» y, a continuación, he escrito:

De: Bridget Madredebilly
Asunto: *Picnic* del día de las competiciones

Yo llevaré el vodka. Lo bebemos a palo seco,
sin refrescos, ¿de acuerdo?

He recibido un correo en el acto.

De: Nicolette Martinez
Asunto: Re: *Picnic* del día de las competiciones

Llevar vodka NO es muy buena idea tratándose de un día dedicado a las competiciones deportivas, Bridget. Ni tampoco tabaco. ¿Podrías encargarte de los pimientos rojos y amarillos, por favor? ¿En tiras, para mojar en las salsas? Organizar el *picnic* del día de las competiciones es bastante complicado, la verdad.

Ay, mierda. En medio de todo ese lío, de pronto he visto un correo de Imogen, de Greenlight.

De: Imogen Faraday, Greenlight Productions
Asunto: Comentarios de Ambergris

Querida Bridget:
Sólo quería asegurarme de que has recibido los comentarios que Ambergris ha hecho en el guión para la reunión de mañana con Saffron. ¿Podrías confirmarme que puedes asistir para aportar tus comentarios sobre los comentarios de Ambergris para Saffron?

Espero que no estés a punto de cortarte las venas, porque yo sí lo estoy.

Un beso,
Imogen

¿Qué reunión? ¿Qué comentarios? ¿Quién es «Saffron»?

Me he puesto a rebuscar como una loca entre el cúmulo de correos electrónicos sobre frutas y verduras para el día de las competiciones, Zombie Apocalypse, Ocado, ASOS, Net-a-Porter, Viagra mexicana, etc., y entonces me he dado cuenta de que tenía que ir a buscar a Mabel.

16.30. Mabel y Billy se han pasado todo el camino hasta casa discutiendo si un triatlón con cinco deportes se llama quintatlón o pentatlón.

—¡Sí!

—¡No!

He intentado dilucidar débilmente cuántos lados tiene un pentágono o recordar cómo se dice cinco en latín, y al final casi he estrellado el coche y he acabado por gritarles: «¡A ver si cerráis la boca de una vez!». Después me he sentido tremendamente culpable y ellos han empezado con cuáles eran los cinco deportes. Mabel aseguraba que uno de ellos era: «Medición con metro.»

—¿Medición con metro? —ha repetido Billy sin dar crédito, y Mabel ha roto a llorar y ha insistido:

—Hacen medición con metro.

21.15. Acabo de leer un artículo sobre David Cameron en el periódico en el que afirma que siempre recibe llamadas de jefes de Estado cuando lleva a los niños en el asiento de atrás del coche, y cuenta que una vez tapó el teléfono con la mano y les soltó: «¡A ver si CERRÁIS LA BOCA!», mientras hablaba con el primer ministro israelí.

Así que puede que no sea sólo cosa mía.

FRENÉTICA

Miércoles, 12 de junio de 2013

08.00. Bien. La reunión con Greenlight es a las nueve, así que me las he arreglado para que Chloe lleve a los niños al colegio. Después iré yo a buscarlos.

08.10. Sólo tengo que lavarme el pelo y vestirme.

08.15. Desastre: el vestido de seda azul marino está en el tinte y se me ha olvidado pedirle a Chloe que prepare el montón de pimientos rojos y amarillos para mañana. Todavía tengo que lavarme el pelo.

08.45. En el autobús, ya casi he llegado. Me siento bridada como un pollo con el vestido de noche negro, que ha sido la única prenda limpia y apropiada para una reunión que he podido encontrar. Cuando me miré en el espejo de casa, no lo vi mal, porque es tipo corsé, con la parte de arriba de encaje, y lo mantiene todo en su sitio dibujando una silueta tipo reloj de arena mientras se está de pie. Pero me puse encima un blazer a lo *Grazia*, aunque me estoy cociendo, para crear ese efecto gratamente ecléctico de la hija de *Buena suerte, Charlie*.

Sin embargo, al mirarme de refilón en un escaparate, me he dado cuenta de que el modelito es demencial. Ahora estoy en el autobús y también he recordado que el hecho de que el vestido sea tipo corsé supone una tortura cuando se está sentado. Los michelines quedan estrujados como si fuesen masa preparada en un robot de cocina. Además, en conjunto confiere cierto aire de dominatriz que es lo último que podría transmitir, pues mi estado mental se vería plasmado con mayor fidelidad por un edredón, una bolsa de agua caliente y Puffle Uno. Para colmo, tengo el pelo como si llevara un extraño cardado cuadrado como el de mi madre y Una, como si llevase sombrero.

Al final ayer por la noche logré encontrar y leer los comentarios de Ambergris Bilk, pero ahora me siento confusa, ya que al parecer *Las hojas en su pelo*, en el cerebro de Ambergris, se ha trasladado a Estocolmo. ¿Sabrá que George está emperrado en el yate de Hawái por lo de la película para fumados que se cayó? Y ¿pensará George que he intentado convencer a Ambergris de que la acción volviera a situarse en Noruega y que ella lo ha disfrazado de Suecia? Creo que le pediré a Chloe que compre también una botella de Pimm's, porque, si no, no sé cómo voy a aguantar el día de las competiciones con este frío polar. ¡Uuuy! Mensaje de Roxster.

<¿Cenamos esta noche?>

¿Cenar esta noche? ¿Habíamos dicho que íbamos a cenar esta noche? Ay, mierda, ahora no tengo canguro y... será mejor que vaya a la reunión.

15.00. La reunión ha sido una pesadilla. «Saffron» ha resultado ser la nueva guionista, que, claro está, tiene veintiséis años y acaba de escribir un episodio piloto —una mezcla de *Girls*, *Juego de tronos* y *The Killing*— que la HBO está a punto de «coger» (antes de que «se desmorone», he pensado yo con una esperanza maliciosa y nada budista). Me he sentido como un elefante en la habitación

353

ataviado con un bochornoso vestido de noche con blazer y un sombrero de pelo extraño. Después he pisado sin querer el bolso con la pata de la silla, y, sin saberlo, resulta que aún llevaba en él la máquina de sonidos que le habían dado a Billy en la bolsa de regalos de la fiesta de tambores africanos, y ha dejado escapar un larguísimo eructo. No se ha reído nadie salvo Imogen.

El ataque inicial de Saffron, tras dejar el guión sobre la mesa que tenía delante, ha sido preguntar con afectación:

—Puede que sea yo, pero ¿*Hedda Gabler* no se escribe con una sola be? ¿Gabler, no Gabbler? Y ¿la obra no es de Ibsen, no de Chéjov?

Mientras todos me miraban y yo farfullaba algo acerca de la ironía antiintelectual, me he sorprendido pensando en lo relajante que sería cenar con Roxster y reírnos de todo. He estado a punto de contestarle diciendo: «No sabía que la cena de esta noche seguía en pie», pero he pensado que sonaba a mosqueo, así que, en cuanto la atención se ha centrado en las teorías nauseabundas de Saffron sobre cómo CARGARSE mi *oeuvre*, le he mandado un mensaje a escondidas.

<¿Empanada de pollo en mi casa?>

Roxster:<Mmmmmmmmmmmmmmmmmmmmmmmmmm. ¿A eso de las 20.30?>

Me he arrepentido nada más decir «empanada de pollo», ya que no tenía ni empanada de pollo ni lo necesario para hacer empanada de pollo. Además, probablemente tuviera pelos en las piernas, pero no podía comprobarlo, ya que estaba en la reunión. Me sentía demasiado débil, deprimida y desconcertada como para entrar en discusiones sobre Estocolmo versus Hawái, así que únicamente he dicho que quizá fuera buena idea que Saffron escribiese una «primera versión» y a ver qué tal quedaba. Acto seguido George ha tenido que salir corriendo para coger un avión rumbo a Albuquerque.

19.30. Uf. He vuelto a casa corriendo de la reunión y por el camino me las he apañado para comprar un montón de pimientos rojos y verdes, porque no tenían amarillos. Luego he ido a por una empanada de pollo a un deli subido a la parra, y después he conseguido recoger a los niños a tiempo.

En el coche Billy ha dicho:

—¿Mami?

—¿Sí? —he respondido distraídamente mientras esquivaba a un ciclista que acababa de salir y plantarse delante de mí—. El domingo es el día del padre. Hemos hecho tarjetas.

—*Nozotroz* también —ha apuntado Mabel.

En cuanto he podido, me he hecho a un lado y parado el coche. Me he limpiado la cara con las dos manos y me he frotado los ojos un instante; luego, me he vuelto para mirarlos.

—¿Me enseñáis las tarjetas?

Se han puesto a rebuscar en sus mochilas. La de Mabel era de una familia con un padre, una madre, una niña pequeña y un niño pequeño. La de Billy estaba dentro de un corazón; era un niño pequeño jugando con su padre y ponía: «Papá.»

—¿*Podemoz mandárzelaz* a papá? —ha preguntado Mabel.

Cuando hemos llegado a casa, he sacado todas las fotos de ellos con Mark que tenía: Billy con un trajecito, igual que el de Mark, de pie, juntos, la misma mirada en la cara, exactamente la misma pose con una mano en el bolsillo del pantalón. Mark con Mabel en brazos de recién nacida, como una muñequita vestida con su pelele. Hemos hablado de papá, y de que estaba segura de que él sabía lo que estábamos haciendo, y de que todavía nos quería. Luego hemos salido a echar las tarjetas al correo.

Mabel ha puesto en la dirección: «Papá. Cielo. Espacio.» Además de sentirme culpable por todo lo demás, me he sentido culpable por traumatizar al cartero.

De vuelta a casa, Billy ha dicho:

—Ojalá tuviéramos una familia normal, como Rebecca.

—Ésa no es una familia normal —he objetado—. Ellos nunca...

—Finn puede usar la Xbox entre semana —ha protestado él.

—¿*Podemoz* ver a Bob *Ezponja*? —ha preguntado Mabel.

Estaban muy cansados. Se han quedado dormidos nada más bañarlos.

20.00. Roxster llegará dentro de media hora. Voy a darme un baño a lavarme otra vez el pelo, a maquillarme y a intentar buscar algo apropiado que ponerme para pasar la noche con alguien que puede que esté a punto de romper conmigo o de ofrecerme un anillo de compromiso.

20.10. En la bañera. ¡Ahhh! Teléfono.

20.15. He salido de un salto de la bañera, me he envuelto en una toalla y, al coger el teléfono, he oído la voz grave, poderosa, de George, de Greenlight.

—Vale. Acabamos de aterrizar en Denver. A ver, escucha, hoy ha ido todo bien, pero no queremos que pierdas... Santa Fe.

—¡Pero si es Estocolmo! —le he corregido, y de repente me he dado cuenta de que no había metido la empanada de pollo en el horno.

—Espera, estamos desembarcando... No queremos que pierdas tu voz.

¿De qué estaba hablando? Yo no había perdido la voz. ¿O sí?

—¿Estocolmo? No, voy a Santa Fe.

¿Hablaba conmigo o con la azafata?

—Bueno. Queremos que lo Heddaíces todo.

¿Que «lo Heddaíce todo»? ¿Qué querría decir con eso? Puede que estuviera hablando con el piloto.

—No, lo siento, quería decir Albuquerque.

—¡George! —he chillado—. ¿No se suponía que estabas en la Albufeira?

—¿Qué? ¿QUÉ?

La llamada se ha cortado.

20.20. He bajado corriendo a meter la empanada de pollo en el horno y ha sonado el teléfono fijo.

—Vale. ¿Qué era eso de la Albufeira? —George de nuevo.

—Era una broma —he contestado mientras intentaba abrir la empanada con los dientes—. No puedo concentrarme en lo que dices porque siempre estás en un avión o en algún otro medio de transporte; ¿no podríamos hablar tranquilamente DOS minutos cuando estés parado en un sitio? —le he pedido al tiempo que sujetaba el teléfono con la barbilla, abría el horno con una mano y metía la empanada con la otra—. No puedo TRABAJAR contigo corriendo de un lado para otro. Necesito concentrarme.

De pronto George ha pasado a utilizar una voz ronroneante, sensual, tranquilizadora, que no le había oído nunca.

—Vale, vale. Creemos que eres un genio. Cuando acabe este viaje, estaré todo el tiempo en la oficina, ¿de acuerdo? Sólo tienes que devolverle esa voz especial y que tanto nos gusta a Hedda en todos sus diálogos cuando Saffron haya acabado con ellos. Y tendrás toda mi atención, calmada, para ti sola.

—Vale, sí —he contestado frenética, preguntándome si podría dorar la empanada antes de secarme el pelo.

20.40. Uf. Gracias a Dios que Roxster se retrasa un poco. Todo va como la seda: tengo el pelo normal, la empanada de pollo no sólo está en el horno, sino DORADA con huevo batido para darle un agradable toque personal, como de que he hecho algo. Abajo todo está perfecto e iluminado por velas, y creo que la camisa de seda va bien y no es de zorrón, ya que llevamos meses acostándonos. En cualquier caso, todo lo demás o es demasiado incómodo o está sucio. Dios mío, qué cansada estoy. Creo que voy a tirarme a dormir unos minutos en el sofá.

21.15. ¡Ahhhh! Son las 21.15 y Roxster todavía no ha llegado. ¿Me habré quedado dormida y no habré oído el timbre? Acabo de mandarle un mensaje:

<Me he quedado dormida. ¿No he oído el timbre?>

<Jonesey, lo siento mucho. Al final he tenido que quedarme a comer un curry con los compañeros al salir del trabajo y ahora los autobuses van a paso de tortuga. Creo llegaré dentro de unos diez minutos.>

He mirado el mensaje fijamente, con la cabeza dándome vueltas a mil por hora: ¿un curry? ¿Los autobuses a paso de tortuga? ¿Los compañeros? Roxster nunca dice «compañeros»... Pero ¿y la empanada de pollo? ¿Qué estaba pasando?

21.45. Roxster no ha llegado aún. Le he mandado un mensaje:

<¿Hora de llegada prevista?>

Roxster: <Unos 15 minutos. Lo siento mucho, cariño.>

MIERDA DE DÍA DE LAS COMPETICIONES

Viernes, 14 de junio de 2013

61 kg (maldita empanada de pollo, más el baño de huevo); unidades de alcohol: 7 (contando ayer por la noche); resacas: de aúpa; temperatura: 32 grados; pimientos cortados: 12; bolitas de melón consumidas: 35; arrugas aparecidas en el transcurso del día: 45; número de veces que he utilizado la palabra mierda en mensajes a Roxster: 9 (nada digno).

Me he despertado con la primera luz de la mañana, con la sensación de que todo iba bien, pero de repente he vislumbrado la punta del iceberg del tremendo desastre de ayer por la noche.

El timbre sonó a las 22.00, momento en el que me eché perfume y abrí la puerta con poco más que una camisa blanca encima. Roxster dijo «Mmm, qué guapa estás», y empezó a besarme mientras bajábamos la escalera. Nos comimos la empanada de pollo y nos terminamos la botella de vino tinto que había traído. Me dijo que me sentara en el sofá a relajarme mientras él fregaba. Estuve observándolo, pensando en lo agradable que era todo, pero aun así preguntándome vagamente por qué y cómo se las había arreglado para comerse un curry y después una empanada de pollo sin sentirse como si se hubiera zampado un cervatillo ni dar la impresión de haberlo hecho. Luego se acercó y se arrodilló a mis pies.

—Tengo algo que decirte —anunció.

—¿Qué? —pregunté sonriéndole adormilada.

—Nunca le he dicho esto a ninguna mujer. Me gustas mucho, Jonesey. De veras, me gustas muchísimo.

—Ah —contesté mirándolo con cierta expresión de loca, con un ojo cerrado y el otro abierto.

—Y de no ser por la diferencia de edad —continuó—, estaría sobre una rodilla. De veras. Eres la mejor mujer que he conocido en mi vida y me ha encantado cada uno de los minutos que hemos pasado juntos. Pero para ti es distinto, porque tienes a los niños, y yo no tengo la vida resuelta. Esto no va a ninguna parte. La verdad es que necesito conocer a alguien de mi edad, y no podré hacerlo a menos que sea capaz de hacerlo. ¿Entiendes más o menos lo que estoy diciendo?

Puede que si no hubiera estado tan cansada hubiese intentado hablarlo como Dios manda, pero más bien activé el modo joven exploradora y le solté una charla jovial sobre, naturalmente, la razón que tenía. Debía encontrar a alguien de su edad. Pero había sido maravilloso para los dos, y ambos habíamos aprendido y crecido mucho.

Roxster me miraba con cara de preocupación.

—Pero ¿podemos seguir siendo amigos? —quiso saber.

—Por supuesto —repuse alegremente.

—¿Crees que podremos vernos sin arrancarnos la ropa?

—¡Por supuesto! —le aseguré como si nada—. Pero, bueno, será mejor que me vaya a la cama. Mañana es el día de las competiciones.

Lo acompañé a la puerta con una sonrisa imperturbable, alegre, y después, en vez de hacer lo más sensato y mandarle un mensaje a Rebecca para que viniera a verme, o llamar a Talitha, o a Tom, o a Jude, o al que fuera, daba lo mismo, me metí en la cama y estuve llorando dos horas, hasta que me quedé dormida. Y, ahora, ¡ay, mierda!, son las seis de la mañana, los niños estarán en pie dentro de una hora y tengo que llevar la verdura troceada y a ellos dos al día de las competiciones deportivas, con media botella de vino tinto en el cuerpo y habiendo dormido cuatro horas. Y, para colmo, ahora hace un calor extrañamente abrasador.

18.00. Conseguí meter a tiempo a los niños y todo lo demás en el coche, llegar al campo de deportes, y sacarlos a todos y todo del coche fingiendo que era una mezcla entre un soldado en guerra y el Dalái Lama. Billy y Mabel se habían olvidado por completo del trauma del día del padre y estaban como unas auténticas castañuelas. Salieron corriendo nada más llegar para irse con sus amigos, así que por suerte también se olvidaron de su madre y su bajón.

Por desgracia, sin embargo, mientras extendíamos las mantas de *picnic* y la verdura troceada, a la susodicha madre de bajón le sobrevino de pronto una rabia nada zen contra Roxster por ser el responsable de aquel bajón y le envió un mensaje virulento, el que sigue:

<Roxster. Fue manipulador y egoísta hacer las cosas como las hiciste anoche, después de la mierda de fingir que te casabas conmigo y de comerte mi empanada de pollo DORADA, así que puedes meterte tu mierda de empanada de pollo y tu mierda de desayuno inglés completo y tu curry por el culo y después irte a la mierda.>

Paré un instante para servirles cortésmente un poco de mi gigantesca botella de Pimm's a Farzia y a las otras madres.

<Ahora mismo no tienes a ninguna persona de mierda en quien pensar excepto en la MIERDA de tu propia persona, y lo único que puedo decir es que cuando tengas un hijo con alguna... alguna «Saffron» que probablemente no pueda permitirse canguros justo cuando las necesite, te llevarás una pequeña sorpresa. Y si recibir una bronca por mensaje te hace sentir mal, pues muy bien. Porque así es como me siento, y estoy en la MIERDA DE DÍA DE LAS COMPETICIONES.>

Después volví con el grupo para hacer comentarios halagadores sobre el delicioso *picnic* antes de centrarme de nuevo en mi mensaje disculpándome con una sonrisa que sugería que era una mujer de negocios muy ocupada e importante, y no que estaba mandándole mensajes de mierda a un *toy boy* que me había dejado sin lugar a dudas por ser demasiado mayor.

El teléfono vibró.

Roxster: <En mi defensa he de decir que anoche no hice ninguna mierda, tipo tirarme un pedo, a pesar de que me había comido un curry.>

Yo: <Bueno, pues yo te mando la MAYOR de las MIERDAS EXTRA APESTOSAS, recién salida de mi culo el día de las competiciones deportivas, así que prepárate.>

Les eché un vistazo rápido a los niños —Billy corría como un loco con un grupo de niños y Mabel y otra niña pequeña estaban tan contentas diciéndose maldades de manera críptica— y luego volví al intercambio de mensajes.

Roxster: <¿Cómo se hace una mierda extra apestosa? ¿Comiéndose una chirivía deprisa?>

Yo: <Pasando la noche con un PUTO MIERDA.>

Roxster: <Pues yo te envío una mierda en un taxi, le he dicho que la lleve al campo de deportes de primaria.>

Yo: <Sí, bueno, probablemente venga volando con la potencia de tu culo.>

—¿Disfrutando de las actividades deportivas?

Era el señor Wallaker, que sin duda miraba mi iPhone con desdén. Yo estaba intentando levantarme, lo cual, dado que había permanecido de rodillas demasiado tiempo, hizo que acabara cayéndome a cuatro patas justo cuando sonaba la pistola que marcaba el inicio de la primera carrera.

En aquella décima de segundo, vi que el señor Wallaker se quedaba helado y se llevaba la mano rápidamente a la cadera, como si buscara un arma. Me di cuenta de que su poderoso cuerpo se tensaba bajo la camiseta de deporte, de que la musculatura de su cara se ponía en movimiento, de que reconocía con los ojos los campos de juego. Cuando los corredores, con su huevo y su cuchara, salieron tambaleándose de los tacos de salida, él puso cara de sorpresa, como si volviera a tomar conciencia de su persona, y luego miró a su alrededor avergonzado para ver si alguien se había percatado.

—¿Va todo bien? —pregunté enarcando una ceja en un intento de imitar la altanería que se gastaba él. Es posible que no acabara de salirme, puesto que seguía a cuatro patas.

—Sí, claro —respondió con los fríos ojos azules clavados, impertérritos, en los míos—. Es sólo un problemilla que tengo con las... cucharas.

A continuación dio media vuelta y salió trotando hacia la línea de meta de los huevos y las cucharas. Me quedé mirándolo. ¿Qué había sido aquello? ¿Deliraba, insatisfecho con su vida prosaica y lleno de fantasías a lo Bond? ¿O quizá era la clase de persona que se disfraza de Oliver Cromwell y finge librar batallas los fines de semana?

Con el comienzo de las pruebas, me guardé el iPhone y empecé a centrarme.

—Vamos, Mabel —dije—. Es el salto de longitud de Billy.

Cuando midieron el salto de Billy, se oyó una ovación y él pegó un salto.

—Te lo dije, coño —espetó Mabel.

—¿Qué? —pregunté.

—Que hacen medición con metro en el quintatlón.

—Sí, es una disciplina atlética cada vez más popular.

Era el señor Wallaker y, tambaleándose detrás de él, una mujer rara, como fuera de lugar, a la que yo no había visto nunca.

—¿Podría tomar un sorbito de Pimm's?

Llevaba un vestido de croché blanco, con pinta de caro, y unos zapatos de tacón alto con cosas doradas. En la cara tenía esa expresión ligeramente peculiar que luce la gente que se ha hecho algo en ella y que obviamente está bien cuando se miran al espejo, pero que queda raro en cuanto mueven la cara.

—¿Pimm's —le dijo al señor Wallaker—, querido?

«¿QUERIDO?» ¿Acaso era aquélla la MUJER del señor Wallaker? ¿Cómo era posible?

El profesor de Educación Física parecía desconcertado, algo muy poco propio de él.

—Bridget, ésta es... ésta es Sarah. No se preocupe, yo me ocupo del Pimm's, usted vaya a ver a Billy —dijo en voz baja.

—Vamos, Mabel —dije.

Entretanto, Billy vino corriendo a nuestro encuentro como un cachorro eufórico, con partes de la camiseta y la banda al viento, y al llegar enterró la cabeza en mi vestido.

Cuando empezamos a recogerlo todo antes de la entrega de premios, la rara y ebria esposa del señor Wallaker volvió a acercarse a nosotros con paso vacilante.

—¿Podría tomar un poquito más de Pimm's? —pidió arrastrando las palabras. Empecé a pensar que me caía bien, la verdad. Siempre es agradable conocer a alguien que se comporta peor que uno mismo. Pero después, mirándome con ojos de sorpresa, añadió:

—Gracias. No es muy habitual conocer a alguien de su edad que aún tenga una cara real.

¿Alguien que aún tenga una cara real? Durante la entrega de premios no pude evitar repetir la frase. ¿Alguien de su edad que aún tenga una cara real? ¿A qué se refería? ¿A que osaba andar por ahí sin ponerme bótox? Ay, Dios, ay, Dios. Puede que Talitha tuviera razón. Moriría de soledad por tener tantas arrugas. No era de extrañar que Roxster me hubiera dejado.

En cuanto acabó la entrega de premios y Billy y Mabel se fueron con sus amigos; me metí en el vestuario para recobrar la compostura, pero me detuve espantada, consternada, ante un póster que había en el tablón de anuncios:

Y otro:

CLUB PARA MAYORES DE 50
Todos los lunes de 9.30 a 12.30
Bingo
Refrescos
Sorteos
Excursiones en autocar
Comida de Navidad
Merienda y baile
Asesoramiento y apoyo

Tras apuntar con disimulo el número de «Asesoramiento y apoyo» en el iPhone, me metí en el aseo de señoras y me inspeccioné bajo la luz cruda, implacable, de una bombilla pelada. La mujer del señor Wallaker tenía razón: la piel que me rodeaba los ojos se estaba convirtiendo, incluso mientras miraba, en un amasijo de arrugas; tenía la barbilla y los mofletes caídos; mi cuello era como el de un pavo; de la boca a la barbilla me corrían líneas de marioneta a lo Angela Merkel. Mientras me estudiaba, casi pude ver que el pelo se me convertía en una estricta permanente gris. Finalmente había sucedido: era una anciana.

ENTUMECIMIENTO

Martes, 18 de junio de 2013

61 kg (incluidos 500 g de botulismo).

A ver, hay un montón de gente que se pone bótox, ¿no? No es como hacerse un *lifting* o algo por el estilo. Es como ir al dentista.

—Exacto —dijo Talitha cuando me dio el número—. Es como ir al dentista.

Entré en el sótano próximo a Harley Street con la sensación de que iba a practicarme un aborto clandestino.

—No quiero verme rara —advertí mientras intentaba sustituir la imagen de la mujer del señor Wallaker por la de Talitha.

—No —me aseguró el extraño médico con acento extranjero—. Demasiadas gentes están raras.

Noté un leve hormigueo en la frente.

—Ahorra voy *haser* boca. A ti va a encantar. Si no *haser* boca, cara empieza a caer y tú cara *trista*. Como reina.

Pensé en ello. En realidad podría ser cierto. Es verdad que la reina a menudo parece tener cara de tristeza, o de desaprobación, cuando probablemente no sea así. Quizá la reina acabe poniéndose bótox en la boca.

Salí y las luces de Harley Street me hicieron entrecerrar los ojos. Empecé a hacer muecas, tal y como me había recomendado el médico.

—¡Bridget!

Miré al otro lado de la calle, asustada. Era Woney, la mujer de Cosmo. Mientras cruzaba a toda prisa, la miré sorprendida. Estaba... distinta. ¿Se había puesto... extensiones? Tenía el pelo por lo menos quince centímetros más largo que en la fiesta de Talitha, y castaño oscuro, no gris. Y en lugar de su habitual vestido de duquesa, de cuello alto, llevaba uno ceñido, de color melocotón y con un bonito escote que le marcaba la cintura, y tacones altos.

—Estás estupenda —alabé.

Me sonrió.

—Gracias. Fue... Bueno, lo que dijiste el año pasado en la reunión de Magda. Y luego, después de la fiesta de Talitha, pensé... y Talitha me dijo dónde arreglarme el pelo y... me puse un poco de bótox. Pero no se lo digas a Cosmo. Y, dime, ¿qué tal te va con tu jovencito? Acabo de estar sentada al lado de uno en un almuerzo benéfico. Es maravilloso flirtear un poco, ¿no?

¿Qué podía decir? Contarle que me había dejado por ser demasiado mayor sería como decirles a las tropas que ocupaban las trincheras en la primera guerra mundial que daba la impresión de que los alemanes iban ganando.

—Hay mucho que decir a favor de los jovencitos —aseguré—. Te veo genial.

Y se alejó con paso vacilante, entre risitas, y yo juraría que, a las dos de la tarde, un poco borracha.

Bueno, por lo menos ha salido algo bueno de todo esto, me dije. Y su bótox tenía buen aspecto, ¡así que puede que el mío también!

Viernes, 21 de junio de 2013

Consonantes que todavía puedo pronunciar: 0.

14.30. Ay, Dios mío, ay, Dios mío. A mi boca le pasa algo muy raro. Se me está hinchando toda por dentro.

14.35. Me acabo de mirar al espejo. Tengo los labios hacia fuera, la boca hinchada y como paralizada.

14.40. Acaban de llamar del colegio de Billy por lo de sus clases de fagot y no puedo hablar como es debido. No puedo pronunciar bien las pes, ni las bes, ni las efes. ¿Qué voy a hacer? Estaré así los tres próximos meses.

14.50. He empezado a babear. No soy capaz de controlar la boca, así que se me cae la baba por las comisuras como si fuera —irónicamente, teniendo en cuenta que el objetivo era parecer más joven— la víctima de un derrame cerebral en una residencia de ancianos. Tengo que limpiármela una y otra vez con un pañuelo de papel.

14.55. He llamado a Talitha y he intentado *expbflicárselo*.
«Pues no tendría por qué estar así. Deberías volver. Seguro que ha pasado algo. Probablemente sea una reacción alérgica. Se te pasará.»

15.15. Tengo que ir a buscar a los niños al colegio. Pero no pasará nada. Tan sólo me taparé la boca con un fular. La gente no se fija en partes concretas de los demás, se queda con el todo.

15.30. He logrado recoger a Mabel con el fular enrollado en la boca como el Jinete Enmascarado. En el coche me he quitado el fular, agradecida, y he vuelto la cabeza para realizar el complejo movimiento de torsión habitual para abrochar el cinturón de seguridad. Al menos Mabel no se ha dado cuenta, mastica feliz y contenta su merienda.

15.45. Puf, el tráfico es horroroso. ¿Por qué la gente conduce esos monovolúmenes enormes por Londres? Cuando se suben a uno, se creen que van conduciendo un tanque y que todo el mundo tiene que apartarse de...

—¿Mami?

—Sí, Mabel.

—*Tienez* la boca muy rara.

—Ah —he contestado evitando con éxito las consonantes.

—¿Por qué *tienez* la boca tan rara?

He tratado de decir «porque», pero me ha salido una especie de bufido:

—*Pforque* he...

—Mami, ¿por qué *hablaz* raro?

—No *pfasa* nada, *Bfafell.* Es sólo que tengo la *pfoca* un *pfoco* mal.

—¿Qué *haz* dicho, mami?

—Nada, nada, hija —he conseguido decir. ¡Genial! Si me limito a usar vocales y consonantes guturales y sibilantes todo va *estubpfendamente.*

16.00. Al llegar a primaria, he vuelto a taparme la boca con el pañuelo y he cogido de la manita a una preocupada Mabel. Billy estaba jugando al fútbol. He intentado gritar, pero ¿cómo iba a decir «*Bfilly*»?

—Eh —he probado—, ¡Illy!

Billy ha alzado la vista un instante, pero ha seguido jugando al fútbol.

—¡Illy!

¿Cómo iba a sacarlo del campo? Se lo estaban pasando muy bien correteando por allí, pero sólo me quedaban cinco minutos, había dejado el coche en zona de carga y descarga.

—¡ILLYYYYYYY! —he chillado.

—¿Va todo bien? —Me he dado la vuelta. Era el señor Wallaker—. ¿Y esa bufanda? ¿Tiene frío? A mí no me parece que haga mucho frío —ha observado, y se ha frotado las manos como para comprobar la temperatura general. Llevaba una camisa azul, como las de los hombres de negocios, que dejaba traslucir su cuerpo esbelto, irritantemente en forma.

—*Bbdentista.*

—¿Cómo dice?

Me he quitado el pañuelo deprisa, he repetido «*bbdentista*» y me he puesto el pañuelo otra vez. Me ha mirado con cierta guasa.

—Mami tiene la boca rara —le ha informado Mabel.

—Pobrecita mami —ha dicho el señor Wallaker, y se ha agachado frente a Mabel—. ¿Qué les pasa a tus zapatos? ¿Te los has puesto en el pie equivocado?

Ay, Dios. Estaba tan preocupada con el trauma del bótox que no me he dado cuenta de que el señor Wallaker se los estaba cambiando con maña.

—Billy no quiere venir —le ha dicho la niña con su voz grave, áspera, y mirándolo con seriedad.

—¿En serio? —El señor Wallaker se ha puesto en pie—. ¡Billy! —ha exclamado con autoridad.

Billy se ha vuelto hacia él sobresaltado.

El señor Wallaker le ha hecho un gesto con la cabeza y Billy se ha acercado obedientemente a nosotros.

—Tu madre te estaba esperando, y lo sabías. La próxima vez

que tu madre te esté esperando sube inmediatamente, ¿entendido?

—Sí, señor Wallaker.

Después se ha vuelto hacia mí.

—¿Se encuentra bien?

De pronto, ¡horror!, he notado que se me saltaban las lágrimas.

—Billy, Mabel, vuestra madre ha ido al dentista y no se encuentra bien. Así que quiero que os comportéis como una señorita y un caballero y seáis buenos con ella.

—Sí, señor Wallaker —han respondido como autómatas, y han extendido la mano para dármela.

—Muy bien. Y, señora Darcy...

—Sí, señor Wallaker.

—Yo en su lugar no volvería a hacerlo. Estaba usted perfecta.

Cuando hemos llegado a nuestra calle, me he dado cuenta de pronto de que había conducido como una autómata y había ido todo el camino sin enterarme de nada.

—¿Mami?

—¿Sí? —he contestado sin dejar de pensar «Lo saben, lo saben, pisamos un terreno muy poco sólido, y su madre es una *cougar* fracasada e idiota que se inyecta bótox, y va a estrellar el coche, y no sabe ni lo que hace, ni lo que se supone que debe hacer, ni cómo se supone que tiene que hacerlo, y los servicios sociales van a llevarse a los niños, y...».

—¿Los dinosaurios tienen la sangre fría?

—Sí. *Ubf*, ¿no? —he contestado mientras buscaba aparcamiento. ¿Es fría?—. A *fver*, ¿qué son? ¿Son *rebftiles* o como los *delpfines*?

—Mami, ¿cuánto tiempo vas a estar hablando así?

—¿Podemos comer espaguetis a la boloñesa? —ha querido saber Mabel.

—Sí —he respondido tras aparcar delante de casa.

Cuando hemos entrado, la casa estaba calentita y acogedora, y no he tardado en tener los espaguetis a la boloñesa (del supermercado, listos para calentar y posiblemente con carne de caballo, pero qué se le va a hacer) burbujeando al fuego. Los niños estaban en el sofá viendo esos irritantes dibujos animados estadounidenses en los que los actores hablan con voz chillona y nerviosa, pero estaban tan monos... He dejado los espaguetis con carne de caballo, me he sentado con ellos, los he abrazado con fuerza y he hundido mi cara entumecida en sus cabezas despeinadas y sus cuellos suaves. He sentido sus corazoncitos latir contra el mío y he pensado en lo afortunada que soy por tenerlos.

Al cabo de un rato Billy ha levantado la cabeza.

—Mami —ha dicho con suavidad, la mirada ausente.

—¿Mmm? —he contestado con el corazón rebosante de amor.

—Los espaguetis están ardiendo.

Vaya por Dios. Me había dejado los espaguetis en la cazuela, con las partes secas sobresaliendo en un ángulo cerrado, con la intención de sumergirlos por completo cuando el otro extremo se hubiera ablandado. Pero, no sé cómo, se habían doblado hacia fuera y habían echado a arder.

—Voy por el *extinguidor* —ha dicho Mabel tranquilamente, como si aquello pasara todos los días. Lo cual, naturalmente, no es así.

—¡Noo! —he exclamado desquiciada al tiempo que cogía un paño de cocina y lo tiraba sobre la cazuela. Entonces, el paño también se ha prendido y ha saltado la alarma contra incendios.

De repente, me han caído unas gotas de agua fría. Al volver la cabeza, he visto que Billy estaba vertiendo una jarra de agua fría sobre la cazuela. Ha apagado las llamas dejando un caos humeante, pero sin fuego, en la cocina. Sonreía encantado.

—¿Nos los podemos comer ahora?

Mabel también parecía entusiasmada.

—¿*Podemoz toztar nubez* de azúcar?

De modo que —después de que Billy desactivara la alarma— hemos acabado tostando *nubefs*. Al fuego. En la cocina. Y ha sido una de nuestras mejores tardes.

PARA ESO ESTÁN LOS AMIGOS

Sábado, 22 de junio de 2013

61 kg; calorías: 3.844; paquetes de mozzarella rallada consumidos: 2; novios: 0; posibles novios: 0; unidades de alcohol consumidas por mí y mis amigos: 47.

—Bueno, al menos se ha solucionado lo de su virginidad recuperada —opinó Tom—. Y bastante a lo grande, diría yo. Ahora tira más a ninfómana. Con la cara entumecida. ¿Se ha acabado el vino?

—Hay más en la nevera —dije al tiempo que me levantaba—. Pero es que...

—Tom, haz el favor de estarte calladito, anda —lo regañó Talitha—. Su cara está fenomenal, ahora que ha dejado de babear.

—Lo principal es que tiene que superar lo del *toy boy* —apuntó Jude, que SIGUE saliendo con Fotógrafodenaturaleza.

—No, es sólo que... —traté de meter baza.

—Es el ego, el ego lo que está en juego. —Tom fingía ser un profesional, pero estaba como una cuba—. No es un rechazo. Alguien que va así de un extremo al otro no te está rechazando. Es sólo que está dividido entre el corazón y la cabeza y...

—Bridget, mira que te avisé de que no hay que enamorarse nunca, NUNCA de un *toy boy* —lo cortó Talitha—. Hay que tener control, de lo contrario toda la dinámica acaba siendo un desastre absoluto. Te prohíbo que vuelvas a liarte con él. Tom, cari, ¿me preparas un pelín de vodka con montones de hielo y un chorrito de soda?

—No volverá a liarse conmigo. Le mandé un mensaje despotricando y diciendo mierda un montón de veces —confesé.

—Punto uno —contestó Talitha—, volverá a liarse contigo, porque se fue dando un portazo, no lloriqueando; y punto dos: NO debes volver a liarte con él o la cosa acabará en lloriqueo. Cuando un tío te ha dejado, volver a aceptarlo es señal de baja autoestima y desesperación, y él NO hará más que darte por el saco.

—Pues Mark me aceptó de nuevo y...

—Roxster no es Mark —zanjó Tom.

Al oír aquello, prorrumpí en sollozos mudos, entrecortados.

—Ay, Dios —intervino Jude—. Tenemos que encontrarle un sustituto, y deprisa. Voy a apuntarla a OkCupid. ¿Qué edad pongo que tiene?

—No, no lo hagas —sollocé—. Tengo que «Coger la vara», como dice en *El zen y el arte de amar*. Tengo que ser castigada, he descuidado a los niños y...

—Los niños están *estubendamente*. Te estás volviendo loca. ¿Dónde tienes las fotos en el *vóvil*?

—Jude —dijo Tom—, déjala en *baz*, déjamela a mí. Soy un *brofesional*. Soy doctor en *bsiscolosofía*. —Durante un momento, reinó el silencio—. Gracias —continuó Tom—. En una relación se lidia con seis cosas: lo que el otro fantasea contigo, lo que fantasea con la relación, lo que tú fantaseas con el otro, lo que el otro fantasea con lo que tú fantaseas con el otro y... ¿Cuántas van? Ah, lo que el otro fantasea... consigo mismo.

A continuación se levantó de manera sentenciosa, se dirigió calmada aunque inestablemente hacia la nevera, volvió con una bolsa de botones de chocolate y una botella de chardonnay y se sacó del bolsillo de la chaqueta un paquete de Silk Cut.

—Hay cosas que no cambian nunca —afirmó—. Y ahora abre esa boquita y toma tu medicina. Bueeena chica.

Cuando me he despertado por la mañana, estaba arropada con una selección de peluches, una copia de *Thelma y Louise* y una nota de los tres que ponía: «Siempre te querremos.»

Sin embargo, cuando he cogido el teléfono también había un mensaje de Jude con un nombre de usuario y una contraseña para OKCupid.

EL GRAN VACÍO

Lunes, 24 de junio de 2013

61 kg; mensajes de Roxster: 0; correos electrónicos de Roxster: 0; llamadas de Roxster: 0; mensajes de voz de Roxster: 0; tuits de Roxster: 0; mensajes de Roxster en Twitter: 0.

21.15. Los niños están dormidos. AY, DIOS, QUÉ SOLA ESTOY. Echo de menos a Roxster. Ahora que la burbuja ha estallado y que me he dado cuenta de que Mark sigue sin estar, de que los niños continúan sin padre y de todas las demás complicaciones imposibles de arreglar, simple y llanamente echo de menos a Roxster. Es muy extraño pasar de la intimidad más absoluta a... la nada. Desolación ciberespacial total. No recibo mensajes. No recibo correos de Roxster. Ya no me manda tuits. No puedo meterme en su Facebook porque para hacerlo tendría que abrirme un Facebook —cosa que sé que es un suicidio emocional— y después mandarle una solicitud de amistad, y luego ver un montón de fotos suyas besuqueándose con treintañeras. He releído los mensajes y los correos y ya no queda nada, nada en absoluto de Roxby McDuff.

Lo cierto es que no me había parado a pensar en lo que Roxster significaba para mí porque estaba siendo budista y viviendo el momento. No me había dado cuenta de que estábamos construyendo un pequeño mundo juntos: los pedos, el vómito, las bromas sobre comida y nuestros pubs preferidos y el pene del percebe. Cada vez que pasa algo divertido, me entran ganas de mandarle un mensaje para contárselo. Y entonces tomo conciencia, con una añoranza fría, acuciante, de que Roxster ya no quiere saber nada de todas aquellas cosillas divertidas porque sin duda está escuchando los detalles divertidos de la vida de alguien que tiene veintitrés años y es fan de Lady Gaga.

22.00. Me acabo de meter en la cama. Una cama fría, vacía y aburrida. ¿Cuándo voy a volver a acostarme con alguien o a despertarme con alguien tan joven y guapo como Roxsterrrrrrr?

22.05. Que les den, a él y al puto curry. Roxster me importa una auténtica mierda. ¡Bah! No era más que un comecurrys... un gigoló imberbe. Lo he borrado de mis contactos y no le escribiré, ni lo veré, ni pediré verlo nunca jamás. Borrado.

22.06. Pero lo quierooooooo.

Martes, 25 de junio de 2013

Número de mensajes con mala leche preparados para mandarle a Roxster por si Roxster me manda un mensaje: 33.

21.15. AY, DIOS, QUÉ SOLA ESTOY. No paro de pensar en que quizá Roxster me mande un mensaje para ver si me apetece tomar una copa, y no dejo de escribirle mentalmente mensajes con mala uva para contestarle:
«Perdona, ¿quién eres?»
«Perdona, pero me temo que eso me impediría conocer a gente

con mi misma madurez emocional, mi glamurosa vida social y mi estilosa ropa de marca.»

O:

«Pero ¿y si pasa a nuestro lado una treintañera a la que le guste tirarse pedos y vomitar?»

Miércoles, 26 de junio de 2013

21.15. AY, DIOS, QUÉ SOLA ESTOY.

21.16. Acabo de tener una idea genial. Voy a mandarle un mensaje a Cazadoradecuero.

21.30. El intercambio de mensajes ha sido como sigue:

Yo: <Hola. ¿Qué tal? Hace algún tiempo que no sé nada de ti. ¿Qué te parece si quedamos para ponernos al día?>

22.30. Cazadoradecuero: <¡Eh! Me alegro de saber de ti. Por aquí ha habido bastantes cambios, para empezar... ¡me caso dentro de dos semanas! Pero, no sé, podríamos quedar antes.>

Jueves, 27 de junio de 2013

21.15. AY, DIOS, QUÉ SOLA ESTOY. Puede que llame a Daniel para ver si me saca por ahí y me anima.

23.00. Daniel no ha contestado. No es propio de él. Puede que se esté casando en este momento.

Viernes, 28 de junio de 2013

03.00. Billy acaba de meterse en mi cama llorando. Creo que ha tenido una pesadilla. Me ha abrazado, todo caliente y sudado, y se ha pegado a mí. «Te necesito, mami.»

Me necesita. Me necesitan. Y no hay nadie más. No puedo permitirme meterme en estos líos, intentar llenar un vacío con hombres estúpidos. Vamos, cálmate.

07.00. Me he despertado adormilada y he mirado a Billy, calentito y precioso sobre mi almohada. Me he echado a reír al recordar mis lloriqueos autocompasivos por Roxster: «¿Cuándo volveré a despertarme con alguien tan joven y guapo?»

¿Veis? ¡Muy sencillo! Es incluso más joven y más guapo.

TAL COMO SON

Viernes, 28 de junio de 2013 (continuación)

10.00. Daniel empieza a preocuparme. A pesar de todas sus... bueno, Danieladas, desde que Mark murió siempre se ha puesto en contacto conmigo inmediatamente si lo llamo. Uuy, teléfono.

10.30. Se me había olvidado lo de la multiconferencia con George el de Greenlight, Imogen y Damian.

—Bien, creo que te gustará saber que estamos todos en la oficina —ha empezado George—. Bueno, así están las cosas —se ha oído un chapoteo de fondo—: si hablas con Saffron de las páginas, no le darás a entender ni de lejos que no estás enamorada al ciento por ciento de Estoc...

—¿George? —le he preguntado con recelo—. ¿Dónde estás y qué es ese chapoteo?

—En la oficina. Sólo es el... café. Vale. A Ambergris le va Estocolmo, así que no...

Se ha oído un chirrido extraño, un resbalar como de goma, un plaf sonoro... Vamos, como si algo inmenso hubiese caído a una gran masa de agua. Después un grito ahogado y silencio.

—Bien —ha terciado Imogen—. Vamos a ver qué ha pasado y te llamo, ¿eh?

11.00. Acabo de llamar a Talitha para ver si había hablado con Daniel últimamente.

«Ay, Dios —me ha dicho—, ¿es que no te has enterado?»

La cosa es que Daniel siempre ha tenido tendencias adictivas que han ido empeorando con la edad. Hubo un período en que todo el mundo decía: «Estoy tan preocupado por Daniel...», con cierto tono moralista, porque en las fiestas su comportamiento era cada vez más excesivo. Varias mujeres glamurosas intentaron «curarlo», hasta que acabó en un centro de rehabilitación de Arizona, del que volvió fresco como una lechuga y algo avergonzado. Que nosotros supiéramos, estaba bien. Pero, por lo visto, su reciente ruptura con la última mujer glamurosa lo empujó a correrse la juerga de su vida, en la que vació todo el contenido de su mueble bar de los años treinta en un único fin de semana. La señora de la limpieza lo encontró el lunes por la mañana en un estado lamentable y ahora está en el pabellón de toxicómanos y alcohólicos del mismo hospital al que yo fui para el consultorio de obesidad.

Ay, Dios, ay, Dios, y yo que dejé que Billy y Mabel pasaran la noche con él.

11.30. Acaba de llamar Imogen. Por lo visto, en lugar de encontrarse, como aseguraba, en la oficina tomando café, George estaba en un bote neumático en el río Irrawaddy, al que se había retirado desde su lujosa casa flotante de estilo indígena para «recibir una señal». El oleaje que una lancha motora con ejecutivos levantó al pasar hizo que el bote se desestabilizara y que George acabara en las turbias aguas del Irrawaddy, seguido de cerca por su iPhone.

George estaba bien, pero la pérdida del iPhone era catastrófica. He decidido dejar que Greenlight se ocupara de las repercusiones e ir volando a ver a Daniel.

14.00. Acabo de volver. Aquello da miedo. Desde el punto de vista estético el hospital St. Catherine es una desconcertante mezcla de una prisión victoriana, la consulta de un médico de los años sesenta y Yemen. Al llegar deambulé aturdida hasta dar con el bloque que buscaba, en la tienda de regalos le compré a Daniel unos periódicos y una tarjeta con un pato que ponía «Mantente a flote», y añadí en boli «Pedazo de capullo». Después, obedeciendo un impulso, escribí dentro: «Vayas a donde vayas y hagas lo que hagas siempre te querré.» No es que quiera APLAUDIR su comportamiento, pero me imaginé que todo el mundo iría para echarle la bronca.

El pabellón era un «pabellón cerrado». Pulsé el botón verde y al cabo de un rato apareció una señora con *burka* que me dejó pasar.

—He venido a ver a Daniel Cleaver.

Me dio la impresión de que el nombre no le decía nada, era uno más en su lista.

—Por ahí a la izquierda. La primera cama tras la cortina.

Reconocí la bolsa y el abrigo de Daniel, pero la cama estaba vacía. ¿Se habría largado? Me puse a recoger aquello un poco y entonces apareció un extraño con pinta de vagabundo vestido con el pijama de franela del hospital, sin afeitar, el pelo revuelto y un ojo a la funerala.

—¿Quién eres? —preguntó con recelo.

—Soy yo, ¡Bridget!

—¡Jones! —exclamó como si se le iluminara una bombilla en la cabeza. Se le apagó igual de deprisa y se dejó caer sobre la cama—. Al menos podrías haberme dicho que ibas a venir. Quizá hubiera ordenado esto un poco.

Se tumbó y cerró los ojos.

—Pedazo de idiota —solté.

Él buscó mi mano a tientas. Hacía un ruido muy raro.

—¿Qué ha pasado? ¿Por qué no puedes respirar?

A sus ojos asomó un destello, un atisbo del Daniel de siempre.

—Bueno, la cosa es, Jones —empezó al tiempo que tiraba de mí hacia él—, que me fui de farra, la verdad. Básicamente me lo bebí todo. Me amorré encantado a lo que creía que era una botella de *crème de menthe*, ya sabes, esa cosa verde, y me la bebí entera. —En su cara se dibujó la familiar sonrisilla atribulada—. Y resultó ser Fairy.

Ambos rompimos a reír a carcajadas. Sé que se trataba de una situación potencialmente trágica, pero resultaba bastante divertida. Sin embargo, Daniel empezó a atragantarse de inmediato, a emitir un ruido sibilante, y de la boca le salían burbujas. Aquello ilustraba exactamente lo que había sucedido. Es como cuando te quedas sin pastillas para el lavavajillas y crees que sería buena idea ponerle jabón: dentro se llena todo de espuma.

La enfermera vino corriendo y se hizo cargo de la situación. Luego Daniel cogió la tarjeta y la abrió. Durante un segundo dio la impresión de que iba a echarse a llorar, pero entonces la puso boca abajo sobre la mesa, justo cuando apareció una glamurosa rubia patilarga.

—Daniel —dijo la rubia de un modo que me dio ganas de sacudirme el pelo y pasarle unos cuantos piojos—. Mírate. Debería darte vergüenza. Esto tiene que parar. —Cogió la tarjeta—. ¿Qué es esto? ¿Es tuya? —inquirió con tono acusador—. ¿Lo ves?, ¡éste es el problema. Todos sus puñeteros amigos: «Querido Daniel.» Aplauden su comportamiento.

—En ese caso será mejor que me vaya —dije al tiempo que me levantaba.

—No, Jones, no te vayas —objetó él.

—Ah, por favor —resopló la chica justo cuando llegó Talitha con una cesta llena de regalos comestibles, envuelta en papel de celofán y rematada con un gran lazo.

—¿Lo ves? ¿Lo ves? —dijo la rubia glamurosa—. A esto es exactamente a lo que me refería.

—Y ¿a QUÉ te refieres exactamente con eso... cielo? —quiso

saber Talitha—. ¿QUIÉN eres tú exactamente y QUÉ tiene esto que ver contigo? Conozco a Daniel desde hace veinte años, durante la mayor parte de los cuales me acosté con él de manera intermitente...

Estuve a punto de soltar: «¿¿Qué??» ¿Talitha se acostaba con Daniel cuando yo me acostaba con Daniel? Pero luego pensé «¿qué más da?».

Me disculpé y me fui, pensando que a partir de cierta edad la gente hace lo que hace, y o bien la aceptas como es o no. No estoy segura, no obstante, de si debería volver a dejar a los niños a cargo de Daniel, al menos hasta que se haya rehabilitado o sea capaz de distinguir claramente un tenedor de un cepillo del pelo.

CON LA MÚSICA A OTRA PARTE

Sábado, 29 de junio de 2013

Hemos ido al parque de Hampstead Heath y hemos tenido que volvernos. Daba la impresión de que alguien estuviera vaciando gigantescos cubos de agua sobre nuestras cabezas. Este verano ha hecho mal tiempo. Lluvia, lluvia, lluvia y un frío pelón, como si NO hubiera verano. Esto no hay quien lo aguante.

Domingo, 30 de junio de 2013

¡Ahhh! De repente hace un calor de mil demonios. No tengo protector solar ni sombreros y hace demasiado bochorno para salir a la calle. ¿Cómo se supone que vamos a apañárnoslas con este calor insoportable? Esto no hay quien lo aguante.

Lunes, 1 de julio de 2013

18.00. Bien. Voy a dejar de compadecerme, no vaya a ser que acabe bebiéndome el Fairy sin querer. El final del curso escolar está a la vuelta de la esquina, con su absorbente batiburrillo de obras de teatro, excursiones escolares, fiestas de pijamas, correos sobre regalos para el personal docente —entre ellos uno muy tajante de

Nicolette-doña-Perfecta en el que pide que todo el mundo ponga algo para los cheques regalo de John Lewis en lugar de comprar por su cuenta velas de Jo Malone—, y —a la cabeza, generando el número de correos electrónicos en cadena más inmanejable de todas las actividades— el concierto de verano de Billy. Billy tocará *I'd Do Anything*, del musical *Oliver*, como solo de fagot. El concierto, organizado por el señor Wallaker, que ahora parece haber incluido a la mitad del departamento de música en su cadena de mando a lo militar, se celebrará al atardecer en los jardines de Capthorpe House, una mansión que está subiendo por la A11.

Es probable que el señor Wallaker vaya vestido como Oliver Cromwell y que para celebrarlo su mujer, la que estaba encantada-de-conocer-a-alguien-con-una-cara-real, se haya puesto cuatro pintas de relleno extra en la cara. Uuy, cuidado con ese veneno, señorita Viperina. Tengo que seguir leyendo *Introducción al budismo*:

No somos dueños de nuestra casa, de nuestros hijos, ni siquiera de nuestro propio cuerpo. Sólo nos han sido dados durante un breve período de tiempo para que los tratemos con cuidado y respeto.

¡Ahhh! Todavía no he pedido cita en el dentista para Billy y Mabel. Cuanto más lo deje, menos me atreveré, ya que está claro que ahora tienen todos los dientes picados, acabarán de extras en *Piratas del Caribe* y será culpa mía. Pero al menos estoy tratando mi propio cuerpo como si fuera un templo. Me voy a clase de zumba.

20.00. Acabo de volver. Normalmente me encanta el zumba, con una pareja española joven, con el pelo largo y moreno, que se turna para dirigir los números, con la melena al viento, pisando fuerte, con furia caballuna. Te transportan a un mundo de discotecas barcelonesas, o posiblemente de la costa vasca, y campamentos gitanos de nacionalidad indeterminada iluminados por hogueras. Pero esta semana el vibrante dúo ha sido sustituido por una mujer pizpireta con flequillo rubio, un poco a lo Olivia Newton-John en *Grease*. Los exóticos y sensuales movimientos del zumba se veían extrañamente yuxtapuestos a una sonrisa empeñada en ser alegre, como si dijera: «Muuuy bien, no hay nada sexual ni sucio en esto.»

Para colmo, la risueña señora nos ha obligado no sólo a hacer movimientos circulares con las muñecas, sino también «como si nos sacudiéramos el agua de las manos cuando están mojadas», por no hablar de las «explosiones de color». Cuando toda la fantasía de la discoteca catalana se ha venido abajo como un castillo de naipes, he mirado a mi alrededor y me he dado cuenta de que en la clase no había jóvenes gitanos alocados, sino un grupo de mujeres a las que los miembros de una sociedad patriarcal dominada por varones retrógrados podrían describir como de mediana edad.

Tengo la descorazonadora sensación de que es probable que la mera idea de ir a zumba vaya unida a un intento de revivir días en los que el sexo constituía una posibilidad, tal y como demuestra St. Oswald's House: incluso allí el zumba ha sustituido por completo el concepto de «merienda y baile».

He subido tambaleándome y me he encontrado con el espectáculo un tanto mortificante de la alta y delgada-sin-necesidad-de-zumba Chloe abrazando a los niños como la Virgen de Leonardo da Vinci y leyendo *El viento en los sauces*. Los niños han levantado la cabeza entusiasmados para ver el habitual espectáculo poszumba de mi persona arrastrándose, con la cara como un tomate, al borde del infarto.

En cuanto Chloe se ha ido, Billy y Mabel se han olvidado de *El viento en los sauces* para incitarme a que participara en el divertidísimo juego de lanzar el contenido del cesto de la ropa sucia por la escalera. Cuando he conseguido que se durmieran y he limpiado el vómito causado por la sobreexcitación, etc., estaba tan cansada que me he zampado dos enormes croquetas de pavo fritas (y frías) y un trozo de bizcocho de plátano de siete centímetros de grosor. He decidido apuntarme a clases de salsa o batata en condiciones cuanto antes, ya que (con aire *snob*) a mí lo que me interesa de verdad es el baile latino en su forma más pura. Bachata, quería decir, no batata.

CONECTADA

Martes, 2 de julio de 2013

60 kg (gracias zumba / merienda y baile); páginas de contactos investigadas: 13; perfiles leídos: 87; perfiles interesantes leídos: 0; perfiles creados: 2; número de relaciones desastrosas que Jude ha forjado en internet: 17; número de relaciones prometedoras que Jude ha forjado en internet: 1 (alentador).

23.00. Jude, que TODAVÍA sale con Fotógrafodenaturaleza, se ha pasado por casa después de que los niños se durmiesen, decidida a que me meta en internet.

La he observado mientras iba haciendo clic con furia mesiánica en páginas de contactos y elaborando listas: «buceador», «le gusta hotel Costes», «ha leído *Cien años de soledad*»... sí, claro.

—¿Lo ves? Hay que tomar notas, Bridge, si no acabarás liándolos a todos cuando les mandes mensajes.

—¿A ti no te entran ganas nunca de, bueno... de darte por vencida? —le he preguntado.

—No. Habría acabado comiendo piruletas con la mirada perdida. —Justo entonces he caído en la cuenta, abochornada, de que había cogido una piruleta y me la estaba metiendo y sacando de la boca—. La cosa es, Bridge, que se trata de un juego de porcentajes.

—Supongo que Jude, que ha roto el «techo de cristal» del mundo de las finanzas, lo ve en esos términos por fuerza—. No puedes tomarte nada como si fuera personal. Te darán plantón, te entrarán tíos de más de cien kilos cuya foto es de otro. Pero con la suficiente experiencia (¡y habilidad!) escardarás esa escoria.

Después hemos pasado a recuperar los grandes éxitos de la escoria cibernética que Jude ha logrado escardar hasta llegar a Fotógrafodenaturaleza: Humillaciónsexual (¡claro!); Casadoconhijo que salió con Jude, la besuqueó y la sobó, y luego la incluyó en un mensaje de grupo que informaba de que su mujer había tenido un bebé; y Diseñadorgraficoyparacaidista, que sí resultó ser diseñador gráfico, pero también, al parecer, un musulmán fervoroso que no creía en el sexo antes del matrimonio, y al que, además, curiosamente, le gustaba pasar los fines de semana practicando bailes regionales ingleses.

—Y ahí —ha afirmado Jude—, en alguna parte, sólo hará falta un clic y ¡bingo!

—Pero ¿quién va a querer a una madre de cincuenta y tantos años con dos niños pequeños?

—Echa una ojeada —me ha invitado mientras me inscribía para probar gratis una página de padres solteros, SingleParentMix.com—. Son gente normal, como tú y yo, no son tíos raros. Pondré que tienes cuarenta y nueve.

Se ha desplegado una columna de fotos de desconocidos con gafas de montura metálica y camisas de rayas colgando sobre los pliegues del estómago y el botón de arriba desabrochado.

—Parece una rueda de identificación de asesinos en serie —he opinado—. ¿Cómo pueden ser padres solteros? A no ser que hayan matado a las madres, claro.

—Ya, bueno, puede que no haya sido una búsqueda muy buena —ha admitido Jude con tono eficiente—. Vamos a ver ésta.

Ha abierto el perfil que me había creado en OKCupid.

Lo cierto es que al mirar he visto que había algunos tíos muy monos. Pero, ay, la soledad... aquellos perfiles revelaban meses, o quizá años, de sufrimiento, y decepción, y ofensa.

Alguien cuyo nombre de usuario era «¿Hayalguienahí?» había puesto en su perfil:

Soy un chico majo y normal que sólo busca una mujer maja y normal. Si tu foto es de hace quince años, ¡CIRCULANDO! Si estás jodida, casada o desesperada, si eres pasivo agresiva, sádica emocional, superficial, egocéntrica, inculta, si no eres una mujer, si quieres dar un braguetazo, si sólo buscas sexo exprés, si sólo quieres pasar el rato intercambiando mensajes para luego no quedar, si sólo quieres un ligue que te suba el ego y luego darme plantón porque te importa un pito, ¡CIRCULANDO!

Y luego están los perfiles de casados que dicen abiertamente que sólo quieren sexo sin complicaciones.

—No sé por qué no van a MarriedAffair.co.uk —ha dicho Jude con desdén.

Miércoles, 3 de julio de 2013

08.30. He visto que el cómic de fútbol de Billy estaba en el buzón y se lo he llevado abajo diciendo: «¡Billy! Te ha llegado el Match.com.»[7]

---

7. Juego de palabras: *match* es partido de fútbol y también pareja, en alusión a la página de contactos Match.com. *(N. de la t.)*

T.P.A.: TIRANDO PARA ADELANTE

Miércoles, 3 de julio de 2013 (continuación)

60 kg; pensamientos negativos: 5 millones; pensamientos positivos: 0; botellas de Fairy líquido bebidas: 0. (¿Veis? Podría ser peor.)

21.15. Bien. ¡Estupendo! Mañana es el concierto del colegio y va a ser sencillamente perfecto. Mabel se quedará con Rebecca y así no tendré que preocuparme de vigilarlos a los dos a la vez. Por supuesto, muchos, muchísimos de los padres estarán fuera de viaje de negocios, o quizá tecleando como locos en MarriedAffair.co.uk. Y, aunque siguiera con Roxster, no habría venido al concierto, ¿verdad? Se habría sentido ridículo entre toda esa gente con niños y mucho mayor que él.

21.30. Acabo de leer las noticias en internet. Todo este entusiasmo con el niño de la familia real no es que sea de gran ayuda: pareja joven perfecta, de la edad de Roxster, con toda la vida por delante, que lo hace todo a la perfección, de la manera perfecta y en el momento perfecto.

21.45. He subido a ver a Billy y a Mabel.

—Mami —ha dicho Billy—. ¿Sabrá papá lo del concierto?

—Creo que sí —he contestado en voz baja.

—¿Lo haré bien?

—Sí.

Le he sujetado la mano hasta que se ha quedado dormido. Había otra vez luna llena, la he visto sobre los tejados. ¿Cómo sería, me he preguntado, ir al concierto de verano con Mark? Se me habría acercado por detrás, como solía hacer, le habría echado una ojeada a la cadena de correos del *picnic*, la habría borrado y habría respondido sin más: «Yo llevaré el *hummus* y las bolsas de basura negras.»

Así yo también estaría deseando que llegara, sin lugar a dudas. Sería estupendo, sin lugar a dudas. Venga, vamos. Arriba esos ánimos. Tira para adelante.

EL CONCIERTO DE VERANO

Jueves, 4 de julio de 2013

Subimos a toda pastilla por los cuidados jardines. Llegábamos tarde porque Billy había intentado trazar la ruta en el iPhone y acabamos en el cruce que no era. Al bajar del coche nos llegó un olor a hierba recién cortada; las hojas de los castaños colgaban, pesadas y verdes, y la luz se estaba tornando dorada.

Tambaleándonos bajo el peso del estuche del fagot, la manta de viaje, mi bolso, la cesta de *picnic*, otra cesta con colas light y galletas de avena que no entraban en la primera cesta, Billy y yo nos dirigimos hacia el camino en el que ponía: «AL CONCIERTO.»

Cuando salimos de los jardines, nos quedamos boquiabiertos. Aquello era como un cuadro: una casa señorial recubierta de glicinias, con una terraza de piedra antigua y extensiones de césped que bajaban hasta un lago. La terraza estaba dispuesta a modo de escenario, con atriles y un piano de cola, y abajo había hileras de sillas. Billy me apretó la mano con fuerza mientras seguíamos allí parados, preguntándonos adónde debíamos ir. Los muchachos correteaban de un lado a otro colocando los instrumentos y los atriles con nerviosismo. Entonces Jeremiah y Bikram gritaron:

—¡Billy!

Él me miró esperanzado.

—Vete —le dije—. Ya llevo yo esto.

Al verlo marchar, reparé en los padres que estaban preparando todo lo necesario para el *picnic* en la hierba, a orillas del lago. No había nadie solo. Todos formaban bonitas parejas que, supuse, no eran fruto de Match.com o PlentyofFish o Twitter, sino de los días en los que la gente aún se conocía en la vida real. El comienzo fue desastroso, pues me imaginé nuevamente que estaba allí con Mark, puntuales —porque él habría conducido y se habría ocupado del navegador—, sin ir cargados como mulos —pues Mark habría revisado las cosas antes de salir—, todos cogidos de la mano, Billy y Mabel entre los dos. Y estaríamos los cuatro en la manta en lugar de...

—¿Ha traído la mesa de la cocina?

Me volví: el señor Wallaker tenía un aspecto inusitadamente elegante, con pantalón de vestir negro y camisa blanca con un par de botones desabrochados. Miraba hacia la casa mientras se colocaba bien los gemelos.

—¿Quiere que le eche una mano con todo eso?

—No, no, estoy bien —contesté justo cuando un *tupper* se cayó de la cesta y los sándwiches de huevo fueron a parar a la hierba.

—Déjelo —ordenó—. Deme el fagot. Le pediré a alguien que lleve el resto abajo. ¿Va a sentarse acompañada?

—Por favor, no me hable como si fuera uno de sus alumnos —le pedí—. No soy Bridget-no-tengo-a-nadie-Darcy y no estoy desvalida. Y puedo con una cesta de *picnic*. Y que usted lo tenga todo bajo control, con todos estos lagos y orquestas, no significa que...

Se oyó un estruendo en la terraza: toda una sección de atriles cayó al suelo e hizo que un chelo saliera volando ladera abajo, seguido de un puñado de muchachos dando gritos.

—Todo bajo control, sí —repuso él, y resopló con aire divertido cuando un contrabajo y una tuba fueron a parar estrepitosamente al suelo arrastrando consigo más atriles—. Será mejor que vaya. Deme eso. —Cogió el fagot y echó a andar hacia la casa—. Ah, y, por cierto, su vestido... —dijo tras volver la cabeza.

—¿Sí?

—Se transparenta un poco a contraluz. —Bajé la mirada hacia el vestido. ¡Joder!, se transparentaba—. ¡Le queda muy bien! —gritó sin mirar atrás.

Lo miré con fijeza, indignada, confundida. Aquello era... era... machista. Me estaba reduciendo a un objeto sexual indefenso y... estaba casado y... y... y...

Iba a coger la cesta justo cuando apareció un hombre vestido de camarero que me dijo:

—Me han pedido que le lleve esto abajo, señora.

Se oyó otra voz:

—¡Bridget!

Era Farzia Seth, la madre de Bikram.

—¡Ven a sentarte con nosotros!

Fue genial, porque los maridos estaban sentados a un lado hablando de negocios, así que las mujeres pudimos cotillear y de vez en cuando darle algo de comer a la prole sobreexcitada que se nos echaba encima como una bandada de gaviotas.

Cuando llegó la hora del concierto, Nicolette, que, naturalmente, era la presidenta del comité del concierto, inauguró el acto con un discurso de lo más pelota sobre el señor Wallaker: «ejemplar, estimulante», etc., etc.

—Ardiente. Apasionado. Nicolette ha cambiado un poco de parecer desde que el señor Wallaker propuso lo de la mansión —musitó Farzia.

—¿Es suya la casa? —quise saber.

—No lo sé. Pero la ha conseguido él, eso sí. Y desde entonces Nicolette se le ha pegado como una lapa. Me pregunto qué le parecerá a su media naranja.

Cuando por fin terminó el discurso, el señor Wallaker subió a la terraza y se situó delante de la orquesta para acallar los aplausos.

—Gracias —dijo con una leve sonrisa—. Debo decir que estoy absolutamente de acuerdo con todo. Y ahora pasemos a la razón por la que están aquí: con todos ustedes, sus estupendos hijos.

Dicho aquello, levantó la batuta, la orquesta Big Swing se arrancó con una entusiasta —si bien un tanto desafinada— fanfarria y empezó el espectáculo. Lo cierto es que fue absolutamente mágico: la luz cada vez más tenue, la música resonando por los jardines.

Es verdad que la interpretación de *The Age of Aquarius* por parte del conjunto de flautas dulces no se prestaba del todo a ser tocada por flautistas de seis años.

No pudimos contener unas risillas, pero me alegré de poder reírme. Billy era uno de los más pequeños, sentado hacia el fondo, y cuando le llegó el turno yo estaba de los nervios. Lo vi acercarse al piano con sus partituras, tan diminuto y asustado que me entraron ganas de ir a cogerlo en brazos. Entonces el señor Wallaker se aproximó a él, le dijo algo en voz baja y se sentó al piano.

No sabía que el señor Wallaker tocara el piano. Empezó con una introducción de jazz sorprendentemente profesional y le hizo una señal a Billy con la cabeza para que comenzara. Aunque no había letra, oí todas y cada una de las palabras a medida que Billy avanzaba a duras penas por el pentagrama de *I'd Do Anything* y el señor Wallaker seguía delicadamente cada nota falsa y cada temblor.

Sí, Billy, yo haría cualquier cosa por ti, pensé mientras las lágrimas se me agolpaban a los ojos. Mi chiquitín estaba haciendo esfuerzos ingentes.

La gente se puso a aplaudir y el señor Wallaker le dijo algo a Billy y me miró. Billy estaba que no cabía en sí de orgullo.

Afortunadamente, Eros y Atticus se disponían ya a interpretar su propia adaptación del quinteto *La trucha* con la flauta, y se inclinaban y abatían con una pretenciosidad que impidió que me abandonara a las lágrimas autocomplacientes y de angustia existencial y me empujó de nuevo a la histeria contenida. Luego todo terminó y Billy vino a mí corriendo, radiante, para darme un abrazo. Después se fue con su grupito.

Era una noche cálida, clara, bella, romántica. Los otros padres se alejaron, fueron dando un paseo hasta el lago cogidos de la mano y yo me quedé un rato sentada en la manta, preguntándome qué podía hacer. Me moría de ganas de tomarme una copa, pero había llevado el coche. Me di cuenta de que la cesta con las colas light y las galletas de avena se había quedado arriba. Le eché un vistazo a Billy: seguía correteando con sus amigos, dándose golpes en la cabeza unos a otros. Volví a los arbustos, encontré la cesta y me quedé contemplando el espectáculo.

Una inmensa luna llena y anaranjada se alzaba despacio sobre el bosque. Las parejas reían juntas con sus trajes de ceremonia, abrazaban a sus hijos y recordaban los años compartidos que los habían llevado hasta allí.

Me metí entre las matas, donde nadie podía verme, y me enjugué una lágrima mientras bebía un gran sorbo de cola light deseando que fuera vodka. Se estaban haciendo mayores. Ya no eran niños. Todo iba demasiado deprisa. Me di cuenta de que no sólo estaba triste, sino también asustada: asustada de intentar no perderme cuando conducía en la oscuridad, asustada de todos los años que me quedaban por delante para hacer aquellas cosas sola: conciertos, entregas de premios, Navidades, adolescentes, problemas...

—Ni siquiera puede cogerse una curda, ¿eh? —La camisa del señor Wallaker se veía muy blanca a la luz de la luna. Su perfil, medio silueteado, parecía casi noble—. ¿Se encuentra bien?

—¡Sí! —exclamé indignada al tiempo que me frotaba los ojos con los puños—. ¿Por qué me AVASALLA siempre? ¿Por qué no para de preguntarme si me encuentro bien?

—Sé cuándo una mujer se está hundiendo y finge que no es así.

Dio un paso hacia mí. En el aire flotaba un fuerte olor a jazmín, a rosas.

Yo tenía la respiración agitada. Era como si la luna hiciese que nos sintiéramos atraídos. Alargó el brazo igual que si yo fuera una niña pequeña, o un cervatillo, o algo así, y me tocó el pelo.

—Ya no tiene piojos, ¿no? —preguntó.

Levanté la cara. Su olor se me estaba subiendo a la cabeza, noté la aspereza de su mejilla contra la mía, sus labios contra mi piel... Y de repente recordé a todos los asquerosos tíos casados de las páginas web y estallé:

—¿¿¿Se puede saber qué HACE??? Que esté sola no significa que esté... que esté DESESPERADA y sea PRESA FÁCIL. ¡Está CASADO! «Anda, mira, soy el señor Wallaker. Estoy casado y soy perfecto.» Y ¿a qué viene eso de que me estoy HUNDIENDO? Ya sé que soy una mala madre y estoy sola, pero no tiene que restregármelo por las narices y...

—¡¡¡¡¡¡Billy!!!!!! ¡Tu madre está besando al señor Wallaker!

Billy, Bikram y Jeremiah salieron de entre las matas.

—Ah, Billy —dijo el señor Wallaker—. Tu madre... Esto... Se ha hecho daño y...

—¿Se ha hecho daño en la boca? —preguntó Billy con cara de perplejidad.

Al oír aquello, Jeremiah, que tenía hermanos mayores, rompió a reír.

—Ah, señor Wallaker. Lo estaba buscando. —Ay, DIOS. Nicolette, lo que faltaba—. Me preguntaba si deberíamos dirigirles unas palabras a los padres para... ¡Bridget! ¿Qué haces tú aquí?

—Buscando unas galletas de avena —repuse alegremente.

—¿Entre las matas? Qué raro.

—¿Me das una? ¿Me das una?

Por suerte los niños empezaron a gritar y a meter la mano en la cesta, de modo que pude agacharme y disimular mi confusión.

—Bueno, he pensado que estaría bien poner el broche de oro —siguió Nicolette—. La gente quiere verlo, señor Wallaker. Y oírlo. Creo que tiene usted un talento brutal, de veras.

—No estoy muy seguro de que sea el momento adecuado para dar un discurso. Quizá baste con bajar y echar un vistazo. ¿Le importaría ocuparse, señora Martinez?

—No, desde luego —contestó Nicolette con frialdad, y me miró con cara rara.

Justo entonces Atticus llegó corriendo y dijo:

—¡Mamiiiii! ¡Quiero ver a mi terapeutaaaaaaaaaa!

—Bien —dijo el señor Wallaker después de que Nicolette y los niños hubieran desaparecido—. Ha sido usted muy clara, le pido disculpas. Me voy, para no pronunciar un discurso. —Echó a andar, pero se volvió—. Y, sólo para que conste, la vida de los demás no siempre es tan perfecta como parece si se escarba un poco.

EL HORROR, EL HORROR

Viernes, 5 de julio de 2013

Páginas web de contactos visitadas: 5; guiños: 0; mensajes: 0; me gusta: 0; páginas web para comprar por internet: 12; palabras de la nueva versión escritas: 0.

09.30. Puf. Por Dios. Bueno. Puf. «¿Hundiendo?» Mujeriego. Capullo casado machista salido. Puf. Bien. Tengo que ponerme a Heddaizar el texto, es decir, a buscar todos los diálogos de Hedda en la nueva versión y volver a ponerlos como estaban al principio. La verdad es que es muy divertido.

09.31. Lo que tiene lo de ligar por internet es que en el momento en que empiezas a sentirte solo, confuso o desesperado puedes abrir una de las páginas y es como estar en una tienda de golosinas. Hay millones de personas más que aceptables y disponibles, al menos en teoría. Veo por todo el país oficinas llenas de gente que finge trabajar pero que en realidad está abriendo Match.com y OkCupid para lograr así superar el tedio y la soledad del día. Bueno, tengo que ponerme a trabajar.

10.31. Dios mío. ¿Qué estaba HACIENDO el señor Wallaker? ¿Lo hará a menudo? No es nada profesional.

¿Qué quería decir con eso de que me estoy «hundiendo»?

10.35. Acabo de buscar hundir: «Verbo. Irse al fondo.»

Puf. Voy a volver a conectarme.

10.45. Acabo de entrar:

0 GUIÑOS ENVIADOS. 0 PERSONAS TE HAN ESCOGIDO COMO FAVORITO. 0 PERSONAS TE HAN ENVIADO UN MENSAJE.

Genial.

11.00. Vaya una pandilla de cerdos mujeriegos. «Casado, pero en una relación abierta.» ¿Eh?

12.15. Lo de los ligues por internet de Jude fue una pesadilla: cadenas de mensajes con desconocidos que de pronto quedaban sin respuesta. No quiero tener trozos raros de hombres por todas partes. Será mucho mejor que me ponga con *Las hojas*. Tengo que averiguar cómo podría funcionar lo del yate y la luna de miel en Suecia en lugar de en Hawái. A ver, en Estocolmo hace calor en verano, ¿no? ¿Acaso no vive una de las chicas de Abba en una isla de Estocolmo?

12.30. Quizá me meta en Net-a-Porter a mirar las rebajas.

12.45. ¿Qué me está pasando? Acabo de meter tres vestidos en la cesta de la compra. Luego me he desconectado. Luego me he conectado de nuevo y me he dado cuenta de que me sentía dolida porque ninguno de los vestidos me ha mandado un guiño.

13.00. Puede que entre un minuto en Match.com a ver treintañeros monos.

Mmmm.

13.05. He ido bajando por la ristra de treintañeros monos y he pegado un grito. Allí, con todo el descaro del mundo, había una foto de... Roxster.

INTERFERENCIAS EN LA RED

Viernes, 5 de julio de 2013 (continuación)

«Roxster30» sonreía alegremente desde la misma foto que tiene en Twitter. Por lo visto busca mujeres de entre veinticinco y cincuenta y cinco años, así que no me ha dejado porque fuera demasiado mayor, simplemente ha sido porque no... porque no... AY, DIOS. Su perfil dice que «le gusta especialmente pasear por Hampstead Heath» y «la gente que me hace reír» y... «hacer escapadas a posadas a orillas de un río con desayuno inglés completo». Y le encanta tirarse en paracaídas. ¿TIRARSE EN PARACAÍDAS?

Bueno, está bien, ¿no? ¿No es lo que hace la gente? Es muy divertido, es...

De repente me he doblado de dolor en la silla, sobre el ordenador.

13.10. ¡Roxster está en línea! Pero ¡yo también estoy en línea! Ay, Dios.

13.11. Me he desconectado en seguida y he empezado a dar vueltas a toda prisa por la habitación, como loca, mientras me metía en la boca trozos de queso mordisqueado y barritas energéticas chafadas que había encontrado en el fondo del bolso. ¿Qué voy a hacer?

¿Qué se hace en estos casos? No puedo volver a conectarme y mirar a Roxster de nuevo, o pensará que lo estoy acosando, o peor —¿mejor?—, viendo fotos de treintañeros monos para sustituirlo tranquilamente por otro *toy boy*.

13.15. Acabo de mirar el correo, que ahora, claro, además de estar repleto de mails de Ocado, y de «Regalo para los profesores», y de varias posadas rurales en las que me imaginaba con Roxster, también está inundado de un sinfín de correos de SingleParentMix. com y OkCupid y Match.com que dicen: «¡Guau! Hoy eres muy popular» y «Alguien acaba de visitar tu perfil» y «Jonesey49, alguien acaba de enviarte un guiño».

He observado con atención dos mails recientes de Match.com. «Jonesey49, ¡guau! Alguien acaba de visitar tu perfil.»

13.17. No he podido averiguar quiénes eran porque no he pagado para poder meterme como Dios manda en Match.com. Uno de ellos tenía cincuenta y nueve años. El otro treinta. Tenía que ser Roxster. Era demasiada coincidencia.

13.20. «¡Guau! Jonesey49. Alguien acaba de enviarte un guiño.» De nuevo, treinta años.

13.25. Está claro que Roxster ha visto que me he metido en su perfil. ¿Qué voy a hacer? ¿Fingir que no ha pasado? No, eso es... Vamos, todo el asunto es... No se puede fingir que algo así no ha pasado, ¿no? Somos seres humanos, y hubo cariño entre nosotros, pensé. Y... mensaje de Roxster.

<¿Jonesey49, o sea Bridget, o sea @JoneseyBJ?>

He clavado la mirada en el móvil y he hecho un barrido mental por todos los mensajes que había preparado por si se ponía en contacto conmigo:

«Perdona, ¿quién eres?»

«Mira, tomaste tu decisión y la expresaste de un modo innecesariamente crudo, así que, que te den.»

En vez de eso, le he contestado obedeciendo un impulso:

<Roxster30, o sea Roxsby, o sea @_Roxster *risita nerviosa, parloteo.* Sólo quiero que quede bien claro que no estaba navegando por Match.com en busca de treintañeros monos, sino llevando a cabo una importante investigación para *Las hojas en su pelo*. Jajaja. No sabía que te gustaba tanto tirarte en paracaídas. Dios mío *se lanza sobre la botella de vino.*>

Se ha producido una pausa. Luego, ha llegado otro mensaje.

<¿Jonesey?>

<¿Sí, Roxster?>

Ha habido otra pausa. ¿Qué iría a decir? ¿Algo agradable? ¿Algo pretendidamente agradable pero condescendiente? ¿Algo a modo de disculpa? ¿Algo hiriente?

<Te echo de menos.>

Me he quedado mirando el mensaje fijamente. De todas las cosas que había pensado decirle... He dejado el dedo suspendido en el aire sobre el teléfono. Y al final simplemente le he contestado la verdad:

<Yo también te echo de menos.>

E inmediatamente después he pensado: «¡Mierda! ¿Por qué no le he enviado uno de los menos cáusticos pero divertidos? Ahora tendrá el ego subido y se largará.» Un mensaje.

<¿Jonesey?>

Otro mensaje.

<*CHILLA.* ¿JONESEYYYY?>

Yo: <*Serena, ligeramente distraída.* ¿Sííí?>

¡Y empezamos otra vez!

Roxster: <Te has quedado muy callada.>

Yo: <*Un tanto despectiva.* Bueno, no es de extrañar. ¿Cómo te atreves a sacar a relucir mi edad de esa manera tan impertinente e innecesaria? «Anda, mírame, yo soy tan joven y tú tan mayor.»>

Roxster: <«Anda, mírame, estoy encantada conmigo misma porque he ganado el concurso de a-ver-quién-aguanta-más-sin-mandar-un-mensaje.»>

Me he echado a reír. Ciertamente, estaba encantada conmigo misma. Me ha sacudido una gran oleada de dicha y alivio por volver a gozar de la sensación de seguridad que proporciona saber que alguien se preocupa por ti, y entiende tu sentido del humor, y no todo fue frío y vacío y acabó, todavía seguíamos ahí.

Sin embargo, al mismo tiempo, me acechaba el miedo oscuro de volver a involucrarme.

<¿Jonesey?>

<¿Sí, Roxster?>

He esperado. Mensaje:

<Pero sigo pensando que eres un vejestorio.>

¡¡ESO HA SIDO ASQUEROSO!! Va absolutamente en contra de las reglas de... de... Me dan ganas de llamar a la policía. Está claro que debería haber una especie de DEFENSOR DEL LIGO-TEO que impidiese que pasaran estas cosas.

Otro mensaje. Me he quedado mirando el móvil como si fuera una criatura de una película del espacio: no sabía qué iba a hacer a continuación. Tal vez se irguiera y se transformase de pronto en un monstruo, o se convirtiera en un conejito amable. Lo he abierto:

<Es broma, Jonesey. Es broma. *Se esconde.*>

He mirado inquieta a un lado y a otro. Otro mensaje:

<Llevo 3 semanas, 6 días y 15 horas pensando en la noche del curry y la empanada de pollo con cierto pesar, y eso, si consultas el almanaque Old Moore's, podría describirse técnicamente como un mes civil. Estaba muy confundido. Y pedo. Por favor, perdóname. Pareces más joven y te comportas de manera más juvenil que

cualquier mujer que haya conocido (incluida mi sobrina, que tiene 3 años). Te echo de menos.>

¿Qué estaba diciendo? ¿Estaba diciendo que se había replanteado todo el asunto y quería estar conmigo? Pero ¿quería yo estar con él?

<¿Jonesey?>

<¿Sí, Roxster?>

<¿Comerás conmigo, al menos?>

Roxster: <¿O cenarás?>

Y otra vez: <¿O a ser posible comerás y cenarás?>

De pronto he recordado todas las deliciosas cenas —y lo que venía después— que habíamos disfrutado y he tenido que frenarme para no ponerle: «¿Y desayunar?»

Puede que Tom tenga razón. Puede que Roxster no me rechazara por ser una vieja chocha.

Le he contestado:

<Por favor, cállate. Estoy mirando por la ventana a ver si pasa algún multimillonario que haya hecho su fortuna en las punto com y lleve botas de montaña.>

<Voy hacia allá a plantarles cara.>

<¿Tendría que estar yo presente en la comida o la cena o bastaría con que estuviese la comida?>

<Podríamos vernos sin comida de por medio, si quieres.>

Aquello era INAUDITO. Debía de ir muy, muy en serio. Y yo necesitaba tiempo para digerirlo. Otro mensaje:

<Si necesitas tiempo para digerirlo, si me perdonas la bromita, esperaré.>

Y otro:

<Quizá baste con una bolsa de patatas fritas, ¿no?>

Iba a contestarle «¿De queso y cebolla?», pero he preferido dejarlo estar, no fuera a salirme por peteneras.

Así que una vez más he respondido con la verdad:

<Estaría bien. Siempre que me prometas que no te tirarás pedos.>

REAVIVAR LA LLAMA

Jueves, 11 de julio de 2013

Días de sol ininterrumpido: 11; gotas de lluvia en la cabeza: 0 (increíble).

14.00. Hace un calor infernal. ¡Todavía! Nadie se cree que estemos teniendo tanta suerte. Todo el mundo está en la calle escaqueándose del trabajo, tomando algo, como loco por entregarse al sexo y quejándose de que hace demasiado calor.

Roxster y yo hemos vuelto a los mensajes y él está encantador, a pesar de las serias advertencias de Talitha con respecto a volver a aceptar a alguien después de que te haya dejado. Y a pesar de las serias advertencias de Tom con respecto a la gente que es todo mensajes y nada pantalones, y de sus advertencias profesionales con respecto a que tan sólo puedo esperar un futuro de mensajes variopintos, y ¿me había parado a pensar en lo que de verdad quería yo?, aparte de un sinfín de mensajes y noches de sexo esporádicas.

Roxster me ha explicado lo del curry y la tardanza de la noche que rompió conmigo y me ha dicho que —tal y como yo me he olido en todo momento— no estuvo comiendo curry con sus «compañeros». En realidad estuvo solo, atiborrándose de curry de pollo, y papadom, y cerveza, porque estaba muy confuso y de pronto abrumado por la posibilidad de convertirse en un novio de verdad y quizá en figura paterna. Y después, cuando soltó el discurso con el que me dejó, le dio la impresión de que a mí me parecía bien, de que me sentía casi aliviada y encantada de romper, hasta la bronca de la mierda. Y después de aquello no supo qué hacer. Y es alegre, y dulce, y sencillo, y muchísimo mejor que los capullos casados salidos. Hemos quedado el sábado... para dar un paseo por Hampstead Heath.

¡OSTRAS!

Sábado, 13 de julio de 2013

15.00. Preparativos demenciales. He tenido que lidiar con mi madre, que va a llevar a Mabel y a Billy a tomar el té a Fortnum & Mason (buena suerte, mamá). «Uy, Mabel lleva mallas, ¿no? ¿Dónde tienes los escurridores?»

He salido corriendo a comprar cera para hacerme las piernas y esmalte para pintarme las uñas de los pies, me he lavado el pelo y me he puesto el vestido vaporoso transparente del concierto de verano. Luego he pensado que daba mal karma, así que me lo he quitado y me he puesto uno rosa claro que no se transparenta. Luego Farzia me ha mandado un mensaje para preguntarme si Billy y Jeremiah van a ir al fútbol mañana, porque Bikram no quería ir a menos que fueran todos. Después he perdido las chanclas, pero no podía ponerme las otras sandalias porque me estropearían la laca de las uñas. Y finalmente he llegado al pub con dos minutos de antelación y he ido corriendo al servicio para asegurarme de que no llevaba demasiado maquillaje, como Barbara Cartland. Por último, me he sentado al estupendo sol en el jardín, como una diosa de la luz y la serenidad, relajada y puntual, y cuando ha aparecido Roxster me ha cagado una gaviota en el hombro.

Ha sido muy emocionante ver a Roxster, guapísimo con su polo azul vivo, y partirnos de risa por lo de la gaviota, y divertirnos sin más, y sentirnos como niños de parranda, sólo que en plan más

411

sexy. Y nos hemos tomado unas cervezas, y Roxster ha comido, y ha probado repetidas veces a quitarme la caca de gaviota de la teta y yo estaba tan... feliz.

Luego nos hemos puesto en marcha para dar el paseo. El parque estaba repleto de gente alegre al sol y quejándose del calor, de parejas abrazadas, y yo formaba parte de una de ellas, del brazo de Roxster. Hemos llegado a un claro moteado por el sol y nos hemos sentado en un banco en el que solíamos sentarnos a menudo. Y cuando ha parado de reírse de los puntos rojos que me había visto en las piernas debido a la cera, Roxster se ha puesto serio. Y ha empezado a decir que había estado pensando y que, aunque de verdad, pero muy de verdad, quería tener hijos propios, y de verdad, pero muy de verdad, pensaba que debería estar con alguien de su edad, y no sabía lo que dirían sus amigos, o lo que diría su madre, no creía que fuera a encontrar a alguien con quien se llevase como conmigo. Y quería hacerlo todo bien, absolutamente todo, y subirse a los árboles en el parque y ser un padre para Billy y Mabel.

Lo he mirado fijamente. La verdad es que Roxster me gustaba mucho. Me gustaba mucho que fuera tan guapo, y tan joven, y tan sexy, pero, por encima de todo aquello, me gustaba mucho quién era y lo que representaba. Era divertido, y cabal, y fácil, y práctico, y emotivo al tiempo que contenido. Pero también había nacido cuando yo tenía veintiún años. Y si hubiéramos nacido a la vez, ¿cómo podíamos saber lo que habría pasado? Lo que sí he sabido al mirarlo es que no quiero arruinarle la vida. Y no me cabe la menor duda de que mis hijos son lo mejor que yo tengo en la vida. No quiero privarlo de esa experiencia.

Aun así, lo verdaderamente crucial ha sido que yo sospechaba que, aunque quisiese, Roxster no sería capaz de hacerlo. Lo intentaría, pero en el plazo de una semana, o de seis semanas, o de seis meses, las dudas volverían a asaltarlo y se le cruzarían otra vez los cables. Y lo que tiene llegar a la avanzada edad de... bueno, treinta y cinco años es que ya no quieres vivir nunca más esa incertidumbre, y esa montaña rusa emocional, y ese dolor. Sencillamente no podría soportarlo.

Además, NO quería ser como Judi Dench con Daniel Craig al final de *Skyfall*, y la diferencia de edad entre ellos debe de ser la misma que la que hay entre Roxster y yo. Claro que en *Skyfall*, si se para uno a pensarlo, la chica Bond era Judi Dench, no la de pelo rizado sin personalidad que decidió (en un extraño giro antifeminista, ¿no?) que quería ser la señorita Moneypenny. Judi Dench era a la que Daniel Craig quería de verdad y a la que acabó llevando en brazos bajo la lluvia de balas. Pero ¿se habría acostado Daniel Craig con Judi Dench? Si no estuviera muerta, quiero decir. Qué bien habría estado que hubiesen protagonizado una escena de sexo exquisitamente iluminada, con Judi Dench estupenda con un picardías negro de La Perla. Ésa sí que sería una buena reinvención feminista...

—Jonesey, ¿estás fingiendo otra vez que no estás teniendo un orgasmo?

Sobresaltada, he mirado a Roxster, que ahora estaba sobre una rodilla. ¿Cómo podía haber sido tan maleducada y quedarme mirando a las musarañas tanto tiempo cuando...? Dios, era tan, tan, pero tan guapo, pero...

—Roxster —le he dicho—, todo esto no va en serio, ¿no? En realidad no vas a ser capaz de hacerlo.

Roxby McDuff se ha quedado pensativo un instante, luego ha sonreído con tristeza, se ha levantado y ha acudido la cabeza.

—No, Jonesey, tienes razón. La verdad es que no.

Entonces nos hemos abrazado, con deseo, y felicidad, y tristeza, y ternura. Pero yo sabía que esta vez el juego había terminado. Definitivamente.

Cuando nos hemos separado, he abierto los ojos y he visto al señor Wallaker detrás de Roxster, inmóvil, observándonos.

Me ha mirado a los ojos, impasible, y sin decir nada, como es habitual en él, se ha alejado sin más.

De camino a casa, en medio de tanta confusión, y tristeza, y pena por haber roto, y la agitación y la sorpresa por el hecho de que el señor Wallaker hubiese visto lo que parecía un compromiso pero en realidad era una ruptura, he sentido esa cosa abrumadora que experimenta la gente cuando... que yo... que otra vez, en el momento de la despedida, no le... que hay que decirle a la gente sí o sí que... y, justo entonces, cosa inquietante, me ha llegado un mensaje:

<¿Jonesey?>

<¿Sí, Roxster?>

Roxster: <Sólo quería decirte que siempre...>

Yo: <¿Eh?>

Roxster: <Te>

Yo: <Que>

Roxster: <Rré.>

Yo: <Y yo.>

Roxster: <¿Tú?>

Yo: <A ti.>

Roxster: <By>

Yo: <A>

Roxster: <D>

Yo: <O>

Siempre te querré. Y yo a ti. Beso y abrazo de oso.

Me he quedado esperando. ¿Iba a dejar que fuera yo la que dijera lo último? Me ha entrado un mensaje:

Roxster: <Pedorra mía.>

Y otro:

<Era broma. Y yo a ti. Siempre. No respondas. Besos.>

Roxby McDuff: un caballero hasta el final.

RENDICIÓN

Sábado, 13 de julio de 2013 (continuación)

Cuando llegué a casa, disponía de una hora libre antes de que llegara mi madre con los niños. Finalmente me senté en un sillón con una taza de té. Y me rendí y lo acepté todo. Ahora sí, todo había terminado con el dulce, encantador Roxster. Y me sentía triste, pero así eran las cosas. Y no podía con tantas cosas a la vez. No podía reescribir una película sobre una Hedda Gabler actualizada en un yate en Hawái, trasladada a Estocolmo por seis personas distintas. No podía ligar por internet con desconocidos raros. La cabeza no me daba para mantener aquel cacao demencial de horarios, y Zombie Apocalypse, y fiestas de crea-tu-propio-oso, y lidiar con profesores del colegio casados a los que, para más confusión, casi había besado, y vestir según los dictados de *Grazia*, e intentar tener novio, y desempeñar un trabajo, y ser madre. Procuré dejar de pensar que tenía que hacer algo. Mirar los mails, ir a clase de zumba, meterme en OkCupid, leer la última actualización descabellada de *Las hojas en su yate*.

Me quedé allí sentada sin más pensando «Esto es lo que hay. Yo. Los niños. Dejar que pasen los días». En realidad no estaba triste. No era capaz de recordar la sensación de no tener que hacer algo de inmediato. De no tener que exprimir hasta el último segundo del día. De no tener que averiguar por qué la nevera hacía aquel ruido.

Y me encantaría decir que de aquello salió algo estupendo. Pero la verdad es que no fue así. Probablemente el culo se me pusiera más gordo, por ejemplo. Aunque sí noté cierta claridad mental, la sensación de que lo que necesitaba era encontrar algo de paz.

«Ahora necesito tomármelo con calma —pensé mientras parpadeaba deprisa—. Es un período de moderación. No debo pensar en los demás, seremos sólo nosotros: Mabel, Billy y yo. Sentir el aire en el pelo y la lluvia en la cara. Disfrutar viéndolos crecer. No perdérmelo. Dentro de nada se irán.»

Miré al frente con dramatismo, pensando: «Soy fuerte, aunque esté sola.» Entonces me di cuenta de que el teléfono estaba graznando. ¿Dónde estaba?

Al final lo encontré en el aseo de abajo y pegué un salto, asustada, al ver toda una sarta de mensajes de Chloe:

<Me acaba de llamar tu madre. ¿Tienes el móvil apagado? Los han echado de Fortnum.>

<Quiere que vayas, Mabel está llorando y a ella se le ha olvidado la llave.>

<Está intentando encontrar la tienda de juguetes Hamleys y se han perdido.>

<¿Te están llegando mis mensajes?>

<Vale. Le he dicho que coja un taxi y que nos vemos en casa con la llave.>

En aquel preciso instante sonó el timbre. Abrí y vi a mi madre con Billy y Mabel —los dos llorando, acalorados, sudorosos y manchados de tarta— en la puerta.

Los llevé abajo, encendí la tele, encendí el ordenador y le preparé a mi madre una taza de té. Entonces llamaron de nuevo.

Era Chloe, y estaba llorando, cosa rara en ella.

—Chloe, lo siento mucho —me disculpé—. Es que apagué un rato el móvil porque... necesitaba asimilar una cosa y no vi tus...

—No es eso —se lamentó—. Es Graham.

Por lo visto Chloe y Graham habían ido a montar en barca al lago Serpentine y Chloe había preparado una cesta de *picnic* perfecta, con sus cubiertos y su porcelana, pero Graham le había soltado: «Tengo algo que decirte.»

Chloe, naturalmente, pensó que Graham iba a pedirle que se casara con él, pero lo que le anunció fue que había conocido a alguien de Houston en YoungFreeAndSingle.com y había pedido el traslado a Texas para irse a vivir con ella.

—Me ha dicho que soy demasiado perfecta —me contó entre sollozos—. No soy perfecta. Es sólo que creo que tengo que fingir que lo soy. Y a ti tampoco te caigo bien porque también piensas que soy demasiado perfecta.

—Vamos, Chloe, yo no pienso eso, no eres perfecta —repuse, y le di un abrazo.

—¿No? —dijo mirándome esperanzada.

—No, sí —farfullé—. Quiero decir que perfecta no, pero eres estupenda. Y... —De pronto me puse sentimental—: Sé que las madres trabajadoras de clase media siempre dicen lo mismo, pero de verdad que no sé lo que haría sin tu ayuda y sin que fueras tan perfe... tan estupenda. Lo que quiero decir es que es un alivio que no todo en tu vida sea completamente perfecto, aunque, desde luego, siento mucho que ese tarado de Graham haya sido tan tarado como para...

—Pero yo pensaba que sólo te caería bien si era perfecta.

—No, me ASUSTABAS porque eras perfecta, porque eso me hacía sentir muy imperfecta.

—Pero ¡si yo siempre he pensado que TÚ eres perfecta!

—Mami, ¿podemos ir a nuestra habitación? La abuela está rara —afirmó Billy, que apareció en la escalera.

—La abuela tiene rabo —dijo Mabel.

—Billy, Mabel —los llamó Chloe encantada—. ¿Quieres que me los lleve arriba?

—Genial, yo iré a ver a la abuela. A ver si le ha salido rabo

—contesté mirando con gravedad a Mabel y añadiendo para tranquilizar a Chloe—: No eres perfecta.

—¿No? ¿Lo dices de verdad?

—De verdad que no, no eres nada perfecta.

—¡Gracias! —exclamó—. Tú tampoco. —Y se fue escaleras arriba con los niños, y parecía, y era, absolutamente perfecta.

Bajé con mi madre, que, si tenía rabo, lo había escondido muy bien debajo del vestido con abrigo a juego. La encontré abriendo ruidosamente todos los armarios mientras decía:

—¿Dónde tienes el colador del té?

—Uso bolsitas —gruñí.

—Bolsitas. Serás mema... Y digo yo que podrías haber dejado el teléfono encendido. Es lo mínimo si tienes hijos que no saben comportarse. ¿Qué tienes en la cabeza? ¿Has salido a la calle con ese vestido? El problema del color carne es que puede hacer que no se te vea, ¿no crees?

Rompí a llorar delante de sus narices.

—Vamos, Bridget, tienes que calmarte. Tienes que seguir adelante, no puedes... no puedes... no puedes... no puedes... no puedes...

Pensé que, literalmente, no iba a parar de decir «no puedes», pero entonces ella también se echó a llorar.

—No sirves de mucha ayuda —sollocé—. Sólo piensas que soy una mierda. Siempre estás intentando cambiarme, y crees que lo estoy haciendo todo mal, y me haces llevar... COLORES distintos —me quejé.

De pronto mi madre dejó de sorberse la nariz y me miró fijamente.

—Ay, Bridget, lo siento mucho —se disculpó casi en un susurro—. Lo siento mucho, mucho.

Se me acercó con torpeza, se arrodilló ante mí, me rodeó con los brazos y me atrajo hacia ella.

—Mi pequeña.

Era la primera vez que tocaba el cardado de mi madre. Era firme, casi sólido. Dio la impresión de que no le importaba que se le aplastase mientras me abrazaba. Me gustó mucho. Me entraron ganas de que me diera un biberón con leche tibia o algo por el estilo.

—Fue tan espantoso, tan espantoso lo que le pasó a Mark... No podía soportar pensar en ello. Lo estás haciendo tan... Ay, Bridget. Echo de menos a papá. Lo echo mucho, mucho de menos. Pero hay... hay que... hay que seguir adelante, ¿no crees? Ésa es la mitad de la batalla.

—No —me lamenté—, sólo es tratar de tapar las grietas con un parche.

—Debí... Papá SIEMPRE decía... decía: «¿Por qué no dejas que sea ella misma?» Ése es mi problema. Soy incapaz de dejar que las cosas sean como son. Todo ha de ser perfecto y... ¡NO LO ES! —dijo—. Al menos... No me refiero a ti. Lo estás haciendo muy bien... Uy, ¿dónde tendré la barra de labios? Y Pawl, ya sabes quién es Pawl (el chef pastelero de St. Oswald's), pensé... Bueno, siempre me regalaba esos profiteroles pequeñitos tan ricos... y me llevaba a la cocina. Y ahora resulta que es uno de esos...

Me eché a reír.

—Ay, mamá, podría haberte dicho que Pawl es gay desde el momento en que lo vi.

—Qué gay ni qué gay, eso no existe, cariño. Sólo es PEREZA y...

Billy apareció en la escalera.

—Mami, Chloe está llorando arriba. Uy. —Nos miró con cara de perplejidad—. ¿Por qué llora todo el mundo?

Justo cuando mi madre, Chloe y yo estábamos celebrando una especie de reunión participativa de Alcohólicos Anónimos sentadas a la mesa de la cocina —mientras Billy jugaba con la Xbox y Mabel correteaba de un lado a otro y nos daba animalitos de la *follamilia* Villanian, y hojas del jardín, y palmaditas amables—,

volvieron a llamar a la puerta. Era Daniel, con cara de desesperación y una bolsa de fin de semana al hombro.

—Jones, querida mía, me han soltado de la celda de castigos de
rehabilitación. He vuelto a casa y... La verdad es que no quiero
estar solo, Jones. ¿Te importa si bajo a la leonera un minuto, sólo
para —se le quebró la voz— estar en compañía de algún ser humano al que sé que no voy a intentar tirarme?

—Muy bien —repuse tratando de pasar por alto el insulto
dado lo delicado del momento—. Pero tienes que PROMETER-
ME que no intentarás tirarte a Chloe.

Fue una velada bastante extraña, como suelen serlo los aconte-
cimientos sociales, pero creo que todo el mundo la disfrutó. Cuando Daniel hubo acabado con ella, Chloe creía que era Charlize
Theron y que Graham no era digno ni de tocarle el bajo de la falda
—cosa que es cierta, sea quien sea—. Y mi madre, mientras achu-
chaba a Mabel, y le daba un botón de chocolate a la niña por cada
uno que se zampaba ella, y bebía vino tinto, y se ponía perdida de
todo, empezó a plantearse la posibilidad de Kenneth Garside.

—Y es un verdadero encanto, ese Kenneth. Lo que pasa es que
le tira MUCHO el sexo.

Y resultó que Daniel —que le decía «Y ¿qué DEMONIOS hay
de malo en eso, señora Jones?»— es muy, muy bueno con la Xbox.
Pero al final lo echó todo a perder en el pasillo al meterle la mano
por debajo de la falda a Chloe con ganas. Y cuando digo que con
ganas me refiero hasta las bragas.

CUARTA PARTE

El gran árbol

UN VERANO DIVERTIDO

Sábado, 31 de agosto de 2013

60 kg (¡aún! Milagro); novios: 0; hijos: 2 (preciosos); amigos: montones; vacaciones: 3 (contando la escapada); trabajos de guionista: 0; posibilidad de trabajar de guionista (escasa); días que quedan para que empiece el colegio: 4; sustos importantes: 1.

Ha sido un verano genial. Llamé a Brian el representante y le pedí que me librara de *Las hojas en su pelo*, y él se rió y repuso: «¡Por fin! ¿Cómo es que has tardado tanto?» Brian cree que deberíamos probar con una idea nueva que tengo para un guión: *El tiempo se detiene aquí*, que es una actualización de *Al faro*, de Virginia Woolf, sólo que con un poco más de «estructura» y ambientada en un antiguo faro y en un complejo vacacional de casitas de guardacostas sacado del folleto *Refugios rústicos*. En mi versión, la señora Ramsay tiene una aventura con un amigo de su hijo James.

Magda y Jeremy nos invitaron a pasar una semana en la isla de Paxos, donde tenían montones de amigos con niños; y Woney, que se ha hecho una liposucción, iba pavoneándose por ahí con trajes de baño de colores vivos y pareos a juego, moviendo las extensiones del pelo y asustando a Cosmo. Y aunque Rebecca y los niños estaban fuera acompañando a Jake en una gira, quedamos para jugar con Jeremiah y su madre, y con Farzia y Bikram, y con

Cosmata y Thelonius. E intentamos hacer algo en el jardín, que consistió en plantar tres begonias.

Fuimos a pasar tres noches con mi madre en una casita junto al mar en Devon, y nos lo pasamos fenomenal. Ahora mi madre viene mucho por casa para cocinar y disfrutar de Billy y de Mabel, y ya no critica mi forma de llevar las cosas y de educar a los niños, así que estamos todos encantados. Y de vez en cuando se los lleva para que duerman con ella, y a ellos les encanta, aunque esto llega un poco tarde, porque, ahora que la casa está vacía, no tengo a nadie a quien tirarme.

Pero intento ser como un gran árbol, y coger la vara con lo de Roxster —¡el amor que no pudo seeeeeeeeer!, como lo llaman dramáticamente Tom y Arkis—, y alegrarme de que, aunque nadie me quiera o vuelva a echarme un polvo en la vida, al menos sé que no es algo imposible.

Ahora, sin embargo, intento enfrentarme a la creciente inquietud de la vuelta al colegio: deberes distintos que probablemente escapen a mis capacidades, días diferentes de actividades escolares y espinilleras. Y, lo más inquietante, me sorprendo recordando todos mis encuentros con el señor Wallaker —el árbol, la nieve, el día de las competiciones, el bótox, el concierto, todos sus intentos de ser agradable conmigo—, y me siento superficial, y creo que quizá no intentara hacer que me sintiese idiota. Puede que se preocupara de verdad. PERO ESTABA CASADO, JODER, aunque fuera con una señora borracha a la que se le había ido la mano con la cirugía plástica. Tenía hijos. ¿En qué estaba pensando cuando casi me besó y me dejó hecha un lío? Y le eché la bronca, y él me vio con Roxster, y piensa que soy una *cougar* superficial que compra condones y tiene sífilis, y ahora tendremos que vernos a diario en el colegio.

16.00. Acabo de pasarme a ver a Rebecca, que ha vuelto de la gira, y le he soltado lo de la confusión con el señor Wallaker, y el concierto del colegio, y el parque.

—Mmm... —ha replicado—. Nada de eso tiene sentido. Él no tiene sentido. ¿Tienes una foto? ¿Más información?

Me he puesto a buscar en el móvil y he encontrado una foto del concierto, del señor Wallaker acompañando a Billy al piano.

Me he quedado mirando mientras Rebecca escrutaba la foto frunciendo un tanto el ceño. Luego ha examinado alguna más.

—Esto es Capthorpe House, ¿no? Ese sitio donde se celebran festivales y cosas por el estilo.

—Sí.

—Sé exactamente quién es. No es profesor.

La he mirado consternada. Ay, Dios, era un tío raro.

—¿Toca un poco el piano, jazz?

He asentido.

Rebecca se ha acercado al armario —descolocándose un poco la parra de jardín de plástico que llevaba en el pelo— y ha sacado una botella de vino tinto.

—Se llama Scott. Fue a la universidad con Jake.

—¿Es músico?

—No. Sí. No. —Me ha mirado—. La música es un pasatiempo. Se metió en el SAS.

¡El Servicio Aéreo Especial! ¡Era James Bond! Aquello lo explicaba todo: el «¡Uno, dos, uno, dos!», lo de Billy saltando del árbol y echando a rodar, el reflejo al oír la pistola el día de las competiciones. Bond.

—¿Cuándo empezó en el colegio?

—El año pasado. ¿En diciembre?

—Estoy segura de que es él. Fue a la academia militar de Sandhurst y pasó mucho tiempo en el extranjero, pero Jake y él siguieron en contacto... aunque no con asiduidad, son hombres, ya sabes. Jake se topó con él hace unos meses. Había estado en Afganistán y le había pasado algo chungo. Dijo que había vuelto y que procuraba «no complicarse la vida». —Rebecca se echó a reír de pronto—. ¿Cree que dar clases en un colegio privado de Londres es «no complicarse la vida»? ¿Ha visto tus «cuadrantes»?

—Y ¿está casado?

—No, si es él. Tiene dos hijos, eso sí, en un internado. Estuvo casado, pero ya no. Su mujer era una pesadilla.

—¿Está muy operada...?

—Ajá. Acabó siendo una manirrota de cuidado: ropa, almuerzos benéficos, todas esas gilipolleces... Es la reina absoluta de la cirugía plástica. Cuando él se fue al extranjero, ella empezó a acostarse con su entrenador personal, solicitó el divorcio e intentó desplumarlo. Ese sitio, Capthorpe Hall, es el caserón familiar. Creo que es posible que haya intentado volver con él ahora que se parece a la novia de Wildenstein. Le preguntaré a Jake. La próxima vez que lo vea.

LA VUELTA AL COLEGIO

Viernes, 13 de septiembre de 2013

Minutos de retraso al ir a buscar a los niños al colegio: 0 (pero sólo porque intentaba impresionar al señor Wallaker); conversaciones con el señor Wallaker: 0; segundos de contacto visual con el señor Wallaker: 0.

21.15. Por lo visto Rebecca tenía razón. Y aunque yo no he dicho ni pío de nada (salvo, evidentemente, a Talitha, a Jude y a Tom), se ha corrido la voz de que el señor Wallaker no está casado. Y es terrible, porque ahora se ha desatado el delirio. Todo el mundo intenta liar al señor Wallaker con su amiga soltera. Farzia incluso me ha sugerido que intentara lanzarme, pero no tiene sentido. Pese a que ahora el corazón me da un vuelco cuando lo veo en la escalera, el señor Wallaker ya no se acerca a tomarme el pelo. Ya no tropieza con nosotros en el parque. La magia se ha roto. Y es todo culpa mía.

El señor Wallaker se encarga cada vez de más cosas en el colegio: deportes, ajedrez, música, «catequesis». Es como Russell Crowe en *Gladiator*, cuando era esclavo y organizó a los otros esclavos para que formaran un ejército y derrotar así a los griegos o a los romanos. Es como poner hormigas en cualquier sitio: siempre harán lo que hacen las hormigas. Si se pone a alguien sumamente sereno y capaz en cualquier sitio, siempre será sereno y capaz. Y acabará con todas las mujeres libres que vea menos conmigo.

Viernes, 27 de septiembre de 2013

21.45. —Es a ti a quien quiere —ha asegurado Tom cuando iba por el cuarto mojito en el York & Albany.

—Escuchad, ¿podemos dejar de hablar del puñetero señor Wallaker? —he pedido—. Ahora he aceptado mi vida. Está bien así. Somos los tres. No estamos mal. Ya no me siento sola. Soy un gran árbol.

—¡Y *Las hojas en su pelo* va a hacerse! —me ha animado Jude.

—Lo que queda de ella —he puntualizado sombríamente.

—Pero al menos irás al estreno, nena —ha afirmado Tom—. Puede que allí conozcas a alguien.

—Si me invitan.

—Si no te llama, si no te manda mensajes, es que no le gustas tanto —ha dicho Jude con una actitud que no era de mucha ayuda.

—Pero el señor Wallaker no la ha llamado ni le ha mandado mensajes nunca —ha recordado el achispado Tom—. ¿De quién estamos hablando?

—¿Podríamos, por favor, dejar de hablar del señor Wallaker? Ni siquiera me cae bien, y yo no le caigo bien a él.

—Hombre, es que le echaste una buena bronca, cari —ha señalado Talitha.

—Pero lo que estaba forjando era muy profundo —ha aducido Tom.

—Cuando le pones, le pones; cuando no, no —ha zanjado Jude.

—¿Por qué no le dices a Rebecca que te lo organice? —ha sugerido Tom.

22.00. Acabo de pasarme por casa de Rebecca. Ha negado con la cabeza. «Esas cosas nunca funcionan. Lo huelen a más de un kilómetro, por radar. Tú deja que todo siga su curso.»

LA VASTA JUNGLA

Viernes, 18 de octubre de 2013

Número de veces que he escuchado The Lion Sleeps Tonight: *45 (sin parar).*

21.15. Las audiciones del coro han vuelto. Billy está tumbado en la cama cantando *The Lion Sleeps Tonight* y haciendo: «Eeeeeeeee eee-oheeeeoheeeeoh» con voz chillona mientras Mabel grita: «Cállate, Billy, cállateeeeeeeeee.»

Este año hemos estado practicando la entonación. En realidad, esta tarde me he dejado llevar bastante y les he enseñado «Do, Re, Mi» imitando a Maria en *Sonrisas y lágrimas* (de hecho, me sé *Sonrisas y lágrimas* enterita de memoria).

—¿Mami? —ha dicho Billy.

—¿Sí?

—¿Podrías parar, por favor?

Lunes, 21 de octubre de 2013

Número de veces que hemos ensayado The Lion Sleeps Tonight *antes de ir al colegio: 24; horas pasadas preocupándome por la entrada de Billy en el coro: 7; número de veces que me he cambiado de ropa para ir a buscar a Billy a la audición del coro: 5; minutos de antela-*

ción con los que he llegado al colegio: 7 (bien, si no fuera por los motivos por los que he llegado antes, es decir, impresionar a un futuro amor imposible).

15.30. A punto de recoger a Billy y saber los resultados de la audición del coro. Estoy de los nervios.

18.00. Ya estaba esperando a Billy dentro de la verja del colegio antes de que saliera, cosa de lo más inusual. Vi que el señor Wallaker salía a la escalera y echaba una ojeada, pero no me hizo ni caso. Me hundí en la miseria al darme cuenta de que, ahora que estaba oficialmente soltero, temía que todas las mujeres solteras, incluida yo, fueran a por él como pirañas.

—¡Mami! —Billy salió con su fantástica sonrisa de oreja a oreja, como si la cara estuviera a punto de estallarle—. ¡Me han cogido! ¡Me han cogido! ¡Me han cogido en el coro!

Lo abracé, loca de contenta, y él gruñó «¡Quitaaaa!», como un adolescente, y miró nerviosamente a sus amigos.

—Vamos a celebrarlo —le propuse—. Estoy muy orgullosa de ti. Vamos a... ¡al McDonald's!

—Bien hecho, Billy —lo felicitó el señor Wallaker—. Has seguido intentándolo y lo has conseguido. El esfuerzo ha merecido la pena.

—Esto... —empecé pensando que tal vez fuera el momento de pedirle disculpas y darle explicaciones, pero él se marchó sin más y me dejó allí plantada mirándole el culo respingón.

Acabo de comerme dos Big Mac con patatas fritas, un batido de chocolate doble y un donut con azúcar. Cuando le pones, le pones, cuando no, no. Pero por lo menos siempre está la comida.

REUNIÓN DE PADRES

Martes, 5 de noviembre de 2013

21.00. Mmmm. Puede que no sea que no le pongo. Que no le pongo nada de nada, quiero decir. He llegado un poco tarde a la reunión de padres, lo reconozco, y me he dado cuenta de que la mayoría de los padres se disponían a marcharse y el tutor de la clase de Billy, el señor Pitlochry-Howard, miraba el reloj. El señor Wallaker ha entrado cargado de boletines de notas.

—Ah, señora Darcy —ha saludado—. ¿Al final se ha decidido a venir?

—He estado en una reunión —le he aclarado con arrogancia (aunque, inexplicablemente, nadie ha pedido aún una reunión para hablar de *El tiempo se detiene aquí*, mi actualización de *Al faro*), y luego le he dedicado una sonrisa obsequiosa al señor Pitlochry-Howard.

—¿Cómo está Billy? —me ha preguntado el tutor amablemente.

Siempre me siento incómoda cuando la gente actúa así. A veces está bien si crees que se preocupan de verdad, pero me he puesto en plan paranoico y he pensado que se refería a que a Billy le pasaba algo.

—Muy bien —he respondido irritada—. ¿Cómo le va? Me refiero en el colegio.

—Parece muy contento.

—¿Se lleva bien con los otros niños? —he inquirido con nerviosismo.

—Sí, sí, tiene muchos amigos, es muy alegre. A veces le dan ataques de risa tonta en clase.

—Ya, ya —he contestado, y de repente me he acordado de cuando a mi madre le llegó una carta de la directora de mi colegio en la que dejaba entrever que yo tenía una especie de problema patológico con las risitas.

Por suerte, mi padre intervino y le echó un rapapolvo a la directora, pero tal vez se trate de un trastorno genético.

—No creo que tengamos que preocuparnos demasiado por lo de las risas —ha opinado el señor Wallaker—. ¿Qué problema tenía con el inglés?

—Bueno, la ortografía... —ha empezado el señor Pitlochry-Howard.

—¿Todavía? —se ha extrañado el señor Wallaker.

—Bueno, verán —he dicho yo saliendo en defensa de Billy—. Es que es pequeño. Y además, yo, que soy escritora, pienso que el lenguaje es algo fluctuante que está en continua evolución, y desde luego comunicar lo que se quiere decir es más importante que escribirlo y puntuarlo bien. —He vacilado un momento al recordar a Imogen, de Greenlight, que me acusó de poner puntos y signos de puntuación raros aquí y allá, donde a mí me parecía que quedaban bien—. Por ejemplo, hay palabras que antes se escribían de una manera y ahora de otra —he terminado con aire triunfal.

—Sí, eso está muy bien —ha asentido el señor Wallaker—. Pero en este momento de su vida, Billy tiene que aprobar los exámenes de ortografía o pensará que es tonto. Así que ¿podrían practicar los dos por las mañanas cuando suben corriendo la cuesta ligeramente después de que haya sonado el timbre?

—De acuerdo —he contestado ceñuda—. Y ¿cómo escribe? Me refiero a desde el punto de vista creativo.

—Vamos a ver —ha intervenido el señor Pitlochry-Howard

mientras revolvía entre sus papeles—. Ah, sí. Les pedimos que escribieran sobre algo raro.

—Déjeme verlo —ha dicho el señor Wallaker al tiempo que se ponía las gafas.

Ay, Dios, sería estupendo que los dos pudiéramos ponernos las gafas de leer en una cita sin sentirnos abochornados.

—Algo raro, ha dicho, ¿no? —Se ha aclarado la garganta:

Mamá

Por la mañana, cuando despertamos a mamá, tiene el pelo como una loca. ¡Buaaaaah! ¡Está todo de punta! Luego dice que estamos en el ejército y tenemos que hacer el petate: «¡Uno, dos, uno, dos, con calma!» Pero después –¡fallo catastrófico!– echó el muesli en la lavadora y nos dio a nosotros el Persil. Mabel llegó tarde a preescolar, se habían ido a una reunión. ¡¡Fallo catastrófico de nivel 2!! Dice: «¡Atención!», como si fuera un policía francés, por lo del libro de los patres franceses, y ahora Mabel se lo dice a Saliva y también dice: «coño». ¡¡Fallo catastrófico de nivel 3!! Cuando mamá está travajando, teclea y habla por teléfono a la vez, y masca Nicorette. Cuando no entré en el coro el año pasado, dijo que no era un fallo catastrófico, sino el Factor X, y que el año siguiente lo conseguiría. ¡Sí que lo fue! Y luego encontró a Puffle Dos, que estaba desaparecido en combate, y me abrazó. Pero luego bajé por la noche... y estaba vailando sola... Killer Queen, ¡buaah! ¡¡Puaaaaaj!! Raro, muy raro.

Me he hundido en la silla, consternada. ¿Así era como me veían mis hijos?

El señor Pitlochry-Howard miraba fijamente sus papeles, con la cara como un tomate.

—Bueno —ha observado el señor Wallaker—. Como usted dice, comunica perfectamente lo que quiere comunicar. Una descripción muy gráfica de... algo raro.

Lo he mirado a los ojos manteniendo la compostura. A él le daba igual, ¿no? Había sido adiestrado para dar órdenes y había despachado a sus hijos a un internado, así que podía aprovechar las vacaciones para perfeccionar como quien no quería la cosa las increíbles aptitudes de sus hijos para la música y los deportes, al tiempo que mejoraba su ortografía.

—Y ¿qué hay del resto? —ha querido saber.

—No. Es... sus notas son muy buenas, aparte de la ortografía. En lo de los deberes aún hay bastante desorganización.

—Vamos a echarle un vistazo —ha pedido el señor Wallaker mientras rebuscaba entre los exámenes de ciencias. Ha sacado el de los planetas—. «Escribe cinco frases que incluyan un dato sobre Urano.» —Ha hecho una pausa.

De repente me han entrado ganas de soltar una risilla.

—Sólo escribió una frase. ¿Hubo algún problema con la pregunta?

—Creo que el problema fue que eran demasiados datos para una zona de la galaxia tan anodina —he soltado procurando contenerme.

—¿Ah, sí? ¿Urano le parece anodino?

Claramente, él también estaba reprimiendo una risita.

—Sí —he logrado decir—. De haber sido Marte, el afamado planeta rojo, con la reciente llegada de esos robots... O incluso Saturno, con sus anillos...

—O Marte, con sus dos esferas gemelas —ha añadido el señor Wallaker mientras, lo juro, me miraba de reojo las tetas antes de clavar la vista en sus papeles.

—Exactamente —he convenido con la voz ahogada.

—Bueno, señora Darcy —ha intervenido el señor Pitlochry-Howard con aire de tener el orgullo herido—. Personalmente, considero que Urano es más fascinante que...

—¡Gracias! —no he podido evitar decir, y después se me ha escapado una risa sin que pudiera contenerme.

—Señor Pitlochry-Howard —ha intervenido de nuevo el señor Wallaker tras recobrar la compostura—. Creo que ya hemos dicho todo lo que queríamos decir. Y —ha añadido en voz baja— creo que ya veo de dónde viene lo de las risitas. ¿Hay alguna otra cosa preocupante en el trabajo de Billy?

—No, no, las calificaciones son muy buenas, se lleva bien con los otros chicos, es muy divertido, un muchachito estupendo.

—Bueno, todo gracias a usted, señor Pitlochry-Howard —he afirmado, odiosa—. Qué gran entrega. Muchísimas gracias.

Después, sin atreverme a mirar al señor Wallaker, me he levantado y me he ido.

Sin embargo, una vez fuera de la sala, me he subido al coche pensando que tenía que volver y preguntarle al señor Pitlochry-Howard más cosas acerca de los deberes. O quizá, si daba la casualidad de que él estaba ocupado, al señor Wallaker.

De vuelta en la sala, el señor Pitlochry-Howard y el señor Wallaker estaban hablando con Nicolette y su atractivo marido, que le manifestaba su apoyo poniéndole una mano en la espalda. Se supone que no hay que escuchar las consultas de los otros padres, pero Nicolette proyectaba la voz de tal modo que era imposible no hacerlo.

—Sólo me preguntaba si Atticus no estará un poco desbordado —decía el señor Pitlochry-Howard— con tantas actividades fuera del horario lectivo y tanto quedar para jugar con los amigos. A veces está un poco nervioso. Se desespera si cree que no es el primero.

—¿Qué lugar ocupa en la clase? —ha querido saber Nicolette—. ¿A qué distancia está del primero? —Ha intentado ver la tabla, pero el señor Pitlochry-Howard la ha tapado con el brazo. Ella se ha apartado el pelo de la cara, enfadada—. ¿Por qué no tenemos conocimiento de sus resultados relativos? ¿Qué posición ocupa en clase?

—Nosotros no nos guiamos por esa clasificación, señora Martinez —ha respondido el señor Pitlochry-Howard.

—¿Por qué no? —ha preguntado ella con esa clase de curiosidad aparentemente amable y natural, pero que oculta a un espadachín listo para atacar tras el telón.

—De lo que se trata en realidad es de que cada uno lo haga lo mejor que pueda —ha aclarado el señor Pitlochry-Howard.

—Deje que le cuente algo —ha continuado Nicolette—. Yo antes era la directora general de una gran cadena de gimnasios que se extendió por todo el Reino Unido y llegó a Norteamérica. Ahora soy la directora general de una familia. Mis hijos son el producto más importante, complejo y apasionante que he desarrollado en mi vida. Necesito poder evaluar sus progresos con relación a sus compañeros para regular su desarrollo.

El señor Wallaker la observaba en silencio.

—La competencia sana es buena, pero cuando la obsesión con las posiciones relativas sustituye al placer por la asignatura en sí... —ha repuesto nerviosamente el señor Pitlochry-Howard.

—Y ¿usted cree que las actividades extraescolares y las quedadas con sus amigos lo estresan? —ha querido saber Nicolette.

Su marido le ha puesto la mano en el brazo.

—Cariño...

—Los niños necesitan algo más. Necesitan sus flautas, necesitan su esgrima. Es más —ha proseguido—, yo no considero que quedar con los amigos sea un compromiso social. Es un ejercicio de trabajo en equipo.

—¡SON NIÑOS! —ha bramado al fin el señor Wallaker—. ¡No

productos corporativos! No necesitan que les alimenten el ego continuamente, sino seguridad en sí mismos, diversión, afecto, amor, la sensación de que son válidos. Y necesitan entender que siempre, ¡siempre!, habrá alguien por encima y por debajo de ellos, y que su valía reside en sentirse satisfechos consigo mismos, con lo que hacen y con ser cada vez mejores en lo que hacen.

—¿Disculpe? —ha dicho Nicolette—. Entonces no tiene sentido intentarlo, ¿no? Entiendo. En ese caso tal vez sea buena idea que tomemos en consideración el Westminster.

—Deberíamos tomar en consideración quiénes serán cuando sean adultos —ha continuado el señor Wallaker—. El mundo es un lugar duro. Más adelante, el barómetro del éxito en la vida no será que ganen siempre, sino cómo aborden el fracaso. La capacidad de levantarse cuando caen, conservando su optimismo y su personalidad, es mucho mejor indicador del futuro éxito que el lugar que ocupan en clase en tercer año.

¡Ostras! ¿Le habría dado de pronto al señor Wallaker por leerse el *Manual de instrucciones de Buda*?

—El mundo no es duro si se sabe ganar —ha ronroneado Nicolette—. ¿Qué lugar ocupa Atticus en clase, por favor?

—Ésa es una información que no facilitamos —ha respondido el señor Wallaker al tiempo que se ponía en pie—. ¿Alguna cosa más?

—Sí, su francés —ha contestado Nicolette sin inmutarse. Y todos han vuelto a sentarse de nuevo.

22.00. Puede que el señor Wallaker tenga razón en lo de que siempre habrá alguien por encima y por debajo de uno en todo. Volvía andando al coche cuando una madre pija, exhausta, que intentaba reagrupar a tres niños vestidos casi de etiqueta, estalló de pronto y dijo: «Clemency, ¡maldita hija de la gran p***!»

CINCUENTA SOMBRAS DE VEJEZ

Viernes, 22 de noviembre de 2013

62 kg (recaída imparable en la obesidad); calorías: 3.384; colas light: 7; Red Bulls: 3; paninis de jamón y queso: 2; ejercicio: 0; meses sin repasarme las raíces: 2; semanas sin hacerme la cera en las piernas: 5; semanas sin pintarme las uñas de los pies: 6; número de meses sin sexo de ningún tipo: 5 (virginidad recuperada otra vez).

Me estoy dejando: sin hacerme la cera, sin depilar, sin practicar ejercicio, sin exfoliarme, sin hacerme la manipedi, sin meditar, sin retocarme las raíces, sin ir a la peluquería, sin ropa (nunca, la peor de las suertes)... y sin parar de comer para compensar todo lo anterior. Hay que hacer algo.

Sábado, 23 de noviembre de 2013

15.00. Acabo de salir de la peluquería, donde mis raíces han recuperado la gloria de otros tiempos. Nada más poner un pie en la calle, en la marquesina de la parada de autobús, me he dado de bruces con Sharon Osbourne y su hija Kelly: Sharon Osbourne con el pelo de color caoba y Kelly con el pelo gris.

Estoy muy confundida. ¿Es que ahora parecer mayor es el nuevo fular bohemio vaporoso? ¿Voy a tener que volver a que me pongan las raíces grises y pedirle al del bótox que me añada unas arrugas?

Cuando estaba meditando esta cuestión, una voz ha dicho:

—Hola.

—¡Señor Wallaker! —he exclamado al tiempo que me ahuecaba el pelo con coquetería—. ¡Hola!

Llevaba un chaquetón sexy, de abrigo, y un pañuelo al cuello, y me miraba como solía hacerlo antes, con frialdad, con una mueca un tanto guasona.

—Mire —he empezado—, sólo quería decirle que siento todo lo que le dije el día del concierto y haber sido tan bocazas con usted tantas veces cuando sólo quería ser amable. Pero creía que estaba casado. Y la cosa es que lo sé todo. Bueno, no todo. Pero sé que estuvo en el SAS y...

Le ha cambiado la expresión de la cara.

—¿Cómo ha dicho?

—Jake y Rebecca viven enfrente de mí y... —Había desviado la mirada hacia el otro extremo de la calle y tenía la mandíbula tensa—. No pasa nada. No se lo he dicho a nadie. Pero la cosa es que, ¿sabe?, sé qué se siente cuando pasa algo realmente malo.

—No quiero hablar de eso —ha zanjado bruscamente.

—Ya lo sé, usted piensa que soy una madre horrible y que me paso todo el tiempo en la peluquería y comprando condones, pero lo cierto es que no soy así. Esos folletos sobre la gonorrea... Mabel los cogió en la consulta del médico. No tengo ni gonorrea ni sífilis...

—¿Interrumpo? —Una chica espectacular ha salido de Starbucks con dos cafés—. Hola.

Le ha dado uno de los cafés al señor Wallaker y me ha sonreído.

—Ésta es Miranda —ha dicho él con rigidez.

Miranda era guapa y joven, tenía el pelo negro, largo y brillante, coronado por una moderna gorra de lana. Tenía las piernas largas y delgadas enfundadas en unos vaqueros y... unas botas tobilleras tachonadas.

—Miranda, ésta es la señora Darcy, una de las madres del colegio.

—¡Bridget! —ha interrumpido una voz. El peluquero que me acababa de hacer las raíces corría calle arriba—. Te has dejado la cartera en el salón. ¿Cómo te ves el color? En Navidad nada de sombras de gris[8] para ti.

—Es muy amable de tu parte, gracias —he contestado como una abuelita autómata y traumatizada—. Feliz Navidad, señor Wallaker; feliz Navidad, Miranda —he añadido aunque no era Navidad.

Se me han quedado mirando extrañados mientras me alejaba temblorosa.

21.15. Los niños están dormidos, y yo soy muy mayor, y me siento sola. No volveré a gustarle a nadie nunca, nunca jamás. En este momento el señor Wallaker estará tirándose a Miranda. Todo el mundo tiene una vida perfecta menos yo.

8. Gris, *grey* en inglés. Juego de palabras que alude al libro *Cincuenta sombras de Grey*. *(N. de la t.)*

RUIDO DE CAPARAZONES QUE SE AGRIETAN

Lunes, 25 de noviembre de 2013

61,5 kg; número de kilos que peso más que Miranda: 20,5.

09.15. Bien. Ahora ya estoy acostumbrada a esto. Sé lo que tengo que hacer. No nos revolcamos en el fango. No permitimos que los hombres nos hagan sentir que somos una mierda. No pensamos que todo el mundo tiene una vida perfecta menos nosotros —excepto la puñetera Miranda—. Nos concentramos en nuestro gran árbol interior y vamos a clase de yoga.

13.00. ¡Ostras! He empezado la clase de yoga, pero me he dado cuenta de que había vuelto a beber demasiada cola light. Baste con decir que no lo he pasado muy bien haciendo la paloma.

Así que he decidido que sería mejor meterme en la clase de al lado, meditación, de la que podría afirmarse que es un poco tirar el dinero, porque cuesta quince libras y lo único que hemos hecho ha sido sentarnos con las piernas cruzadas e intentar poner la mente en blanco. Me he sorprendido echando un vistazo a la habitación, mientras pensaba en el señor Wallaker y en Miranda, y a punto he estado de tirarme un pedo del susto.

Al principio no lo he reconocido, pero allí, sentado en una esterilla púrpura, con ropa gris holgada, los ojos cerrados, las palmas de las manos hacia arriba y apoyadas en las rodillas, estaba nada menos que George el de Greenlight. Al menos estaba bastante segura de que era él, aunque no a ciencia cierta. Luego he visto las gafotas y el iPhone junto a la esterilla púrpura y he sabido sin lugar a dudas que se trataba de él.

A la salida, no tenía claro si saludarlo o no, pero entonces he pensado que durante la última hora habíamos estado comunicándonos a cierto nivel, aunque fuera subliminal, de manera que le he dicho:

—¿George? —Se ha puesto las gafas y me ha mirado con suspicacia, como si fuera a endilgarle un guión allí mismo—. Soy yo —he continuado—. ¿Te acuerdas? *¿Las hojas en su pelo?*

—¿Cómo? Ah, ya. ¡Hombre!

—No sabía que te iba la meditación.

—Pues sí. Lo del cine se ha acabado. Todas las películas se hacen en estudio. No se respeta el arte. No tiene sentido. Es algo vacío. Un nido de víboras. Iba a darme un ataque. Estaba a punto de... un momento. —George ha consultado el iPhone—. Lo siento. Cojo un avión dentro de nada. Me voy tres meses a un *ashram* en Lahore. Me alegro de haberte visto.

—Perdona —me he atrevido a decirle. Él se ha dado la vuelta, parecía impaciente—. ¿Estás seguro de que el *ashram* no está en Le Touquet?

Se ha reído; probablemente hasta entonces no se hubiera acordado de quién era yo. Nos hemos dado un abrazo bastante preocupante y él me ha dicho «*Namasté*» con voz grave, de productor de cine, y expresión irónica, y luego ha salido disparado, aún mirando el iPhone. Y me he dado cuenta, pese a todo, de que a decir verdad George el de Greenlight me cae muy bien.

Martes, 26 de noviembre de 2013

61 kg; número de kilos que peso más que Miranda: 20 (mejor); calorías: 4.826; paninis de jamón y queso: 2; pizzas: 1,5; tarrinas de yogur helado de Häagen-Dazs: 2; unidades de alcohol: 6 (muy mal comportamiento).

09.00. Acabo de dejar a los niños en el colegio. Me siento gorda. Puede que vaya a por un panini de jamón y queso.

10.30. De repente, en la cola, me he dado cuenta de que Nicolette-doña-Perfecta se encontraba allí, esperando su bebida caliente. Llevaba un chaquetón blanco de piel sintética, gafas de sol y un bolsón inmenso. Parecía Kate Moss a la llegada de una gala, sólo que eran las nueve de la mañana. Me he sentido tentada de salir pitando, pero ya llevaba un buen rato esperando, así que en el momento en que Nicolette ha vuelto la cabeza y me ha visto la he saludado alegremente:

—Hola.

En lugar del saludo glacial que me esperaba, Nicolette se me ha quedado mirando con un vaso de papel en una mano.

—Tengo un bolso nuevo. De Hermès —me ha dicho al tiempo que sostenía el bolso en alto. Luego han empezado a temblarle los hombros.

—Capuchinodescafeinadoventibajoencaloríasquédatelavuelta —he soltado de un tirón al tiempo que le daba a la camarera un billete de cinco libras y pensaba «Si a Nicolette le da un ataque de nervios ahora, se acabó. Está más que claro: todo el mundo, a diestro y siniestro, es un caos de caparazones agrietados».

—Vamos abajo —le he propuesto a Nicolette dándole unas torpes palmaditas en la espalda. Afortunadamente, abajo no había nadie más.

—Tengo un bolso nuevo —ha repetido—. Y éste es el ticket.
—He clavado la vista en el papel con cara inexpresiva—. Me lo ha
comprado mi marido, en el aeropuerto de Frankfurt.

—Qué detalle. Es muy bonito. —Mentira. El bolso era demencial. No tenía ni pies ni cabeza: hebillas, y tiras, y colgajos dispara-
tados por todas partes.

—Mira el ticket —ha dicho mientras lo señalaba—. Es de dos
bolsos.

Lo he mirado sorprendida. En efecto, al parecer era de dos bolsos. Pero ¿y qué?

—Será un error —he aventurado—. Llama y que te devuelvan
el dinero.

Ella ha sacudido la cabeza.

—Sé quién es la otra. La he llamado. Llevan juntos ocho meses.
Le ha comprado el mismo bolso. —El rostro se le ha demudado—.
Fue un regalo. Y le compró el mismo a ella.

Al llegar a casa he mirado el correo:

```
De: Nicolette Martinez
Asunto: El puto concierto del colegio


Sólo quiero que sepáis que me importa una puta
mierda quién lleve las empanadas de carne o el
ponche este año, y que podéis presentaros cuando
os dé la PUTA gana, porque me importa una PUTA
MIERDA.


Nicorette.
Los necesito.
```

Creo que voy a llamar a Nicolette.

23.00. Acabamos de pasar una tarde estupenda en casa con Nicolette y sus hijos, los tres chicos jugando desatados a Roblox y Mabel viendo *Bob Esponja Pantalones Cuadrados* mientras tomábamos vino, pizza, queso, cola light, Red Bulls, botones de chocolate de Cadbury's, bombones Rolo y Häagen-Dazs. Nicolette le ha echado un vistazo a OkCupid y ha gritado:

—¡Capullos! ¡Tarados inmaduros!

En medio de todo el jaleo se ha presentado Tom, un poco beodo, y nos ha informado de un nuevo estudio: «Demuestra que la calidad de las relaciones de una persona es el indicador más importante de su salud emocional a largo plazo, no tanto la relación con "la media naranja", dado que la medida de la felicidad no es tu marido o tu novio, sino la calidad de las otras relaciones que tienes. Bueno, sólo quería decírtelo, y ahora me voy, que he quedado con Arkis.»

Ahora Nicolette está dormida en mi cama y tengo a los cuatro niños apelotonados en las literas.

¿Veis? Los hombres no hacen ninguna falta.

NACERÁ UN HÉROE

Viernes, 29 de noviembre de 2013

Esto es lo que ocurrió. Billy jugaba un partido del fútbol en otro colegio, East Finchley, a unos cuantos kilómetros de distancia. Nos habían dicho que aparcáramos en la calle cuando fuésemos a recogerlos, puesto que no se permitía la entrada de coches en el recinto del centro educativo. El colegio era un edificio alto de ladrillo rojo con un pequeño patio de cemento ante la verja y, a la izquierda, tras un desnivel de poco más de un metro, una cancha rodeada de una valla de gruesa alambrada.

Los muchachos correteaban por el campo dándole patadas al balón y las madres charlaban desperdigadas por la grada de East Finchley. De repente, un BMW negro entró estruendosamente en el colegio. El conductor era un padre con pinta de hortera estúpido que iba hablando por el móvil.

El señor Wallaker se acercó al coche.

—Disculpe.

El padre no le hizo ni caso, siguió hablando por teléfono con el motor aún rugiendo. El señor Wallaker dio unos golpecitos en la ventanilla.

—No se permite la entrada de coches en el recinto. Aparque en la calle, por favor.

El hortera bajó la ventanilla.

—Para algunos de nosotros el tiempo es oro, amigo mío.

—Es por seguridad.

—Seguridad, bah. Sólo serán dos minutos.

El señor Wallaker lo miró fijamente.

—Mueva-el-coche.

Aún con el teléfono pegado a la oreja, el padre, cabreado, dio marcha atrás de mala gana y, sin mirar, hizo girar el volante del BMW y retrocedió hacia la cancha derrapando. Fue directo contra el pesado poste de acero que sustentaba la valla.

Como todo el mundo se volvió para mirar qué ocurría, el padre, con la cara como un tomate, pisó el acelerador a fondo, pero se olvidó de quitar la marcha atrás, con lo cual volvió a embestir contra el poste. Se oyó un golpe tremendo y entonces el poste empezó a inclinarse.

—¡Chicos! —chilló el señor Wallaker—. ¡Apartaos de la valla! ¡Deprisa!

Dio la impresión de que todo sucedía a cámara lenta. Mientras los chicos se dispersaban y salían corriendo, el pesado poste de metal se tambaleó y cayó hacia la cancha arrastrando la valla consigo. El golpe fue espantoso y causó un gran estrépito. Al mismo tiempo, el coche se deslizó hacia atrás, con las ruedas delanteras aún en el patio de cemento pero las traseras medio suspendidas sobre la cancha del nivel inferior.

Todo el mundo se quedó helado, aturdido, salvo el señor Wallaker, que bajó de un salto a la cancha y chilló:

—¡Que alguien llame al 112! ¡Aseguren con peso la parte delantera del coche! ¡Chicos, poneos en fila en el otro lado!

Por increíble que pueda parecer, el padre del BMW comenzó a abrir la puerta del vehículo.

—¡Usted! ¡No se mueva! —exclamó el señor Wallaker, pero el coche se deslizaba cada vez más hacia atrás, con las ruedas ya colgando del todo sobre la cancha.

Recorrí con la mirada a los chicos que se habían alineado en el otro extremo de la cancha. ¡Billy! ¿Dónde estaba Billy?

—Agarra a Mabel —le pedí a Nicolette, y corrí hacia el lateral del campo de deportes.

El señor Wallaker estaba allí abajo, tranquilo, examinando la escena. Me obligué a mirar.

El pesado poste de metal había quedado encajado en diagonal, un extremo contra la pared del foso y el otro en el suelo. La alambrada formaba un ángulo, doblada, y colgaba del poste como una tienda de campaña. Acurrucados en el pequeño espacio que quedaba bajo el poste, enjaulados tras la valla derribada, estaban Billy, Bikram y Jeremiah, con las caritas aterrorizadas y sin dejar de mirar al señor Wallaker. Tenían el muro detrás, la valla los atrapaba por delante y por los lados, y la parte trasera del gran coche se cernía sobre ellos. Ahogué un grito y bajé de un salto al foso.

—No pasará nada —me aseguró en voz baja el señor Wallaker—. Yo me encargo. —Se agachó—. Muy bien, superhéroes, ésta es vuestra gran evasión. Retroceded hacia el muro y acurrucaos. Los brazos sobre la cabeza.

Ahora más entusiasmados que asustados, los chicos se arrastraron hasta el muro y se hicieron un ovillo protegiéndose las cabecitas con los brazos.

—Buen trabajo, soldados —alabó el señor Wallaker y, acto seguido, se puso a levantar la pesada valla del suelo—. Ahora...

De repente, con un grimoso chirrido de metal contra el cemento, el BMW cayó más hacia atrás e hizo que se desprendieran piedrecitas del muro; el culo del coche se balanceaba precariamente en el aire. Arriba se oyeron gritos de las madres y un ulular de sirenas.

—¡Pegaos bien a la pared, muchachos! —ordenó el señor Wallaker impertérrito—. Esto va a ponerse interesante.

Se metió debajo del coche pisando con cuidado la valla derribada. Luego levantó los brazos y sujetó el chasis con toda la fuerza de su cuerpo. Vi que se le tensaban los músculos de los antebrazos y del cuello bajo la camiseta.

—¡ASEGUREN CON PESO LA PARTE DELANTERA DEL

COCHE! —gritó en dirección al patio, con el sudor perlándole la frente—. ¡SEÑORAS! ¡LOS CODOS EN EL CAPÓ!

Alcé la vista y vi que los profesores y las madres salían de su estupor y se abalanzaban como pollos asustados sobre el capó. Despacio, a medida que el señor Wallaker empujaba hacia arriba, la parte trasera del coche fue levantándose.

—Muy bien, chicos —dijo sin dejar de empujar hacia arriba—. No os despeguéis del muro. Id avanzando hacia la derecha, lejos del coche. Después salid de debajo de la valla.

Corrí hacia el borde de la alambrada caída y otros padres y profesores se unieron a mí. Entre todos conseguimos levantar el metal combado mientras los tres muchachos culebreaban hacia el extremo. Billy era el último de los tres.

Los bomberos bajaron de un salto y levantaron la valla. Sacaron a Bikram —el metal le rasgó la camiseta— y a Jeremiah. Billy seguía allí debajo. Cuando salió Jeremiah, extendí los brazos y los pasé por debajo de los de Billy. Sentí que tenía la fuerza de diez hombres y tiré de él. Sollocé de alivio cuando Billy logró salir y los bomberos nos sacaron del foso.

—¡Ése era el último! ¡Vamos! —gritó el señor Wallaker aún temblando bajo el peso del coche.

Los bomberos se metieron bajo el BMW para echarle una mano, pisando la valla, aplastándola con su peso allí donde segundos antes se habían agazapado los tres niños.

—¿¿Dónde está Mabel?? —chilló Billy dramáticamente—. ¡Tenemos que salvarla!

Los tres chicos salieron al patio abriéndose paso entre el gentío, con aire de supermanes con las capas ondeando al viento. Yo fui detrás y vi que Mabel estaba tan tranquila junto a Nicolette, que hiperventilaba.

Billy abrazó a Mabel gritando:

—¡La he salvado! ¡He salvado a mi hermana! ¿Te encuentras bien, hermana?

—*Zí* —respondió ella con gravedad—. Pero el *zeñor* Wallaker *ez* un mandón.

Por increíble que pudiera parecer, en medio de aquel desmadre, el padre del BMW abrió la puerta del coche y en aquella ocasión se bajó de verdad sacudiéndose el abrigo enfurruñado, con lo cual el vehículo entero empezó a deslizarse hacia atrás.

—¡SE CAE! —exclamó desde debajo el señor Wallaker—. ¡FUERA TODO EL MUNDO!

Todos nos adelantamos y vimos que el señor Wallaker y los bomberos salían de allí de un salto justo cuando el BMW se estrellaba contra el poste de acero, rebotaba, daba una vuelta de campana y caía de lado. El lustroso metal se agrietó, las ventanillas se rompieron, y los cristales y los cascotes cubrieron los asientos de piel de color crema.

—¡Mi coche! —gritó el padre.

—El tiempo es oro, capullo —contestó el señor Wallaker sonriendo encantado.

Mientras los paramédicos intentaban examinarlo, Billy explicaba:

—No podíamos movernos, ¿sabes, mami? No nos atrevíamos a movernos porque el poste se tambaleaba justo encima de donde estábamos. Pero luego fuimos superhéroes, porque...

Mientras tanto, el caos se desataba a nuestro alrededor: los padres corrían en círculos a tontas y a locas, las extensiones capilares volaban, los bolsos gigantescos descansaban olvidados en el suelo. El señor Wallaker saltó a la grada.

—¡Silencio! —exclamó—. ¡Que nadie se mueva! A ver, muchachos. Dentro de un segundo os pondréis en fila para que os examinen y os cuenten. Pero, primero, escuchad. Acabáis de vivir una aventura real. Nadie ha salido herido. Habéis sido valientes, habéis mantenido la calma y tres de vosotros, Bikram, Jeremiah y Billy, habéis sido auténticos superhéroes. Esta tarde os iréis a casa a celebrarlo porque habéis demostrado que, cuando pasa algo malo de verdad, y esas cosas siempre pasan, sabéis ser valientes y mantener la calma.

Los chicos y los padres prorrumpieron en vítores.

—AyDiosmío —dijo Farzia—. Tómame ahora mismo. —Y la verdad es que yo no habría expresado mejor mis propios sentimientos.

Al pasar por delante de mí, el señor Wallaker me lanzó una miradita de suficiencia encantadora, a lo Billy.

—El pan nuestro de cada día para usted, ¿no? —pregunté.

—He visto cosas peores —repuso alegremente—, y al menos usted no se ha despeinado.

Tras el recuento, los otros chicos se apiñaron alrededor de Bikram, Billy y Jeremiah, que tuvieron que ir al hospital para someterse a un chequeo. Cuando se subieron a las ambulancias, seguidos por sus traumatizadas madres, lo hicieron como si fueran un grupo de chicos de *Tienes talento* que acaba de saltar a la fama.

Mabel se quedó dormida en la ambulancia y siguió dormida mientras examinaban a los niños —que estaban bien, a excepción de unos arañazos—. Los padres de Bikram y Jeremiah se presentaron en el hospital, y unos minutos después apareció el señor Wallaker, sonriendo y con unas bolsas de McDonald's, y repasó con los chicos cada detalle de lo que había sucedido. Respondió a todas sus preguntas y les explicó exactamente cómo y por qué habían sido héroes en acción.

Cuando Jeremiah y Bikram se fueron con sus padres, el señor Wallaker me dio las llaves de mi coche.

—¿Está usted bien? —Y después de mirarme a la cara, decidió—: La llevaré a casa.

—Estoy perfectamente bien —mentí.

—Escuche —dijo él con su ligera sonrisa—, dejar que alguien la ayude no la convierte en una superfeminista menos profesional.

Ya en casa, cuando acomodé a los niños en el sofá, el señor Wallaker comentó en voz baja:

—¿Qué necesita?

—Sus peluches. Están arriba, en las literas.

—¿Puffle Dos?

—Sí. Y Uno y Tres, Mario, Horsio y Saliva.

—¿Saliva?

—La muñequita de Mabel.

Cuando volvió con ellos, yo estaba intentando encender la tele, con la mirada clavada en los mandos.

—¿Quiere que pruebe yo?

Bob Esponja cobró vida y el señor Wallaker me llevó tras el sofá.

Entonces empecé a sollozar, en silencio.

—Chisss, Chisss —musitó él, y me rodeó con sus fuertes brazos—. Nadie ha salido herido, sabía que no iba a pasar nada.

Me apoyé contra él sorbiéndome la nariz y gimoteando.

—Lo está haciendo bien, Bridget —aseguró con voz queda—. Es una buena madre, y padre, mejor que algunos que tienen ocho personas de servicio y un piso en Montecarlo. Aunque me haya manchado la camiseta de mocos.

Y fue como cuando te vas de vacaciones, se abre la puerta del avión y te recibe una ráfaga de aire tibio. Fue como sentarse al final del día.

Entonces Mabel gritó:

—¡Mamiii! ¡Bob *Ezponja ze* ha acabado!

Y a la vez sonó el timbre.

Era Rebecca.

—Acabamos de enterarnos de lo del colegio —dijo mientras bajaba ruidosamente la escalera con una tira de minúsculas luces LED navideñas en el pelo—. ¿Qué ha pasado? ¡Ah! —exclamó al ver al señor Wallaker—, hola, Scott.

—Hola —contestó él—. Me alegro de verte. Y con algo tan discreto en la cabeza, qué raro... pero aun así me alegro.

Llegaron Finn, Oleander y Jake, y la casa se llenó de ruidos y chocolate, y Villanian y Xbox, y todo el mundo iba de acá para allá. Yo seguía intentando hablar con Billy para ayudarlo a digerir lo sucedido, pero él sólo decía: «¡Mamiii! ¡Soy un superhéroe! ¿Vale?»

Vi que el señor Wallaker hablaba con Jake, ambos altos, atractivos, viejos amigos, padres. Rebecca miró al señor Wallaker y me miró a mí enarcando una ceja, pero entonces a él le sonó el teléfono, y me di cuenta de que hablaba con Miranda.

—Tengo que irme —dijo de repente en cuanto colgó—. Vosotros os ocupáis de ellos esta noche, ¿no, Jake?

Con el corazón en un puño, lo acompañé a la puerta y empecé a balbucir:

—Le estoy muy agradecida. El superhéroe es usted. Sin duda.

—Ha sido un placer —contestó. Bajó los escalones y luego se dio la vuelta y añadió con suavidad—: Superheroína.

Y siguió caminando hacia la calle principal, los taxis y una chica que parece sacada de una revista. Lo miré marchar, entristecida, y pensando: «¿Superheroína? Aun así me gustaría tener a alguien a quien tirarme.»

SON DÍAS PARA...

Lunes, 2 de diciembre de 2013

Todo va bien. Llevé a Billy al psicólogo infantil, que me dijo que daba la impresión de que el niño «lo había asimilado bien, como una experiencia educativa». Cuando intenté llevarlo por segunda vez, Billy me espetó: «¡Mamii! Eres tú la que necesita ir.»

Billy, Bikram y Jeremiah están disfrutando de un período de fama —no podría llamarse de otra manera— en el colegio, y hasta han firmado autógrafos. Sin embargo, su fama no es nada en comparación con la del señor Wallaker.

Y ahora el señor Wallaker es amable conmigo, y yo con él. Pero parece que eso es todo.

Martes, 3 de diciembre de 2013

15.30. Mabel acaba de salir del colegio cantando:

> *Adornad con acebo* loz zalonez,
> *lalalalalá la la la la.*
> Zon díaz *para compartir* emocionez...

Son días para compartir emociones. Y este año voy a pasarlos con alegría. Y voy a mostrarme agradecida.

Miércoles, 4 de diciembre de 2013

16.30. Uy. Mabel ha cambiado la letra:

> Zon díaz *para odiar a Billy.*

Jueves, 5 de diciembre de 2013

10.00. La madre de Thelonius me ha parado esta mañana después de que ambas dejáramos a los niños en preescolar.

—Bridget —me ha dicho—, ¿podrías pedirle a tu hija que deje de chinchar a Thelonius?

—¿Por qué? ¿Cómo? —he preguntado confusa.

Por lo visto Mabel va por el patio cantando:

> *Adornad* loz zalonez *con* begoniaz,
> *lalalalalá la la la la.*
> Zon díaz *para odiar a* Theloniuz...

14.00. —Te está bien empleado, por plantar una flor tan poco imaginativa —ha dicho Rebecca—. ¿Qué tal Scott? Quiero decir, el señor Wallaker.

—Es majo —he contestado—. Es simpático, pero bueno, sólo simpático...

—Bueno, ¿acaso eres tú algo más que «sólo simpática» con él? ¿Lo SABE?

—Está con Miranda.

—Un hombre tiene sus necesidades. Eso no quiere decir que vaya a estar con ella para siempre.

He sacudido la cabeza.

—No está interesado en mí. Creo que ahora le gusto como persona. Pero es todo.

Es triste. Pero en general estoy contenta. No hay nada como que pase algo malo de verdad para que uno aprecie lo que tiene.

14.05. Puñetera Miranda.

14.10. Odio a Miranda. «Oh, oh, mírame, soy superjoven y alta y delgada y perfecta.» Seguro que también está saliendo con Roxster. Ufff.

EL CONCIERTO DE VILLANCICOS

Miércoles, 11 de diciembre de 2013

El concierto de villancicos se nos había vuelto a echar encima y tanto Billy como Mabel se quedaban a dormir en casa de amigos, de manera que se respiraba una agitación frenética mezclada con la histeria absoluta que suponía hacer dos mochilas para pasar la noche, conseguir que Mabel y yo tuviésemos un aspecto lo bastante humano y festivo como para ir a un concierto navideño en el colegio y llegar antes de que hubiera acabado.

Quería ponerme mis mejores galas, ya que no me cabía la menor duda de que Miranda estaría en la iglesia apoyando a su novio. Mabel llevaba una cazadora de pelo y una llamativa falda roja que le había comprado en las rebajas en ILoveGorgeous, y yo un abrigo blanco nuevo (inspirado en Nicolette, que ahora mismo está en las Maldivas, donde su marido sexualmente incontinente está suplicándole que lo perdone mientras ella lo tortura en una cabaña de lujo situada al final de una larga pasarela de madera, suspendida sobre unos pilotes y con tiburones nadando a su alrededor). Ante la falta de posibilidades de echar un polvo, fui a que me hicieran algo a la peluquería... aunque estaba claro que las mochilas de princesa Disney y de Mario no mejoraban el conjunto, precisamente. Además, seguro que Miranda llevaría un *look* sexy pero aun así discreto y tan absolutamente a la moda que ni siquiera Mabel lo entendería.

Cuando salimos del metro, el «pueblo» tenía un aspecto absolutamente mágico, lleno de luces delicadas que proyectaban sombras sobre los árboles. Todas las tiendas estaban iluminadas y una banda de música tocaba *El buen rey Venceslao*. Y en la carnicería de toda la vida había pavos colgados en el escaparate. Y llegábamos pronto. Creyéndome durante un instante que era el mismísimo buen rey Venceslao, entré de una carrera en la carnicería y compré cuatro salchichas de Cumberland —por si un pobre se presentaba por sorpresa—, y añadí así una bolsa con salchichas a las dos mochilas chillonas. Luego a Mabel se le antojó un chocolate caliente, y me pareció la idea perfecta, pero de pronto eran las 17.45, que era la hora a la que se suponía que debíamos estar sentados, así que tuvimos que echar a correr hacia la iglesia, y Mabel tropezó, y su chocolate caliente fue a parar a mi abrigo. La pobre rompió a llorar.

—Tu abrigo, mami, tu abrigo nuevo.

—No importa, mi niña —la tranquilicé—. No importa. Sólo es un abrigo. Ten, tómate mi chocolate.

Y mientras tanto pensaba: «Joder, para una vez que consigo organizarme, vuelvo a cagarla.»

Pero la plaza de la iglesia estaba preciosa, festoneada de casas georgianas con árboles de Navidad en las ventanas y guirnaldas navideñas en las puertas. Las ventanas de la iglesia estaban bañadas en una luz anaranjada, sonaba música de órgano y fuera había un abeto decorado con luces navideñas.

Dentro quedaban algunos sitios libres, hacia la parte delantera. No había ni rastro de Miranda. El corazón me dio un buen vuelco al ver al señor Wallaker, con aspecto alegre y, sin embargo, autoritario, ataviado con chaqueta oscura y camisa azul.

—Mira, ahí *eztá* Billy —dijo Mabel cuando el coro y los músicos empezaron a ocupar los bancos.

Se nos había pedido encarecidamente que no saludáramos, pero Mabel movió la mano y yo no pude evitar imitarla. El señor

Wallaker miró a Billy, que revolvió los ojos y soltó una risita. Después todo el mundo se sentó, el cura enfiló el pasillo e impartió la bendición. Billy no paraba de mirarnos, muy risueño. Se sentía orgulloso de sí mismo por estar en el coro. Luego llegó el momento del primer villancico y todos se levantaron. Spartacus, como de costumbre, era el solista, y cuando aquella vocecita pura, perfecta resonó en la iglesia...

> Hace mucho tiempo, en la ciudad del rey David,
> se alzaba un humilde establo.
> Una madre acostó a su pequeño
> en un pesebre por toda cama...

... me di cuenta de que iba a llorar.

El órgano entró en acción y todos empezaron a cantar la segunda estrofa:

> Descendió a la tierra desde el cielo,
> Dios y Señor de todas las cosas.
> Y su cobijo fue un establo,
> y su cuna fue un pesebre.

Y me asaltaron todas las Navidades pasadas: las de cuando era pequeña, de pie entre mi madre y mi padre en la iglesia del pueblecito de Grafton Underwood el día de Nochebuena, esperando a Santa Claus; las Navidades de cuando era adolescente, mi padre y yo aguantándonos la risa cuando mi madre y Una hacían gorgoritos a grito pelado poniendo una ridícula voz de soprano; las Navidades de cuando tenía treinta años, soltera y toda tristona porque pensaba que nunca tendría un hijo al que acostar en un pesebre o, para ser más exactos, en un carrito Bugaboo; el invierno anterior, en la nieve, cuando le mandaba tuits a Roxster, que en aquel momento probablemente estuviese bailando al «ritmo del garaje» con alguna chica llamada Natalie. O Miranda. O Saffron. Las últimas Navidades de mi padre, cuando salió del hospital con paso vacilante para ir a la misa del gallo en Grafton Underwood; la primera Navidad en la que Mark y yo fuimos a la iglesia, con Billy en brazos y vestido de Santa Claus en miniatura; las Navidades en que Billy participó en su primer belén viviente en el parvulario; la primera Navidad después de la muerte brutal, horrible de Mark, cuando no podía creerme que la Navidad fuera tan cruel como para llegar.

—No *llorez*, mami, por favor, no *llorez*.

Mabel me apretaba la mano con fuerza; Billy me miraba. Me quité las lágrimas con el puño y levanté la cabeza para cantar:

> *Y siente nuestra tristeza*
> *y comparte nuestra alegría.*

... y vi que el señor Wallaker me miraba sin tapujos. La gente siguió cantando:

> *Y nuestros ojos por fin lo verán.*

... pero el señor Wallaker había dejado de cantar y simplemente me miraba. Y le devolví la mirada, con la cara embadurnada de rímel y el abrigo lleno de chocolate caliente. Y el señor Wallaker sonrió, la más leve y amable de las sonrisas, una sonrisa de comprensión, por encima de la cabeza de todos aquellos muchachos a los que había enseñado a cantar *Hace mucho tiempo, en la ciudad del rey David*. Y supe que quería al señor Wallaker.

Cuando salimos de la iglesia había empezado a nevar, caían gruesos copos de nieve que se arremolinaban, que se posaban en los abrigos festivos y en el árbol de Navidad. En el patio de la iglesia había un brasero encendido, y los chicos mayores repartían ponche, castañas asadas y chocolate caliente.

—¿Quiere que le eche un poco más en el abrigo?

Me volví y allí estaba, sujetando una bandeja con dos chocolates calientes y dos vasos de ponche.

—Éste es para ti, Mabel —dijo, y bajó la bandeja y se agachó para tenderle un chocolate caliente.

Ella sacudió la cabeza.

—*Ez* que *antez ze* lo he tirado a mamá en el abrigo.

—A ver, Mabel —respondió él con gravedad—, si llevara puesto un abrigo blanco sin chocolate, ¿sería mamá de verdad?

Mabel lo miró con sus solemnes ojazos, negó con la cabeza y cogió el chocolate. Y después, nada propio de ella, dejó el vaso en el suelo y de pronto le echó los brazos al cuello, enterró la cabecita en su hombro y le dio un beso, chocolateado, en la camisa.

—Muy bien —dijo él—. ¿Por qué no le echas un poquito más en el abrigo a mamá, sólo porque es Navidad?

Y se levantó e hizo como que se me echaba encima dando tumbos con los ponches.

—Feliz Navidad —dijo.

Brindamos con los vasos de papel y nuestras miradas volvieron a cruzarse, y ni siquiera el barullo de los niños y los padres pululando a nuestro alrededor consiguió que apartáramos la mirada del otro.

—¡Mami! —Era Billy—. Mami, ¿me has visto?

—*Zon díaz* para odiar a Billy —cantó Mabel.

—Mabel —terció el señor Wallaker—, basta. —Ella obedeció—. Claro que te ha visto, Billy, te ha saludado, justo lo que le habían pedido encarecidamente que no hiciese. Aquí tienes tu chocolate caliente, Billster. —Le puso la mano en el hombro al niño—. Has estado estupendo.

Mientras Billy esbozaba esa fantástica sonrisa suya de oreja a oreja que me resultaba tan familiar, con los ojos brillantes, reparé en la mirada del señor Wallaker. Ambos estábamos recordando lo cerca que había estado Billy de...

—¡Mami! —interrumpió el niño—. ¿Qué le ha pasado al abrigo? Anda, mira, ahí está Bikram. ¿Me has traído la mochila? ¿Puedo irme?

—¡Y yo, y yo! —exclamó Mabel.

—¿Adónde? —quiso saber el señor Wallaker.

—¡A casa de mi amigo! —repuso Billy.

—Yo también me voy —afirmó Mabel orgullosa—. A *caza* de mi amiga. De *Cozmata*.

—Eso suena divertido —dijo el señor Wallaker—. ¿Y mami también va a dormir a casa de algún amigo?

—No —contestó Mabel—. Ella *ze* queda *zola*.

—Como siempre —añadió Billy.

—Interesante.

—Señor Wallaker —dijo Valerie, la secretaria del colegio—. Alguien se ha dejado un fagot en la iglesia, ¿qué hacemos? No podemos dejarlo ahí, y es inmen...

—Ay, Dios. Lo siento —intervine—. Es el de Billy. Voy a buscarlo.

—Ya voy yo —se ofreció el señor Wallaker—. Volveré en seguida.

—No, no pasa nada, ya voy...

El señor Wallaker me puso la mano en el brazo con firmeza.

—Ya voy yo.

Sorprendida, con un montón de pensamientos y sentimientos confusos dándome vueltas en la cabeza, observé cómo se alejaba en busca del fagot. Les di las mochilas a Mabel y a Billy y me quedé junto al brasero mirando cómo se iban con Bikram y Cosmata y sus madres y padres. Al cabo de unos minutos, las demás familias fueron marchándose también, y yo empecé a sentirme algo ridícula.

Quizá el señor Wallaker no tuviera intención de volver. No lo veía por ninguna parte. Porque lo de «Volveré en seguida» era la típica cosa que la gente dice cuando está socializando en algún evento... Aunque él había ido a buscar el fagot, pero tal vez lo hubiese metido en un armario hasta la siguiente clase y se hubiera largado a ver a Miranda. Y quizá me mirara como me había mirado en la iglesia porque le daba pena que estuviese lloriqueando con *Hace mucho tiempo, en la ciudad del rey David.* Y puede que sólo me hubiese llevado el chocolate caliente porque era una viuda trágica con unos hijos que se habían quedado trágicamente sin padre y...

Apuré el ponche y, tras lanzar el vaso a la papelera —salpicándome el abrigo de vino tinto para que acompañara al chocolate—, eché a andar hacia la plaza siguiendo a los últimos rezagados.

—¡Eh! ¡Espere! —Venía hacia mí dando zancadas con el enorme fagot. Los rezagados se volvieron para mirar—. No pasa nada. Voy a llevarla a cantar villancicos —aclaró y, al llegar a mi lado, dijo en voz baja—: ¿Vamos al pub?

El pub era muy acogedor, antiguo y tenía aire navideño: el suelo de losas, fuegos crepitantes y vigas antiguas adornadas con ramas de acebo. Pero también estaba lleno de padres que nos miraban con gran interés. El señor Wallaker pasó las miradas por alto tranquilamente, encontró un reservado al fondo, donde nadie pudiera curiosear, me retiró la silla, dejó el fagot a mi lado mientras decía «Procure no perderlo», y fue a pedir.

—Bueno —empezó cuando se sentó frente a mí y dejó los vasos delante de ambos.

—¡Señor Wallaker! —exclamó una de las madres de sexto año que se asomó al reservado—. Sólo quería decirle que ha sido lo más maravilloso...

—Gracias, señora Pavlichko —contestó él tras ponerse en pie—. Agradezco mucho que me lo agradezca, y espero de todo corazón que pase unas felices fiestas. Adiós.

Y la mujer se fue deprisa, educadamente despachada.

—Bueno —repitió él al tiempo que volvía a sentarse.

—Bueno —coreé yo—, sólo quería darle las gracias de nuevo por...

—Bueno, y ¿qué pasa con su *toy boy*? Ese con el que la vi en el parque.

—Bueno, ¿y qué pasa con Miranda? —dije ignorando su impertinencia con elegancia.

—¿Miranda? ¿MIRANDA? —Me miró con incredulidad—. Bridget, ¡TIENE VEINTIDÓS AÑOS! Es la hijastra de mi hermano.

Bajé la mirada sin dejar de parpadear a toda prisa para tratar de digerir todo aquello.

—Entonces ¿está saliendo con su sobrinastra?

—¡No! Se topó conmigo cuando estaba de compras. Es usted la que está prometida y va a casarse con un niño.

—¡No!

—¡Sí! —dijo entre risas.

—¡Que no!

—Pues deje de discutir y desembuche.

Le conté toda la historia de Roxster. Bueno, toda, toda, no: seleccioné lo más importante.

—¿Cuántos años tenía exactamente?

—Veintinueve. Bueno, no, tenía treinta cuando...

—Ah, bueno, en ese caso es prácticamente un viejo verde —afirmó con un brillo malicioso en los ojos.

—Entonces ¿ha estado soltero todo este tiempo?

—Bueno, no voy a decirle que haya llevado una vida monacal... —Hizo girar el whisky en el vaso. Ay, Dios, esos ojos—. La cosa es que... Verá —se echó hacia adelante en plan confidencial—, no se puede salir con nadie, creo yo, cuando se está enamo...

—¡Señor Wallaker! —saludó Anzhelika Sans Souci. Y se nos quedó mirando con la boca abierta—. Lo siento —se disculpó, y a continuación se fue.

Yo miraba con fijeza al señor Wallaker, intentando creerme lo que parecía estar a punto de decir.

—Bueno, basta de madres del colegio —dijo—. Si la llevo a casa, ¿bailará al ritmo de *Killer Queen*?

Seguía desconcertada mientras nos abríamos paso entre los padres y los cumplidos: «Magníficas interpretaciones», «Ejecución impecable», «Sencillamente impresionante.» Cuando estábamos a punto de salir por la puerta del pub, vimos a Valerie.

—Que paséis una buena noche —dijo con un guiño.

Fuera continuaba nevando. Miré, llena de deseo, al señor Wallaker. Era tan alto, tan atractivo... La mandíbula robusta y hermosa que sobresalía por encima del pañuelo, el vello del pecho que se atisbaba bajo el cuello de la camisa, las piernas largas cubiertas por los oscuros...

—¡Mierda! ¡El fagot!

Por alguna razón, lo recordé de repente e hice ademán de volver al pub. Él me detuvo, de nuevo, colocándome una mano amable en el brazo.

—Ya lo cojo yo. —Lo esperé, sin aliento, sintiendo la nieve en las mejillas. Entonces reapareció con el fagot y la bolsa de plástico de las salchichas.

—Sus salchichas —dijo al tendérmelas.

—¡Sí! ¡Salchichas! *El buen rey Venceslao.* ¡El carnicero! —parloteé nerviosamente.

Estábamos muy cerca el uno del otro.

—¡Mire! —Señaló hacia arriba—. ¿Eso no es muérdago?

—Yo diría que es un olmo sin hojas —continué parloteando sin siquiera mirar hacia arriba—. Es decir, seguro que sólo parece muérdago por la nieve y...

—Bridget —estiró la mano y, suavemente, me acarició la mejilla con un dedo. Sus ojos azules y fríos ardían clavados en los míos, burlones, tiernos, hambrientos—, esto no es una clase de biología. —Me levantó la boca hasta la altura de la suya y me besó una vez, con delicadeza. Y otra, con más ansia, y añadió—: Todavía.

Ay, Dios. Era tan autoritario, ¡era tan HOMBRE!

Y acto seguido empezamos a besarnos como Dios manda y, una vez más, volví a sentir que todo mi ser enloquecía, fogonazos y latidos, como si de nuevo estuviera conduciendo un coche muy rápido con zapatos de tacón de aguja, pero en aquella ocasión no pasaba nada, porque quien estaba al volante en realidad era...

—¡Señor Wallaker! —jadeé.

—Lo siento mucho —musitó—. ¿Le he dado con el fagot?

Ambos estuvimos de acuerdo en que debíamos llevar el fagot sano y salvo a su casa, que era un piso enorme situado en una de las callecitas que salían de la calle principal. Tenía el suelo de madera antigua, y una chimenea encendida con una alfombra de piel delante, y velas, y olía a comida. Una filipina menuda y risueña se afanaba en la cocina.

—Martha, gracias —le dijo—. Está precioso. Ya puede irse. Gracias.

—Uuy, señor Wallaker tiene prisa. —Sonrió—. Me marcho. ¿Qué tal concierto?

—Muy bien —respondí yo.

—Mucho, sí —aseguró él al tiempo que la instaba a marcharse y le daba un beso en la coronilla—. La banda regular, pero en general bien.

—Usted cuida él —dijo ella al irse—. Él el mejor, señor Wallaker el mejor.

—Lo sé —afirmé.

Cuando la puerta se cerró, nos quedamos inmóviles, como si fuéramos niños y de repente nos hubiesen dejado solos en una tienda de caramelos.

—Cómo te has puesto el abrigo —musitó—. Eres un desastre, por eso me...

Y empezó a desabrocharme el abrigo lentamente. Después, me lo bajó por los hombros. Durante un instante pensé que tal vez se tratara de una situación rutinaria, tal vez por eso Martha se hubiera ido tan deprisa. Pero entonces dijo:

—Por eso en parte...

Me estrechó contra él y me puso una mano en la espalda mientras comenzaba a bajarme poco a poco la cremallera.

—Me... me... me enamo...

Sentí que los ojos se me llenaban de lágrimas y durante un breve instante juraría que a él le pasó lo mismo. Entonces volvió a ponerse en modo autoritario e hizo que apoyara la cabeza contra su hombro.

—Voy a quitarte las lágrimas a besos. Todas las lágrimas —rugió— cuando haya acabado contigo.

Después siguió con la cremallera, que llegaba hasta abajo del todo, de manera que el vestido cayó al suelo y me quedé con las botas y —feliz Navidad, Talitha— el picardías negro de La Perla.

Cuando los dos estuvimos desnudos, apenas fui capaz de dar crédito a lo que veían mis ojos: la traviesa perfección de aquella atractiva cabeza que tantas veces había visto en la verja del colegio, sobre el cincelado cuerpo desnudo del señor Wallaker.

—¡Señor Wallaker! —jadeé de nuevo.

—¿Te importaría dejar de llamarme señor Wallaker?

—Claro, señor Wallaker.

—Vale. Ésta es una amonestación en toda regla, y va a desembocar... inevitablemente...

Me cogió en brazos como si fuese ligera como una pluma, que no lo soy, excepto que se tratara de una pluma muy pesada, como de un gigantesco pájaro prehistórico, tipo dinosaurio.

—... en una falta —dijo mientras me dejaba con delicadeza junto al fuego.

Me recorrió el cuello lenta, exquisitamente, besándome hacia la clavícula.

—Ay, Dios —volví a jadear—. ¿Esto te lo enseñaron en las fuerzas especiales?

—Claro —repuso, y se incorporó para mirarme con cara de cachondeo—. Las fuerzas especiales británicas cuentan con el mejor adiestramiento del mundo. Pero en el fondo...

Comenzó a mostrarse apremiante, al principio con cuidado, luego cada vez más insistente, hasta que empecé a deshacerme como un... como un...

—... en el fondo lo importante es... —gemí— la pistola.

Y se armó una de mil demonios. Fue como estar en el cielo, o en algún otro paraíso por el estilo. Me corrí, y me corrí, y me corrí repetidas veces en homenaje a Su Majestad y al adiestramiento de sus fuerzas armadas, hasta que finalmente me dijo:

—No creo que pueda aguantar más.

—Adelante —logré decir.

Y nos corrimos juntos en un milagroso estallido simultáneo, perfecto, de meses de deseo contenido a las puertas del colegio.

Después permanecimos tendidos, jadeando, exhaustos, y nos quedamos dormidos abrazados. Luego nos despertamos y lo hicimos una y otra vez, toda la noche.

A las cinco de la mañana tomamos un poco de la sopa que había preparado Martha. Nos acurrucamos junto al fuego y estuvimos hablando. Me contó lo que le había sucedido en Afganistán: un accidente, un ataque por error, mujeres y niños asesinados, las secuelas. Decidió que ya había aportado su granito de arena y que estaba harto. Y entonces fui yo quien lo rodeó con los brazos y le acarició la cabeza.

—Ahora lo entiendo —musitó.

—¿Qué?

—Lo de los abrazos. Muy buenos, la verdad.

Me habló de cuando empezó en el colegio. Quería alejarse de la violencia, no complicarse la vida, estar con niños, hacer cosas buenas. Pero no estaba preparado para las madres, la competitividad, las dificultades.

—Pero entonces una de ellas... fue lo bastante amable como

para enseñar el tanga cuando se subió a un árbol. Y empecé a pensar que tal vez la vida pudiera ser un poco más divertida.

—Y ¿te gusta ahora? —quise saber.

—Sí. —Empezó a besarme otra vez—. Ah, sí. —Me daba besos en diferentes partes del cuerpo entre palabra y palabra—. Yo... diría... sin lugar... sin ningún lugar... a dudas... que ahora... me gusta.

Baste con decir que cuando fui a buscar a Billy y a Mabel a casa de Bikram y de Cosmata al día siguiente casi no podía andar.

—¿Por qué *llevaz* aún el abrigo manchado de chocolate? —me preguntó Mabel.

—Te lo diré cuando seas mayor —contesté.

LA LECHUZA

Jueves, 12 de diciembre de 2013

21.00. Acabo de acostar a los niños. Mabel estaba mirando por la ventana:

—La luna todavía *noz zigue*.

—Bueno, lo que pasa con la luna es que... —he empezado a explicarle.

—Y *eza* lechuza —me ha interrumpido.

He contemplado el jardín nevado. Lo iluminaba una luna llena y blanca. Y allí, en el muro del jardín, volvía a estar la lechuza. Me ha mirado serena, imperturbable. Pero esta vez ha extendido las alas, ha echado un último vistazo y ha levantado el vuelo batiendo las alas casi al compás de mi corazón. Se ha perdido en la noche invernal, y la oscuridad, y sus misterios.

LA EVOLUCIÓN DEL AÑO

Martes, 31 de diciembre de 2013

* *Kilos perdidos: 7*
* *Kilos ganados: 8*
* *Seguidores en Twitter: 797*
* *Seguidores en Twitter perdidos: 793*
* *Seguidores en Twitter ganados: 794*
* *Trabajos ganados: 1*
* *Trabajos perdidos: 1*
* *Mensajes enviados: 24.383*
* *Mensajes recibidos: 24.248 (bien)*
* *Número de palabras del guión escritas: 18.000*
* *Número de palabras del guión reescritas: 17.984*
* *Número de palabras del guión reescritas y vueltas a poner como estaban: 16.822*
* *Número de palabras de los mensajes escritos: 104.569*
* *Personas contagiadas de piojos: 5*
* *Piojos extraídos en total: 152*
* *Precio por piojo de los piojos extraídos profesionalmente: 8,59 libras*
* *Novios perdidos: 1*
* *Novios ganados: 1*
* *Incendios en casa: 4*
* *Niños existentes sanos y salvos: 2*

* *Niños perdidos: 7 (contando todas las ocasiones)*
* *Niños encontrados: 7*
* *Niños en total: 4*

EL RESULTADO

El señor Wallaker —o Scott, como lo llamo de vez en cuando— y yo no nos casamos, ya que ninguno de los dos quería celebrar otra boda. Pero sí nos dimos cuenta de que no habíamos bautizado a nuestros respectivos hijos, así que tomamos la decisión de convertir ese hecho en una excusa para dar una fiesta en la gran casa de campo y celebrar nuestra relación. De ese modo, decidimos, los niños estarían cubiertos —como si de un seguro se tratase— si al final el dios cristiano resultaba ser el verdadero, aunque tanto el señor Wallaker como yo somos un poco budistas.

La ceremonia se llevó a cabo en la capilla. El coro del colegio cantó y los hijos de Scott, Matt y Fred —que ya no están en un internado, sino que van a un instituto—, tocaron *Someone to Watch Over Me* al clarinete y al piano. Me pasé llorando la mayor parte del tiempo. Greenlight Productions envió un ramo de flores del tamaño de una oveja. Rebecca se hizo un peinado a lo afro con un letrero iluminado que ponía «Motel» y tenía una flecha que le apuntaba a la cabeza. Daniel se emborrachó en la fiesta e intentó liarse con Talitha, lo que hizo que Sergei se cogiera un berrinche de cuidado y empezara a echar pestes enfurecido. Jude —que, evidentemente, había acabado por aburrirse de la devoción que le profesaba Fotógrafodenaturaleza—, se lió con el señor Pitlochry-Howard y después las pasó canutas para salir del lío. Tom y Arkis se enfurruñaron porque no invitamos a Gwyneth Paltrow —y eso que Jake había tocado con Chris Martin en una ocasión —, y los

473

dos flirtearon descaradamente con los chicos mayores de la banda de jazz. Mi madre seguía un poco mosca porque no me había puesto algo de un color más vivo, pero se le pasó al ver que su conjunto de abrigo y vestido era a todas luces más bonito que el de Una. El señor Wallaker se muestra encantado de complacerla flirteando descaradamente con ella y regañándola cuando se pasa de la raya, pero de un modo que hace que a mi madre le dé la risa tonta. Roxster (que previamente me había mandado un mensaje muy bonito diciéndome que tenía el corazón roto por la pérdida de su *cougar* vomitona, pero que estaba claro que existía un dios del ligoteo porque su nueva novia tenía náuseas por la mañana) me envió un mensaje aquel día para informarme de que su novia no estaba embarazada, que sólo era que la había obligado a comer demasiado, y que era una plasta. Lo cual estaba bien.

Y por encima de todo aquello, mi corazón me decía que Mark se alegraría. Que de verdad, de verdad, no habría querido que estuviéramos solos, sumidos en la confusión. Y que si tenía que ser alguien, le gustaría que fuera el señor Wallaker.

Y ahora no tengo dos hijos, sino cuatro. Y Billy tiene a dos chicos mayores con los que jugar a la Xbox, y la deja tan contento y sin protestar porque tiene que pasar al nivel siguiente con tan sólo una mirada del señor Wallaker. Salimos con Jake y Rebecca y los niños los fines de semana, y todo el mundo tiene a alguien con quien jugar. Y Mabel, por primera vez desde que era demasiado pequeña como para saberlo, tiene un papá que está en este mundo, no en el otro, y la trata como si fuera una princesita, de tal modo que me veo obligada a amonestarla constantemente. Y me siento segura, y no sola, y querida. Y los fines de semana a veces vamos a Capthorpe House y, cuando los niños están en la cama, revivimos la escena de las matas, pero con un final mejor.

Y ahora vivimos todos juntos en una casa grande y antigua y caótica cerca de Hampstead Heath. Y como desde allí podemos ir andando al colegio, hemos decidido que nos las apañaremos con un solo coche, lo cual facilita MUCHÍSIMO lo de los permisos de aparcamiento, aunque seguimos llegando tarde todas las mañanas. Ah, y atentos a *Las hojas en su pelo*, cuyo nuevo título es *El yate de tu vecino*, de próxima aparición directamente en DVD. Los niños al final fueron al dentista y no les pasa nada en los dientes. Y, por cierto, ahora mismo los seis tenemos piojos.

AGRADECIMIENTOS

Al principio me pareció que debía organizar los agradecimientos por orden jerárquico: hay algunas personas sin las que jamás habría comenzado el libro, o que me han proporcionado una cantidad ingente de material, o tan sólo una línea, o que han editado la novela entera. Pero eso era un campo de minas de posibles meteduras de pata, como organizar la distribución de las mesas para un banquete de bodas en una familia con un alto índice de divorcios y nuevas nupcias.

Probé con un complicado sistema de clasificación por estrellas, pero, por algún motivo, resultaba... raro.

Luego pensé que era como en las ceremonias de entregas de premios, cuando todos los demás se aburren con tanto agradecimiento y a los únicos a quienes les importa es a los mencionados. Así que al final decidí escribirlos en orden alfabético, y espero que funcione.

Pero ya sabéis quiénes sois y qué puesto deberíais ocupar en realidad en el orden jerárquico (el primero). Y os agradezco de verdad la ayuda y que hayáis compartido con generosidad vuestras experiencias divertidas, y vuestra experiencia, y el apoyo moral. Y de verdad... de verdad... (rompe a llorar)... gracias.

Gillon Aitken, Sunetra Atkinson, Simon Bell, Maria Benitez, Grazina Bilunskiene, Paul Bogaards, Helena Bonham Carter, Bob

Bookman, Alex Bowler, Billy Burton, Nell Burton, Susan Campos, Paulina Castelli, Beth Coates, Richard Coles, Dash Curran, Kevin Curran, Romy Curran, Scarlett Curtis, Kevin Douglas, Eric Fellner y todos los de Working Title, Richard, Sal, Freddie y Billie Fielding, mi madre Nellie Fielding (que no es como la de Bridget), toda la familia Fielding, Colin Firth, Carrie Fisher, Paula Fletcher, Dan Franklin, Mariella Frostrup, la familia Glazer, Hugh Grant, la familia Hallatt Wells, Lisa Halpern, James Hoff, Jenny Jackson, Tina Jenkins, Christian Lewis, Jonathan 390 Lonner, Tracey Mac-Leod, Karon Maskill, Amy Matthews, Jason McCue, Sonny Mehta, Maile Meloy, Daphne Merkin, Lucasta Miller, Leslee Newman, Catherine Olim, Imogen Pelham, Rachel Penfold, Iain Pickles, Gail Rebuck, Bethan Rees, Sally Riley, Renata Rokicki, Mike Rudell, Darryl Samaraweera, Brian Siberell, Steve Vincent, Andrew Walliker, Jane Wellesley, Kate Williamson, Daniel Wood.